LEENA PARKKINEN

Die alte Dame, die ihren Hut nahm und untertauchte

LEENA PARKKINEN

Die alte Dame, die ihren Hut nahm und untertauchte

Roman

Aus dem Finnischen
von Peter Uhlmann

LIMES

Die Originalausgabe erschien 2013 unter dem Titel
»Galtbystä Länteen« bei Teos, Helsinki.

MIX
Papier aus verantwor-
tungsvollen Quellen
FSC® C014496

Verlagsgruppe Random House FSC® N001967
Das FSC®-zertifizierte Papier *Super Snowbright* für dieses Buch
liefert Hellefoss AS, Hokksund, Norwegen.

Die Übersetzung wurde gefördert vom FILI –
Finnish Literature Exchange

1. Auflage
Copyright © der Originalausgabe 2013 by Leena Parkkinen
Originalausgabe © der deutschsprachigen Ausgabe 2014
by Limes Verlag, München,
in der Verlagsgruppe Random House GmbH
Redaktion: Leena Flegler
Herstellung: sam
Satz: Uhl + Massopust, Aalen
Druck und Bindung: GGP Media GmbH, Pößneck
Printed in Germany
ISBN 978-3-8090-2646-4

www.limes-verlag.de

*Für K., einen Freund, der mich lehrte,
die Insel zu lieben*

AUF DER AUTOBAHN

Karen war die ganze Nacht gefahren. Sie schaute in den Rückspiegel. Ich bin auf der Flucht, dachte sie. Graue Augen erwiderten ihren Blick, und um die Augen herum lag ein dichtes Faltennetz. In ein solches Gespinst hatte das Alter allmählich ihren ganzen Körper gehüllt. Für einen Moment hätte sie am liebsten laut geschrien, doch stattdessen prüfte sie, ob das Tuch immer noch ihren Hals richtig bedeckte. Sie wollte keinen Zug abbekommen. Der Wagen war wirklich nicht mehr in dem Zustand wie früher. Die Fenster waren undicht. Karen hielt Ausschau nach einer Tankstelle. Eine mit Selbstbedienung. Dort hingen zumeist schlechte Überwachungskameras. Für den Fall, dass Erik die Polizei alarmiert hatte. An einer normalen Tankstelle fiele ihr Auto zu sehr auf. Wo immer der Plymouth Fury auftauchte, würde man sich daran erinnern – genau wie an eine schöne Frau. Nur dass der Plymouth verlässlicher war, fügte Karen im Stillen hinzu. Laut aussprechen würde sie diesen Gedanken niemals. Männer verfügten in dieser Welt ohnehin schon über genug Waffen.

Die kahlen, vom Winter entlaubten Bäume zerteilten die Landschaft, der Himmel kündigte Regen an. Die Autobahn lag leer vor ihr. Vielleicht war es der Frühling, der sie so durcheinandergebracht hatte. Vielleicht erging es allen alten Leuten so, wenn die ersten Krokusse durchbrachen, wer weiß. Sie wunderte sich jeden Morgen beim Anblick ihrer Hände: die langen, schmalen Finger, die Leberflecke auf den Handrücken, die blauen Adern und die brüchigen, rot lackierten Nägel. In ihrer Vorstellung hatte sie immer noch die Hände eines Mädchens, glatt und makellos. Männer hatten, wenn sie ihre Hände hielten, stets gefragt, ob sie Klavier spiele. Als Antwort hatte sie für gewöhnlich nur gelächelt. In Wirklichkeit konnte sie eine Note nicht von einer Häkelnadel unterscheiden, aber die Frage hatte ihr geschmeichelt. Außerdem waren die Männer, die sie berührt hatten, selten an Musik oder ihrer Meinung zu Musik interessiert gewesen.

Sebastian war eine Ausnahme gewesen, in allem.

Erik. Wie konnte es sein, dass der Junge seinem farblosen Vater immer ähnlicher wurde! Von ihnen, von Karen und Sebastian Valter und von ihrer schönen Mutter, die dafür bekannt gewesen war, dass sie nicht einmal im November die Ziegenlederhandschuhe gegen Fäustlinge tauschte, hatte er rein gar nichts geerbt. Erik würde Angst bekommen, dachte Karen. Seit seiner Kindheit machte sich der Junge ständig um irgendetwas Sorgen. Einmal hatte er wissen wollen, ob Frösche eine Mutter haben und ob diese denn Sehnsucht nach dem Froschlaich empfinden, den er zuvor am Bachufer eingesammelt hatte. So wie Eriks Mutter Sehnsucht nach Erik habe. Vielleicht brächte er gerade am Straßenrand Plakate an. VERSCHWUNDEN, wäre darauf zu lesen. 83-JÄHRIGE FRAU. UNTERWEGS MIT EINEM HELLBLAUEN PLYMOUTH FURY, BAUJAHR 1956. FÜR HINWEISE IST EINE BELOHNUNG AUSGESETZT.

Der Junge konnte es sich leisten, eine anständige Belohnung zu zahlen. Er hatte schließlich nur eine Mutter. Da gehörte es sich nicht, knausrig zu sein. Welches Foto würde er wohl auswählen?, überlegte Karen. Hoffentlich nicht das schreckliche aus dem letzten Winter. Auf dem sah sie an der Kamera vorbei und trug diesen schauderhaften Oma-Morgenmantel aus Baumwolltrikot, den ihre Schwiegertochter ihr geschenkt hatte. (»Der hält warm!«) Das gewellte Haar fiel ihr über die Ohren, die Augenbrauen waren dünn gezupft, der immer schmaler gewordene

Mund verlieh ihr eine gewisse Strenge. Sie sah auf dem Foto alt aus. Geschmack hatte ihre Schwiegertochter noch nie besessen. Erik allerdings auch nicht. Da kam er ganz nach seinem Vater. Der Mann war so langweilig gewesen, dass Karen es nur acht Jahre mit ihm ausgehalten hatte, und das auch nur, um ihre Schwiegermutter zu ärgern. Doch selbst wenn eine Ehe darauf beruhte, die Schwiegermutter in Schach zu halten, konnte sie nicht ewig halten, wenn der Mann Tag für Tag gebügelte Unterhosen wünschte.

Die Tankanzeige blinkte bereits, als Karen von der Autobahn ab- und an die Zapfsäule fuhr. Eine Tankstelle mit Personal. Warum war es nur so schwer, einen Tankautomaten zu finden, obwohl sich doch ständig alle darüber aufregten, dass ohnehin immer weniger Service geboten wurde? Doch sie musste das Risiko eingehen. Der alte Wagen brauchte genauso viel Sprit wie eine ganze Kneipe. Es wäre vernünftiger gewesen, Eriks Auto zu nehmen. Der dunkelblaue Saab hätte höchstens bei einem Bestattungsunternehmer Neugier geweckt.

An der Tankstelle stand kein einziges Auto. Drinnen hinter dem Tresen starrte ein junger Mann auf einen Fernseher und zupfte an seinem spärlichen Schnurrbart. Karen tankte, ging hinein und zog das verrutschte Tuch wieder über ihr Haar. Sie war doch nicht der einzige Kunde. Ein stämmiger Mann stand in der Ecke vor einem einarmigen Banditen. Schwarze Jeans, eine ausgewaschene schwarze Kapuzenjacke – wieder einer, der zu viele schlechte Filme gesehen hatte und glaubte, dass er mit seinesgleichen Schwierigkeiten bekäme, wenn er mal eine ordentlich gebügelte Hose anzöge. Karen bezahlte in bar. Kreditkarten traute sie nicht. Hinter ihr öffnete sich die Tür mit einem Klingeln, doch Karen wandte sich nicht um. Anscheinend waren zu jeder beliebigen Tageszeit Leute unterwegs. Sie faltete das Wechselgeld zusammen und wollte es gerade in ihr Portemonnaie stecken, als plötzlich jemand sie in den Rücken stieß.

»Geld auf den Tresen und Hände auf den Tisch, sodass ich se sehe!«

Karen drehte sich um und blickte direkt in die Mündung einer Waffe. Dahinter stand eine Frau mit einer Pinguinmaske auf dem Kopf. Sie trug schwarze Winterstiefel und einen viel zu dünnen Mantel, der vorn offen war und einen kugelrunden Bauch enthüllte. Schwanger, und das ziemlich weit, erkannte Karen und stellte überrascht fest, dass sie nicht die geringste Angst hatte. So fühlt es sich also an, dachte sie, wenn man in Gefahr ist. Es war lange her, dass sie echte Angst empfunden hatte. Im Alter hörte man auf, sich zu fürchten. Karen hatte schon mit achtzehn gelernt, dass der Tod ein unzuverlässiger Gefährte war. Und sich jederzeit einstellen konnte.

»Du auch, Oma«, blaffte die Frau mit der Maske. »Her mit dem Geldbeutel!«

Hinter ihnen röchelte der Verkäufer mit dem Jünglingsbart. Der Mann in der Kapuzenjacke drückte ihm gerade die Kehle zu.

»Er hat versucht, den Alarmknopf zu drücken.«

Die Frau wischte sich mit der freien Hand den Schweiß vom Hals. Der Mann in der Kapuzenjacke fesselte die Handgelenke des Jünglings mit einem Kabelbinder, stieß ihn zu Boden und griff dann in die Kasse.

»Du hast dir vielleicht Zeit gelassen! Ich hatte fast keine Münzen für den Spielautomaten mehr«, sagte der Mann und blätterte die Geldscheine durch. »Nur ein paar hundert...«

»Die Kupplung ist kaputtgegangen.«

»Das kommt davon, wie du fährst.« Der Mann nahm Karen das Portemonnaie aus der Hand und steckte seine dicken Finger hinein. Karen spürte, wie sich ihre Nackenmuskeln anspannten.

»Oho, drei, vier, fünf... Oma hat wohl gerade Rente gekriegt!«

Die Pinguinmaske warf Karen einen kurzen Blick zu, und Karen schaute ihr direkt in die Augen. Die Hände der Pinguinfrau hatten jung ausgesehen. Die kurzen Nägel waren zweifarbig lackiert, schwarz und pink, immer abwechselnd, genau wie eine Klaviertastatur. Sie hatte eine dunkle Hautfarbe.

Sie ist nicht von hier, dachte Karen. Und sie hat Angst. Sie ist eine Auswärtige, eine Fremde, und auf der Hut – wie ein Kätzchen im Straßengraben. Bereit, jedem zu gefallen, und andererseits vollkommen unberechenbar. Ich war einmal genauso. Damals, als ich gerade die Insel verlassen hatte.

»Das Auto ist eine Schrottkiste. Ich fahre, seit ich zwölf bin.«

»Na, dann besorgen wir dem Fräulein eben ein neues. Wie wär's mit dem hellblauen da draußen? Der ist sogar vollgetankt.«

Nein!, protestierte Karen in Gedanken. Nicht mein Wagen! Ich bin nicht bereit, den Rest der Nacht hier auf der Tankstelle herumzustehen, auf die Polizei zu warten und Fragen zu beantworten. Ich bin nicht bereit, zu Hause besorgt empfangen zu werden und mir besänftigende Phrasen anzuhören. »Damit Oma keine Angst mehr hat.« Nein, ihr seid gar nicht imstande, mir Angst einzujagen, versteht ihr? Ich habe einen Knoten im Bauch, der den Ärzten Sorgen macht, ich habe eine Schwiegertochter, die ihre Beine mit Laser enthaaren lässt, und meine Fähigkeit, Mitgefühl zu empfinden, habe ich bereits verloren, als mein Bruder im Krieg unter Leichen begraben wurde und meine beste Freundin mit Würgemalen am Hals in der Bucht Naavalahti angespült wurde und alle, die ich kannte, auf einmal anfingen, nur noch im Flüsterton mit mir zu sprechen.

Die Fähigkeit, verletzt zu werden, besitze ich nicht mehr, seit ich meinen ersten Mann dabei erwischte, wie er auf gestapelten Formularen lag und nur mehr Socken am Leib trug. Der eine Strumpf hatte auch noch ein Loch, aber das schien dieses dicke Laufmädchen aus seiner Firma nicht zu stören.

Und vor allem: Ich habe für all das keine Zeit.

Karen trat einen Schritt nach vorn. Die Frau kam auf sie zu und stieß ihr die Pistole in den Bauch. »Wo willst du hin?«

»Das ist mein Auto«, fauchte Karen und versetzte ihr einen

Tritt. Die Frau fiel auf den Rücken. Der Mann stürzte auf Karen zu und griff nach der Waffe.

»Hä? Das ist ja eine Wasserpistole!« Er starrte seine Komplizin ungläubig an.

»Ich mag es nicht, wenn es laut knallt«, ächzte die Frau auf dem Fußboden und hielt sich den Bauch. »Du, ich glaube, es kommt…«

»Die Polizei? Die wissen doch noch gar nichts! Der Typ hat's nicht geschafft, den Knopf zu drücken.«

»Tomppa, hilf mir! Das Baby!«, schrie die Frau.

»Assu!« Der Mann beugte sich über sie. Karen sah, wie sich der Jüngling mit dem Schnurrbart vorsichtig in Richtung Tresen bewegte. Aus dem Regal schnappte sie sich einen Kanister mit Glasreiniger, schloss die Augen und schlug zu. Der Mann mit der Kapuzenjacke fiel auf die Knie, und Karen trat ihm in den Rücken. Dann wühlte sie in ihrer Manteltasche und hätte beinahe vor Erleichterung laut geseufzt, als sie fand, wonach sie suchte.

»Du«, sagte sie zu der jungen Frau, »hör auf, hier herumzubrüllen. Es ist doch dein Erstes?«

Die Schwangere nickte.

»Dann kommt es noch lange nicht.« Karen zog einen Revolver mit Perlmuttgriff aus der Tasche. »Der hier hingegen hat es jetzt eilig. Und das ist kein Spielzeug.«

Der Mann in der Kapuzenjacke ächzte, hielt sich den Kopf und versuchte aufzustehen.

»Keine Bewegung!«, befahl Karen. »Deiner Mutter gefiele es sicher gar nicht, wenn sie hörte, wie du im Beisein von Damen redest. Die junge Frau darf dich jetzt fesseln.«

Die Schwangere stand auf, zog sich die Pinguinmaske vom Gesicht, und Karen zuckte zusammen. So jung, fast noch ein Kind: die großen braunen, erschrocken aufgerissenen Augen, das herzförmige Gesicht, die bleichen Lippen. Sie fesselte die Hände und Füße des fluchenden Mannes mit Kabelbindern.

»Das Geld«, sagte Karen. Die Kleine sah sie ratlos an. »Nimm das Geld und leg es in die Kasse zurück!«

Das Mädchen gehorchte.

»Die Polizei kommt!«, rief der junge Verkäufer.

Karen schaute nicht in seine Richtung. Ihr lief es kalt über den Rücken. Sie musste sich sofort aus dem Staub machen, sonst würden all ihre Pläne wie Seifenblasen zerplatzen.

Das Pinguinmädchen hielt sich den Bauch und jammerte.

»Hol lieber richtig Luft«, sagte Karen. »Du musst ins Krankenhaus.« Sie schubste das Mädchen in den Rücken und schob sie in Richtung Tür. Unterwegs hob sie ihr Portemonnaie auf und steckte es wieder in die Tasche. »Steig ein«, befahl sie, und das Mädchen gehorchte.

Irgendwo in der Ferne heulte eine Polizeisirene, als Karen den Wagen startete. Die Nacht roch nach Benzin.

JUNI 1947
INSEL FETKNOPPEN
WESTLICH VON KORPO

Wer sich Fetknoppen mit dem Schiff nähert, sieht als Erstes die Uferfelsen, glatt und rund wie Kinderrücken. Sie tauchen ins Meer ein, dessen Wellen sich mit Kronen aus weißer Spitze an ihnen brechen. In den Felsspalten blüht Fetthenne – gelbe Farbtupfer, die der Insel ihren schwedischen Namen gaben. Im Frühsommerlicht wirken sie wie mit dickem Pinselstrich gemalt. Die Felsen von Fetknoppen haben einen rötlichen Farbton, und dasselbe Blutrot leuchtet in jedem Graben. Wenn man einen Brunnen anlegt, schmeckt das Wasser daraus so, als hätte man sich gerade auf die Lippe gebissen. Denn Fetknoppen ist eine Bergwerksinsel, hier wird Eisen abgebaut. In den Gruben arbeiten rund sechzig Männer, ein Teil kommt mit dem Schiff von den Nachbarinseln herüber. Während des Krieges waren in den Schächten auch Frauen beschäftigt. Sie trugen die gleiche Arbeitsbekleidung. Doch mittlerweile sind die Männer von der Front zurückgekehrt.

Es ist Juni. Zwischen den grauen Bootsschuppen am Ufer schwimmt eine Bisamratte und hinterlässt eine wie mit Öl gezogene Spur.

Karen sitzt auf dem Steg und raucht eine Zigarette, die sie ihrem Vater stibitzt hat. Eine ganze Zigarette nur für sie allein. Ihr Vater hat die Zigaretten vom Schwarzmarkt gegen ein Spiritusrezept erhalten, aber es ist besser, das niemandem gegenüber zu erwähnen. Obwohl auch auf dieser Insel sämtliche Häuser auf dem Sprit aufgebaut wurden, der mit dem Schiff aus Schweden kommt. Neben Karen stehen Mutters alte Schuhe, die auf dem Steg auslüften sollen. Karen hat sie auf dem Dachboden gefunden, wo sie in Zeitung eingewickelt ein paar Jahre gelegen haben. Die Schuhe riechen nach Naphthalin, und das Leder ist durch die Trockenheit rissig geworden. Karen will sie einfetten und Papier in die Schuhspitzen stopfen, weil sie ihr ein wenig zu groß sind. Es sind Tanzschuhe. Und neue bekommt man nun mal nicht, es sei denn, man heiratet einen Spritschmuggler oder den schwedischen Prinzen. Der ist allerdings im vergangenen Winter mit seinem Flugzeug über Kopenhagen abgestürzt. Doch Karen denkt jetzt nicht an den toten Prinzen und sein Kind, die Halbwaise, das winzige pausbäckige Prinzenbaby, von dem die Zeitungen nach dem Unglück unzählige Fotos veröffentlicht haben. Nein, sie denkt nicht daran, auch wenn sie damals vor Rührung weinen musste – als hätte sie nicht schon viel schlimmere Trauerfälle überstanden – und ein Bild des toten Prinzen in seiner Fliegeruniform an ihre Wand klebte. Er sah so toll aus. Aber nun ist er tot.

Heute ist im Vereinshaus Tanz. Das hat es seit Kriegsende nicht allzu oft gegeben, und Karen juckt es bereits in den Beinen. Sie schnipst die Zigarette ins Wasser und sieht zu, wie eine Möwe hinterherstürzt, sie verfehlt und in hohem Bogen über den Steg zurückfliegt, um das Mädchen aus sicherer Entfernung zu beobachten. Karen hört hinter sich die vertrauten Schritte. Sie lächelt, ohne sich umzudrehen. Es kribbelt in ihrem Bauch.

»Vater hat sich in seinem Arbeitszimmer eingeschlossen«, sagt Sebastian. »Ich habe Aune gewarnt, sie soll den Rest des Alkohols verstecken. Eine Flasche hat er noch, aber damit kann er sich nicht umbringen.«

Karen nickt. Sie hat sich immer noch nicht daran gewöhnt,

dass ihr Bruder wieder da ist. Nach dem Krieg war er oft krank. Dann hat er in Turku ein Studium begonnen. Sein Gesicht wirkt immer noch blass, während Karens Nase mit Sommersprossen gesprenkelt ist.

»Kommst du heute Abend mit?«

Sebastian muss lachen. Er fährt sich mit der Hand durchs Haar. Es ist schwarz und glänzt und kräuselt sich an den Schläfen. »Zum Dorfschwof, meinst du?«

Karen ist angesichts seiner Wortwahl kein bisschen beleidigt, obwohl sie für den Tanzabend seit einer Woche an einem Kleid näht. Den Stoff dafür hat sie auf dem Dachboden gefunden. Er ist lindgrün, dünn wie ein Schleier und so spröde, dass er zu reißen droht, wenn in der Nähe nur gehustet wird. Statt zu schmollen nimmt sie sich Sebastians Skizzenblock, den er auf den Steg gelegt hat. Ihr Bruder kann hervorragend zeichnen. Er hat Karen aus einiger Entfernung mit nur wenigen Strichen so eingefangen, dass sie geradezu vollkommen wirkt, obwohl nur ein Stück ihrer Wange und der geschwungene Nacken zu sehen sind.

»Ich sehe toll aus«, verkündet sie.

»Mein schönes Ferkelchen«, scherzt Sebastian und zerzaust ihr das Haar. Karen blättert weiter. Das Bild einer Katze. Zwiebeln. Aune beim Wäschewaschen. Mit hochgekrempelten Ärmeln schwingt sie ihre dicken, im Alter zunehmend schlaff gewordenen Arme.

»Wer ist das?«, fragt Karen und zeigt auf das Bild eines ihr unbekannten Jungen. Sie erinnert sich vage daran, den Bekannten ihres Bruders schon ein paarmal auf Zeichnungen gesehen zu haben. Strenge Augenbrauen, ein Kinn, das als Eisbrecher herhalten könnte. »Jemand von der Uni, oder?«

Sebastian nimmt ihr den Skizzenblock weg und steckt ihn in die Tasche. »Deine Nase ist schon ganz rot. Du bekommst noch einen Sonnenbrand. Reib sie mit Zitrone ein, sonst bist du heute Abend wirklich ein rosarotes Ferkel.«

Karen bedeckt ihre Nase, schnappt sich die Schuhe und rennt ins Haus. Sie will keinen Sonnenbrand, auf keinen Fall.

»Nöff, nöff!«, ruft Sebastian ihr hinterher.

Das weiße Haus steht auf der Spitze der Halbinsel. Es hat zwei Stockwerke und ragt in die Höhe wie ein Eckzahn. Durch die oberen Fenster blickt man aufs Meer hinaus, auf der Verandaseite ist der Sockel etwas eingesunken, deswegen wirkt das Haus ein wenig windschief. Vater redet schon lange davon, es auszubessern, aber sie alle wissen, dass es dazu nicht kommen wird. Seine Unternehmungslust ist ihm während des Krieges, nach Mutters Tod, verloren gegangen. Tagaus, tagein nickt uns ein Mann zu, der wie Vater aussieht, und zieht sich dann in sein Arbeitszimmer zurück. Nur betrunken lebt er auf, wird boshaft, und nur da hat Karen die Kraft, ihn zu verabscheuen, den Vater, den Helden ihrer Kindheit, den sie einst vergötterte. Wie lange ist das her – wie lange ist es her, dass ihr Leben im weißen Haus am Ende der Halbinsel in normalen Bahnen verlief? Als die kleinen Zimmer noch nicht verlassen wirkten und endlos weit wie die Wüste Gobi.

Der Rock flattert um Karens Waden. Das Mädesüß blüht. Sie spürt ein leichtes Kratzen an ihrem Fuß, dreht sich um, bückt sich und nimmt das Kätzchen, das ihr nachgelaufen ist, auf den Arm. Es ist das einzige, das aus dem Wurf dieses Sommers übrig geblieben ist, ein kleines graues Wollknäuel und federleicht. Karen riecht an seinem milchig duftenden Fell und flüstert ihm zu: »Heute Abend will ich schön sein.« Doch ihre Angelegenheiten interessieren das Kätzchen nicht, und es sträubt sich. Vorsichtig setzt Karen es zurück auf den Boden. Es ist Sebastians Kätzchen. Ihr Bruder liebt Katzen, und auch diese hat er vor dem Wasserfass gerettet, das sie ansonsten erwartet hätte. Karen muss bis zum Abend noch tausend Dinge erledigen, aber ihre Gedanken wandern immer wieder zu Sebastian. Irgendwie hat sie das Gefühl, dass ihr Bruder ihr etwas sagen wollte, es dann aber bleiben ließ. Karens Bruder sei merkwürdig, sagen alle. Aber die wissen nicht, was für eine weiche Stimme Sebastian hat, wenn er zu dem Kätzchen spricht, wie geschickt seine Hände sind, wenn er ein Netz flickt oder zeichnet. Was immer Sebastian ihr erzählen wollte – Karen weiß, dass es nichts allzu Schlimmes sein konnte. Nicht sein kann.

Es ist Juni, und der Flieder duftet. Von der Wäscheleine hängen die Gardinen, die Aune gebleicht hat. Wasser tropft daraus in den Sand. Bettwäsche und drei Kleider von Karen – alle Kleider, die sie besitzt, außer demjenigen natürlich, das sie anhat, und dem, das sie am Abend anziehen will. Abgetragene Lumpen, gewendet, geflickt, aber Karen liebt sie alle. Unterwäsche ist nicht dabei. Aune will nicht, dass Unterwäsche draußen hängt. Bei den Bergleuten weiß man nie. Karen hat keine Ahnung, warum Aune sich einbildet, dass Bergleute alte Unterhemden und Unterhosen klauen wollten, aber sie gehorcht ihr. Sie muss Aune gehorchen. Verglichen mit ihr ist Karen ein albernes junges Ding, das sich alles Mögliche vom Leben vorstellt. Und Karen weiß, dass sie ohne Aune nicht imstande wäre, den Haushalt zu führen. Heute ist Waschtag. Aune tut die Dinge immer dann, wenn sie an der Reihe sind. Niemals zu früh, niemals zu spät. Die Wäsche samstags, die Uhr in der Stube zieht sie mittwochs auf, und montags wird Fischsuppe gekocht. Karen berührt die weißen Laken, riecht ihren Duft, das Waschpulver, den von der Sonne warmen Stoff. Bevor sie zum Tanz geht, muss sie daran denken, die Wäsche abzunehmen, sie wird im Nu trocken sein.

Karen schiebt sich mit der Schulter voran durch den vollen Saal, die Handtasche hält sie fest in der Hand. Es ist eng, und es riecht nach warmem Schweiß. Männer stehen mit glänzenden Augen an den Wänden, sie sind mit dem Boot von der Nachbarinsel gekommen, ihre Brusttaschen sind prall gefüllt. Einen Teil ihres Proviants haben sie schon unterwegs zu sich genommen. Einer der Männer – Karen weiß, dass es ein Bergmann ist – mustert sie, sagt etwas zu seinem Kumpel, und beide lachen. Karen macht kehrt und schlängelt sich durch das Gedränge in eine andere Richtung. Plötzlich spürt sie eine Berührung im Nacken und dreht sich um.

»Ich hab dich schon gesucht«, sagt Nils. Karen starrt den Hals des Mannes an, der aus dem gestärkten Kragen ragt und im Takt seines Atems bebt.

»Mutter hat gesagt, ich soll mich von Männern fernhalten, die weiße Schuhe tragen«, erwidert Karen, und Nils legt die Hand auf ihre Taille. Sie tanzen, aber nicht besonders gut. Karen kann sich seinem Hinken nicht anpassen. Sie fühlt sich irgendwie schuldig, weil sie ihn an seine Behinderung erinnert. Im Stehen bemerkt man sie kaum. Aber sie möchte so gern tanzen. Das grüne Schleierkleid kommt überhaupt nicht zur Geltung, wenn es sich nicht bauscht. Und Karen hat doch einen ganzen Abend dafür verwendet, den Saum in Falten zu legen. Die Schuhe sind ihr immer noch ein wenig zu weit, obwohl sie Zeitungspapier hineingestopft hat, sie muss sich vorsichtig bewegen, um nicht zu stolpern. Sie hofft, dass Nils ihr Kleid kommentiert, aber er starrt lediglich über ihre Schulter zum Rand der Tanzfläche hinüber.

»Dein Bruder redet mit Kersti.«

»Ist das nicht unglaublich? Kersti wusste, dass ich mein grünes Kleid anziehe. Ich habe es ihr etliche Male gezeigt, und sie hat kein einziges Mal gesagt, dass sie sich ein ähnliches nähen will. Wenn diese Frau in meine Nähe kommt, zerkratze ich ihr das Gesicht.«

»Euch beide kann man nicht miteinander vergleichen. Kersti ist nur Kersti.«

»Herrgott noch mal«, schimpft Karen. »Kann diese Kapelle nicht mal was anderes spielen als dieses melancholische ›Auf den Hügeln der Mandschurei‹?«

»Wollen wir ans Wasser gehen?«, fragt Nils, und Karen lächelt.

Sie nehmen den Weg über den Friedhof. Als Kind hat Karen die bemoosten Steine geliebt, die Holzkreuze mit den Metallschildern, auf denen »Älskade Birgitta« oder »Sjökapten Karl Gustav Eklund« steht. Mittlerweile meidet sie den Ort. Selbst die Kiefernäste hängen hier wie tot herab. Die Kirche blickt fast feindselig aufs Meer hinaus. Sie wurde irgendwann im neunzehnten Jahrhundert aus grobem grauem Stein errichtet. Vater hat behauptet, der Stein stamme aus den Ruinen des Franziskanerklosters, das hier einst stand.

In ihrer Kindheit hat Sebastian ihr immer wieder einzureden versucht, dass hinter dem Altaraufsatz der Kirche noch immer ein Franziskanermönch wohne. Ein Mann, der mächtig alt und runzlig war und so zerstreut, dass er vergessen hatte zu sterben. Und wenn Karen zu nahe an den Altar heranginge, würde der Mönch mit seinen langen Schrumpelfingern nach ihr greifen. Karen erzählt Nils davon, und sie lachen das ewige Lachen junger Leute, die das Gefühl haben, ihre Kindheit und deren verrückte Vorstellungen und Ängste schon ein ganzes Menschenleben lang hinter sich gelassen zu haben.

Karen zieht ihre Schuhe und die Kunstseidenstrümpfe aus und nimmt sie in die Hand. Abends ist der Boden feucht. Es wäre dumm, die guten Schuhe zu ruinieren. Beim Küssen schließt sie die Augen. An einem Schuppen ist Hopfen emporgeklettert. Sie ziehen sich in den Schatten zurück, als sie vom Kiesweg Schritte hören. Sie wollen nicht gesehen werden, sie möchten nicht, dass sich irgendjemand zu ihnen gesellt. Karen spürt Nils' Atem an ihrem Ohr, wie leichte elektrische Schläge wandert er ihre Wirbelsäule hinab und lässt ihre Knie vor Anspannung erzittern. Er fasst sie um die Hüften, und Karen fühlt ihn an ihrem Rücken, riecht den Schweiß und das Mädesüß. Es ist ein Spiel: Sie haben sich versteckt und sind zugleich sichtbar, und Nils fährt mit dem Zeigefinger ihre Lippen entlang. Dann in den Ausschnitt hinein. Er lässt einen Finger am Rand ihres Büstenhalters kreisen. Karen könnte nicht sagen, was sie dabei fühlt. Doch die Schritte auf dem Weg gehen nicht vorbei. Sie wissen, wo sie suchen müssen. Jetzt rascheln Stiefel im feuchten Gras.

»Karen?«, ruft eine Stimme, und im selben Moment reißt sich das Mädchen aus Nils' Umarmung los.

»Sebastian!«

»Ich hab gesehen, dass ihr in Richtung Friedhof gegangen seid.« Sebastian sieht Nils an und nickt. Es ist so etwas wie eine Bitte um Entschuldigung. Nicht unterwürfig, denn er ist der Bruder des Mädchens. Das Nicken zeigt vielmehr, dass er weiß, wie es ist, nachts mit einem Mädchen auf dem Friedhof zu sein. »Karen, ich muss mit dir reden. Jetzt sofort.«

»Vater?«, fragt Karen, aber Sebastian schüttelt den Kopf. Sie sieht Nils an, und der nickt. Der brave Nils, der stets so verständnisvolle Nils. Eigentlich hat Karen diesen Mann gar nicht verdient. Manchmal geht er ihr auf die Nerven, aber gerade jetzt wird ihr wieder klar, warum sie ihn so sehr mag: Nils braucht sie nicht die ganze Zeit, verlangt nicht ständig etwas von ihr. Er gibt sich mit dem zufrieden, was Karen bereit ist, ihm zu geben. Er beklagt sich nicht darüber, dass Karen ihn nicht genug liebt. Er wird nicht wütend, wenn sie zwischendurch gedankenversunken dasteht und bei einem unverständlichen Satz des Mannes plötzlich aufschreckt, ohne den Zusammenhang zu begreifen.

»Wir sehen uns morgen. Du nimmst es mir doch nicht übel?« Karen hakt sich bei Sebastian unter, lächelt Nils entschuldigend an, streift mit ihrer Wange zum Abschied seine Lippen und verschwindet mit Sebastian in der Sommernacht. Zurück bleibt nur der leichte Duft von Sandelholzseife.

Das Hemd des Bruders reibt an ihrem nackten Arm. Auf seiner Schläfe stehen Schweißperlen.

Karen hat den Morgen damit verbracht, einen Brei aus Preiselbeeren und Grieß schaumig zu schlagen und die kalten Umschläge auf Vaters Stirn zu wechseln. Er hat wieder einmal Weltschmerz. Der packt ihn einmal im Monat, immer wenn die *Saltholm* am Steg anlegt.

»Der Sohn des Spritkaisers!«, schimpft er dann. »Sein Vater kann kaum lesen. Eine feine Sippschaft.« Karen verkneift es sich anzumerken, dass Vater anscheinend trotzdem ganz gern ein Gläschen zu sich nimmt, das der Spritkaiser gefüllt hat. Sie macht den Mund zu und kehrt in die Küche zurück.

Karen schält Möhren, die letzten dieses Winters. Im Keller sind sie durch den Frost süß geworden. Das Fenster steht offen, und die blau geblümten Gardinen flattern im Wind. Der Gestank von Mattsons neuem Kuhstall weht herein. Karen hat sich bei Vater über den Geruch beschwert, doch der hat nur auf ihre Stirn gestarrt und entgegnet: »Das ist der Geruch des Geldes, Tochter. Damit werden auch deine Kleider bezahlt.«

Sie hatte keine Lust zu erwidern, dass sie schon ein ganzes Jahr lang keinen neuen Kleiderstoff mehr bekommen habe. Es wäre zwecklos gewesen. Vater hört nicht richtig zu, deshalb kann man mit ihm nicht streiten. Nüchtern ist er mürrisch und schweigsam. Schon allein, dass er sich gezwungen sieht, sich mit hässlichen, alltäglichen Dingen abzugeben, ärgert ihn. Vater mag die Wirklichkeit nicht, er will nichts mit Kartoffelkochen, Milchrechnungen und entzündeten Eutern zu tun haben. Am liebsten würde er sich ganz in seine Bücher vertiefen und Artikel über die viertausend Jahre alten Knochen eines Urstieres schreiben, die man in den Pyrenäen gefunden hat. Aber die Wirklichkeit verlangt von ihm, dass er seine Hand in eine unter Milchfieber leidende Kuh schiebt, und deshalb braucht er etwas, was ihn aufmuntert: ab und zu einen kleinen Cognac.

Wenn Vater trinkt, wird er sanft. Er erzählt Geschichten, sitzt bei Karen oder Sebastian auf der Bettkante und redet darüber, wie sie als kleine Kinder waren. In betrunkenem Zustand ist er allseits beliebt – zumindest am frühen Abend. Nur verlässlich ist er nicht. Die Geschichten werden von Mal zu Mal wilder. Er selbst würde nie zugeben, dass mit seinem Gedächtnis irgendwas nicht stimmt. Trotzdem hat er Karen einmal auf dem Regal im Bootsschuppen vergessen, als sie noch klein war, und ist fischen gegangen. Vier Stunden später hat man Karen wiedergefunden. Da war ihr Vater längst mit zwei Hechten zurückgekehrt und in seinem Zimmer verschwunden, um ein Nickerchen zu machen. Erst da ging man das Mädchen suchen und kam schließlich auf die Idee, im Bootsschuppen nachzusehen. Dort saß sie auf dem Regal, baumelte mit den Beinen und war hungrig wie ein Wolf.

Zucker hat Karen das letzte Mal zu Ostern bekommen. Vater tauscht ihre Lebensmittelkarten lieber gegen Zigaretten ein. Wenn Karen sich konzentriert, kann sie sich noch vage daran erinnern, wie zu Friedenszeiten die Karamellbonbons auf der Zunge knisterten. Aber sie ist sich nicht ganz sicher, ob dies eine echte Erinnerung ist oder nur das Ergebnis von Gesprächen mit ihren Freundinnen. Denn natürlich haben sie darüber geredet – stundenlang haben sie darüber geredet, wie das Essen vor dem Krieg war. So lange, dass sich Karen zwischendurch die Ohren zuhielt und rief, sie ertrage das alles nicht mehr.

Aune reißt sie aus ihren Gedanken. Die Haushaltshilfe stürmt in ihrer Stallschürze herein. »Kersti ist verschwunden!«, ruft sie. »Man hat ihr Fahrrad an der Bushaltestelle gefunden. Endlich ist sie abgehauen.«

Karen steht auf und trocknet sich die Hände an der Hose ab. Sie weiß, dass sie Aunes Ausdrucksweise korrigieren müsste, dass sie mit ihr schimpfen müsste wegen der Schürze, in der sie Bakterien in die Küche bringt, in Karens saubere, mit Lauge geschrubbte Küche, doch stattdessen fragt sie: »Und Sebastian?«

Wie auf Zuruf stürzt im selben Augenblick ihr Bruder in die Küche. Er riecht nach Meer. Hat Fischblut an der Hose. »Ich hatte einen Fünf-Kilo-Hecht im Netz! Er hat sich darin verfangen und es zerrissen. Noch im Boot hat er verbissen gekämpft, aber mit Müh und Not habe ich es geschafft, ihm die Kehle durchzuschneiden.«

Sie starren Sebastian an, bis der Bruder sich verwirrt umsieht. Er wischt sich die Stirn ab, und das aufgeregte Rot angesichts seines Fangs verblasst auf seinen Wangen.

»Kersti ist weg«, sagt Karen, und der Triumph hämmert in ihrer Brust. »Sie hat nicht in ihrem Bett geschlafen.«

Der Bruder sieht erst sie an, dann Aune. Schließlich zieht ein Schleier der Gleichgültigkeit über sein Gesicht. Er weiß, dass die beiden Frauen ihn mustern, in seinem Gesicht die Antwort auf ihre Fragen suchen. Vor allem auf die Frage, warum er, Sebastian, noch hier ist. Er, der doch immer vom Fortgehen redet. Und plötzlich durchfährt es Karen wie ein Blitz: Welches Recht hat Kersti zu verschwinden? Ist ihr Zuhause etwa schlechter gewesen als das von Sebastian und Karen? Ärmer ist es natürlich.

»Ich werde niemals denselben Fehler begehen wie Mutter«, hat Karen zuletzt vor ein paar Stunden gesagt. Sie will sich nicht verlieben und alles hinter sich lassen, um auf eine kleine Insel in den äußeren Schären zu ziehen. Auf eine felsige Klippe, über die der salzige Seewind weht, der die Bäume austrocknet und kaum zehn Jahre alte Balken morsch werden lässt. Karen will Prinzessinnentorte, Rosenwasser und Restaurantdiners mit fröhlichen Herren. Sie will keine praktischen Schuhe tragen und ihr Tuch so fest binden müssen, dass ihre Frisur platt wird. Wenn Karen alt genug ist, wird sie fortgehen. Und Sebastian kommt mit.

Es ist, als hätte Kersti sie ob ihrer Träume verspottet und sie ihnen hingeschleudert und sie beide Traumtänzer geschimpft, die in der Tür standen und staunend zusahen, während andere taten, wovon sie nur redeten.

Mit ihren achtzehn Jahren ist Karen durchaus schon woanders gewesen. Zweimal ist sie übers Wochenende zu Sebastian nach Turku gefahren, sie hat Hunderte Stunden im Hafen von Fetknoppen gesessen und zugesehen, wie das Schiff nach Stockholm vorüberfuhr. Sie hat den Geschichten der alten Schmuggler gelauscht, über Riga und die Mädchen in Hamburg, über die Polizisten in Rotterdam und jene Ufer, an denen man ein schnelles Boot gut verstecken konnte. Sie weiß, dass es eine Welt jenseits von Fetknoppen gibt und dass diese Welt auf sie wartet. Der Wunsch fortzugehen brennt in ihrem Bauch, sie sehnt sich weg, weiß aber nicht genau, wohin. Doch sie weiß, dass das Festland sie erwartet, und schon allein das lockt sie unwiderstehlich aufzubrechen, sich auf den Weg zu machen. Genau das, denkt Karen, ist der Grund, wofür man lebt.

Sie nimmt ihre Schürze ab und wischt sich entschlossen die Finger daran ab. »Ich gehe in Raivola vorbei, bei Kersti zu Hause. Die werden bestimmt schon was wissen.«

»Was willst du denn da? Da rennen jetzt auch so schon genug Neugierige rum«, sagt Aune, hindert sie aber nicht weiter daran aufzubrechen.

Vor dem Spiegel im Flur zupft Karen ihre Locken zurecht, denkt kurz darüber nach, ob sie sich schminken soll, verzichtet dann aber darauf. Kerstis Eltern sind fromm. Es ist besser, sich nach den Leuten zu richten, wenn man etwas von ihnen in Erfahrung bringen will.

Kerstis Zuhause sieht man schon vom weißen Haus aus. Es ist zweistöckig und wie die meisten Häuser auf Fetknoppen rot gestrichen. Eigensinnig steht es an der Mündung einer Meerenge, die Fensterbretter sind sauber gekalkt, rein wie die Seelen der Pfingstler, sagt Vater. Er kann diese frommen Leute nicht ausstehen, und auf der Insel leben gleich drei Arten davon. Karens Familie gehört der normalen Kirche an. Dann gibt es noch die Pfingstler mit ihren eigenen Bethäusern und Friedhöfen und schließlich die Mitglieder der Kirche des Neuen Lebens, so wie Kerstis Familie. Die Kirche des Neuen Lebens ist so klein, dass sie über keinen eigenen Friedhof verfügt, und die Gottesdienste werden reihum in den Häusern der Gemeindemitglieder abgehalten. Es ist wohl so, als wolle man in der Gemeinde nicht besonders gern mit Andersgläubigen verkehren. Sie kaufen beispielsweise nur in Öskildsens Laden ein, während die anderen zu Johansson gehen. Dass Öskildsen fromm ist, erkenne man spätestens daran, behauptet Aune, dass bei ihm die Preise gen Himmel steigen.

In der Diele riecht es muffig. Kerstis Mutter lüftet nicht besonders gern. Sie fürchtet die Kälte und die Feuchtigkeit, wie es bei dünnen Frauen oft der Fall ist. Auf der Holzbank schläft ein Hund, ein Köter mit einem Ringelschwanz. Er öffnet ein verklebtes Auge, späht zu Karen hinüber, schließt es wieder und schläft weiter. Karen hat noch nicht einmal geklopft, da steht die Hausherrin schon an der Tür. »Kersti, warte nur, bis dein Vater ...« Die Frau verstummt, als sie Karen erblickt. »Ah, die Tochter des Doktors. Pass auf, dass es nicht reinzieht! Schnell, in die Küche, dort ist es wärmer.«

Die Augen von Kerstis Mutter sind rot gerändert, an ihrer fleckigen Schürze hängen Federn. Und der alte Franzén? Er wird schon irgendwo sein. Die Frau zuckt mit den Schultern und deutet in Richtung Kirche. »Er geht von Haus zu Haus und fragt, ob jemand irgendwas gehört hat. Hat sie dir auch nichts gesagt? Wohin sie gegangen ist?«

Karen schüttelt den Kopf. In der Küche ist es fast unangenehm warm, der Geruch verbrannter Federn hängt in der Luft. Als hätte man sich die Haare angesengt. Eine Lötlampe lehnt am Küchentisch, und auf dem Tisch steht eine Schüssel für die Innereien. Das Huhn selbst liegt in einer Blechschüssel, aus der starker Spiritusgeruch aufsteigt. Es sieht aus wie ein nacktes Kind. Die Stümpfe der Federkiele ragen wie Stacheln in die Höhe. Karen wendet den Blick ab. Sie hasst es, Geflügel zu rupfen, abzuziehen und zu zerlegen. Bei ihnen macht das Aune. Sebastian und Karen sind einfach dafür nicht geeignet. Die Sprösslinge des Tierarztes können kein Blut sehen.

»Ich wollte ihr ein Buch zurückbringen«, erklärt Karen und hebt ein dünnes hellblaues Bändchen in die Höhe. Sie hat es in der Annahme, dass Kerstis Mutter sich mit den Büchern ihrer Tochter nicht auskennt, im Vorbeigehen zu Hause aus der Bibliothek genommen. Und sie hat recht. Die Frau nickt. Und sie scheint erst jetzt zu bemerken, wie ihre Schürze aussieht.

»Ich war gerade dabei, ein Huhn zu rupfen. Da sollte man nicht mittendrin aufhören, so verdirbt der gute Braten. Obwohl ich ...« Die Frau bricht mitten im Satz ab und sieht Karen an. »Und wenn du es in ihr Zimmer bringst? Auf den Dachboden, meine ich, du weißt schon. Ein richtiges Zimmer hat sie ja nicht. Ich habe sie nicht so erzogen, dass eine vornehme Dame aus ihr wird – obwohl ihr Mädchen natürlich eure eigenen Vorstellungen habt. Sich rausputzen und rumtreiben und von Chiffonrosen träumen, obwohl das Gesicht aussieht wie aus Bootsplanken gezimmert. Da können Chiffon und Satin auch nichts mehr ausrichten.«

Karen tritt einen Schritt zurück, doch der Ausbruch der Frau wird nur noch heftiger. Sie zischt, als wäre der Stöpsel aus einem Dampfkochtopf geflogen. Speichel sprüht durch die Luft. So wird Karen es später Sebastian beschreiben.

»Filmzeitschriften hat sie sich angeschaut. Ein Wunder, dass sie zwischendurch wenigstens irgendein Buch gelesen hat! Sogar an ihre Wände hat sie diese Bilder geklebt. Ich hab sie alle abgerissen. Ingrid Bergman, du lieber Himmel! Sie hätte lieber an ihre unsterbliche Seele denken sollen. Und jetzt auch das noch. Mir sagt sie, dass sie bei Johanssons auf das Kind aufpassen will, und als ich heute Morgen bei Johanssons vorbeischaue, da wissen die überhaupt nichts davon. Zum Tanz ist sie gegangen, um sich irgendwem an den Hals zu werfen. Hast du sie dort gesehen?«

Karen nickt. »Ich hab ihr neues Kleid gesehen ...«

»Aha, der Doktor hat wohl andere Erziehungsprinzipien. Aber

deine Mutter, die war eine gläubige Frau, obwohl auch über sie alles Mögliche geredet wurde. Nicht dass ich das je geglaubt hätte. Über schöne Frauen wird immer allerlei erzählt. Die Leute tratschen, sobald jemand auch nur einen etwas engeren Rock trägt und sich die Lippen schminkt. Aber sie ist gestorben, und über Tote will ich nichts Schlechtes sagen.«

»Vielleicht sollte ich jetzt das Buch ...«

»Du bist ein hübsches Mädchen geworden. Die Leute sagen, dass schon ein Bräutigam bereitsteht? So einfach ist das nicht, hab ich zur Johansson gesagt. Nicht jedes dieser Mädchen findet einen Mann. Für alle reichen sie nicht. Da muss man auch mal einen nehmen, der einen kleinen Webfehler hat. Es gibt sie ja, diese Invaliden. Fast in jedem Haus wohnt einer, so was Besonderes ist das doch auch nicht mehr. Und Granatsplitter vererben sich ja nicht auf die Kinder. Außerdem hat er Geld. Heutzutage darf man es damit nicht mehr so genau nehmen, woher das Geld stammt.«

»Ich will nicht länger stören ...«

»Das kann man ja verstehen, wenn die Mutter gestorben ist. Der Vater wird doch nicht mit zwei von der Sorte fertig! Als Kersti letzte Woche mit einem neuen Hut auf dem Kopf aus Korpo kam, hab ich ihr gesagt: Ein Frack macht aus einem Schwein keine Schönheit. Als hätten wir in diesem Haus zu viel Geld, das man darauf verschwenden dürfte, sich herauszuputzen! ›Ihr Schmuck‹, steht in der Bibel, ›soll nicht aufwendig sein mit Haarflechten und Goldumhängen oder Kleideranlegen.‹ Aber das Mädchen ist eigensinnig wie der Teufel persönlich.«

»Woher hatte Kersti denn das Geld?«

»Wenn ich das nur wüsste. Sie hat darauf bestanden, dass es ihr Geld und ihre Bezugsscheine seien, und sie hat behauptet, sie habe gesehen, wie Prediger Öskildsens Frau einen geräucherten Schinken gegen Bezugsscheine für einen Mantel eingetauscht hat. Dabei wissen doch alle, dass sich die Frau erst vor einem Jahr einen neuen Mantel zugelegt hat, einen aus Kamelhaar. Da hab ich ihr ein paar hinter die Ohren gegeben. Unter meinem Dach wird gegen eine fromme Frau kein falsches Zeugnis abgelegt. Und es steht dem Mädchen nicht zu, seiner Mutter zu widersprechen.« Frau Franzén lässt sich auf den Stuhl fallen und wischt sich über die Stirn. Rußspuren bleiben darauf zurück. »Daran musste ich den ganzen Vormittag denken. Ist sie deswegen gegangen? Weil ich wegen dieses Huts …«

Karen macht einen Schritt nach vorn, legt ihre Hand auf die zitternde Schulter der Frau und drückt sie sanft, doch Frau Franzén scheint es nicht zu bemerken. Der Spiritusgeruch umgibt sie beide, er dringt tief in die Nasenhöhlen ein und steigt ihnen in den Kopf. Für einen Moment fragt sich Karen, ob die Frau einen Schluck davon getrunken hat, aber dann hält sie den Gedanken für ungehörig und schiebt ihn beiseite. Der Hühnerhals ist immer noch nicht sauber durchtrennt. Der blutige Stumpf starrt Karen anklagend an wie ein Auge.

»Soll ich was kochen? Vielleicht Malzkaffee?« Karen traut sich nicht, richtigen Kaffee vorzuschlagen, obwohl man den mittlerweile wieder bekommt. Aber dann denkt die Frau vielleicht, sie hätte es darauf abgesehen.

Doch sie schüttelt nur den Kopf. »Geh du nur rauf. Tobias kommt bald.«

Kerstis Dachkammer ist nicht viel größer als ein begehbarer Kleiderschrank und liegt über der Küche. Im Winter, wenn unten der Herd warm gehalten wird, muss es furchtbar heiß hier oben sein. An den Fenstern hängen gestreifte Vorhänge, an den Scheiben klebt Fliegendreck. Vom Fensterbrett blättert die Farbe ab. Unten im Haushalt wird auf Ordnung geachtet, aber bis ins Zimmer der Tochter hat es nicht gereicht.

Es ist lange her, dass Karen zuletzt hier gewesen ist. Sie streicht über die aus Angelschnur gehäkelte Tagesdecke und legt das

Buch aufs Bett. Sie hört, wie Kerstis Mutter in der Küche auf und ab geht. Karen nimmt sich einen Moment Zeit, aber allzu lange darf sie nicht bleiben, ohne Verdacht zu erregen. Sie sieht unters Bett. Nein, dort ist nichts festgeklebt. Auch nicht unter dem Fensterbrett, hinter dem kleinen billigen Spiegeltisch, unter den Dielen, über denen ein Teppich liegt. Im Schrank hängen ein paar Kleider, überwiegend abgetragene, aber manch eines ist aus dem Stoff genäht, der aus den amerikanischen Carepaketen stammt. Karen besitzt auch so eines. Im obersten Fach liegt in einem Karton der umstrittene Hut eingewickelt in Seidenpapier. Karen liest den Text auf dem Schweißband und betrachtet dann die Schachtel. Sie gehört nicht zu dem Hut. Der Hut ist teurer. Und wurde woanders gekauft, bestimmt nicht in Korpo. Dafür haben garantiert nicht einmal die Bezugsscheine aus zwei Monaten gereicht. Auch in den Schuhen ist nichts versteckt. Ihre besten hat Kersti mitgenommen, bemerkt Karen.

Allmählich hat sie genug. Unten hustet Kerstis Mutter. Dann fällt es ihr wieder ein. Es ist viele Jahre her.

Zwei kleine Mädchen haben immer Geheimnisse. Und Kersti hat nicht viel Fantasie. Karen tastet an der Wand entlang. Sie weiß, dass es dort irgendwo sein muss. Aus der Tasche ihrer Kittelschürze nimmt sie ein Finnenmesser und klopft damit auf die Ziegel, vorsichtig, damit man das Geräusch unten nicht hört. Sie steckt das Messer zwischen zwei Ziegel und ruckelt damit hin und her, bis der lose Ziegel sich bewegt und ihr fast in den Schoß fällt. Karen fängt ihn auf, legt ihn auf den Fußboden und wischt sich den Staub von der Schürze. Dann schiebt sie die Hand in den Hohlraum, tastet und zieht sie wieder heraus. Da ist er. Kerstis Schatz.

Karen schämt sich, als sie die Kostbarkeiten der Siebzehnjährigen betrachtet. Zum Teil sind es sicher Überbleibsel aus früheren Zeiten. Zerknitterte Bilder von Ingrid Bergman und Ava Gardner. Eine billige Puderdose aus Email, Jasminparfüm, ein Herrentaschentuch. (Von Sebastian stammt es nicht, sieht Karen. Vielleicht von einem verflossenen Verehrer.) Ein Foto von ihnen allen, aufgenommen im letzten Frühjahr von Sebastian. Auch Karen ist darauf, mit zusammengekniffenen Augen sieht sie in die Sonne. Zeitungsausschnitte über irgendwelche verrückten Kriminalfälle. Kerstis Mutter hatte recht, als sie sagte, Kersti lese keine Bücher. Sie ist vor allem an Morden interessiert und wie man sich die Haare frisiert. Zum Schluss zieht Karen ein Bündel Briefe heraus, zusammengeschnürt mit einem roten Wollfaden. Karen erkennt Sebastians Handschrift, sie blättert die Briefe durch und steckt sie dann in die Tasche ihrer Kittelschürze. Am liebsten würde sie vor Enttäuschung schreien. Was sie gesucht hat, ist nicht da. Hat Kersti es mitgenommen? Oder ist vor ihr jemand an dem Versteck gewesen? Karen weiß, dass Kersti nicht eben die Fantasie einer Künstlerin besitzt. Das Versteck kann in den vergangenen zehn Jahren ein jeder ausfindig gemacht haben. Es ist hauptsächlich dafür gedacht, Dinge vor Kerstis Mutter zu verbergen. Den Puder und all die anderen dummen Träume zu verheimlichen.

Karen legt die Gegenstände zurück, schiebt den Ziegel vorsichtig wieder hinein und verlässt die Kammer. Die Treppe knarrt, aber Kerstis Mutter hebt nicht einmal den Kopf, als Karen in die Küche zurückkehrt.

»Sind denn viele Leute hier gewesen?«, fragt Karen. »Freunde von Kersti?«

Kerstis Mutter streichelt das tote Huhn wie eine Katze. »Das Mädchen hat auf einmal eine Menge Freunde. Es ist ein ständiges Kommen und Gehen, alle möglichen Leute sind hier schon aufgetaucht. Neugierig wie die Elstern sind sie. Und immer bereit zu behaupten, dass ich nicht fähig wäre, mein Kind zu erziehen. Dass es mit irgendeinem Mann durchgebrannt wäre. Mit jemandem, der ihr Gott weiß was versprochen hat, aber wohl kaum einen Verlobungsring.« Als Karen schon an der Tür ist, ruft die Frau ihr nach: »Dieser junge Mann, nimm dich vor ihm in Acht.«

Auf dem Heimweg überlegt sie, wen sie wohl gemeint hat. Nils? Sebastian? Oder jemand anders? Aber sie will nicht noch einmal zurückgehen. Nicht in ein Haus, in dem es nach Frömmigkeit und verbrannten Federn riecht.

»Kersti kommt zurück«, sagt sie zu Sebastian. »Sie ist nicht nach Stockholm gegangen. Niemand würde so einen Hut zurücklassen.«

Es ist Abend. Draußen ist es immer noch hell, die Lampen sind noch nicht eingeschaltet. Vater achtet streng auf einen sparsamen Umgang mit Strom. Auch das Heizen erlaubt er erst ab Oktober. Bis dahin ist die Feuchtigkeit längst in die Bettwäsche gekrochen, und Karen schläft unter drei Decken. Der wärmste Raum des Hauses ist die Küche. Im alten Ofen brennt tagaus, tagein ein Feuer und sorgt für eine gemütliche Atmosphäre. Deswegen sitzen sie auch jetzt in der Küche, obwohl es Hochsommer ist. Sebastian hat die Reste des Abendessens aus den Töpfen auf seinen Teller gekratzt. Ihr Bruder hatte immer schon einen Bärenhunger, solange Karen sich erinnern kann. Im Handumdrehen ist das frische Blutbrot in seinem Schlund verschwunden. (Johanssons haben bereits geschlachtet.) Er bestreicht die Brotscheiben mit Butter, legt Schmalzfleisch darauf und bohrt mit der Gabel Löcher in den Möhrenauflauf, sein Lieblingsessen. Aune bereitet den Auflauf im Holzofen zu.

Das ist Fetknoppen: Als Johansson einen neuen Heuwender bekam, ging die ganze Insel hin, um ihn zu bestaunen. Er war rot, schön wie ein Kalb, aber Johansson war unzufrieden. Er hatte etwas anderes bestellt. Am nächsten Tag fuhr er nach Nagu und kaufte sich einen großen Eimer voll grüner Farbe. Mit irgendwelchen Intrigen der Kommunisten wolle er nichts zu schaffen haben. Mittlerweile blättert von der Seite des Heuwenders der Lack ab, wenn Johansson damit über die Felder von Pikiniemi fährt. Er hat sich nicht ausreichend Zeit gelassen, ihn lange genug trocknen zu lassen. Unter der grünen Farbe blitzt das Rot hervor.

Auch das ist Fetknoppen: eine Insel bedeckt von Fetthenne, ein sicherer Hafen, eine halbe Stunde westlich von Galtby. Ein Ort, den der Arm der Kommunisten nicht erreicht hat. Eine Insel, auf der nichts Schlimmes passieren kann. Auf der sich nie etwas ändert. Auf der keine Mädchen verschwinden.

»Sie wird zurückkommen«, fährt Karen fort. Je öfter sie es wiederholt, umso fester wird ihre Stimme.

Der Bruder nickt, und im selben Augenblick fasst Karen Mut und redet weiter: »Hast du ihn gekauft? Kersti ist nie in Turku gewesen, und mit ihrem Geld kann sie erst recht nicht bei Bullmann eingekauft haben.«

Sebastian sieht Karen an, lächelt dann und sagt: »Das denkst du? Dass ich herumfahre und Mädchen Hüte kaufe? Wie viele Hüte habe ich dir denn gekauft, Ferkelchen?«

»Keinen, aber …«

»Aber Kersti, meinst du?«

»Wenn ihr … wart. Seid ihr?«

»Ein Liebespaar? Anscheinend sagen das die Leute. Glaubst du das auch, Ferkelchen?« Sebastian mustert sie. Er hat den Kopf geneigt und in den Augen dieses spöttische Funkeln, das Karen nicht ausstehen kann. »Würde es dich stören, Ferkelchen? Würde das irgendetwas ändern?«

Karen schüttelt den Kopf. »Nein. Es würde nichts ändern.«

Aus Vaters Zimmer dröhnt ein dumpfer Schlag, aber sie rühren sich beide nicht. Um sie herum hält bereits die Dämmerung Einzug, doch in die Küche dringt immer noch hochsommerliches Abendlicht herein. Karen spürt Sebastian mehr, als dass sie sein Gesicht wirklich sieht. Das Ticken der Wohnzimmeruhr ist bis hierher zu hören. Karen starrt durchs Fenster zu einem lärmenden Schwarm Eiderenten am Ufer, nur um Sebastian nicht ansehen zu müssen. Zu gern hätte sie ihren Bruder berührt. Sein Duft wird in der Küche fast greifbar, sie weiß, dass er da ist, auch wenn sie ihn nicht riecht. So ist es immer mit Sebastian. Karen spürt seine Anwesenheit in jedem Augenblick, mit jedem Atemzug, bis in jede Haarwurzel. Doch irgendetwas hat sich verändert. Karen will nicht genauer darüber nachdenken. Sie weiß, dass nichts mehr so sein kann wie früher. Sie steckt die Hände in die Schürzentasche, um nichts Unüberlegtes zu tun. Ihre Haut ist rau, der dünne Stoff bleibt daran hängen. Die Hände einer Waschfrau, hätte ihre Mutter gesagt und sie aufgefordert, sich eine Dose Melkfett zu besorgen. Nichts ist besser für die Haut.

Doch in der Schürzentasche fühlt sie die Briefe, die sie Kersti gestohlen hat. Also nimmt Karen eine Hand wieder heraus, dreht eine Locke zwischen den Fingern und zieht sie sich bis an die Lippen. Sie hat vor, die Briefe später zu lesen, abends, wenn sie allein ist.

»Früher oder später kommt sie zurück.«

In der Woche darauf ist es drückend heiß, die Heuschrecken zirpen in einem mechanischen Rhythmus. Karen läuft der Schweiß über den Rücken. Ihre Finger brennen, seit dem frühen Morgen hat sie den Wohnzimmerteppich mit Lauge gescheuert und ihn dann zum Trocknen in der Sonne ausgebreitet. Vom Herumwuchten des nassen Teppichs tun ihr die Arme weh. Teppiche sollte man nicht allein waschen, aber heute hat Aune frei. Und Karen wollte nicht mehr warten. Sie will arbeiten. Möglichst hart und schwer. Damit sie abends einfach nur ins Bett fällt und keine überflüssigen Träume hat.

Sebastian kommt über den Hof gerannt. Karen sieht seinen Kopf, sein sonnendurchflutetes Haar. Wie schön er ist, denkt sie.

Er fährt sich beim Sprechen mit den Fingern durchs Haar. Einen Augenblick lang betrachtet Karen nur Sebastians Mund. Dann schreckt sie aus ihren Gedanken auf, als ein vertrauter Name fällt. »Was ist mit Kersti?«

»Man hat sie gefunden.« Sebastian schreit jetzt fast. »Ihre Finger sind ganz blau. Ihre kleinen Finger«, sagt er immer wieder.

Karen nimmt ihn in den Arm und wiegt ihn sanft hin und her. Sie stellt keine Fragen. Nicht jetzt. Erst muss Sebastian sich beruhigen.

Die Haut ihres Bruders duftet nach Rauch. O Sebastian.

Sie haben sich gestritten, tagelang kein Wort miteinander gesprochen. Doch jetzt ist er hier, in Karens Armen, dort, wo er hingehört.

Mit Sebastian stimmt etwas nicht, das weiß sie. Sie hat es schon immer gewusst. Heute kann sie nicht mehr sagen, wann sie es zum ersten Mal bemerkt hat. Mit Sebastian stimmt etwas nicht, irgendetwas stimmt mit ihm nicht. Der Satz hämmert in ihrem Bewusstsein. Aber Karen liebt Sebastian, liebt ihn so, wie man einen Körperteil liebt oder eine alte Puppe. Ohne auch nur darüber nachzudenken, woher das kommt. Sebastian zu lieben ist seit jeher eine Selbstverständlichkeit, das Beste an ihr, das, was an ihr am meisten Karen ist. Gerade Sebastians Unvollkommenheit sorgt dafür, dass Karen ihn umso inniger liebt.

Es dauert seine Zeit, bis Karen ihn mit ihren wiegenden Bewegungen beruhigt hat. Bis der Bruder ihr alles erzählt.

Kerstis Leiche wurde in der Nähe von Naavalahti ans Ufer gespült. Das Mädchen hat lange im Meer gelegen, sein Körper ist im Wasser aufgequollen wie ein Hefeteig, und irgendetwas hat die Haut an den Beinen zerfetzt. Fische vermutlich. Die Strümpfe sind weg, ebenso der BH, sie trug nur noch Fetzen ihres Rocks auf dem Leib. Norrström hat den Krankenwagen bestellt.

»Hast du sie gesehen?«, fragt Karen.

Nein, Sebastian will nicht über die Leiche reden. Er will Kersti so in Erinnerung behalten, wie er sie zuletzt gesehen hat.

»Wann war das?«

Der Bruder löst sich aus Karens Umarmung. »Fang du nicht auch noch an! Damals in der Nacht. Natürlich erinnerst du dich. Du warst doch dabei.«

Karen nickt, und Sebastian redet weiter. Er hat Kerstis Finger gesehen, die kleinen blauen Finger, die wie aufgeblasene Handschuhe aussahen. »Tang, um ihre Handgelenke hing Tang«, sagt Sebastian. Dann erbricht er weißen Schleim auf Karens Kittelschürze.

Karen ist barfuß. Sie rutscht auf den Uferfelsen immer wieder weg. Die Blüten des Mädesüß verbreiten einen schweren Duft.

Karen lebt ganz in diesem Augenblick – und auch wieder nicht. Sie spürt ihre Fußsohlen nicht mehr. Erst später bemerkt sie, dass eine kleine Zehe ganz blau ist, weil sie sich an einem Felsen oder einem Ast gestoßen hat. Ihre Unterschenkel sind braun und voller Mückenstiche, die Waden federn elastisch. Die Kittelschürze klebt auf ihrer verschwitzten Haut. Als sie das Ufer erreicht, sind schon alle da: der örtliche Polizeichef, der Dorfpolizist Norrström, Doktor Östermalm und eine Gruppe Einheimische. Der Polizeichef hat Schweißperlen auf der Stirn, sie sind gelblich wie Harzperlen oder geschmolzenes Wachs. Er ist sichtlich aufgeregt. Er war für den Krieg zu alt und wird den Gedanken nicht los, das Spannendste verpasst zu haben, weil er jahrelang an der Heimatfront saß, während den anderen auf dem Schlachtfeld die Kugeln um die Ohren pfiffen. Jetzt endlich passiert auch hier etwas, und er hat fürchterliche Angst, dass alsbald jemand kommt und ihm die Leiche und die Mordermittlungen wegnimmt. Der Polizeichef ist ein Jagdfreund ihres Vaters, und Karen wird sich erst jetzt bewusst, wie sehr sie diesen Mann verabscheut.

Kerstis Leiche ist winzig. Das blonde Haar hängt ihr ins Gesicht, und die Lippen sind blau.

Östermalm, der Arzt, hat seine Tasche geöffnet und beugt sich über sie. Er nimmt ihren Kopf in die Hände und streckt ihren Hals, sodass Karen und alle anderen Zuschauer die blauen Spuren erkennen können.

»Erdrosselt.«

Karen weiß nicht, wer es ausspricht. Es ist jemand von ihnen, den Inselbewohnern, einer der Umstehenden.

»Vermutlich kein Strick. Vielleicht ein dünner Schal oder was Ähnliches«, stellt Östermalm fest. »Keine sichtbaren Spuren von Gewalt. Keine Spuren von Gegenwehr. Das Mädchen wurde also wohl nicht vergewaltigt. Mehr kann ich allerdings vor der Obduktion nicht sagen.« Dann wird dem Arzt plötzlich bewusst, dass er ein Publikum hat, und er blickt auf. »Am besten, wir decken das Mädchen zu, bis der Leichenwagen kommt.«

Norrström breitet eine Decke über Kersti aus. Die Decke ist grün und trägt das Emblem des Bergwerks. Viele Inselbewohner leihen sich Sachen aus dem Bergwerk. Nur wenige bringen sie wieder zurück.

Karen betrachtet Norrströms Hände. Sie sind bis hinab zu den Fingern behaart. Dünne rote Härchen. Sie muss an den Tag denken, als sie ihn halb nackt in der Scheune erwischte, und es schüttelt sie vor Ekel.

Der Leichenwagen kommt eine Stunde später. Er hat einen langen Weg von Pargas bis hierher zurücklegen und drei Fähren nehmen müssen. Korpo selbst hat keinen eigenen, ganz zu schweigen von Fetknoppen. Die Zuschauer treten beiseite. Karen ahnt, dass heute alle auf der Insel erstmals seit dem Krieg, als Gerüchte über russische Agenten aufkamen, die hier mit dem Fallschirm abspringen wollten, wieder die Haustüren abschließen werden. Sie erkennt es daran, wie die Menschen sie ansehen. Sie sprechen es nicht aus, aber Karen weiß, was sie denken.

Sie denken an die Monate, die Sebastian im Sanatorium verbracht hat. Und sie denken darüber nach, dass Karens Bruder schon immer merkwürdig gewesen ist.

»Erdrosselt.« Karen formt das Wort mit den Lippen, aber sie ist heiser und bringt keinen Ton heraus. Sie hat es gewusst, tief im Innern hat sie es von Anfang an gewusst, seit dem Tag, als Kersti verschwand. Dass sie sich nicht einfach nur aus dem Staub gemacht hat, nach Stockholm gegangen ist und als Dienstmädchen oder in einer Felgenfabrik arbeitet, dass sie nicht in einem Café in der Sturegatan sitzt, Eis isst und Schuhe aus Lackleder trägt. Und Karen wusste es nicht nur, weil Kersti ihren besten Hut nicht mitgenommen hat.

Karen drückt Sebastians Kopf an ihren Hals. Alles ist gut, will sie damit sagen. Ich bringe das wieder in Ordnung. Und wie so oft in jenen Wochen denkt sie einmal mehr an die Nacht zurück, in der Kersti verschwand. Jetzt muss sie sich alles wieder ins Gedächtnis rufen. Kersti war an jenem Abend aufgeregt, Karen erinnert sich noch an die Schweißperle über Kerstis Nasenwurzel, an ihre wild gestikulierenden Hände. An die Augen, die sagten, ich glaube es nicht, nein, ich glaube es nicht, und die gleichzeitig all ihre Verzweiflung offenbarten. Wie bei einem Kaninchen. So ist … So war Kersti.

Und jetzt ist Kersti tot. Dieses weiche Wesen, das von allen nur Gutes dachte. Das anderen stets das größere Stück vom Kuchen überließ und dabei zufrieden lächelte. Karen war diese kaum merkliche Unterwürfigkeit zuwider. Und sie hat das Mädchen immerzu aufgezogen, indem sie ihr Fragen stellte, auf die Kersti keine Antworten wusste. »Ich verstehe nicht, was du meinst, Karen. Du bist so viel schlauer als ich.« Und dann hat Karen es ihr gnädig erklärt.

Kersti war stolz, eine Freundin wie Karen zu haben. Zu Recht, wie Karen fand.

Kersti, Kersti, Kersti. Karen kann nicht glauben, dass sie tot ist. Dieses farblose, magere Wesen, das ihnen, Karen und Sebastian, in ihrer Kindheit ständig hinterhergelaufen ist. Wie kann ein Mensch sterben, der die ganze Zeit zu unbedeutend erschien, um überhaupt zu leben? Und dann schämt sich Karen wieder für ihre Gedanken. Jedes Leben ist wertvoll, und das Mädchen war ihre Freundin. Eine unermüdliche Zuhörerin und Vertraute. Mit ihrer Hilfe hat Karen die Kriegsjahre überstanden, als Mutter starb, Vater sich immer häufiger in sein Arbeitszimmer zurückzog und Sebastian weg war.

Karen und Nils streiten sich. »Sebastian sitzt in der Klemme!«, wiederholt er, und dann erklärt er ihr seinen Plan. Nisse besitzt ein schnelles Boot – das alte Schmugglerboot seines Vaters. Und Nisse hat Freunde, die er »die Jungs« nennt. Sebastian könne im Handumdrehen in Schweden oder Deutschland sein, noch ehe die Polizisten dazu kamen, das Wort »Haftbefehl« auszusprechen. Sebastian könne seinen Namen ändern, sich einen neuen Pass beschaffen. Wenn man die richtigen Kumpels kenne, dann lasse sich alles organisieren. Er könne Sebastian helfen. Und er werde es tun – seine eigene Sicherheit und seinen Ruf aufs Spiel setzen –, weil er Karen liebe.

»Du hältst ihn für schuldig!«, schreit Karen. »Stell ihn doch gleich an den Pranger! Du willst, dass er wegen einer Tat flieht, die er nicht begangen hat.«

»Bist du dir da sicher?«, fragt Nils. »Dass er es nicht getan hat?«

Eine Woche später kommt der Polizeichef mit seinen Leuten und nimmt Sebastian mit. Es sind Männer, die sie kennen. Sie schütteln sich im Flur den Regen von der Kleidung. Vaters Jagdkameraden. Sie kommen nicht herein, obwohl Vater ihnen anbietet, einen Cognac mit ihm zu trinken. Der Polizeichef räuspert sich und fingert an seiner Mütze herum. Schließlich trägt er sein Anliegen vor, doch niemand, nicht einmal Vater, wirkt überrascht. Für einen Augenblick ist es ganz still, dann beginnen Karen und Vater gleichzeitig zu reden, verstummen wieder, man hört in der Diele das Ticken der Wohnzimmeruhr und vom Grammofon einen Schlager aus der Kriegszeit. Als hätte man den nicht schon oft genug gehört. Später, noch Jahrzehnte danach, wird Karen das Geleier in den Ohren klingen – von einem Treffen unter der Laterne. »Wie einst Lili Marleen.« In Karens Kopf erklingt es immer noch, und selbst fünfundsechzig Jahre danach sorgt dieses Lied dafür, dass ihr die Magensäure aufsteigt. Bei der Taufe ihres eigenen Kindes schaltet Karen das Radio aus, das der Cousin ihres Mannes aufgedreht hat, um bei der Feier für Stimmung zu sorgen. Dann rennt sie ins Schlafzimmer und weint. Ihrem Mann bleibt nichts übrig, als mit den Schultern zu zucken und den Gästen irgendwas von den angespannten Nerven junger Mütter zu erzählen. Wenn sie im Fernsehen die Sondersendungen von den Feierlichkeiten zum Unabhängigkeitstag im Präsidentenschloss sieht, anlässlich derer das Lied – ursprünglich eine deutsche Komposition – im Hintergrund gespielt wird, denkt Karen nicht an den Krieg, sie denkt an Sebastian. »Wie einst Lili Marleen« – und sofort steht sie wieder im Flur, spürt Sebastians Finger, die sich in ihre verkrallen, und will schreien: Geh nicht! Geh wenigstens nicht ohne mich!

Aber der Bruder nickt nur und geht mit. An der Haustür berührt er noch einmal Karens Finger.

»Mach dir keine Sorgen, Ferkelchen. Es ist nur ein Verhör, das wird in solchen Fällen immer gemacht.« Aber es ist nicht nur ein Verhör. Sebastian kommt nicht wieder zurück.

Kersti wurde erdrosselt, und sie war schwanger.

AUF DER STAATSSTRASSE 9

Der Tag war angebrochen. Am Horizont schimmerte nur mehr ein schmaler orangefarbener Streifen. Karen wechselte auf die rechte Spur, stellte das Radio an und fragte sich, ob ihre Schwiegertochter wohl schon wach war. Nach einem Migräneanfall schlief sie meist lange und schlich erst ins Erdgeschoss hinunter, wenn Erik die Breischüsseln bereits weggeräumt und die Orangensaftflecken vom Küchentisch gewischt hatte und in der Kaffeemaschine schon die zweite Kanne des Tages durchlief.

Ihre Schwiegertochter war nicht dumm. Man hätte sie glatt gernhaben können – wäre sie keine derart langweilige Primel. Tüchtig zwar, aber entsetzlich konventionell. Frauen, die Zimmer um Zimmer mit Duftkerzen dekorierten, konnte Karen nicht ausstehen.

Das Mädchen lag wie ein kleines Kind auf dem Sitz zusammengekauert und schien zu schlafen. Diese kleine Gangsterbraut, dachte Karen und überlegte, wo wohl die Mutter des Mädchens stecken mochte. Hatten Gangsterbräute überhaupt Mütter, oder tauchen sie eines Tages einfach so, schwuppdiwupp, aus einer Pfütze auf wie Frösche? Das Mädchen zuckte, als spürte es Karens Blick, blinzelte und rümpfte die Nase wie ein misstrauisches Kaninchen.

»Warum diese Maske?«, fragte Karen.

»Weißt du, wie teuer heutzutage Strumpfhosen sind?« Das Mädchen kramte in seiner Tasche, einem großen aprikosenfarbenen Ungetüm aus Kunstleder, zog immer merkwürdigere Dinge daraus hervor und warf sie auf den Sitz.

»Pass auf, das ist der Originalbezug!«, ermahnte Karen sie. »Das Kind kommt anscheinend doch noch nicht?«

Das Mädchen grinste und nahm eine Packung Nikotinkaugummis aus der Tasche. »Die hab ich gesucht. Schrecklich, diese Entzugserscheinungen! Ich musste irgendwie dort weg. Tomppa hat immer solche idiotischen Ideen. Als wäre heutzutage in Tankstellen noch Geld zu holen.«

»Also nicht ins Krankenhaus?«

»Nein.«

»Gut. Ich glaube, es ist am besten, wenn wir auf den Nebenstraßen bleiben. Wir werden ja sehen, ob sich jemand die Mühe macht, uns zu verfolgen. Aber wir sollten lieber kein Risiko eingehen.«

Das Mädchen steckte sich einen Kaugummi in den Mund und stellte die Füße aufs Armaturenbrett. Karen warf ihr einen verärgerten Blick zu.

»Die Krankenschwester hat gesagt, ich soll das machen«, erklärte das Mädchen und ließ eine Kaugummiblase platzen. »Sonst kriegt man Krampfadern. Was ist das überhaupt?«

»Du heißt also Assu?«

»Azar. Aber den Namen kann Tomppa nicht leiden, seiner Meinung nach hört sich Azar zu sehr nach Immigrantin an.«

»Ist das denn verkehrt?«

»Ich bin hier geboren. Und Kreuzworträtsel mache ich schneller als Tomppa. Der hat diese Dys...«

»Dyslexie? Eine Leseschwäche? Ist Tomppa... Ist er der...«

»Der Vater meines Kindes? Nein, wirklich nicht. Wir sind nur zufällig zusammen unterwegs gewesen.«

Karen hielt das Lenkrad fest umklammert und warf dem Mädchen einen weiteren Blick zu. »Wie alt bist du?«

»Einundzwanzig.«

Karen lachte, und das Mädchen zog die Nase kraus. »Okay, siebzehn, aber mit einem anständigen Make-up nimmt man mir auch die zwanzig ab.«

Karen nickte. »Mein Name ist Karen. Ich nehme an, du hast Hunger. Wir gehen jetzt erst mal frühstücken.«

Das Mädchen zuckte leicht zusammen, als Karen abbog und vor einem Hotel vorfuhr.

»Hier fallen wir nicht weiter auf, niemand beachtet uns oder das Auto, und in dem Restaurant gibt es einen guten Brunch. Herrgott noch mal, kleb den Kaugummi doch nicht unters Handschuhfach!«

Azar zuckte mit den Schultern, warf einen Blick in den Rückspiegel, zupfte sich das Haar zurecht und öffnete die Tür.

Das Mädchen schaufelte sich schon die dritte Portion Omelett und Pfannkuchen mit Marmelade in den Mund. Karen lehnte sich auf dem Stuhl zurück und nahm einen Schluck von ihrer Mimosa. Sie hatte der Barfrau erst erklären müssen, wie eine Mimosa gemixt wurde, was bewies, dass sie schon ein ganzes Stück von zu Hause entfernt war. Oder auf dem Weg dorthin – je nachdem. Das Mädchen bewies beim Essen immerhin passable Manieren, gab keine Geräusche von sich und benutzte Messer und Gabel. Sie hatte sich zwar nicht die Serviette auf den Schoß gelegt, wischte sich aber immerhin die Finger daran ab. Und Hunger hatte sie. Sie verschlang das Essen so schnell wie eine Muräne und holte sich am Büfett Nachschlag, noch ehe der Teller leer war. Auf jede Scheibe Brot schichtete sie verschiedene Arten von Belag: Lachs, Käse, Salatblätter, Braten. Offensichtlich war sie keine Vegetarierin. Anders als Karen in den Siebzigerjahren. Damals war das Mode gewesen in Westdeutschland. Dorthin war sie aus ihrer hastig geschlossenen zweiten Ehe geflüchtet. Sie war damals knapp über vierzig gewesen, ihre Gesichtszüge und ihr Leben hatten längst Form angenommen. Es waren schöne Jahre gewesen. Erik, ihr Sohn, war bereits in einem Alter, da man sich mit ihm unterhalten konnte. Rückblickend und wenn man von den Fotos aus jener Zeit ausging, wirkte sie damals schön – zwar zu dünn, aber genau so, wie erwachsene Frauen nun mal aussahen, wenn sie wussten, was sie vom Leben erwarteten. Junge Menschen sind selten interessant. Sie denken zu viel über die Erwartungen anderer nach und richten ihr Leben danach aus, was sie alsbald ermüdet.

Gerade hatte Azar am Büfett den Nachtisch entdeckt und legte Plundergepäck und Blaubeerkuchen auf ihr Tablett. Wann hatte sie wohl zuletzt etwas gegessen? Sie musste verzweifelt sein. Wie ein Junkie wirkte sie nicht. Karen hatte die Arme gesehen, als das Mädchen seinen Ledermantel ausgezogen hatte. Azars Ausdrucksweise ließ überdies darauf schließen, dass sie aus gutem Hause stammte. Sonst wäre sie nicht imstande gewesen, von zwei ausliegenden Käsesorten den teureren Brie zu wählen. Jemand musste das Mädchen anständig erzogen haben. Im Hinblick auf ihre Kleidung hätte sie allerdings auch auf der Straße leben können. Doch was verstand Karen heutzutage schon von den modischen Vorlieben junger Mädchen. Gott sei Dank waren Eriks Kinder Jungen. Bei denen hatte es genügt, wenn man ihnen Kartoffelbrei vorgesetzt und dann und wann einen Zwanziger zugesteckt hatte. Der älteste von ihnen hatte mittlerweile eigene Kinder und eine Halbglatze. Niemand altert so schnell wie ein junger Mann.

Azar hingegen, dachte Karen, während sie ihr beim Essen zusah, ist ein kleiner hungriger Schmarotzer – immer bereit, jede ausgestreckte Hand zu ergreifen und ihre Brut darin abzulegen. In ihrem Blick lagen zugleich Vertrauen und Angst, genau wie bei einem bettelnden Hund, dem man zu oft einen Klaps auf die Schnauze gegeben hatte und der die Hand in der Hoffnung auf ein Stückchen Fleisch dennoch nicht aus den Augen ließ. Wie war Azar in diese Lage geraten, was mochte da geschehen sein? Lange war sie sicher nicht auf der Straße gewesen, das sah man an ihrer Haltung. Außerdem war sie zu hübsch – und schwanger. Das rief die Behörden auf den Plan. »Ich fahre die Neun weiter bis Turku. Ich kann dich unterwegs absetzen, wo immer du hinwillst.«

Das Mädchen blickte auf und wischte sich den Mund mit der Handkante ab. »Wo willst du denn hin?«

»In die äußeren Schären.«

»Dort war ich noch nie.«

Sie schwiegen eine Weile. Azar aß mittlerweile ein wenig langsamer. Karen betrachtete die Wimpern des Mädchens, die schweren Augenlider, die dunklen Augenringe. Von ihrem Bauch abgesehen war sie so mager wie ein Feldhase nach dem Winter. Aune hätte sie mit Möhrenauflauf und Kuchen gefüttert, genau wie Sebastian damals, als er aus dem Krankenhaus zurückgekehrt war.

Liisa, Eriks Frau, aß seit geraumer Zeit keine Kohlenhydrate mehr. Mittlerweile hielt sich die ganze Familie daran, hatte sie erzählt. Am liebsten hätte Karen erwidert, dass sie ihr ganzes Leben lang schlank geblieben sei, weil sie ganz einfach nach einer Portion den Mund zugemacht hatte, und dass die Wirksamkeit ihrer Diät zumindest an der Taille der Schwiegertochter noch nicht zu erkennen sei. Doch damals hatte Karen schon lange genug im Haus ihres Sohnes gewohnt, um zu wissen, wann sie besser schwieg. Ihre Schwiegertochter war kein schlechter Mensch; nur eben jemand, wie es sie in den Elternbeiräten zuhauf gab. Eine Frau, die für den Urlaub ein detailliertes Programm erstellte und vorab Prospekte über Tiefseetauchkurse sichtete, dann aber doch lieber zu Hause in ihrem Sessel sitzen blieb und Schokolade (kohlenhydratfrei) futterte. Und das war beinahe schon wieder sympathisch. Karen mochte Menschen, die Träume hatten, obwohl sie niemals auch nur anstrebten, sie zu verwirklichen. Doch ihre Schwiegertochter war andererseits auch ein Griesgram – ein Mensch, der jeden verdächtigte, es insgeheim schlecht mit ihr zu meinen, und anderen jahrelang Dinge nachtrug. Doch Karen war inzwischen zu alt, um sich darüber den Kopf zu zerbrechen, ob sie möglicherweise jemandes anderen Gefühle verletzte.

»Du hättest mich der Polizei übergeben können«, sagte Azar und schob sich einen frischen Nikotinkaugummi in den Mund.

»Das könnte ich immer noch. Irgendeine Behörde gibt es bestimmt, die man in so einem Fall anrufen kann.«

»Ach, eine Hotline? Wenn du in einen Tankstellenüberfall von Jugendlichen geraten bist, dann drücke die Eins. Wenn der Täter schwanger sein sollte, dann drücke die Zwei … Die könnten mich nirgendwohin stecken. Ich bin minderjährig. Aber eigentlich wollte ich sagen: Danke.«

Karen klappte ihre Handtasche auf und sah aus dem Augenwinkel den schnellen Blick des Mädchens, als sie ihr Portemonnaie öffnete. Darin steckte ein Bündel Geldscheine, die Karen für ihre Reise zurückgelegt hatte. Sie musste bei dem Mädchen auf der Hut sein.

Das Foto darin hatte sie sich lange nicht mehr angesehen, aber das brauchte sie auch nicht zu tun. Sebastian sah stets genauso aus wie in ihrer Erinnerung: die dunklen Augen, der fliehende Haaransatz über den Schläfen, die abstehenden Ohren und der fast mädchenhaft schöne Mund. Das Bild war am Rand verknittert, und sie strich es glatt. Zum ersten Mal bemerkte sie den mit vergoldeten Buchstaben aufgedruckten Namen des Fotogeschäfts: Gebrüder Kuronen OY, Turku.

Azar reckte sich, um besser zu sehen. »Cool. Der sieht gut aus. Ist das irgendein Macker von dir?«

»Mein Bruder.«

»Den würde ich nicht von der Bettkante schubsen.«

Karen sah Azar streng an, seufzte dann und legte das Foto auf den Tisch. Das Mädchen versuchte, sie zu provozieren. So waren sie in diesem Alter. Sie selbst war genauso gewesen, hatte geraucht und figurbetonende Kleider getragen, obwohl ihre Schwiegermutter gemurrt und ihr Mann geschmollt hatte. »Meine Frau zieht sich nicht an wie ein Straßenmädchen«, hatte er gesagt.

»Wo bist du denn einem Straßenmädchen begegnet? Im Nobelhotel Kämp etwa?«, hatte Karen erwidert, und dann war sie hinausgerannt und hatte die Türen hinter sich zugeknallt. Zurückgekehrt war sie erst am späten Abend, als ihr Mann sich bereits hingelegt hatte. Es kam ihr vor, als wäre das schon ewig her. Die Sache mit Sebastian hingegen schien erst vor Kurzem passiert zu sein. Das war doch erst gestern … Gestern? Als ihrer beider Haut noch hell und weich war und Unterhosen »die Unaussprechlichen« genannt wurden und es sich für eine Dame nicht einmal schickte zu wissen, dass sie welche trug.

»Na ja, das ginge auch gar nicht mehr. Er ist tot. Ein paar Monate nach dieser Aufnahme ist er gestorben. Das Foto stammt aus dem Jahr 1947, kurz nach dem Krieg. Sebastian war damals zweiundzwanzig.«

Und genauso sah Karen ihn vor sich. Anders als sie selbst war ihr Bruder nicht alt geworden. Dunkle Augen unter dichten Brauen. Die Mädchen waren verrückt nach ihm gewesen. Sie hatten alberne Gedichte geschrieben und sie in ein Loch neben dem Bootssteg gesteckt. Sebastian hatte die Angewohnheit gehabt, auf dem Steg zu sitzen und zu lesen. Manchmal hatte er Karen ein paar dieser Briefe gezeigt. »Triffst du dich mit ihnen?«, hatte Karen bedrängt. »Begreifst du nicht, dass die alle dumm sind wie Johanssons Färsen? Sie laufen dir doch nur mit feuchten Augen nach und halten den Goldenen Schnitt für eine Modezeitschrift.«

»Mach dir keine Sorgen, Ferkelchen.«

»Und an der Universität?«, hatte Karen nachgehakt. »Hast du dort jemanden?«

Aber Sebastian hatte nur gelacht und Karens Gesicht an seine Schulter gedrückt. Doch hin und wieder hatte Sebastian erzählt, was die Mädchen ihm zuflüsterten, wenn er mit ihnen tanzte, und was sie anhatten. Und dass eine mal Rousseau für eine Kartoffelsorte gehalten hatte. Sie hatten gemeinsam über die Arme gelacht, obwohl auch Karen den Namen später im Lexikon hatte nachschlagen müssen.

»Ferkelchen?« Azar musste lachen. »Dein Bruder hat Ferkelchen zu dir gesagt?«

»Ich habe es immer gehasst«, erwiderte Karen. »Und genau das wird auch seine Absicht gewesen sein. So sind Brüder eben. Ich war zu jener Zeit ein pummeliges Mädchen mit zu vielen Sommersprossen auf der Nase. In der Sonne wurde ich ganz hellrot – so ein leuchtendes Rosa, ein richtiges Schlüpferrosa. Und Basse fand nun mal, dass ich dann aussah wie ein Schweinchen.«

Karen sah Azar nur zu deutlich an, dass sie verzweifelt versuchte, sich Karen in jüngeren Jahren vorzustellen. In den Augen des Mädchens muss ich uralt sein, dachte Karen, vermutlich älter als seine Urgroßmutter. Würde sie es ihr glauben, wenn sie erzählte, dass ihre Bekannten ihr immer wieder bestätigt hatten, wie gut sie sich gehalten habe und wie elegant sie sei und dass sie nie in braunen Schuhen auf die Straße ging, wenn sie sich für eine schwarze Handtasche und schwarze Handschuhe entschieden hatte? Freunde besaß sie kaum mehr. Zwar kannte sie Leute, mit denen sie zu Mittag aß, und dienstags ging sie immer in den Sherry-Club, aber ihre wahren Freunde waren schon lange tot, und es war ihr zu mühselig vorgekommen, sich neue zu suchen. In Karens Alter konnten selbst neue Freunde jederzeit tot umfallen, noch ehe man sich ihren Geburtstag eingeprägt hatte. Während der letzten Jahre hatte sie mehr Geld für Trauerkränze ausgegeben als für den Friseur.

Achtzehn Jahre lang war Karen Sebastians Schatten gewesen und er der ihre, zumindest hatte sie es immer so gesehen. Sie hatten keine Geheimnisse voreinander gehabt, sie hatten stets das Gleiche essen wollen, dieselben Menschen gemocht und meist sogar aus denselben Gründen, und es hatte sogar passieren können, dass sie, ohne voneinander zu wissen, die gleiche Schallplatte gekauft hatten. Sie hatten beide Schweinerippchen geliebt und eingelegten Hering gehasst.

»Und was ist dann passiert?«, fragte Azar.

Karen sah den begehrlichen Ausdruck in den Augen des Mädchens. Bildete es sich etwa ein, es könnte sie einwickeln? Nun ja. Karen war es egal. Ihr blieb ohnehin nicht mehr allzu viel Zeit.

»Ein Mädchen ist gestorben… und kurze Zeit später dann Sebastian. Ich habe die Insel verlassen. Iss jetzt auf. Ich gehe inzwischen zur Toilette.«

Das WC war eine jener Räumlichkeiten, die den Verdacht erweckten, als hätte derselbe Innenarchitekt sie für sämtliche großen Hotels entworfen. Dunkel gebeizte Oberflächen, die Wände mit winzigen Kacheln verziert, als hätte man sie für eine Puppenstube hergestellt und nicht für eine echte Toilette. Karen kämmte ihr Haar und starrte sich im Spiegel an. In ihrer Jugend hatte man von ihr behauptet, sie sei Sebastian wie aus dem Gesicht geschnitten. Inzwischen lagen unter ihren Augen bleibende Schatten. Doch ihr Haar war immer noch dicht und grau und umgab ihren Kopf wie eine wallende Mähne.

»Was ist eigentlich mit dir los?«, fragte Karen, und erst als eine Dame in der Nachbarkabine leise hüstelte, wurde ihr klar, dass sie soeben laut gesprochen hatte. Und wenn schon. Sie war alt, und Alte hielt man ohnehin für wunderlich. Sie zupfte an der Schulter ein überflüssiges Fädchen von ihrer Jacke und zog den Lippenstift nach. Ja, sie war alt. Aber sie war noch nicht tot. Ihr Alter hatte den Vorteil, dass sie nicht mehr übermäßig viel Schlaf brauchte. Zum Schlafen blieb immer noch genug Zeit, wenn sie angekommen waren. Wieso *waren*?

Karen fuhr zusammen, als ihr klar wurde, dass sie die Pluralform verwendet hatte. So ein Blödsinn. Azar würde an einer geeigneten Stelle aussteigen. Karen könnte ihr Geld für den Bus geben. Es würde doch wohl irgendwo jemand auf sie warten. Die Eltern? In ihrem Alter hatte man noch Eltern. Sie würde dem Mädchen sagen, dass es ihnen Bescheid geben sollte. Es gab Menschen, deren Pflicht darin bestand, sich um andere zu kümmern.

So wie es bei dir und Sebastian war?, hielt eine spöttische Stimme in ihrem Kopf ihr vor, doch Karen verscheuchte sie sogleich wieder. Das war eine andere Zeit gewesen, ein anderes Leben. Eine Zeit, in der sie mitten hinein in eine durcheinandergewirbelte Welt geworfen worden waren. In der es in den Fugen gekracht hatte. Und in der das Wichtigste gewesen war zu überleben. »Ich hab dich nicht im Stich gelassen, Sebastian. Ich bin in dem dämmrigen Gewächshaus geblieben, als du weggerannt bist, und habe auf dich gewartet.«

Als Karen in den Frühstücksraum zurückkehrte, war Azar verschwunden. Auf dem Tisch waren nur die Reste eines gekochten Eis und ein Saftglas mit Spuren von pinkfarbenem Lipgloss zurückgeblieben. Das Foyer war verwaist. Karen atmete tief durch und sah dann in ihre Handtasche. Die Autoschlüssel und das Geld waren noch da. Allerdings – wer brauchte schon Schlüssel, um ein altes Auto zu knacken?

Karen hielt eine Kellnerin an, eine müde Frau mit rotem Haar, die gerade Tabletts wegkarrte. Auf ihrer Schürze prangten Fettflecke, und Karen fragte sich insgeheim, ob sie schon die ganze Nacht hier Dienst gehabt hatte. Nein, sie habe die Enkelin der Dame nicht gesehen. Nein, niemand habe eine Nachricht für sie hinterlassen.

Im Grunde war es besser so, dachte Karen. Hoffentlich war das Kind wenigstens nicht per Anhalter weitergefahren. Für einen Augenblick schossen ihr Bilder von gewalttätigen Lkw-Fahrern und im Sumpf versenkten Leichen durch den Kopf, doch die schob sie beiseite. Azar war siebzehn Jahre lang ohne Karen zurechtgekommen und würde dies auch künftig schaffen.

Auf dem Weg zu ihrem Auto hielt Karen urplötzlich inne und duckte sich intuitiv hinter einen großen Volvo. Die abrupte Bewegung brachte sie für einen Moment aus dem Gleichgewicht, das seit der Operation noch nicht wieder so funktionierte wie zuvor.

Azar unterhielt sich mit einem uniformierten Polizisten. Sie lächelte, wirkte regelrecht begeistert, fuhr sich durchs Haar und fuchtelte beim Sprechen mit den Händen. Ihre rebellische Haltung war wie weggefegt. Karen konnte zwar nicht verstehen, was sie sagte, aber sie konnte sich vorstellen, worüber sie sprach. Diese verflixte kleine Schlampe! Es war dumm gewesen, das Mädchen nicht geradewegs zu einer Polizeiwache zu fahren oder es in der Tankstelle zurückzulassen. Sie hätte wissen müssen, dass Mitleid ein Luxus war, den sich Schwache – solche wie Karen – nicht leisten konnten. Barmherzigen Samaritern erging es immer schlecht. Was würde wohl passieren, wenn man einen Bettler von der Straße auflesen und mit nach Hause nehmen, ihm ein Bad und ein Drei-Gänge-Menü bereiten und schließlich noch das Bett frisch beziehen würde? Tags darauf würde die Hilfsbereite gefunden werden: mit aufgeschlitzter Kehle, vergewaltigt, die Wohnung bis hin zum Rauchmelder leer geräumt, Fäkalien und Blut an den Wänden. Und in einem Fernsehinterview würde der festgesetzte Mörder später verkünden, die Frau habe es nicht anders verdient. Was war sie auch so blöd. Und die Menschen würden vor ihren Fernsehgeräten sitzen und die Köpfe schütteln, insgeheim aber denken, dass der Bettler recht hatte. Schlimme Dinge passierten nur dummen, unvorsichtigen Leuten.

In Wirklichkeit hatte Karen die Polizei nicht angerufen aus Angst, sie könne auch sie selbst auf kürzestem Wege wieder nach Hause schicken. Dorthin wollte sie aber nicht. Und auch nicht in Eriks geräumiges Kannustalo-Eigenheim, in dem im Wohnzimmer die Holzbalken unverputzt geblieben waren, um dem Raum eine »rustikale Atmosphäre« zu verleihen. Als wohnte man in einer Blockhütte, hatte Karen gedacht, während die Schwiegertochter ihr stolz die Entwürfe des Innenarchitekten präsentierte.

Karen hatte einen Plan, keinen genauen zwar, aber in der Nacht ihrer Flucht hatte sie diese als einzige Möglichkeit betrachtet. In jenen klaren Stunden der Nacht, in denen jeder Schritt todsicher schien und Entscheidungen in einem leeren Raum widerhallten wie Schüsse.

Das Mädchen war eine Verräterin. Karen hätte es wissen müssen. Man durfte keinem unter siebzig vertrauen. Die Jüngeren hatten zu viel zu verlieren. Für die gab es nur sie selbst, ihre Bedürfnisse, ihre Familie, ihre Clique, ganz gleich, ob die aus der Verwandtschaft oder der Floorballmannschaft bestand.

Jetzt steckte sie übel mit drin in der Sache. Ihre Flucht von der Tankstelle würde sich kaum als kleines Missverständnis erklären lassen. Karen Valter, so würde es in den Schlagzeilen stehen, begann ihre kriminelle Laufbahn mit dreiundachtzig Jahren. Oder eigentlich, dachte Karen, eigentlich schon viel früher. Aber damals hatte sie Sebastian schützen müssen. Vielleicht konnte sie es ja mit einem noch nicht diagnostizierten Alzheimer im Anfangsstadium erklären? Allerdings würde man sie auch dann zu Erik zurückschicken. Und wenn sie im Polizeiauto vorführe, ließe die Schwiegertochter sie nicht einmal mehr allein zum Zeitungskiosk gehen.

Wieder lachte Azar über irgendeine Äußerung des Polizisten. Karen sah, wie der Blick des Mädchens umherirrte und schließlich in ihre Richtung wanderte. Der Polizist spazierte davon. »Gefahr gebannt!«, zischte Azar, als er außer Hörweite war.

Karen fragte sich, wie das Mädchen sie entdeckt hatte. Es besaß ja eine Beobachtungsgabe wie ein Immobilienmakler. Karen hatte geglaubt, sich so zu bewegen, dass sie völlig unsichtbar war.

»Ich dachte schon, du bist abgehauen«, sagte sie.

»Wohin denn?«, erwiderte Azar. »Ich muss für eine Weile weg von Tomppa, und du bist bisher ganz okay gewesen.«

»Ist er gefährlich?«

»Tomppa?« Azar zuckte mit den Schultern. »Vermutlich. Dort, wo ich herkomme, sind die Männer das meistens.«

»Woher kommst du denn?«, fragte Karen.

»Aus einem Vorort von Tampere, aus Hervanta.«

»Das klingt doch alles andere als gefährlich. Wohnen deine Eltern auch noch dort?«

Azars Gesichtsausdruck veränderte sich schlagartig, wirkte auf einmal hart und misstrauisch.

Sie ist noch zu jung, um es verbergen zu können, dachte Karen.

»Nein. Sie leben im Iran. Ich bin allein hier.«

Die Kleine war eigensinnig und widerspenstig wie ein junger Bulle. Na ja, Karen würde sich später etwas einfallen lassen, wie sie das Mädchen wieder loswürde. Und zwar so, dass sie nachts ruhig schlafen konnte, ohne Angst vor einer Messerstecherei und ohne Albträume, in denen sich eine Horde Glatzköpfe mit Kapuzenshirts und Baseballschlägern einer Parkbank näherte, auf der Azar die Nacht verbrachte.

Die erste Stunde saß Azar schweigend auf dem Beifahrersitz. Die Füße ließ sie jetzt zum Glück unten. Es waren nur wenige Autos unterwegs. Erst die Osterfeiertage würden mehr Verkehr auf die Straße bringen, die zu den Schären führte. Karen nahm den Geruch des Meeres wahr und wie er sich veränderte, als sie sich ihm näherte. Das Eis war mittlerweile fast gänzlich geschmolzen, unter einer der Pargas-Brücken lag die offene See eisfrei vor ihr. In den Straßengräben wuchs Huflattich. Als sie an einem alten Eichenhain vorüberfuhr, hüpfte ihr Herz vor Freude: wie wenig sich eine Landschaft selbst in einem halben Jahrhundert veränderte – diese, ihre Landschaft. Es waren immer noch dieselben Felsen und Bäume, dasselbe sich ständig wandelnde Meer. Allmählich ließen die durchwachte Nacht und die Stille ihre Lider schwer werden. Wenn das Mädchen doch etwas erzählen würde, ganz egal was, damit sie wach bliebe! Eigentlich war es merkwürdig, dass Azar nicht schlief. Sie saß nur mit zusammengekniffenen Lippen da und starrte aus dem Fenster. Wahrscheinlich hatte sie Angst, dass Karen sie nach Schweden entführte oder anderswohin, noch weiter weg.

»Wie war das nun mit deinem Bruder? Was ist mit ihm passiert? 1947? Das ist ja eine Ewigkeit her.«

»Ich war damals achtzehn. Und ausgesprochen hübsch.«

»Das sagen alle alten Leute«, erwiderte Azar und fügte schnell hinzu: »Ich meine, es ist bei allen immer die gleiche Leier. Dass sie gute Zeugnisse und keinen einzigen Pickel hatten oder dass sie im Winter zwanzig Kilometer Ski gelaufen sind. Oder sie predigen einem, dass in anderen Familien die Kinder nicht einmal zur Schule gehen dürfen. Aber wenn man sie dann wirklich auf Fotos sieht, dann waren es Narbengesichter, blass wie Buttermilch, die sich mit dem Unterwäschekatalog auf dem Klo einen runtergeholt haben. Erwachsenen kann man nicht trauen. Sie erinnern sich an das, woran sie sich erinnern wollen, und sorgen nach Kräften dafür, dass ihre Kinder sich jämmerlich fühlen.«

»Wo sind deine Eltern?«

»Hab ich behauptet, dass ich über sie rede?«

»Ich dachte nur ... Möglicherweise machen sie sich Sorgen. Ich jedenfalls würde mir Sorgen machen.«

»Können wir uns darauf einigen: Wenn ich nicht frage, warum du mitten in der Nacht mit einer Waffe unterwegs bist, die aussieht wie aus einem Miss-Marple-Film, dann fragst du auch nicht nach meinen Leuten. Okay?«

»Okay.«

Karen seufzte und rieb sich mit der Linken die Schläfe. »Meine Handtasche, die blaue Pillendose. Gib sie mir.« Sie beobachtete im Rückspiegel, wie Azar nach hinten griff und ihre Tasche hervorholte. In ihrem Portemonnaie befand sich nur noch wenig Geld. Den größten Teil der Scheine hatte Karen in einem Säckchen versteckt, das sie mit einer Sicherheitsnadel an ihrem BH befestigt hatte. Aber sie wollte Azars Gesichtsausdruck sehen, ihre gierigen jungen Finger, wenn sie die perlgraue Tasche berührten.

Sie traute dem Mädchen nicht über den Weg, aber irgendetwas an der Hilflosigkeit ihrer Nackenlinie, an den kindlichen Wangen, den schweren Augenlidern und dem misstrauischen und zugleich vertrauensvollen Blick besänftigte Karen. Sie wollte das Kind mitnehmen, und das nicht nur, weil sie auf der Insel hauptsächlich von Toten empfangen würde.

Ohne Wasser schluckte Karen die Tabletten, die Azar ihr reichte. Sie nickte dem Mädchen zu. »Wir haben eine lange Fahrt vor uns. Um diese Zeit verkehren wenig Fähren.«

»Fähren?«

»Dort, wo wir hinfahren, gibt es keine Brücken. Wenn du schnell von dort fortkommen willst, dann ist es am besten, du lernst schwimmen.«

»Ist mir recht«, erwiderte Azar. »Es kann nicht schaden, für eine Weile unerreichbar zu sein.« Sie legte eine kurze Pause ein. »Aber Internet gibt es doch dort wenigstens?«

Karen wechselte auf die Überholspur. »Dort gibt es viele Überraschungen.«

1935
FETKNOPPEN

Am Sonntag nach dem Gottesdienst bekommen sie beide eine Tüte Erdbeerbonbons. Sie stammen aus Johanssons Laden im Dorf. Auf der Insel nennt man das Areal um die Kirche herum Dorf. Dort befindet sich neben dem Laden und der Kirche auch die Post. Erst später wird Karen lernen, dass manche Dörfer größer sind als andere. Tante Johansson ist hochgewachsen und mag Kleidung in leuchtenden Farben, obwohl der größte Teil der Inselbewohner sogar Grau für eine anstößige Farbe hält. Tante Johansson trägt ein blau gestreiftes Kleid, und Karen findet, dass sie darin ein bisschen wie ein Beduinenzelt aussieht. Mit ihren dicken Fingern möchte sie andauernd Karens Haar streicheln. Karen hat dicke Zöpfe, Naturlocken, es dauert Stunden und ist schmerzhaft, sie abends zu entwirren. Und Mutter ist nicht sehr geduldig. Manchmal hat Karen das Gefühl, dass Mutter jedes Mal ein kleines Stückchen Kopfhaut mit herausreißt, wenn sie an ihren Haaren zerrt.

Karen mag es, wenn Tante Johansson ihr Aufmerksamkeit schenkt und sagt, sie sei ein tüchtiges, starkes Mädchen, aber ihre Hände mag sie nicht. Diese dicken streichelnden Hände, die einfach nicht aufhören wollen. Aune sagt, das liege daran, dass die Tochter der Tante jung gestorben sei und sich die Tante nie richtig davon erholt habe. Man müsse freundlich zu ihr sein, sagt Aune, also bemüht sich Karen und hofft, dass dieses Streicheln irgendwann aufhöre. Denn die Tante hat auch gute Seiten – wie das Stück Kandiszucker, das sie oft mit einem Augenzwinkern in Karens Tasche fallen lässt. »Wir großen Mädchen müssen zusammenhalten.« Und dann denkt Karen, sie muss beim Abendbrot weniger essen. Sie will nicht so dick werden wie Tante Johansson.

Karen isst ihre Bonbons immer sofort auf. Sebastian lutscht sie langsam und ohne zu kauen, damit er länger etwas davon hat. Er ist gut gelaunt und gibt Karen eines ab und zwickt sie leicht in den Oberarm, nur um zu zeigen, dass er der Bruder ist. Und Karen kreischt nur ein bisschen, gerade so, dass Mutter es nicht hört, und sie leckt sich über die Lippen, die rot und glänzend sind und aneinanderkleben.

»Sieht es so aus, als hätte ich Lippenstift benutzt?«, fragt sie Sebastian.

»Nein, als hättest du Blut gesaugt. Wie ein Vampir.« Der Bruder breitet seine offene schwarze Jacke aus und schwingt sie wie Fledermausflügel.

Karen wurde in der Kapelle der Kirche von Fetknoppen getauft, einem rot gestrichenen Holzgebäude, das man vor dem Krieg errichtet hatte, also vor dem ersten. Vom zweiten ahnten sie damals noch nichts. Die Kirche selbst ist älter, doch ihre Steinwände sind im Winter so kalt, dass an den Zehen des gekreuzigten Jesu Eiszapfen hängen. Deshalb hielt man damals die Gottesdienste in der neueren Kapelle ab. Es wurde zwar immer wieder darüber geredet, die Kirche zu renovieren, aber das kostete Geld. Und ein Schärenbauer gibt lieber beide Daumen her als drei Pfennige.

Sebastian wurde gar nicht erst getauft. Der Pfarrer verweigerte die Taufe, und seither weigert Vater sich, am Sonntag mit ihnen in die Kirche zu gehen. Stattdessen bleibt er zu Hause an seinem Schreibtisch sitzen. Karen hat von der Geschichte erfahren, ohne dass es jemand weiß. Sie hat mit Savu unterm Tisch gespielt und gehört, wie Aune und die Magd der Johanssons darüber gesprochen haben. Sebastian ist nicht getauft worden, weil Vater und

Mutter damals erst ein paar Monate verheiratet gewesen waren. Der Pfarrer gehörte der Kirche des Neuen Lebens an, und für den Mann war es eine Frage seines Gewissens, allen zu zeigen, dass er im Angesicht einer Sünde kein Auge zudrückte, selbst wenn es sich um einen Herrn Doktor handelte, der in vornehmen Sätzen redete.

»Warum haben die es überhaupt so eng werden lassen?«, hat die Magd der Johanssons gefragt, die aus Kärskär stammte und schon Korpo für die weite Welt hielt. »Hat der Doktor versucht, sich aus dem Staub zu machen?«

»Sie mussten warten, bis seine erste Frau tot war. Und dann mussten sie schnell heiraten, da war das Totenbett noch nicht mal kalt. Das kann man aber ja verstehen, der Braten steckte da schließlich schon in der Röhre.« An dieser Stelle bellte Savu. Er konnte es nicht leiden, wenn man ihn zu fest drückte. Daraufhin verstummten die Mägde und murmelten nur mehr irgendetwas von kleinen Töpfen. Das Schlimme bei Erwachsenen war, dass sie nie etwas Interessantes erzählen wollten, sobald Kinder zugegen waren.

Heute ist Sonntag. Niemand zwingt Karen heute, stillzusitzen und ihre und Sebastians Socken zu stopfen. Socken zu stopfen ist so langweilig, dass Karen lieber in einer eisgefüllten Badewanne sitzen würde, als mit Wollfäden herumzuhantieren, die an den Fingern hängen bleiben. Nähen hingegen macht Karen Spaß. Wenn es nach ihr ginge, könnte sie jeden Tag nähen, Stoffreste mit leuchtenden Farben nebeneinanderlegen und Decken für ihre Puppe oder flatternde Kleiderbänder herstellen für all die Tanzabende, die auf sie warten. Dann, wenn sie etwas größer ist. Wenn sie die gleiche Haltung hat wie Mutter, wenn sie groß und schlank sein wird und ihr störrisches blondes Haar seidig und geschmeidig geworden ist.

Karens Finger und Lippen sind von den Bonbons klebrig, sie hat ein rundes Gesicht und pummelige Arme. Mutter ist so schön, dass es dem Mädchen die Brust zusammenschnürt. Mutter hat ihren schwarzen Hut auf. Die Krempe schmückt eine Rosette aus Glassteinen, in der sich an diesem Herbsttag die Sonnenstrahlen spiegeln. Ihr grüner Mantel ist fast neu und hat einen Pelzkragen: gefärbtes Kaninchen, auch wenn das aus einer gewissen Entfernung niemand von einem Nerz unterscheiden kann. Der Kragen ist so weich, dass Karen immerzu ihre Wange daran reiben möchte, aber Mutter sagt, dass sie vorsichtig sein soll. Der teure Pelz kann schmutzig werden. Karens Mutter hat hellbraunes gelocktes Haar, das auf beiden Seiten unter dem Hutrand hervorwogt, und ihre Augen glühen dunkel wie die von Sebastian.

Nur Mutter und die Frau des Spritkaisers benutzen Lippenstift, das weiß Karen, und vor Stolz schwillt ihr die Brust unter der neuen Schürze.

Mutter war früher Sprechstundenhilfe und stammt aus der Stadt: aus Turku, wo die Menschen anders sprechen und wo man nach der Kirche Krapfen isst. Auf der Insel wird nur Hefekuchen gebacken. Karen weiß mit der Bestimmtheit eines Kindes, dass Mutter eine Außenseiterin ist. Auch wenn sie als Frau des Tierarztes angelächelt und gegrüßt wird, auch wenn man sie um ihr Rezept für Brassensülze bittet und sie in einem besseren Sessel Platz nehmen lässt, so ist Mutter trotzdem nicht von hier. Nicht von der Insel, ihre Haut ist einfach zu hell, ihr Akzent klingt fremd in den Ohren sowohl der Finnischsprachigen als auch derjenigen, die das Schwedisch der Schären sprechen. Es dauert zwei Generationen, bis man als Inselbewohner gilt. Karen weiß, dass sie ein Kind besserer Leute ist, die Schwester eines um ein Haar unehelichen Kindes, und dass sie zu Hause Aune haben und dienstags ein Mädchen aus dem Dorf, das ihnen beim Putzen hilft. Sie weiß, dass sie nur mit den Kindern bestimmter Familien spielen darf, mit Kindern, die als schicklich gelten. Almqvist-Janne, dessen Vater vor sechs Jahren aufs Meer hinausfuhr und noch immer nicht wieder zurückgekehrt ist, gehört beispielsweise nicht dazu.

Mutter ist einfach nicht bereit zu verstehen, dass Janne nichts mit den Angelegenheiten der Erwachsenen zu tun hat und dass er der netteste Junge auf der ganzen Insel ist. Das eine Mal, als Janne Sebastian in Pihkolas Jauchebottich schubste, war eigentlich ein Versehen. Und eigentlich hatte Karen ihn auch nicht ernsthaft dazu angestiftet.

Mutter macht sich um Sebastian ständig Sorgen: Der Bruder könne nicht warm genug angezogen sein oder zu viel lesen und seine Augen überanstrengen oder womöglich von irgendwelchen Rüpeln belästigt werden. Karen ist etwa vier Jahre jünger, und bei ihr ist Mutter immer ungeduldig. Sie schlägt ihr auf die Finger, wenn sie beim Anziehen zu langsam ist, oder zieht sie am Zopf und schimpft sie eine naseweise Göre, wenn Karen Geschichten erzählt. Aber Karen kümmert das nicht. Sie liebt Sebastian. Die langen Finger des Bruders, seine Wimpern, die Schatten auf die Wangen werfen.

Jetzt hat Sebastian etwas gesehen und bleibt stehen und lässt Mutters Hand los. Anfangs bemerkt Mutter das überhaupt nicht, sie geht einfach weiter und denkt laut darüber nach, ob sie Aune wohl gesagt habe, dass sie den Schinken in möglichst dünne Scheiben schneiden soll. Das mag der Doktor so. Karen und Sebastian starren zum Wald hinter dem Friedhof hinüber. Dort hat sich nach der Kirche eine Gruppe von Kindern aus dem Dorf versammelt, um zu spielen. Kersti, Nisse – die ganze Truppe, alle aus Karens zukünftiger Klasse. Sie kommt in einer Woche in die Schule, das ist schon ziemlich bald. Einige von ihnen sind Kinder von Bergarbeitern, deren Namen Karen nicht kennt. Mutter erlaubt nicht, dass sie etwas mit den Bergarbeitern zu tun haben.

Jetzt bleibt auch sie stehen, und auf ihrem Gesicht erscheint der vertraute ungeduldige Ausdruck. Dann bemerkt sie die anderen Kinder, besonders Siiri, die Tochter des Propsts, und sagt mit der Großzügigkeit der Erwachsenen: »Geht nur. Aber macht eure Mäntel nicht schmutzig.«

»Ich will nach Hause«, sagt Sebastian, und zwischen Mutters Augenbrauen taucht eine Falte auf. Karen kennt sie gut. Mutter ist oft unzufrieden. Die Kinder gehorchen ihrer Ansicht nach nicht ordentlich. Heute ist sie die edle Mutter, diejenige, die ihren Kindern Bonbons kauft und sie hierbleiben und mit den anderen spielen lässt, obwohl sie ebenso gut Aune helfen könnten. Sonntags wird zwar nicht gearbeitet, aber das gilt nicht für Frauen und auch nicht für Kinder. Holz holen, den Ofen einheizen, das Essen zubereiten, Gerichte, die aufeinanderfolgen, das Abwaschwasser erhitzen und hereintragen. Essen muss man auch sonntags, und Kochen ist eine nicht enden wollende Aufgabe. Mutter selbst isst heute nichts. Vornehme Frauen schlingen nicht, sagt sie oft zu Karen, die weiß, dass sie ein schier unmöglicher Vielfraß ist, immer hungrig. Mutter hat sie erst gestern darauf hingewiesen, dass Karens Feiertagskleid um die Taille zu eng geworden ist.

Sebastian sieht, dass Mutter ungehalten ist. Er wirft einen Blick zum Waldrand und nickt ergeben. Verglichen mit Mutter sind die anderen Kinder die kleinere Sorge. Mutter wünscht sich eine Welt ohne Probleme. Sie will hübsche Kinder, die sich gut benehmen und die von allen bewundert werden. Wenn Mutter wütend ist, dann tut sie so, als würde sie keinen von ihnen beiden sehen. Sie zieht sich in ihr Zimmer zurück, klagt über Sodbrennen und redet über ihre Köpfe hinweg. Damit hört sie erst wieder auf, wenn beide Kinder sie vielmals unter Tränen um Verzeihung gebeten haben. Mutter gibt ihnen schnell mal eine Ohrfeige oder zieht sie an den Haaren, doch das ist leichter zu ertragen als ihr Schweigen. Deshalb bemühen Karen und Sebastian sich auf jede erdenkliche Weise, so zu sein, wie Mutter sie sehen möchte. Es ist nur so schwierig, bei Mutter einen guten Eindruck zu hinterlassen, vor allem heute, da sie weiß, dass sie ein reichliches Sonntagsmahl einnehmen muss. Vom Essen wird Mutter immer bedrückt und gereizt. Sie leidet unter einem übersäuerten Magen und unter Sodbrennen, gegen das sie ein Serum aus einer braunen Flasche nimmt. Danach ist sie den ganzen Nachmittag merkwürdig munter und gut gelaunt, sie staubt die Porzellanfiguren im Wohnzimmer ab und lässt das Grammofon laut spielen. Sebastian und Karen nennen sie dann Fräulein Ruohonen. So hieß Mutter, als sie noch in Turku wohnte, damals, als ihre Fußgelenke, wie sie erzählt, so zierlich waren, dass man hätte glauben können, sie seien aus Glas.

Karen nimmt Sebastian an der Hand. Doch sobald Mutter hinter der nächsten Biegung verschwindet, bleiben sie wie erstarrt stehen. Mutter mit ihrem Herbstmantel und ihren Überlegungen zum Sonntagsessen, mit ihrer Sorge, Aune könnte womöglich die Ränder des Apfelkuchens schwarz werden lassen. Und nun stehen sie da, Karen und Sebastian, wie Schafe, wie auf einer Bühne, und die anderen Kinder haben sie bemerkt und kommen näher. Die Mäntel der Bergmannskinder sind abgewetzt und fadenscheinig und teilweise zu groß, übernommen von den älteren Geschwistern, und in den Kinderaugen glänzt unterschwelliger Neid. Sie bilden einen Kreis um die Geschwister, und Karen drückt verstohlen Sebastians Hand, doch der zieht sie hastig weg.

»Sieh an, die feinen Damen«, zischt ein kleines Mädchen in einem braunen Mantel. Ihre Schwester – es muss ihre Schwester sein, die Augen sind genauso schräg – schiebt sie weg und lächelt Karen an.

»Achte nicht auf sie«, sagt sie. »Du hast einen hübschen Mantel an. Rot. Mutter hat gesagt, das ist die Farbe der Sünde, aber ich wäre nicht böse, wenn ich auch so einen hätte.«

»Danke«, erwidert Karen.

»Möchtest du ihn nicht einem von uns geben?«, fragt das Mädchen. »Ah, also nicht. Na ja, Mutter hat gesagt, dass ihr keine anständigen Christen seid, eure Familie.«

»Sie will ihn lieber ihrem Bruder geben.«

»Einen Mädchenmantel!«, ruft Almqvist-Janne begeistert. »Basse will Mädchenkleider tragen! Wollen wir ihm den Mädchenmantel anziehen?«

Sebastian weicht zurück. Er wirft einen Blick in Mutters Richtung, aber sie ist nicht mehr zu sehen. Sie sind nur noch zu zweit.

»O ja«, sagt das Mädchen, die Anführerin. »Dein Bruder wäre tatsächlich ein hübscheres Mädchen als du. Er hat sogar Mädchenwimpern. Aber er ist sündig. Ein Bankert. Mutter sagt, er ist nicht mal getauft. Er wird in die Hölle kommen wie ein Mörder.«

»Wird er nicht«, widerspricht Karen und ballt die Fäuste. »Und wie willst du überhaupt merken, dass mein Bruder hübsch ist? Mit solchen Schlitzaugen, sieht man mit denen überhaupt was?«

Sebastian zupft Karen am Ärmel. Sie weiß, was das bedeutet. Sei still, bedeutet Sebastian ihr damit. Du machst alles nur noch schlimmer. Aber Karen ist so voller purpurroter Wut, dass sie ihren Mund nicht mehr halten kann.

»Und du, Almqvist, dich braucht man gar nicht erst in den Jauchebottich zu stoßen, du stinkst auch so schon nach Scheiße.«

»Sieh mal an, das kleine Mädchen muss seinen Bruder, den Bastard, verteidigen«, höhnt die Anführerin. »Warum bist du so still, Basse? Du hast doch nicht etwa Angst vor uns, du Heide?«

»Hat dich der Pfarrer deshalb nicht getauft, weil er vor der hässlichen Fratze deiner Mutter so erschrocken ist?«, fragt Almqvist.

Die Anführerin grinst. »Ich glaube, ich hab da eine Idee, was wir spielen könnten.«

Da verlässt Sebastian der Mut. Er dreht sich um und rennt los, aber er ist nicht schnell genug. Ganz und gar nicht schnell genug. Obwohl er Schuhe in der richtigen Größe anhat, anders als seine Verfolger, die ihre alten Schuhe fast verlieren und deren Mantelschöße wehen, weil sie die alten Sachen ihrer großen Brüder auftragen. Die Kinder holen ihn noch vor dem Weg ein. Sie werfen ihn zu Boden, setzten sich auf ihn drauf und warten, bis die Anführerin dazukommt.

»Wir werden dich taufen, damit du ein anständiger Christ wirst und in den Himmel kommst«, sagt das Mädchen. Sie faltet die Hände über der Brust und sieht zum Himmel.

»Los, wir tauchen ihn in den Jauchebottich!«, ruft Almqvist, aber die Anführerin schnaubt nur verächtlich.

»Du und deine Scheißgeschichten, Almqvist. Bei solchen Dingen muss man Fantasie haben. Nehmt die Gefangenen und folgt mir!« Und plötzlich tauchen an Karens Armen Hände auf, die sie festhalten und vorwärtsschieben. Sie sträubt sich, aber die Jungen sind stärker. Zwei größere Jungs haben Sebastian an den Unterarmen gepackt und hochgehoben, und nun zerren sie ihn vorwärts, und dabei schleifen die Schuhspitzen ihres Bruders über den Boden. Sebastian wehrt sich nicht. Er hilft denen nicht, die ihn gefangen genommen haben, und geht nicht auf eigenen Beinen, aber er widersetzt sich auch nicht.

»Sebastian«, ruft Karen und versucht, einen der Jungen, die sie festhalten, zu beißen. »Fasst ihn nicht an, ihr Dreckärsche, Teufelsbrut, Kohlfresser!«

»Die Teufelsbrut ist dein Bruder«, entgegnet die Anführerin. »Wir tun ihm nur einen Gefallen. Legt ihn auf den Boden.«

Sebastian bleibt genauso liegen, die Arme eng am Körper angelegt. Er presst die Lippen zusammen, die tief liegenden dunklen Augen glühen. Die Anführerin hebt ihren Rock bis zu den Knien und stellt sich mit gespreizten Beinen über Sebastian. »Guck nicht hin, Homo! Im Namen des Vaters, des Sohnes und des Heiligen Geistes …«, beginnt sie, und eine gelbe Urindusche rauscht unter ihrem Rock hervor. Sie macht Sebastians neuen Mantel nass, seinen Sonntagsanzug, sein Gesicht. Der Bruder kneift die Augen zu und beißt sich so fest auf die Lippen, dass es blutet. Aber er schreit nicht, er weint nicht. Nicht einmal, als die anderen Kinder weggelaufen sind. Almqvist mit einem Lachen, Kersti und ein paar andere Mädchen mit betretenen Mienen, so als wüssten sie nicht, was sie von alldem halten sollten.

Sebastian stößt Karens Hand weg, die sie ausgestreckt hat, um ihm aufzuhelfen. Er wischt sich mit dem Ärmel übers Gesicht und steht auf. Er wartet nicht auf Karen und hört auch nicht auf ihre Rufe, sondern rennt los, rennt geradewegs nach Hause. So schnell, dass Karen, die ihm nachrennt, Seitenstechen bekommt.

Am Abend kann Karen nicht einschlafen. Auf dem Fußboden im Flur zwischen den Dachkammern zieht es, und Karen bereut, dass sie keine Wollsocken angezogen hat, aber sie hasst das Gefühl von Wolle auf nackter Haut. Es ist, als würde sie an ihren Gelenken scheuern und mit unsichtbaren Nadeln stechen.

Sie sieht den schmalen Lichtstreifen unter Sebastians Tür. Karen weiß, dass sie schon ein großes Mädchen ist, dennoch wünscht sie sich die Zeit zurück, als sie und Sebastian sich noch ein Zimmer teilten. Heute trennt die Zimmer nur ein schmaler Flur, aber Karen sehnt sich danach, den warmen Körper des Bruders an ihrem zu spüren. Sie klopft an seine Tür und tritt ein, ohne eine Antwort abzuwarten. Sebastian sitzt am Fenster, in der einen Hand hält er den Spiegel, in der anderen die Schere.

»Was machst du da?«, fragt Karen.

»Wonach sieht es denn aus? Ich schneide mir die Wimpern ab.«

Karen starrt ihren Bruder an. Tatsächlich. Die Wimpern an einem Auge des Bruders sind nur mehr kurze Stummel, die anderen wölben sich immer noch lang und dunkel über das Auge. Das wimpernlose Auge sieht fremd und nackt aus.

»Mutter wird der Schlag treffen«, sagt Karen. Mutter ist so stolz auf Sebastians Wimpern. Er ist ihr schöner Sohn. Er hat sein Aussehen von der Familie der Mutter geerbt, anders als die unauffällige, farblose Karen. Mutter wird weinen, verzweifelt die Hände ringen und laut die einzige ihrer Schallplatten abspielen, die den Umzug auf die Insel heil überstanden hat. Mutters andere Schallplatten sind alle kaputtgegangen, als Johansson im Suff den Karton aufs Deck fallen ließ. Er versprach zwar bereitwillig, den Schaden zu ersetzen, erinnerte sich aber in nüchternem Zustand nicht mehr daran, und niemand traute sich, ihn darauf hinzuweisen. Vielleicht war ihm auch klar geworden, wie teuer Schallplatten sind. Mutter spielt immer Schallplatten ab, wenn sie »nervös« ist, wie sie es nennt. Die Kinder machen Mutter oft nervös. Sebastians Wimpern werden wahrscheinlich dafür sorgen, dass die Melodien zwei ganze Tage lang durchs Haus schallen.

»Wo sind deine Sachen?«

»Die hat Aune mitgenommen. Sie hat versprochen, Mutter nichts zu erzählen und sie zu waschen, obwohl eigentlich gestern Waschtag war.«

»Lass mich dir helfen«, bittet Karen. »Das andere schaffst du nicht allein.« Sie nimmt die Schere, und der Bruder sitzt da und rührt sich nicht, bis auch die letzte Wimper in den Schoß von Karens Nachthemd gefallen ist. Karen sammelt sie ein, legt sie auf ihre flache Hand und hält sie Sebastian hin. »Wünschen wir uns was«, sagt sie. »Wünschen wir uns, dass wir von dieser Insel wegkommen.« Sie pusten beide gleichzeitig, und die Wimpern fliegen umher und fallen irgendwo zu Boden.

Wie versprochen sagt Aune kein Wort, aber Mutter bemerkt natürlich Sebastians abgeschnittene Wimpern. »Ich verstehe nicht, wo all diese Verrücktheiten herkommen.« Wie Sebastian und Karen ihr das antun können, wo sie doch nichts anderes wolle, als stolz zu sein auf ihren schönen Sohn. Und wieso Karen nicht besser auf ihren Bruder aufpasse.

Nach dem Wutanfall ist Mutter wieder nervös, nimmt ihre Magenmedizin und spielt ihre Platte so laut, dass Aune meint, der Kronleuchter werde noch runterfallen.

»Warum ist sie so?«, fragt Karen am dritten Tag nach dem Vorfall, als sie Mutters Schritte in der Kammer hören. Sie geht auf und ab und redet mit sich selbst. Sebastian und Karen sind für sie Luft, Taugenichtse, die nicht zu schätzen wissen, wie viel von ihrer Liebe und Aufmerksamkeit Mutter auf sie verschwendet. Wie sie sich aufopfert, und keiner merkt es.

Aune nimmt Karen auf den Schoß. Das Mädchen ist dafür noch nicht zu groß. »Eure Mutter ist ein empfindsamer Mensch«, sagt sie. »Solche Menschen muss man sehr lieb haben, etwas anderes hilft da nicht.« Den Rest murmelt Aune vor sich hin, sodass Karen nur einen Teil versteht. »Aber manchmal wäre es gut, wenn diese Frau mal eine ordentliche Tracht Prügel bekäme.«

Mutter lässt Karen ein Jahr vor ihrem siebenten Geburtstag einschulen. Sie sagt, sie habe keine Zeit, die quengelnde Göre den ganzen Tag zu Hause zu beschäftigen. Und Karen fühlt sich auf jeden Fall dort am wohlsten, wo auch Sebastian ist. Es stimmt, Karen liegt allen schon seit drei Jahren damit in den Ohren, dass sie in die Schule will. Zum ersten Mal hatte Sebastian etwas eigenes – etwas, zu dem Karen keinen Zugang besaß, und ihr Bruder spielte sich mächtig auf. Er stolzierte in seiner Schulkleidung mit dem Ranzen auf der Schulter umher und sah ungemein wichtig aus. Karens fand, dass ihr Bruder es mehr denn je verdient hatte, in den Jauchebottich geschubst zu werden.

Die Schule liegt hinter dem Vereinshaus am Ufer. Sie ist in einem flachen roten Holzhaus untergebracht. So sehen die meisten Gebäude auf der Insel aus. An einem Ende befindet sich die Wohnung des Lehrers, am anderen das Klassenzimmer, das man im Winter mit einem großen Kanonenofen beheizt. Das Brennholz kommt von den Inselbewohnern. Zuletzt war Johansson an der Reihe und hat etliche Armvoll geschickt – aber alles nur Reisig, das nur so qualmte. Seiner Ansicht nach lohnte es sich nicht, für die Rotznasen gutes Holz zu verschwenden, das sich viel eher verkaufen lässt. Denn gutes Holz ist rar. Brennholz ist teuer, auf der Insel wächst nicht genug. Selbst die Balken für die Häuser müssen von woanders herbeigeschafft werden. Trotzdem schicken alle anderen, wenn sie an der Reihe sind, anständige Holzscheite. Allerdings wagte es niemand, sich bei Johansson zu beschweren. Mit dem Kaufmann zerstreitet man sich besser nicht.

Der erste Schultag ist eine Enttäuschung. Die Insel ist so klein, dass Karen zwar in dieselbe Klasse kommt wie ihr Bruder, aber vorn sitzen muss, während Sebastian und die anderen älteren Kinder hinten sitzen dürfen. Neu in der Klasse sind nur zwei: Karen und Nisse aus dem Spritschloss. Er hatte im vergangenen Winter eine Lungenentzündung, und seine Mutter wollte nicht, dass der Junge die Schule mitten im Schuljahr begann. Die beiden müssen nebeneinandersitzen. Karen mustert den Jungen verstohlen aus dem Augenwinkel. Er ist klein, ungefähr so groß wie Karen, obwohl er zwei Jahre älter ist. Seine Haut ist weiß wie Lämmerfett und übersät mit Sommersprossen. Sein Haar ist braun wie Moltebeeren, kräuselt sich an den Ohren und leuchtet rötlich, wenn die Sonne darauf scheint, was Nisse noch blasser aussehen lässt. Karen hat zwar hier und da schon mal mit Nisse gespielt – es ist auf der Insel schwierig, den anderen Kindern nicht über den Weg zu laufen –, aber seine Mutter besteht meistens darauf, dass der Junge drinnen bleibt, weil er so kränklich ist. Nach der Lungenentzündung hat Karen den Jungen nur noch selten gesehen, meist als Silhouette an einem Fenster im Spritschloss. Sie hat den Fall zusammen mit Sebastian erörtert. »Vielleicht hält man ihn gefangen«, hat Sebastian gemutmaßt. Er las damals gerade eine Geschichte von Sherlock Holmes, in der es um Doppelgänger und ein geheimnisvolles Erbe ging. »Vielleicht sitzt der echte Nils in einem Verlies, und sie bezahlen einen Schauspieler dafür, dass er am Fenster auftritt.«

»Quatsch«, erwiderte Karen. »Nils hat doch gar kein Geld.«

Das Geld gehört seinem Vater, dem Alten Nisse. Doch obwohl Karen weiß, dass all die Geschichten, die Sebastian sich ausdenkt, Spinnereien sind, kann sie doch kaum umhin, Bewunderung zu empfinden, als sie Nisse betrachtet. Eine Lungenentzündung ist eine furchtbar spannende Angelegenheit. Sie macht Nisse interessant, genau wie eine Figur aus einem Buch. Es ist schade, dass Karen noch keine berühmte Ärztin ist. Sie hätte den Jungen heilen können, und sein Vater hätte Karen aus Dankbarkeit die Hälfte seines Vermögens geschenkt. Natürlich hätte Karen dies in einer edlen Geste nicht angenommen und erwidert, die Armen benötigen das Geld dringender als sie. Und dann hätten alle darüber geredet, welch kluger und feiner Mensch Karen doch sei und welch großartige Ärztin.

Karen kommt nicht dazu, Nisse länger zu betrachten. Die Lehrerin fragt, ob sie wissen, wie ein A aussieht. Karen hält das für eine dumme Frage, doch zu ihrer Überraschung antwortet Nisse mit Nein. Karen meint, dass sie es wisse.

»Du musst aufstehen, wenn du antwortest«, weist die Lehrerin sie zurecht. Sie ist eine hübsche Frau, kommt vom Festland und heißt Fräulein Tikka. Sie ist schätzungsweise fünfundzwanzig, aber eben schon erwachsen und daher in Karens Augen steinalt. Sie ist nicht besonders groß oder schlank so wie Karens und Sebastians Mutter, sondern eher füllig, aber nicht auf eine mütterliche Art, sondern fast schon ein bisschen beängstigend. Ihr dunkelbraunes Haar ist zu einem Bubikopf geschnitten – ein Stil, wie er auf der Insel noch nicht Mode ist. Wenn die Lehrerin lächelt, sieht sie toll aus, aber jetzt gerade lächelt sie nicht. Sie wirkt regelrecht verärgert, als Karen behauptet, bereits alle Buchstaben zu kennen.

»Du kannst die Buchstaben noch nicht kennen. Du bist erst sechs.«

Karen antwortet, sie könne schon seit einem Jahr lesen. Sie hat Sebastian gezwungen, es ihr beizubringen, und seine Schulbücher von vorn bis hinten durchgelesen. Außerdem hat sie *Die Herrschaften Kiljunen*, den Reiseführer *Hämeenlinna und Umgebung* sowie die Hälfte von Vaters Handbuch der Veterinärmedizin gelesen. In Letzterem stehen furchtbar schwierige Wörter. Karen ist in die Schule gekommen, um sie endlich zu lernen. Das alles erzählt sie der Lehrerin.

»Du meinst, dass du dir die Bilder in den Büchern angesehen hat?«, fragt die Lehrerin.

»Nein, ich habe sie gelesen.«

»Lüg nicht, Kind«, sagt die Lehrerin und fragt nun die älteren Schüler, ob sie ihre Aufsätze dabeihaben, die sie als Hausaufgabe während der Sommerferien schreiben sollten. Karen bleibt stumm stehen. Sie hat das Gefühl, es hat irgendein Missverständnis gegeben – etwas, das schnellstens geklärt werden musste. Aber die Lehrerin hat ihr verboten zu sprechen, wenn sie sich vorher nicht meldet. Karen hebt die Hand, aber die Lehrerin tut so, als bemerkte sie es nicht. Schließlich hat Karen es satt, ihre Hand hochzuhalten, und fängt an herumzufuchteln. Vielleicht kann die Lehrerin schlecht sehen. Vielleicht hat sie nicht erkannt, dass Karen ein Anliegen hat.

»Valter, wenn du nicht sofort aufhörst mit diesem Theater, dann gehst du auf den Flur!«

Noch nie hat jemand Karen mit dem Nachnamen angesprochen. Sie ist so verdutzt, dass sie die Hand herunternimmt. Für den Rest des Tages verhält sich die Lehrerin so, als wäre Karen gar nicht anwesend. Fragen stellt sie nur Nisse und den anderen Kindern.

Es pocht hinter Karens Augen, sie kämpft mit den Tränen. Man hat sie gedemütigt, aber sie will nicht heulen. Sie konzentriert sich und starrt auf das Schulwandbild. Darauf sieht man einen aufgeschnittenen Ameisenhaufen und eine ungeheuerlich große Ameisenkönigin mit ausgebreiteten Flügeln und einer Wespentaille wie bei einem Mannequin. Wenn Karen doch die Kiefer einer Ameise hätte und der Lehrerin den Hals durchbeißen könnte! Knacks, und die Lehrerin säße ohne Kopf an ihrem großen Pult. Die Korallenkette würde nur mehr von ihrem Halsstumpf baumeln.

»Ich bin krank«, sagt Karen am nächsten Morgen. Aune ist gekommen, um sie und Sebastian, der im gegenüberliegenden Zimmer schläft, zu wecken. Nach Ansicht ihrer Mutter sind sie mittlerweile zu alt, um sich ein Zimmer zu teilen, und Sebastian braucht Platz für sich. Außerdem muss er bald ernsthaft zu lernen beginnen und sich auf die Aufnahmeprüfung fürs Gymnasium vorbereiten. Dort sind nicht nur Kinder vom Land und Fischerbastarde, sondern auch andere, und Mutter möchte sich nicht für ihren lieben, gescheiten Sohn schämen müssen.

Der Umzug ins eigene Zimmer hatte für Karen den Vorteil, dass sie ein Spiegeltischchen bekam und einen kleinen, mit blauem Stoff bezogenen Hocker. Der dreht sich, und wenn man Schwung holt, wird einem darauf schwindlig, und man schwankt, als wäre man volltrunken. Sebastian und Karen spielen schon seit ein paar Wochen mit dem Stuhl. Am schwierigsten ist es, nach zwanzig Umdrehungen geradeaus zu gehen.

»Ich habe ein venerisches Granulom.« Karen hat gehört, wie Vater den Ausdruck am Telefon benutzte. Er klingt gefährlich genug, dass jemand, der etwas Derartiges hat, gewiss ein paar Schultage auslassen darf. Vielleicht braucht man sogar überhaupt nicht mehr in die Schule zu gehen.

»Ach, und wo tut es weh?«, fragt Aune.

Karen zeigt auf ihren Bauch. An der gleichen Stelle wurde Kersti im letzten Sommer am Blinddarm operiert. »Aua«, sagt Karen sicherheitshalber.

Kersti war einen ganzen Monat krank und wäre fast gestorben. Und Kersti muss nicht mal zur Schule. Da war das ganze Kranksein für die Katz. Dafür bekam sie von ihrer Großtante ein Fahrrad. Manche haben einfach Glück. Nein, Karen ist nicht etwa versessen darauf, sie muss kein Fahrrad haben, ihr reicht es, wenn sie nicht in die Schule zu gehen braucht.

»Unfug«, sagt Aune. »Wenn man daran ohnehin stirbt, kannst du währenddessen genauso gut in die Schule gehen. Dann stehst du mir hier wenigstens nicht im Weg – am Waschtag, heute sind Laken und Bezüge dran.«

»Ich will aber nicht in die Schule gehen«, mault Karen.

»Würd ich auch nicht wollen. Aber zum Glück bin ich schon erwachsen und muss nicht mehr hin.«

Da erzählt Karen von dem gestrigen Vorfall. Aune zieht Karen
an sich und streichelt über ihre Zöpfe.

»Die Lehrerin ist ein Dummkopf«, sagt Aune. »Natürlich
kannst du lesen. Ich habe selbst gesehen, wie du die ganze Zeitung von vorn bis hinten durchgelesen hast.«

»Vielleicht könnte ich hier zu Hause lernen ...«

»Ach was«, sagt Aune. »Du gehst dorthin und lernst brav das
Abc und tust, was die Lehrerin von dir verlangt. Was diese Herrschaften wollen, hat oft weder Sinn noch Verstand, aber das ist
kein Grund, ihnen nicht zu gehorchen.«

»Aber ...«

»Jetzt zieh deine Sachen an. Ich muss für deine Mutter eine
Blätterteigpastete mit Lamm vorbereiten. Das Rezept hat sie in
irgendeiner schwedischen Zeitung gesehen.«

Obwohl Karen sich anstrengt, es der Lehrerin recht zu machen,
und sich nicht einmal oft zu Wort meldet, spürt sie die Verachtung in Fräulein Tikkas Augen, sobald ihr Blick auf Karen fällt.
Nach Ansicht der Lehrerin ist bei Karen irgendetwas grundle-
gend faul. Wenn sie die Antwort weiß, ist sie vorlaut. Wenn sie
schweigt, ist sie bockig. Aber meistens gibt sie Karen und Nils,
den zwei Kleinsten, ohnehin nur ein paar Aufgaben und konzentriert sich dann auf die älteren Kinder. Vor allem Sebastian ist ihr
Liebling. Ihm würde sie es sogar verzeihen, wenn er seine Haus-
aufgaben schon erledigt hätte, noch ehe sie überhaupt formuliert
wurden. Sebastian ist nach Auffassung der Lehrerin schön wie
der Märchenprinz aus einem Kinderbuch von Rudolf Koivu. Man
sollte es nicht glauben, dass auf dieser von Barbaren bewohnten Insel ein solcher Mensch heranwachsen kann. Der Tatsache,
dass die Mutter ein geborenes Stadtfräulein ist und überdies eine
Ausbildung hat, wird dabei nicht sonderlich viel Bedeutung bei-
gemessen. Alle wissen doch, dass sie es von Anfang an nur auf

die Hochzeit mit dem Doktor abgesehen hatte, und wenn dieser sich nicht wie ein Gentleman verhalten hätte, dann wäre sie jetzt nichts weiter als eine jener unzähligen Fischertöchter, die irgendjemand geschwängert hat.

Eines Tages, als sie gerade Buchstaben in ihre Hefte schreiben, entdeckt Karen eine Wespe an Nils' Ohr. Sie kriecht langsam am Ohrläppchen entlang und glaubt wohl, sie hätte eine ideale Höhle zum Überwintern gefunden. (Überwintern Wespen? Karen weiß es nicht mehr.) Einen Augenblick lang starrt Karen das Insekt fasziniert an. Buchstaben abzuschreiben ist entsetzlich langweilig. Karen ist zumeist in der Hälfte der Zeit fertig, die Nils braucht. Und auch jetzt wieder taucht er mit der Zungenspitze im Mundwinkel die Feder konzentriert in die Tinte ein, bevor er den senkrechten Strich eines E aufs Papier kratzt. Der Junge scheint die Wespe überhaupt nicht zu bemerken, und Karen überlegt, wie er wohl aussähe, wenn das Tier ihn ins Ohr stechen würde. Das könnte ulkig werden, wenn das Ohr anschwillt zu einem riesigen Ball. Dann würde er endlich interessant aussehen. Doch ihr fällt ein, dass Nils vielleicht allergisch gegen Wespen sein könnte. Aune hat einmal von einem Mann erzählt, der nach einem Wespenstich gestorben war. Der Mann aß gerade in aller Ruhe eine Waffel mit Marmelade, als von irgendwoher eine Wespe geflogen kam. Doch er war zu hungrig, als dass er sich die Zeit genommen hätte, das Biest zu verscheuchen, sondern verschlang die ganze Waffel auf einmal – mitsamt der Wespe. Die wanderte aus dem Mund über die Speiseröhre in seinen Bauch und wurde so nervös, dass sie ihn in den Magen stach. Erst schwollen die Finger und Zehen des Mannes an, dann der Oberkörper, und schließlich sah er aus wie ein riesiger Ballon. Seine Frau hoffte, Wasser könne ihm helfen, und so warf man ihn ins Meer. Doch bedauerlicherweise erfasste ihn im selben Moment eine Windböe, und der Mann trieb aufs offene Meer hinaus und verschwand, noch ehe irgendjemand ein Boot zu Wasser lassen konnte. »Deshalb muss man immer aufpassen«, hat Aune erklärt. Am besten sei es, wenn Karen und Sebastian sorgfältig kauen und nicht ständig irgendetwas in sich hineinschlingen.

Vielleicht ist Nils ebenfalls allergisch, überlegt Karen und beschließt zu flüstern: »Pst!«

Doch Nils hört sie nicht. Der Junge ist jetzt beim F angelangt und konzentriert sich auf den Querstrich. Kleine Tintentropfen rieseln aufs Papier.

»Nisse«, flüstert Karen ein bisschen lauter.

»Valter, willst du etwa abschreiben!« Die Stimme der Lehrerin durchschneidet die Stille im Klassenzimmer. »Jetzt hab ich dich erwischt, du hinterhältiges kleines Biest.«

»Ich hab nicht abgeschrieben!«

»Ich habe genau gesehen, wie du auf das Blatt von Westergård gelinst hast.«

Karen verstummt. Sie hat lediglich versucht, ihn vor der Wespe zu warnen. Also hat sie sich in jeder Hinsicht artig und christlich verhalten. Es wäre nämlich wirklich ulkig gewesen, wenn das Ohr von Nisse angeschwollen und riesengroß geworden wäre. Vielleicht hätte er es in seinem Boot als Segel verwenden können.

»Raus auf den Flur!«, kreischt die Lehrerin.

»Aber …« Karen wirft einen Blick auf Nisse, der verdutzt dasitzt und abwechselnd sein mit Tinte beklecktes Blatt, die Lehrerin und Karen ansieht.

»Nisse kann erklären, dass …«

»Hab ich dich etwas gefragt, Valter?«

Karen bleibt der Mund offen stehen. Wie kann sich jemand einbilden, dass sie – *wenn* sie denn überhaupt abschreiben wollte – das ausgerechnet bei Nisse täte, der ihr in der Schule doch bei allem weit hinterherhinkt? Sie will es der Lehrerin gerade erklären, doch die hat bereits den Zeigestock in der Hand und drischt damit auf den Tisch, um ihren Worten Nachdruck zu verleihen.

»Sie hat nicht abgeschrieben«, sagt da jemand aus der hintersten Reihe. Sebastian ist aufgestanden. »Das hat sie gar nicht nötig.«

»Valter! Hier wird nur gesprochen, wenn ich es erlaube.«

»Das ist doch bescheuert«, sagt Karen. »Sie erlauben es ja nicht, selbst wenn man sich meldet. Wann darf ich dann reden?«

»Ruhe!«, schreit die Lehrerin. Sicherheitshalber schlägt sie wieder mit ihrem Zeigestock auf die Tischkante, und da zerbricht er. *Peng* – der Stock ist entzwei, und das eine Ende fliegt über die Köpfe der Schüler hinweg durch das gesamte Klassenzimmer.

Stille tritt ein, die länger erscheint als der Weg durch eine Wüste. Fräulein Tikkas Hals wird erst rosa, dann rot, und schließlich erkennt Karen einen leicht purpurnen Schimmer.

»Raus!«, brüllt das Fräulein. »Alle beide!«

Karen und Sebastian finden sich plötzlich auf dem Flur wieder. Die Tür wird hinter ihnen zugeknallt, und sie sehen einander an. Zuerst erscheint das Lachen in Sebastians Augen, dann in Karens Nase, und schließlich lehnen sie sich aneinander und kichern. Karen versucht, ruhig zu atmen, aber es hilft nicht. »Die bringt uns noch um!«

»Ja«, sagt Sebastian und hält sich den Bauch. »Sie spießt uns auf.«

»Sie zertritt uns zu Staub.«

»Sie fesselt uns an den Holzhaufen für das Johannisfeuer auf der Schafsinsel und verbrennt uns.«

»Aber das ist es uns wert.«

»O ja.«

Das Beste auf der Welt ist ein Bruder, schreibt Karen am selben Abend in ihr Tagebuch. Sie tut dies mit krakligen Buchstaben, denn ihre Finger schmerzen immer noch von Fräulein Tikkas Lineal. Wenn sie wieder heil sind, hat Mutter angekündigt, bekommt sie noch eine zweite Tracht, aber davor hat Karen keine große Angst. Mutter zielt nicht gut und will Karen außerdem nicht so fest treffen, dass sie nicht mehr abwaschen kann.

Karen hört, wie Sebastian in seinem Zimmer auf und ab geht, und ihr schwillt die Brust. Nicht irgendein Bruder. Sondern ein Bruder namens Sebastian.

DAS WEISSE HAUS

Karen und Azar fuhren auf den Hof des weißen Hauses. Die nackten Bäume ragten in den Himmel wie die Arme einer Hexe. Die Pforte knarrte, als Karen sie öffnete.

»Wo sind wir hier?«, fragte Azar, aber Karen antwortete nicht. Vor mehr als sechzig Jahren hatte sie dasselbe Tor hinter sich zugezogen und war in ihren weißen Stöckelschuhen über den Sandweg fortgegangen. Es war August, im Wespenmonat, und drückend heiß gewesen. Johansson hatte auf dem Feld Getreide gedroschen. Nie werde sie zurückkehren, hatte sie sich damals geschworen. Und doch war sie jetzt wieder hier. Wie hatten ihre Schuhe damals gescheuert! Sie hatte sie lange vor der Haltestelle des Busses nach Turku ausziehen und den Rest des Weges barfuß gehen müssen. Die Arbeit eines ganzen Sommers hatten sie gekostet und genauso viele Bezugsscheine, wie sie für einen Wintermantel hätte berappen müssen. Doch man durfte eine Bühne nicht in Stallstiefeln verlassen.

Der Frühling machte sich gerade erst bereit. Trotzdem sah sie den Garten so, als wäre es bereits Hochsommer: die Pfingstrosen auf der Südseite der Veranda, die Studentenblumen, der Fliederbusch, der letzte Rest einer Art Pergola aus Sträuchern, die einst der ganze Stolz ihrer Mutter gewesen war. Im grünen Gartenhäuschen hatte Nils sie geküsst und gesagt, sie habe die Haut einer mittelalterlichen Madonna. »Und die Lippen von Greta Garbo«, hatte sie ergänzt und ihren Mund immer wieder auf seinen gedrückt. Wie man sich eben zu jener Zeit geküsst hatte. Lange und innig, mit durchgedrücktem Rücken. Vor einer Schwangerschaft hatte man sich gefürchtet wie vor zu dünnem Eis: Die Mädchen waren zu ängstlich gewesen, um den Sex zu genießen, auch später noch, als er endlich erlaubt war. Für Karen war die Pille zu spät gekommen, da war sie schon verheiratet gewesen. Im Nachhinein hatte sie sich oft gefragt, ob es denn damals wirklich hatte sein müssen, alles so früh wie nur möglich zu tun. Als junger Mensch bildete man sich ein, dass einem irgendwie die Zeit davonlaufe. Im Alter verstand man erst, dass außer Zeit nichts anderes mehr übrig war.

Karen durchsuchte ihre Handtasche nach dem Schlüssel. Die Tür ließ sich leicht öffnen. »Bestimmt ist Aune II. vor Kurzem erst hier gewesen«, konstatierte sie laut. »Das Schloss und die Scharniere sind geölt.«

»Wer bitte schön ist Aune II., und warum nennt man sie die Zweite?«, fragte Azar.

»Weil sie die zweite Aune ist. Die erste war ihre Großmutter.«

»Warum haben sie denn keine eigenen Namen, diese Aunes? Die sind ja nummeriert wie Sklaven.«

»Oder wie Königinnen«, entgegnete Karen. »Dafür halten die Aunes sich vermutlich sogar. Es kann sein, dass Aune ursprünglich einen anderen Namen hatte, aber ich habe sie immer nur Aune gerufen. Für mich ist sie Aune, wir Alten haben eben unsere Marotten.«

Drinnen roch es feucht und nach altem Gemäuer. Doch es war tadellos sauber. Auf dem Sofa auf der Veranda lag eine gehäkelte Decke, in einer Vase standen getrocknete Blumen aus dem letzten Sommer. Über den abgenutzten Stellen der blau gestreiften Tapete im Wohnzimmer hingen Bilder der Jungfrau Maria. Aune war religiös, aber ansonsten ein ganz vernünftiger Mensch, dachte Karen. Die Frau hielt das Haus für sie in Ordnung, sogar für den Fall, dass Karen völlig unerwartet vorbeikäme.

»Im Obergeschoss ist ein grün tapeziertes Zimmer. Dort kannst du schlafen. Vom Fenster aus kann man jetzt, da die Bäume noch kein Laub tragen, das Meer sehen.«

»Wo sind wir hier?«, fragte Azar. »Dieses Haus wirkt wie eine Filmkulisse. Irgendwie schaurig.«

»Das ist mein Elternhaus«, antwortete Karen. »Die Nachbarin kümmert sich darum. Ich komme ein paarmal im Jahr vorbei. Hier sucht uns so schnell niemand.«

Schweigend aßen sie kalten Elchbraten und Schinken, Salzgurken und Schärenbrot und harten weißen Käse, bei dem Azar das Gesicht verzog.

»Schafskäse.« Karen lachte. Als Azar die Schinkenscheiben in ihrer Hand verschwinden ließ, sagte sie nichts. Eine Muslimin, dachte sie und fragte sich, wo nur die Familie des Mädchens stecken mochte. Leidenschaftliche Religiosität passte irgendwie nicht zu seinem Aussehen und zu dem geschwollenen Bauch. Vielleicht würde Azar etwas von sich preisgeben, wenn sie endlich ein wenig zur Ruhe käme. Schließlich war sie fast noch ein Kind. Unberechenbar, aber eben doch ein Kind. Karen hatte selbst eines aufgezogen, anscheinend brauchten Kinder hauptsächlich etwas zu essen und jemanden, der ihnen zuhörte, wenn es an der Zeit war. Aber wer wusste das schon. Karens einziges Kind war Arzt geworden. Womöglich untersuchte der Junge gerade seine eigene Kindheit. Erik hatte das Gesicht seines Vaters, die Besonnenheit seines Vaters. Er war ein ernstes Kind gewesen. Karen hatte ihn irgendwann einmal gefragt, wie er sich an seine Kindheit erinnerte, und da hatte Erik die Brauen hochgezogen. »Ihr habt euch oft gestritten, du und Vater. Und jeden Sommer sind wir nach Savo gefahren, aufs Land, in Großmutters Haus. Dort waren Kühe, und ich und Vater sind im See schwimmen gegangen, während du dich gesonnt hast.«

Karen hatte schmerzliche Schuld und Trauer empfunden, weil sie nicht imstande gewesen war, ihrem Sohn ihre eigene Landschaft nahezubringen: die von Fetthenne bedeckten Felsen und die Schreie der Eiderenten, den Meereswind. Dass dessen Heftigkeit und Stärke ihr fehlten, hatte sie erst begriffen, als die sanfte

Weichheit eines Sees sie unruhig werden ließ. Jemandem eine glückliche Kindheit zu schenken – das war die schwierigste Aufgabe der Welt, auch wenn es sich ach so leicht aussprechen ließ.

»Iss auf, ich beziehe dir inzwischen das Bett im Obergeschoss«, sagte Karen zu Azar und stellte im selben Moment fest, dass sie sich wie eine Großmutter anhörte. Doch das Mädchen schien an dem Satz nichts merkwürdig zu finden. Es nickte und betrachtete das Bild des Schutzengels, das an der Küchenwand hing. Die überlegt bestimmt, was sie dafür beim Trödler bekäme. Einen Augenblick lang dachte Karen darüber nach, ob sie dem Mädchen sagen sollte, dass sich in diesem Haus kaum etwas Wertvolles befinde und Vaters Schreibtisch zu schwer sei, um ihn wegzutragen. Ansonsten gab es hier nur haufenweise Erinnerungen – eine Vergangenheit, die zu vergessen Karen einst für das Beste gehalten hatte. Vergessen – als wäre das je möglich gewesen.

Karen besaß nur ein einziges Foto, das sie und Sebastian als Kinder zeigte. Sie wusste nicht, ob es überhaupt je weitere Aufnahmen gegeben hatte. Waren sie in den unzähligen Papierbergen und unnötigen Dingen untergegangen?

Doch das eine Bild kannte sie in- und auswendig. Sie hatte jahrelang nicht einen Blick darauf werfen müssen, obwohl sie es immer noch in ihrer Handtasche mit sich herumtrug. Auf dem Foto war Sebastian sieben Jahre alt, Karen drei, ein Kind mit dicken Ärmchen und einer Spitzenhaube auf dem Kopf. Das Gesicht so rund, dass man es schon fast viereckig nennen konnte. Sebastian hatte mit ernstem Blick in die Kamera geblickt, als glaubte er, sie könnte in jedem Moment Feuer speien oder sie mit Kugeln durchsieben. Er hielt die Hand seiner kleinen Schwester. Sie trugen beide helle Kleider, wie man sie Kindern zu jener Zeit angezogen hatte, ganz gleich, welchen Geschlechts sie waren. Sie standen auf der Veranda des weißen Hauses, es war Spätsommer, Mutters Astern blühten. Das Foto hatte irgendein Unbekannter geknipst, vielleicht ein Inselbewohner, der sich eine neue Kamera gekauft hatte. Man sah den Schatten des Fotografen an der Hauswand, genau an der Stelle, wo der Hopfen den Putz vom Mauerwerk abgelöst hatte. Sie selbst hatten erst wesentlich später einen Fotoapparat besessen. Sebastian hatte sich einen gekauft. Aus dem Bruder sollte ein Künstler werden, und die Kamera würde ihm dabei von Nutzen sein. Sie diente ihm dazu, »Erinnerungen abzurufen, wann immer ich will«. So hatte er es zumindest ausgedrückt. Doch Erinnerungen konnte man nicht einfach archivieren und einen Haken daran setzen, das wusste Karen. Erinnerungen waren unberechenbar, sie kamen eines Tages aus ihren Schubladen gekrochen, der Zeitpunkt ließ sich nie voraussagen. Es konnte im Laden an der Kasse passieren, während man gerade Milch kaufte, an Sommerabenden, wenn einem Teerduft in die Nase stieg, in einem fremden Kaufhaus, wenn eine Frau in einem Pelzmantel vorüberging und eine Parfümwolke hinter sich herzog. Nur selten konnte man sie aufhalten oder lenken. Wie auf dem Foto, auf dem Sebastians braune Kinderaugen Karen anstarrten, die kleine Schwester, die mittlerweile alles in allem eine alte Frau war. Dreiundachtzig Jahre alt. Ein Alter, das in keinerlei Hinsicht das beste war. Mit einer Ausnahme: für Erinnerungen. Obwohl Karen in der letzten Zeit angefangen hatte, an sich selbst zu zweifeln. Waren die Sommer damals wirklich so warm gewesen, war der Nebel von der Naavalahti-Bucht wirklich so aufgestiegen, dass er im Morgenlicht für einen Augenblick silbern ausgesehen hatte, war Savu ein Junges von Jalo oder sein Enkel gewesen? Am schwierigsten war es, sich an die eigene Kindheit zu erinnern, obwohl gerade die am klarsten sein sollte. Denn von der erzählte man sich so oft, dass eine Lüge im Laufe der Jahre genauso wahr wurde wie irgendetwas anderes.

War Sebastian immer so gewesen, schwermütig und ernst, schon als Kind? Oder war der Bruder erst nach dem Krieg so geworden, nach dem Studium in Turku, als das Schicksal ihn schon einmal hart getroffen hatte? Karen wusste es nicht mehr, sie konnte sich nicht mehr daran erinnern, sosehr sie es auch versuchte. Als Kind bemerkte man nicht, ob ein anderer ernst oder traurig war, man ließ alles einfach an sich vorüberplätschern. Als Kind nahm man alles wie selbstverständlich: die Liebe, die einem die Eltern schenkten oder auch nicht schenkten, den Weihnachtsmann und die Abendgebete, selbst den Tod, wenn er unerwartet kam, sich ins Zimmer schlich und es kalt werden ließ und nur zerbrechliche Staubfusseln zurückblieben, die sich in die Ecken trollten. Karen hatte fünfundsechzig Jahre lang wach gelegen, bis die Uhr drei geschlagen hatte, und nachgedacht. Selbst wenn das Leben noch so sehr mit anderen Dingen angefüllt gewesen war – Tanzstunden, das Weinen eines Säuglings, Hypothekenraten, Frühlingsmorgen am See, Puder auf den Manschettenknöpfen des Ehemannes, nächtliche Anrufe, zu lange aufgewärmter, vertrockneter Rosenkohl –, Karen hatte stets an Sebastian gedacht. Zwischendurch waren Wochen vergangen, zuweilen sogar Monate, in denen sie die Nacht durchgeschlafen hatte, ohne auch nur ein einziges Mal aufzuschrecken, doch dann war er wieder zurückgekehrt – Sebastian. Sebastian, das Kind mit den nackten Zehen, Sebastian in seiner Armeeuniform und Sebastian an jenem Vormittag, mit aufgekrempelten Ärmeln und Fischblut an den Händen, das Haar zerzaust. Hätte sie irgendetwas tun können, hätte sie es verhindern können?

Natürlich, flüsterte eine leise Stimme in Karens Kopf. Alles hätte anders sein können. Sebastian hätte leben können.

1938
FETKNOPPEN

Auf dem Dachboden steht eine Truhe mit Mutters Kleidern, die sie trug, als sie noch Fräulein Ruohonen war und in Turku lebte. Die Leute dort kleiden sich vornehmer als die Schärenbewohner. Auch Fräulein Ruohonen hatte immer einen Schleier und eine Emailbrosche am Hut – eine Libelle, die aussah wie aus echtem Gold. Die alten Kleider passen ihr nicht mehr, aber sie hat es nicht übers Herz gebracht, sie zu verkaufen oder den Stoff für die Kinder zu verwenden, obwohl Karens Schulmantel mittlerweile so klein ist, dass ihre Handgelenke und Unterarme mehr als zehn Zentimeter aus den Ärmeln herausragen. Früher, vor mindestens hundert Jahren, als Karen noch nicht zur Schule ging, kletterten Karen und Sebastian an regnerischen Tagen auf den Dachboden. Das war zwar verboten, weil den Boden vermutlich irgendein Pfuscher wie Mattson eingebaut hatte. Kein halbwegs vernünftiger Mensch hätte dafür Holz hergenommen, das so furchtbar porös war, als wären die Bäume im Sumpf gewachsen. Sie nahmen eine Kerze mit, weil es auf dem Dachboden keinen Strom gab, spielten Schmuggler und Seeräuber und packten die in Zeitungen und Seidenpapier eingewickelten Schätze aus. Mutters Verlobungskleid aus rauchblauer Seide, zu dem eine gleichfarbige Stola gehörte, liebte Sebastian ganz besonders. Einmal stolperte er über die Kerze, und die Stola fing Feuer. Für einen Augenblick stand der Bruder starr da, und Flammen loderten an ihm empor. Er war unfähig, sich zu bewegen. Hätte Karen nicht blitzschnell reagiert und ihren Johannisbeersaft über ihn geschüttet, wäre der Bruder vermutlich abgebrannt wie ein bengalisches Feuer, in Blitzesschnelle, und nur die Nägel in seinen Schuhen wären von ihm übrig geblieben. Als sie wieder ruhiger atmen konnten, begutachteten sie den Schaden. In Stola und Kleid prangten schwarze Löcher. Und überdies rote Saftflecken. Sie sahen einander an und beschlossen, das Kleid ganz weit unten in der tiefsten Truhe zu vergraben.

Beim Gedanken daran wird Karen immer noch flau im Magen. Doch Mutter sieht nicht mehr nach ihren alten Kleidern. Karen und Sebastian sind aus dem Schneider. Stattdessen spricht Mutter vom Umziehen, und sie schwärmt davon, wie viel ein Tierarzt in der Stadt verdient. Sie träumt vom Kino und vom Theater, von Ausflügen mit Picknicks. In der Stadt würde sie die sieben Kilo wieder abnehmen, die sie in Fetknoppen zugenommen hat. In Turku wäre alles anders.

Kersti, Karens Freundin, sagt, sie könne sich nicht vorstellen, dass es in Turku Lämmer gibt, die mit der Flasche gefüttert werden, schräge Felsen, auf denen man in der Sonne liegen oder wo man baden gehen kann, oder alte Rentierknochen, die manchmal in der Bucht von Naavalahti angespült werden. Karen und Sebastian sammeln sie in Beuteln, die sie aus Lederstücken zusammengenäht haben, und nennen sie Talismane. Manchmal darf auch Kersti mitkommen. Kersti sagt, dass sie jedenfalls nicht an einen so blöden Ort wie eine Stadt ziehen würde. Aune behauptet, dass Mutter garantiert nicht umziehen werde. Die Stadt sei nicht mehr dieselbe wie diejenige, aus der Mutter einst fortgezogen ist, aber sie müsse eben immer irgendeinen Grund haben, unzufrieden zu sein. Karen versteht nicht, warum irgendjemand schlecht gelaunt sein möchte, denn genau das ist Mutter. Vom schwarzen Hahn gebissen, sagt Aune.

»Du hast mich auf diese Insel gebracht, auf der die Rosen schon als Setzlinge sterben. Wie kann in diesem Salzwind auch nur irgendetwas überleben!«, schreit Mutter. Auf diese Insel, auf die Schwiegertöchter nichts Eigenes mitbringen dürfen als ein Stück parfümierte Seife und gestärkte Bettwäsche. Auf diese Insel, auf der die Absätze neuer Schuhe im Schneematsch versinken und die Nachbarn die Gegenstände auf dem Fensterbrett zählen und Klatsch und Tratsch verbreiten, wenn sie mal anders angeordnet sind: »Sie stellt die Vase anders hin, um ihrem Liebhaber ein Signal zu geben!«, oder: »Wenn du wüsstest, was die treibt, sobald der Ehemann mit dem Boot hinausfährt, um die Schafe auf den äußeren Inseln zu impfen!«

Karen kann die Tiraden ihrer Mutter in- und auswendig – die Flut der Nörgelei, die dazu führt, dass Vater sich immer häufiger in seinem Zimmer verschanzt. Mutter mag die Insel nicht, die Insel ist kalt und windig, allein schon der Gesichtsausdruck der Menschen bewirkt, dass sich Mutters Magen zusammenzieht und sie Schmerzen bekommt. Mutter hat es satt, ständig unter Verdauungsproblemen zu leiden, nur weil ihr Mann so starrsinnig ist und unbedingt auf dieser gottverlassenen armseligen Klippe leben will. Aune behauptet, dass Mutter sich die Magenschmerzen nur ausgedacht habe. Dass sie verschwinden und wiederkommen, gerade so, wie Mutter es will. Und sie hat mit angehört, wie Doktor Östermalm erklärte, er werde Mutter die Medizin in der braunen Flasche nicht länger verschreiben, weil sie zu viel davon eingenommen habe.

Es ist Samstag, und Karen ist aus der Schule zurück. Sebastian liegt in seiner Dachkammer und liest. Er will aufs Gymnasium in die Stadt, deshalb braucht er im Haushalt nicht mit anzupacken. Karen hat den Verdacht, dass der Bruder eher Tarzan-Hefte studiert als lateinische Verben, aber es hat keinen Sinn, etwas zu sagen. Wenn Sebastian groß ist, wird er Arzt. Karen hingegen wird kein Arzt, kein Ingenieur, nicht einmal Buchhalter. Natürlich wird sie aufs Gymnasium gehen und Abitur machen. Vielleicht besucht sie anschließend sogar die Sekretärinnenschule, so wie

Mutter. Eine Frau mit Ausbildung, die ein wenig eigenes Geld besitzt, hat bei der Suche nach einem Ehemann bessere Karten. So hat es Mutter auch gemacht. Lesen darf Karen alles, solange sie nicht auf Abwege gerät und religiös wird. Es ist natürlich gut, in die Bibliothek zu gehen und patriotische Texte und den Katechismus zu lesen, aber Frauen, die fanatisch fromm sind, findet kein Mann reizvoll. Noch zwei Jahre zuvor hat Karen Gott für ihren persönlichen unsichtbaren Freund gehalten. Zum Glück hat sie diese Albernheit überwunden.

Der Streit der Eltern endet so wie immer. Mutter knallt die Tür von Vaters Arbeitszimmer zu und legt die immer selbe Platte aufs Grammofon. Sonst nimmt sie jetzt üblicherweise ihre Medizin ein und putzt anschließend mit Möbelpolitur sämtliche Oberflächen blitzblank. Aber nicht heute. Aune hat ihren freien Tag, und Mutter muss das Abendbrot selbst zubereiten. Das ist eine Aufgabe, die sie zutiefst verabscheut. Auf dem Land isst man so widerwärtige Speisen! Geschmack und kultiviertes Benehmen interessieren die Leute hier nicht. Es muss nur von allem viel sein: Fleisch, Kartoffeln, Grießbrei, Brot, Butter. Aune will die komplizierten Gerichte nicht kochen, deren Rezepte Mutter aus irgendwelchen schwedischen Frauenzeitschriften ausschneidet. Ein paarmal hat Mutter es selbst probiert, aber Vater, Karen und Sebastian sind nicht bereit, etwas zu essen wie Salat, Kalbfleischsülze garniert mit aus Radieschen geschnittenen Röschen oder Kuchen aus geschmacklosen französischen Keksen, befeuchtet mit Schnaps, der nach Mandeln riecht. Mutter will nicht aufgeben, doch heute hat sie nicht die Kraft, sich Mühe zu machen. Sie schneidet ein paar Scheiben Zunge vom Vortag ab und setzt Kartoffeln auf. In diesem Moment entwischt Karen. Wenn Mutter sie zu lange untätig herumstehen sieht, fällt ihr garantiert eine Aufgabe für sie ein. In letzter Zeit hat Mutter versucht, ihr das Sticken beizubringen. Gemeinsam haben sie ein Tuch mit Karens Monogramm und ein Rosenmuster auf ein Handtuch gestickt. Jetzt will sie, dass Karen ein Stillleben auf ein Schmuckkissen aufbringt. Das Muster hat sie in Turku gekauft, und zunächst ist Karen begeistert bei der Sache, doch schon kurze Zeit später hat sie genug davon, endlos die Fäden zu zählen und sich an das Muster zu halten. Ihrer Ansicht nach sehen die Äpfel viereckig aus und hart wie Bauklötze. Gestern hat sie sich so lange damit abgeplagt, bis ihr die Fäden vor den Augen verschwammen und die ganze Sache schweißtreibend wurde.

Karen läuft ans Ufer, wo Kersti schon auf sie wartet. Kersti ist ihr Gesellschaft genug, solange Sebastian in seinem Zimmer sitzt und schmollt. Es ist Juni: keine Schule, kein Zwang, Kniestrümpfe zu tragen. Die Birken am Ufer tragen hellgelbe Blätter, und die Gänsesäger zetern am Anleger.

»Komm, wir rennen bis zu den Felsen am Spritschloss«, schlägt Karen vor, als sie wieder normal Luft holen kann. Kersti streicht über ihre Schürze. Sie ist neu und unten mit drei Zierborten besetzt, Karen sieht es genau, sagt aber nichts, obwohl Kersti sie vorführt wie ein Mannequin. Es ist eine Festtagsschürze, viel zu gut, um damit draußen herumzutollen, und Kersti hat sie natürlich nur umgebunden, um Karen zu beeindrucken. Doch Karen denkt gar nicht daran, auch nur anzudeuten, dass sie Kersti beneidet.

»Kommt Sebastian auch?«, erkundigt sich Kersti. Sie fragt oft nach ihm und kichert über alles, was Sebastian sagt. Seine dunklen Augen und die langen Wimpern lassen manche Mädchen komplett schwachsinnig werden, aber ansonsten ist Kersti eigentlich ganz erträglich. Sie ist zu allem bereit, was Karen vorschlägt. Jetzt möchte Karen spielen, wie ein Geheimagent einen gefährlichen Desanten sucht.

»Was ist denn ein Desant?«, fragt Kersti.

»Das ist einer, den die Russen geschickt haben, damit er unser Bergwerk und die geheimen Flottenbaupläne ausspioniert. Der wurde hier eines Nachts mit dem Flugzeug abgesetzt, und jetzt versucht er, wie ein ganz gewöhnlicher Bewohner von Fetknoppen aufzutreten, er isst Heringsauflauf und trägt eine Schirmmütze wie alle anderen auch.«

»Woran erkennt man so einen De... Desanten?«

»An seinem russischen Akzent, aber auch nicht immer. Manchmal sind diese Desanten so verteufelt schlau, dass sie genau wie die Leute von Fetknoppen reden, dann kann man sie nur an der tätowierten Meerjungfrau auf ihrem Rücken erkennen.«

»Der alte Nils hat so eine Tätowierung! Ich habe ihn mal mit nacktem Oberkörper gesehen, als die Männer im Hafen Kisten ausgeladen haben.«

»Ah, der Desant ist entlarvt! Jetzt müssen wir nur noch die restlichen Beweise sammeln.«

»Was denn für Beweise?«

»Kein Polizist, nicht einmal so ein doofer Kerl wie Norrström, würde der Aussage von zwei kleinen Mädchen glauben – oder einem kleinen Mädchen und einem Fräulein. Wir müssen noch mehr Beweise finden. Zum Beispiel das Versteck der geheimen Baupläne.«

»Ich bin kein kleines Mädchen, ich will auch ein Fräulein sein«, mault Kersti, und Karen seufzt.

»Willst du nun spielen oder nicht?«

»Und wie willst du es anstellen?«

»Wir müssen das Spritschloss ausspionieren.«

Nachdem sie eine halbe Stunde auf den Felsen am Spritschloss gelegen haben, wird es Karen langweilig. Die Sonne brennt ihr auf den Rücken und macht sie müde, und außerdem fällt ihr gerade wieder ein, dass es zu Hause bald Abendbrot gibt, und sie hat Hunger. Durch die Haustür vom Spritschloss ist nur Gun gekommen, die Magd, und die hat lediglich den Abfalleimer bei den Schweinen ausgeleert. Kersti wollte, dass sie den Schweinekoben durchsuchten, aber Karen schnaubte nur verächtlich. Es würde ja wohl niemand Flottenbaupläne im Mist verstecken. Hatte Kersti denn überhaupt keine Ahnung? Im Film trugen Geheimagenten immer elegante weiße Anzüge.

»Ich ernenne dich zum Ersten Aufklärungsoffizier«, sagt Karen schließlich. »Du musst die Feuerleiter am Spritschloss hinaufklettern und ins Arbeitszimmer vom Alten Nisse hineinspähen.«

»Und wenn er zu Hause ist? Der könnte mich umbringen!«

Karen schweigt einen Augenblick. Die Kinder auf der Insel fürchten den Alten Nisse. Er ist nicht nur Schmuggler, sondern auch boshaft wie der Teufel. »Das schafft er nicht, wenn du nur schnell genug bist.«

Doch Kersti zögert immer noch.

»Du traust dich nicht.«

»Und ob ich mich traue.«

»Ich wette um mein Zopfband – das breitere –, dass du dich nicht traust.«

Begehrlich sieht Kersti das Zopfband an. Es ist rosafarben und aus Nylon. Kersti besitzt nichts, was so schön wäre. Karen sieht, dass es dem Mädchen schwerfällt, einen Rückzieher zu machen. Kersti tritt von einem Bein aufs andere, blickt zum Spritschloss hinüber. Vielleicht ist der Alte Nisse ja gar nicht zu Hause.

»Einmal die Feuerleiter hoch und wieder runter, wie lange kann das schon dauern?«, fragt Karen und schnieft. »Ich bleibe in der Nähe und rufe, wenn sich jemand von außen nähert. Oder ich erzähle Sebastian, dass du dich nicht traust.«

Das wirkt. Im Nu rennt Kersti zur Feuerleiter, schwingt sich auf die unterste Sprosse und klettert hinauf. Ohne sie aus den Augen zu lassen, hat Karen sich hinters Gebüsch zurückgezogen, sodass sie den Weg beobachten kann, ohne selbst bemerkt zu werden. Doch es ist weit und breit kein Mensch zu sehen. Sämtliche Hausbewohner sind unterwegs, nur Gun ist in der Küche beschäftigt, und die Frau vom Alten Nisse liegt vermutlich im Bett. Nachmittags hat sie oft Kopfschmerzen. Sie gehört ebenfalls zu denen, die nervös werden. »Faul wie ein Bandwurm«, sagt Gun zu allen, die es hören wollen. »Ich habe noch nie eine erwachsene, gesunde Frau gesehen, die den lieben langen Tag so wenig tut! Ihre Kopfschmerzen würden im Nu nachlassen, wenn sie zur Abwechslung nur mal ihren eierschalenweißen Wackelhintern vom Sofa hieven würde. Aber sie lässt sich ja von früh bis spät bedienen. Man könnte meinen, sie wäre von ihrer Herkunft her eine feine Dame.«

Niemand sagt Gun ins Gesicht, dass sie genau dafür – für das Bedienen – bezahlt wird, und zwar üppig. Niemand sagt es, weil im Grunde alle ihrer Meinung sind. Die Persson-Maija stammt nämlich von den äußeren Schären und ist die Tochter eines Schäfers. Sie heiratete den Alten Nisse, noch ehe er durch den Sprit steinreich wurde, sie hat also eine gute Partie gemacht, entweder einfach aus Schlauheit oder aufgrund einer Laune des Schicksals, und das verzeihen die Inselbewohner ihr nicht, während sie es ihrem Mann sehr wohl verziehen haben. Denn den Alten Nisse kennt man, er ist zwar ungeheuer reich und schlau wie König Salomo, versucht aber garantiert nicht, so zu tun, als wäre er was Besseres und nicht bloß irgendein Schmuggler. Auf Fetknoppen hat nun mal jeder seinen Platz, und da bleibt er auch. Man tauscht nicht den Gestank von Schafen gegen französisches Duftwasser ein.

Marias Vater wohnt immer noch auf Lammassaari, auf der Schafinsel, und kommt zweimal im Jahr, holt die Schafe und bringt sie im Herbst zurück, und dann kauft er in Johanssons Laden auf Kosten seiner Tochter Kautabak und Zucker. Opa Persson ist ein kleiner runzliger Mann, in den Augenwinkeln hat er weiße Streifen, der Rest seines Körpers ist von der Sonne gebräunt. Er stinkt nach Schafen, und wenn er manchmal lauthals lacht, sieht man seinen Goldzahn – seinen wertvollsten Besitz. Auch den hat seine Tochter bezahlt. Frau Maria (früher, bevor sie vornehm wurde, hieß sie noch Maija) ist groß und stämmig und trägt raschelnde Kleider. Sie tut überaus fein, aber selbst Karen weiß, dass sie nicht halb so gut aussieht wie Mutter. Ihre Kleider sind übertrieben, sie quellen nur so über, genau wie Persson-Maijas üppige Rundungen. Sie haben zwar einen modischen Schnitt und kräftige Farben, gefältelte und abnehmbare Kragen, und dazu trägt sie Hüte. Aber die sind erst recht unmöglich. Es ist, als hätte Persson-Maija in all ihren Mädchenjahren von Spitze, Seidenrosen und Pfauenfedern geträumt und wollte sich dies alles jetzt auf einen Schlag genehmigen.

Kersti ist bis zum Fenster in der ersten Etage geklettert und drückt ihre Nase an die Scheibe. »Hier ist nichts«, flüstert sie. Karen kann es deutlich hören.

»Von hier unten sieht man deinen Schlüpfer.«

Kersti lässt mit einer Hand das Fensterbrett los und stopft sich das Kleid zwischen die Schenkel. Plötzlich gellt ein Schrei vom Ufer herauf, schrill und heftig, wie von einem Kaninchen, das eine Eule erblickt. Karen hat einen solchen Schrei erst ein einziges Mal gehört: damals, als Ziegen-Pietu in seinem Säuferwahn einen Anfall bekam und glaubte, der Teufel und der Gerichtsvollzieher seien gleichzeitig gekommen, um ihn zu holen. Dann kracht es. *Plumps!* Kersti ist von der Leiter gefallen. Karen rennt zu ihr. Zum Glück war Kersti wenigstens vernünftig genug, ins Gebüsch zu fallen. Ihre Beine ragen aus dem Strauch heraus.

»Kersti«, flüstert Karen. »Warum hast du dich nicht festgehalten?«

»Dieser ... fürchterliche Schrei. Was war das?«

Karen weiß es nicht. Sie starrt zum Ufer hinüber. Am Steg liegt ein Boot, und Gun rennt darauf zu und öffnet dabei ihre Schürzenbänder.

»Ich schau mal nach.«

»Karen!«, ruft Kersti ihr hinterher, aber Karen hört es nicht mehr. Sie schiebt sich zwischen die Leute am Ufer: etliche Fischer – Männer vom Alten Nisse mit windgegerbten Gesichtern und dem wiegenden Gang der Seemänner. Harte Männer, die jetzt schweigen und ganz blass um die Nase sind. Und mitten unter ihnen liegt in eine Decke gewickelt ein Wesen mit schmalen Handgelenken, über und über mit Blut befleckt, so viel Blut, wie Karen es in ihrem Leben noch nicht gesehen hat. Nicht einmal, als sie und Sebastian dabei gewesen waren, als Johanssons Eber geschlachtet wurde.

Das Boot vom Alten Nisse wird an Land gezogen, und er selbst kauert neben seinem Sohn und hält einen Klumpen in der Hand, der einmal ein Fuß gewesen sein muss. Jetzt erst bemerkt Karen, dass Nisses Mutter neben ihm steht und mit weißen Knöcheln ein Stück blutigen Hemdenstoff hält. Persson-Maija trägt eine Strickjacke, und ihr langes dunkles Haar kräuselt sich über ihrem Rücken. Sie ist es, die geschrien hat. So wie jemand schreit, dessen Kind mit nur noch einem Fuß vom Meer zurückkehrt. Karen sieht sie an, die hellroten Lippen, die ausnahmsweise einmal nicht geschminkt sind. Maija ist sicher gerade erst aus ihrem Mittagsschläfchen aufgeschreckt. So sehen Menschen in Romanen aus, denkt Karen, Menschen, denen eine große Tragödie widerfährt.

Karen hört, wie der Alte Nisse erklärt: »Ich begreife das nicht! Ich hab dem Jungen nur gesagt, er soll die Logleine auswerfen, damit ich weiß, wie viele Knoten wir fahren, aber der Kerl ist einfach über Bord gegangen. Und er hat nicht losgelassen, obwohl wir es ihm alle zugerufen haben. Die Leine hat ihn ins Wasser gerissen wie einen Champagnerkorken. Er muss in die Schraube geraten sein...«

»Du!«, schreit Persson-Maija ihren Mann an. »Du und dein Boot! Ich hab dir doch gesagt, Nisse ist zu jung... Ich bring dich um!«

Niemand beachtet sie. Die Mutter des Jungen steht unter Schock, sie weiß nicht, was sie sagt. Persson-Maija stammt selbst von einer Insel, sie weiß, dass Männer ertrinken, von Bootsschrauben verstümmelt werden und im Eis einbrechen und dass sie heutzutage, da immer mehr von ihnen in den Schächten arbeiten, in

Felsspalten fallen oder unter einem Steinschlag begraben werden. Das ist das Gesetz der Schären, und auch Persson-Maija wird es einsehen – morgen, wenn sie wieder bei Verstand ist. Und ein Kind ist niemals zu jung für das Boot. In der Kindheit müssen sie es lernen. Denn wer macht die Arbeit, wenn nicht die Kinder? Schließlich müssen auch sie sich ihr Essen verdienen. Auf der Insel sind Kinder Arbeitskräfte, ihre jungen Arme und Hände werden dringend gebraucht, erst passen sie auf ihre kleinen Geschwister auf, dann jäten sie Unkraut, roden Bäume und holen die Netze ein. Manchmal kommt vom Festland eine Lehrerin, die behauptet, dass man die Kinder nicht einfach so aus der Schule nehmen dürfe, sobald ein Heringsschwarm gesichtet wird, dass die jüngeren immer wieder an ihren Pulten einschlafen, nachdem sie die ganze Nacht versucht haben, ein weinendes Baby in den Schlaf zu wiegen, dass ein Teil der Kinder unterernährt und dass es ungehörig sei, wenn alle Kinder einer Familie in einem Bett schlafen. Aber solche Lehrer bleiben nicht lange. Sie haben es eilig, in die Stadt zurückzukehren, sobald sie die erste Laus aus dem Haar eines der Almqvist-Bälger kriechen sehen. Männliche Lehrer halten es länger aus. Vor allem der eine, von dem es hieß, er gehöre zum Lager der Kommunisten, wenn die auch unter anderem Namen auftraten.

Endlich ist der Arzt da und verbindet Nils' Fuß. Karen beugt sich über das Gesicht des Jungen. Sie will wissen, wie ein Mensch aussieht, dem »alle Farbe aus dem Gesicht weicht«, wie es in den Büchern steht. Das ist Forschungsarbeit für den Fall, dass Karen einmal Missionarin in Afrika wird.

In diesem Moment öffnet Nils überraschend die Augen und sieht Karen an. »Du«, sagt er.

»Tut es weh?«

Nils nickt und tastet nach Karens Hand. »Du gehst doch nicht weg?« Er drückt ihre Hand so fest, dass es wehtut. Karen versucht, sich loszumachen, aber Nisses Augen glänzen, und selbst mit einem abgetrennten Fuß ist er ungeheuer stark.

»Nein«, sagt Karen und hat Kersti komplett vergessen.

»Ich habe Angst«, flüstert Nils.

»Schisshase«, sagt Karen, aber so, dass es ganz weich klingt.

»Das Kind wird nie wieder laufen können. Ist das Kalbfleisch frisch? Es sieht so grau aus.«

»Zumindest wird aus ihm kein Seemann. Es ist ganz frisch, noch frischer, und es würde jetzt muhen.«

»Na, sein Vater hat ja Geld. Vielleicht kauft er ihm einen vergoldeten Fuß. Mein Alter hat sich beschwert, der Hammel neulich sei so zäh gewesen, dass er sich fast die Zähne daran ausgebissen hat.«

Karen steht im Laden von Johansson und hört den Erwachsenen zu. Artige Kinder drängeln sich nicht vor, artige Kinder stellen sich an und warten, bis sie an der Reihe sind, und sagen auch dann nichts, wenn sich Frau Jokinen mit hochrotem Gesicht vorbeischiebt und sich zu dem Kreis der Klatschtanten gesellt. Zumeist gefällt es Karen in dem Laden, sie findet es wunderbar, die Geschichten der Erwachsenen zu hören. Darüber, wer wem was erzählt und wessen Mann seinen Lohn schon am ersten Samstag versoffen hat, wessen Sohn ein hoffnungsloser Nichtsnutz ist und wer sich an wessen Fischernetzen bedient. Doch heute starrt sie nur stumm vor sich hin und denkt, dass Almqvists Witwe noch dicker geworden ist und feuchte Flecken unter den Achseln hat. Beim Reden stieben ihr Speicheltröpfchen aus dem Mund. Die Frauen gehen die Einzelheiten des Unfalls von Klein-Nils durch, im Laden hängen der Geruch seines Blutes und berauschende Erregung. Alles wird besprochen: jeder Blutstropfen, jeder Schrei, das Kopfschütteln der Männer aus dem Krankenwagen. Die Bemerkungen des Arztes: Es sei ein Wunder, dass der Junge nicht verblutet ist. Die Schraube habe die Schlagader zerfetzt. Und dass der ganze Fuß habe amputiert werden müssen. Karen wird klar, wie sehr diese Frauen die Männer hassen, viel mehr als jene Lehrerin im vergangenen Winter, die nach der Kirche Flugblätter der Frauenbewegung verteilt hat. Sie hassen die Männer, auf deren Heimkehr sie warten, die sie füttern und erziehen. Auch Almqvists Witwe, die eigentlich gar keine Witwe ist, obwohl sie sich so nennt. Das ganze Dorf weiß, dass ihr Mann irgendwo auf einem Handelsschiff zur See fährt und sich einen Dreck um seine Alte und die ganze Kinderschar kümmert.

Und außer den Männern hassen sie die reiche Familie aus dem Spritschloss und dessen unzählige Schornsteine. Es geschehe den Reichen ganz recht, dass sie leiden und von Bootsschrauben zerfetzt werden.

Hinter Karen steht Fräulein Ö., die Schwester des Arztes, und hört ihnen genauso sprachlos zu wie Karen. Fräulein Ö. ist älter als ihr Bruder und arbeitet als seine Haushälterin, ohne dafür bezahlt zu werden. Doktor Ö. ist ein knausriger, gottesfürchtiger Mann. Die Geschwister essen zumeist Haferbrei und Kartoffeln, zuweilen einen Strömling, wenn ein Patient dem Doktor einen mitbringt. Alles andere kommt in seinen Augen nichts als Eitelkeit gleich, und man verwöhne sich nur selbst, und das wiederum führe den Menschen hin zum Teufel und seinen Gelüsten. Fräulein Ö. verdient ein bisschen Geld mit Klavierstunden für die Kinder besserer Familien – Werke von Mendelssohn, Etüden. Nichts, was allzu laut wäre. Einmal im Monat bekommt das Fräulein etwas Geld auf sein Konto, über das sie allein verfügen kann. Dann kauft sie in Johanssons Laden fünfhundert Gramm Wurst und ein Weißbrot, manchmal auch Kandiszucker. Natürlich traut sie sich nicht, das alles mit nach Hause zu nehmen. Ihr Bruder bekäme einen Wutanfall, wenn er davon erführe. Also stopft das Fräulein die Einkäufe in einen Korb, geht los und bleibt auf halbem Weg bei Johanssons Feld stehen und verschlingt alles auf einmal. Sie esse sogar die Wurstpelle mit, lutsche sie richtig ab, erzählt Almqvists Alte, die es einmal mit angesehen hat. Aber sie sagt es nicht boshaft, sondern irgendwie liebevoll, denn Almqvists Alte kennt die Männer und ihre Grausamkeit und Tücke. Almqvists Alte hat zwar ein giftiges Mundwerk, bemitleidet aber jene, die schwächer sind als sie, und Fräulein Ö. ist so eine. Nisse vom Spritschloss nicht, obwohl er noch ein Kind ist.

Heute ist erst der halbe Monat um, also kauft Fräulein Ö. nur Gerstengraupen. Aber Karen weiß, dass sie aus demselben Grund hier ist wie die anderen auch. Um zu erfahren, was passiert ist.

Jetzt hat Frau Johansson Karen bemerkt. »Du warst doch auch am Ufer?«

»Na los, mein Schatz, erzähl, wie hat es ausgesehen?« Die Frauen lächeln Karen an und nageln sie mit ihren Blicken fest. »War da viel Blut? Ich wäre bestimmt in Ohnmacht gefallen, wenn ich es hätte mit ansehen müssen. Mein Mann sagt immer, ich sei ein viel zu empfindsamer Mensch.«

Karen steckt die Hände in die Tasche ihrer Schürze und starrt zu Boden, obwohl das eigentlich nur die Kinder von Arbeitern tun. Sie möchte am liebsten wegrennen, aber sie weiß, dass man Frau Johansson nicht widersprechen darf, solchen Frauen muss man gehorchen, selbst wenn sie von Karen verlangten, sich in einen Verschlag mit Mattsons drei wutschnaubenden jungen Bullen einzusperren.

»Hast du den abgetrennten Fuß gesehen? Die Leute sagen, der Alte Nisse habe ihn heimlich auf dem Friedhof begraben lassen, damit er nicht herumspukt.«

»Ich hab gehört, er soll ihn im Boot vergessen haben, und Gun hat wie eine Gans gekreischt, als sie ihn am nächsten Morgen gefunden hat.«

»So ein Quatsch! Die Fische haben ihn gefressen. Eines ist jedenfalls sicher: Hechte aus dieser Bucht esse ich in diesem Sommer nicht.«

»Als würde der Alte Nisse je irgendwem erlauben, dort zu fischen!«

Schritt für Schritt zieht Karen sich zurück, doch die Frauen rücken nach. »Jetzt erzähl schon, Mädchen, hast du den Dunststreifen gesehen, der aus seinem Mund kam? Meine Cousine hat gesagt, sie könne beschwören, dass sie, als ihr Mann damals aus dem Boot fiel, gesehen hat, wie eine dünne graue Wolke aus seinem Mund aufstieg, und erst als Jokinen ihm auf die Brust schlug und das Meerwasser nur so heraussprudelte, wich der Dunststreifen wieder in seinen Mund zurück, und im selben Moment begann der Mann zu husten und kam wieder zu sich. Meine Cousine hat gesagt, das sei die Seele des Ertrinkenden gewesen, die sich aus dem Staub machen wollte.«

»Dummkopf. Das Einzige, was deiner Cousine weggeflogen ist, ist der Flaschenkorken und mit ihm der gesunde Menschenverstand.«

»Brita Johansson, so redest du nicht über meine Verwandtschaft!«

Als sich die anderen Frauen in das Wortgefecht einmischen, nutzt Karen die Gunst der Stunde und nimmt die Beine in die Hand. Auf dem Heimweg werden ihre Schritte allmählich langsamer. Mutter wird es nicht gutheißen, dass Karen mit leeren Händen, ganz ohne Einkäufe, nach Hause kommt. Schlimmstenfalls wird sie in den Laden zurückgeschickt, bestenfalls bekommt sie einen kräftigen Schlag mit dem Stift auf die Fingerspitzen. »Warum bin ich bloß auf diese Insel gekommen«, wird Mutter seufzen, die Hände im Seifenwasser, in den Augen denselben Ausdruck wie immer, wenn die Magenmedizin nicht mehr wirkt. Karen glaubt, dass Mutter sie loswerden will, dass sie von ihr und Sebastian endgültig die Nase voll hat. Dass sie das tun wird, womit sie immer schon droht: ihre Koffer packen und weggehen. Schuld daran sind Karen und Sebastian, weil sie unartig sind und Kinder, die zu lieben der Mutter schwerfällt. Sie beschmutzen ihre kostbare Kleidung, essen wie die Schweine, und ihretwegen kann Mutter ihre lieben Freundinnen aus Turku nicht mehr treffen. Die »Mädchen«, wie Mutter jene Frauen nennt, die zur selben Zeit wie sie in der Sekretärinnenschule studiert haben und die fast alle verheiratet und genauso alt wie Mutter sind. Ein Teil von ihnen ist dick geworden und aufs Land gezogen, hat Kinder bekommen, aber für Mutter bleiben sie »ihre Mädchen«.

Es ist ein heißer Tag, und Karens zuckergestärktes Kleid klebt an ihren Schenkeln. Sie muss es von der Haut ziehen, und das ziept. Vor dem Spritschloss bleibt sie stehen. Die Gardinen an den Fenstern sind zugezogen. Die Schaukel bewegt sich knarrend im Wind. Selbst bei dieser sommerlichen Hitze ist es auf der Insel nie so heiß, dass der Seewind sich ganz legen würde.

Karen weiß nicht, wie lange sie schon auf dem Hof steht, aber irgendwann zupft Gun sie am Ärmel. Karen zuckt zusammen; die Frau, die gerade vom Melken kommt, ist hinter ihr erschienen, ohne dass sie es gehört hätte.

»Willst du Nisse besuchen?«

Karen bringt keinen Ton heraus, und noch ehe sie sichs versieht, hat Gun sie ins Haus hinein und zum Zimmer des Jungen geschoben. Dabei plappert sie ohne Unterlass: »Nisse braucht die Gesellschaft von Gleichaltrigen«, sagt sie. Wirklich nett, dass Karen gekommen sei. Die Hausherrin sei zwar eine aufopferungsvolle Mutter, aber all das Geheule und die vielen Taschentücher und das Schmähen des Vaters... Das diene nicht gerade dazu, jemanden aufzumuntern, am allerwenigsten das verunglückte Kind. Am wichtigsten sei, dass Karen den Jungen nicht daran erinnere, dass er zum Krüppel geworden ist, und keinerlei Zweifel daran äußere, dass er wieder herumlaufen und sonstige Dinge tun wird, so wie andere Kinder auch. Und sie solle lieber nicht erzählen, was sie selbst unternehme. Am wichtigsten sei es, ganz natürlich und lebhaft zu wirken, das habe Karen doch wohl verstanden? Sie solle VOR ALLEN DINGEN NORMAL TUN. Karen nickt, obwohl sie am liebsten davonrennen würde. Aber Gun ist hartnäckig, hartnäckiger als alle Frauen im Laden, und außerdem hält sie Karen am Ellbogen fest.

Die Samtvorhänge in Nils' Zimmer sind zugezogen. Neben dem Bett brennt ein mattes elektrisches Licht. Schon das ist merkwürdig. Wer wäre so verrückt, jetzt im Sommer den teuren Strom zu verschwenden, wo das Licht doch die ganze Nacht durch die Türen und Fenster hereinkommt? Karen vernimmt einen süßlichen Duft. Es riecht wie Kardamom und doch wieder nicht. Vielleicht ist es Schweiß. Vielleicht riechen reiche Menschen so, wenn sie schwitzen?

Auf dem Bett liegt ein winziges Bündel, eingewickelt in eine Wolldecke, obwohl es draußen sommerlich warm ist. An den Wänden hängen Drucke, schwarz-weiße und aus Zeitungen ausgeschnittene Bilder. Von Napoleons Kriegen, wie Karen später erfährt. Nils liebt so etwas: tapfere Generale, Alexander den Großen, Cäsar. All jene, von denen in der Schule im Geschichtsunterricht erzählt wird. Doch Karen interessieren ganz andere Dinge: nicht die große Historie, sondern was damals gegessen wurde, was für Spiele die Kinder spielten, welche Schuhgröße Marie Antoinette hatte.

»Du hast Besuch«, verkündet Gun, und dann schlägt die Tür hinter Karen zu. Für Flucht ist es zu spät.

»Karen?«, fragt das Bündel. Sie kann Nils' Gesicht ausmachen und muss schlucken. Der Junge hat dunkelblaue Augenringe und ist unter seinen Sommersprossen bleich wie Knochenporzellan.

»Soll ich dir was vorlesen?« Karen stellt sich vor, dass einem Kranken vorzulesen etwas Besonderes ist. Zumindest wird das in Büchern immer so gemacht.

»Ach, das ist langweilig. Willst du meinen Beinstumpf sehen?«

Karen nickt und setzt sich auf die Bettkante. Nils zieht die Decke beiseite und hebt sein Nachthemd hoch. Der Stumpf ist verbunden und unten ganz blau. »Ich hab ganz furchtbar viel Blut verloren, meinten die Ärzte im Krankenhaus. Und sie haben gesagt, dass ich sehr tapfer war. Ich hab auch keine Angst gehabt – zumindest nicht allzu viel.«

»Darf ich mal anfassen?«, fragt Karen.

Nils zögert, schüttelt den Kopf, lächelt dann aber, als sei ihm etwas eingefallen. »Ich will dir was zeigen. Nimm den Schlüssel. Siehst du die Kommode dort? Mach die unterste Schublade auf und schau unter die Taschentücher.« Karen tut wie geheißen. Die Kommode ist alt und schwer, auf der rechten Seite sind schwarze Brandspuren zu sehen, die davon zeugen, dass sie woandersher stammt und nicht aus diesem Haus, das alles in allem neu und unheimlich wirkt. Die Schublade lässt sich nur mit Mühe öffnen, Karen muss eine Weile daran rütteln, bis sie das Fach aufziehen kann. Mit den Fingern tastet sie über den Boden und findet einen Gegenstand, der in Stoff gewickelt ist.

»Bring es her«, befiehlt Nils, und Karen gehorcht. Auf dem Bett wickelt Nils den Gegenstand aus einem großen hellroten Taschentuch aus und zeigt ihn Karen. Es ist ein Revolver. So etwas hat Karen noch nie gesehen. Natürlich hat sie bereits Waffen gesehen. Bei jedem Inselbewohner hängen zu Hause mindestens zwei Jagdgewehre und Schrotflinten unter der Decke, aber keine solche Waffe. Davon hat Karen bislang nur in Büchern gelesen. Der Revolver ist merkwürdig schön. Sein Griff besteht aus einem weißen glänzenden Material – Perlmutt, sagt Nils. Er sieht aus wie ein Schmuckstück. Eigentlich überhaupt nicht wie ein Gegenstand, mit dem man tötet.

»Ich habe ihn von Vater. Erst hatte er ihn Mutter gegeben, aber die wollte nicht mit so etwas zusammen im selben Zimmer sein. Also hab ich ihn bekommen. Er gehörte ursprünglich einem von Vaters Kunden, einem Mann, der die Überfahrt dann nicht mehr bezahlen konnte.«

Karen nickt. Auf der Insel heißt es, dass der Alte Nisse nachts mit dem Motorboot Menschen von Deutschland nach Schweden bringe. Die Sache sei riskant, werde aber ordentlich bezahlt. Karen versteht nicht ganz, warum die Menschen mit dem Motorboot fahren wollen und nicht bequem mit der Fähre, und Aune war nicht bereit, es ihr zu erklären. »Juden«, hat sie auf Karens Frage lediglich geantwortet und geschnieft, aber das half Karen auch nicht weiter.

Nils nimmt die Waffe in die Hand und richtet sie auf Karen. »Bumm!«

»Hör auf, das ist nicht lustig.«

»Ich schenk ihn dir, wenn du versprichst, mir ganz zu gehören«, sagt Nils und legt den Revolver wieder aufs Bett.

Karen zögert. Sie möchte die Waffe gern haben. Sie kennt kein anderes Kind, das so etwas besitzt. Aber sie will niemandem ganz gehören.

»Ich lasse ihn erst einmal hier bei dir«, erwidert Karen. Sie will keine Entscheidung treffen. Und auf diese Weise braucht sie es eigentlich auch nicht zu tun.

Plötzlich geht die Tür auf, und Gun kommt herein. Schnell schiebt Nils die Waffe unters Kopfkissen.

»Es ist Zeit«, sagt Gun. Sie hält einen kleinen Kasten in den Händen. »Du solltest dich jetzt lieber auf den Heimweg machen, Mädchen, bevor deine Mutter die Polizei ruft.«

»Kann Karen nicht noch ein bisschen bleiben?«, fragt Nils. »Bis ich eingeschlafen bin?«

Gun sieht das Mädchen an, gibt nach, und Nils krempelt seinen Ärmel hoch. Gun holt aus dem Kasten einen schwarzen Gürtel, schnallt ihn Nils um den Arm und nimmt dann eine Spritze zur Hand. Karen ist die Tochter eines Tierarztes, sie hat genug Spritzen gesehen, und trotzdem wird ihr bei dem Anblick ein wenig schwindlig.

»Morphium«, erklärt Gun, als Nils die Augen zufallen. »Die Schmerzen müssen schrecklich sein. Der Doktor sagt, Nils' Dosis ist so stark, wie man es einem Kind seiner Größe nur zumuten kann. Trotzdem wird er in ein paar Stunden wieder aufwachen und schreien. Heute habe ich die Spritze etwas hinausgezögert. Er hat es anscheinend nicht einmal bemerkt, dass die Wirkung des Schmerzmittels nachgelassen hat. So froh habe ich Nils lange nicht erlebt. Du musst morgen wiederkommen.«

Karen zögert.

»Du bist doch ein Christenkind? Gut. Dann erscheinst du morgen zur gleichen Zeit am Tor. Ich rufe deine Mutter an und bitte sie um Erlaubnis.«

Den ganzen Sommer geht Karen mehrmals in der Woche zu Nils und spielt mit ihm. Das ist Mutters Ansicht nach barmherzig und zeigt, dass Karen endlich erwachsener und vernünftig wird, statt nur Albernheiten im Kopf zu haben. Gun findet, dass sie ein patentes Mädchen ist, und so bekommen sie und Nils Rhabarbersaft und Gebäck im Zimmer des Jungen, obwohl er eigentlich in seinem Zimmer nicht essen darf. Nils' Vater bestellt in Stockholm einen Fuß aus Bakelit, den man mit Riemen am Bein befestigen kann. Nils zeigt ihn Karen, ist aber nicht bereit, ihn anzuschnallen, während Karen ihm dabei zusieht.

Mutter und Sebastian fahren mit dem Bus nach Turku zu den Aufnahmeprüfungen fürs Gymnasium, Karen nehmen sie nicht mit. Dafür zeigt Nils ihr den Geheimgang des Spritschlosses. Karen hat natürlich davon gehört, alle auf der Insel wissen, dass der Alte Nisse ein gewiefter Kerl ist, der genauso viele Kniffe und Winkelzüge kennt, wie es im Stall Fliegen gibt. Jeder Schmuggler braucht einen Pfad, auf dem er unbemerkt ankommen und verschwinden kann, das ist fast so wichtig wie ein schnelles, lautloses Boot. Den Geheimgang betritt man durch eine Falltür unter dem Teppich in der Küche. Nach dem Einstieg kann man sie durch einen Verschließmechanismus mit einer Angelschnur hinter sich zuziehen. Als Karen die Stufen sieht, kann sie nicht anders und wirft Nils einen kurzen Blick zu. »Ich muss da nicht runtergehen«, sagt sie. »Lass uns lieber Dame spielen.«

»Sei kein Esel«, erwidert der Junge. Dann schwingt er sich auf die Treppe, stützt sich mit den Händen ab und klettert hinunter wie ein Schimpanse. Nils hat schnell gelernt, seinen neuen Fuß zu benutzen. Weil er ein wenig hinkt, könnte man denken, er hätte sich nur ein bisschen den Fuß verstaucht. Der Doktor hält es für eine Wunderheilung. Gun sagt, Karen sei besser gegen die Schmerzen als das Morphium.

»Komm und gib mir meinen Stock«, ruft Nils von unten. Karen späht hinunter, aber der Junge scheint verschwunden zu sein. Ein leichter Salzgeruch steigt ihr in die Nase, obwohl das Ufer ein ganzes Stück entfernt ist. »Worauf wartest du? Hast du Angst?«

Nun ist es aber genug. Karen klettert ihm nach und zieht die Klappe hinter sich zu. Als sich ihre Augen an die Dunkelheit gewöhnt haben, erblickt sie an den Wänden des Raums weiße Gestalten. Eine scheint sich zu bewegen. Karen ist nahe daran zu kreischen, sagt aber dann stattdessen: »Nils, lass den Unsinn.«

Der Junge zieht sich die weiße Decke herunter, und jetzt sieht Karen die Kisten, die an der Wand stehen. Es scheinen Hunderte zu sein. Ein Teil von ihnen ist zugedeckt, viele tragen ausländische Aufschriften. Einige sind in einem für Karen völlig unverständlichen Kauderwelsch beschriftet. Nils erklärt ihr, dass dies kyrillische Buchstaben seien. Russisch.

»Und was ist da drin?«

Nils zuckt mit den Schultern. »Alles Mögliche. Alles, was von einer Ladung herunterfallen oder auf andere Weise seinen Weg verfehlen und in die Hände eines geschickten Mannes geraten könnte. Willst du mal Wein kosten?«

Karen schüttelt den Kopf. Sie hat einmal heimlich einen Schluck aus Vaters Glas genommen und hätte sich davon fast übergeben. Sie versteht nicht, weshalb in Romanen so viel Aufhebens darum gemacht wird.

»Wenn ich groß bin, heirate ich dich«, sagt Nils.

»Und wenn ich nicht will?«

»Dann zwinge ich dich dazu, dass du willst.«

Um ein Haar hätte Karen ihm eine geknallt, aber dann fällt ihr wieder ein, dass er nur noch einen Fuß hat, und sie lässt es gut sein. »Wohin führt dieser Gang?«

»Ans Meer. Du darfst mitkommen, wenn du mir einen Kuss gibst.«

Und noch ehe Karen dazu kommt, irgendetwas zu erwidern, hat der Junge seinen Mund auf ihren gedrückt und tritt dann wieder einen Schritt zurück. Der Kuss hat nicht ganz ihre Lippen getroffen, sondern die Wange, dort, wo Karen ein kleines Grübchen hat. (Sie versucht, ihre Grübchen zu vergrößern, indem sie hin und wieder einen Bleistift hineindrückt, aber sie sehen immer noch nicht so aus wie bei Shirley Temple.) Karen packt Nils am Kragen, sodass seine Beine in der Luft zappeln. Sie ist zwei Jahre jünger als Nils, aber größer und viel stärker. »Versuch das bloß nicht noch mal, du …« Karen schüttelt den Jungen, bis er sein Gesicht verzieht und so aussieht, als sei er den Tränen nahe.

Sie schämt sich für Nils. Er ist fast elf Jahre alt und lässt sich derart von einem Mädchen ins Bockshorn jagen. Vorsichtig stellt sie ihn wieder auf die Beine. Das eine Mal werde sie es ihm durchgehen lassen, sagt sie zu ihm, aber er dürfe niemandem etwas davon erzählen. Sonst komme Karen nie wieder her, und Nils werde allein in seinem Bett liegen bis zum Abitur. Das sei ihr dann egal.

Nils verspricht es. Er sieht an Karen vorbei und schnäuzt sich in den Ärmel. Karen ist das alles schrecklich peinlich. Sie benimmt sich wieder so, wie Aune und Mutter behaupten: ungehobelt wie ein rotznäsiger Schiffsjunge. Wenn sie erst mal Missionarin geworden ist, wird sie sich besser benehmen.

»Wer zuerst am Ufer ist – du bekommst eine halbe Minute Vorsprung.«

Und so rennen sie, und Karen lässt Nils gewinnen. Der Junge ist außer Atem und lacht und muss sich fast auf den Boden setzen.

»Aber Sebastian wird das nicht erzählt«, sagt Karen verschwörerisch, und Nils nickt.

»Auch davon nicht …« Er weist hinaus zu den schräg in die See abfallenden Felsen, den gelben Fetthennenhorsten, dem Meer, das zwischen weißen Schaumkronen glitzert und nach Tang riecht. Ein Schwarm Sturmmöwen stürzt auf sie herab und macht im letzten Augenblick kreischend kehrt. Vermutlich liegen ihre Nester am Felshang. Im Schilf ruft ein Schwan. »Vater hat hier unten ein Boot. Los!«

Unauffällig sind Stufen in den Fels geschlagen worden, vom Meer aus würde man sie nicht erkennen. Nils erzählt, dass sein Vater versteckt unterm Moos eine Art Aufzug hat einbauen lassen, mit dem ein einziger Mann eine Kiste nach der anderen hinaufhieven kann. Die größeren Mengen sind angeblich andernorts gut versteckt gelagert. Aber die wertvollere Ware will der Alte Nisse in seiner Nähe wissen. Er vertraut niemandem. »Außer mir«, behauptet Nils. »Ich bin sein Sohn. Ich werde auch einmal ein großer Schmuggler.«

Karen sieht den Alten Nisse vor sich. Seinen tätowierten Rücken, die roten Härchen auf seinen Händen – Hände, so groß wie Kuhherzen.

»Was wird dein Vater dazu sagen, wenn er das hier erfährt?«

»Er wird es nicht erfahren.«

Karen holt tief Luft, und plötzlich ist sie von einer großen Freude erfüllt, in die sich allerdings auch ein kleines bisschen Schuld mischt. Es ist das erste Mal, dass sie ein eigenes Geheimnis hat. Etwas, wovon Sebastian nichts weiß. Dieser geheime Ort, der nur ihr und Nils gehört. Soll Sebastian doch sein Gymnasium, sein Latein und seine schönen Bücher haben. Ein Stützpunkt im Geheimgang des Schmugglers ist viel spannender. Karen wird kein Sterbenswörtchen davon erzählen, selbst wenn der Bruder sie darum anbetteln würde.

Nils nimmt vorsichtig Karens Hand, und Karen lässt ihn gewähren.

1940
TURKU

»Ich brauche blauen Stoff für ein Kirchenkleid«, sagt Mutter am Frühstückstisch. »Ich fahre am Dienstag mit dem ersten Bus.«

»Dienstag ist morgen«, wundert sich Karen. Mutter hat bisher mit keinem Wort erwähnt, dass sie etwas in der Stadt zu erledigen hat. Sie hätte den Stoff vorige Woche bei Johansson bestellen können, als der seine Waren geordert hat. So machte es Mutter meistens. Früher ist sie regelmäßig zum Einkaufen nach Turku gefahren und dann mit »ihren Mädchen« zum Mittagessen im Restaurant und danach im Theater gewesen, aber eines Tages beschloss sie, dass es sich in Kriegszeiten nicht schickte, derlei Vergnügungen nachzugehen, und Karen solle ein für alle Mal aufhören zu betteln und zu fragen, ob sie mitfahren dürfe.

»Ich komme mit.«

»Turku ist derzeit keine Stadt für kleine Mädchen. Hier ist es sicherer. Außerdem sind die Busse für Evakuierungen vorgesehen. Im Dezember hat es Bombenangriffe gegeben.«

»Du fährst doch auch.«

Natürlich möchte Karen nach Turku, auch wenn es ein Schultag ist. Die Stoffe sind ihr egal, sie will Sebastian sehen, um dessen Sicherheit in der Stadt sich Mutter anscheinend überhaupt keine Sorgen macht. Nur um die von Karen – weil sie nicht will, dass ihre Tochter mit in die Stadt fährt.

»Ich kann in Sebastians Zimmer schlafen, wirklich. Mutter braucht für mich nicht im Hotel zu bezahlen«, sagt Karen zu Vater.

»Das wäre mal eine Abwechslung für das Kind.«

»Das Kind muss in die Schule«, widerspricht Mutter, aber Karen sieht, dass sie bereits aufgegeben hat. Sie hat nicht mehr so viel Energie wie früher, schläft morgens immer länger, und Karen muss im Obergeschoss leise sein. Aune sagt, das liege daran, dass Mutter nicht ausreichend isst. Mit dem bisschen Essen würde selbst ein Vogel nicht überleben.

Bei Vater setzt Karen immer ihren Willen durch. Vater hasst Konflikte. Er sagt, wenn Frauen nichts anderes zu tun haben, als zu streiten, dann sollen sie doch wenigstens über etwas Interessanteres reden.

»Es ist diese Kälte«, erklärt Mutter. »Diese Insel frisst mich von innen auf.«

Vater breitet die Zeitung aus, dass sie laut raschelt. Früher hat er sie nie mit an den Esstisch gebracht, aber der Krieg hat alles verändert. Vater will jetzt jede Überschrift lesen, jede Radiosendung hören, selbst wenn er gezwungen wäre, ein Hörspiel an der spannendsten Stelle zu unterbrechen.

Karen liebt besonders diejenigen Hörspiele, in denen ein Mord geschieht, möglichst in der Bibliothek. Sie mag Blut, solange es nur auf die Teppiche englischer Herrenhäuser fließt. Die Detektive haben eigenartige Namen und tragen Tweedjacketts, der Mörder ist jemand aus der Familie und hat ein offenkundiges Mordmotiv. Karen findet es gut, dass es bei dieser Art von Gewalt eine gewisse Ordnung gibt. Im Krieg gibt es die nicht.

Der Bus ist fast leer. Karen und Mutter sind unter sich, abgesehen von zwei Soldaten, die aus dem Heimaturlaub zurückkehren. Karen kennt die Männer nicht, sie sind von irgendeiner weiter entfernten Insel, nach ihrer Sprache zu urteilen aus Houtskär. Sie sehen sich verstohlen zu Mutter um und unterhalten sich leise auf Schwedisch.

Mutter trägt einen schwarzen Hut und dunkles Lippenrot. Das

macht sie blass. Karen möchte sich die Haare kürzer schneiden und hofft, dass Mutter es ihr erlaubt. Sie träumt ja gar nicht von einer Dauerwelle, auch Träume haben ihre Grenzen, aber so eine Frisur wie die von Ingrid Bergman würde sie zumindest ein bisschen mehr wie eine Frau aussehen lassen. Nur kleine Mädchen tragen Zöpfe.

Sie haben Proviant dabei, in Pergamentpapier eingewickelte, mit Zunge und Ei belegte Brote und dazu Tee, der nach Mutters Meinung vornehmer ist als Kaffee. Das ist eine Sorte Proviant, die man mitnimmt, damit die anderen es sehen können. Obwohl gerade niemand außer den beiden Soldaten im Bus sitzt.

Von dem Tee muss Karen aufs Klo, schon nach der Hälfte der Fahrt, in Pargas, als sie in einen anderen Bus umsteigen, aber sie sagt nichts. Sie fürchtet, dass Mutter sie hinter das Gebäude des Busbahnhofs schickt wie früher als Kind. Also lehnt sie sich auf dem Sitz zurück und versucht, eine Position einzunehmen, in der die Blase nicht allzu sehr drückt. Mutter verbietet ihr herumzuhampeln.

Der Bahnhof ist geschlossen. Das Dach ist schwarz, und der Turm ragt in den hellen Himmel wie ein Finger. Karen hat Bilder von dem Brand gesehen, da warfen Männer gerade Matratzen aus dem Fenster. Karen fragt sich, warum ausgerechnet Matratzen. Vielleicht war Geld darin versteckt. Hier hat es mehr geschneit als auf der Insel. Es sind nur wenige Menschen unterwegs, vielleicht liegt das am Krieg, vielleicht aber auch an der Kälte. Trotzdem ist Turku eine Stadt. Andere Städte hat Karen nie zu Gesicht bekommen, aber sie ist davon überzeugt, dass keine so schön ist. In Turku gibt es einen Fluss, der sich durch die Stadt schlängelt, Bäume, die in Reih und Glied stehen wie Zinnsoldaten, und eine Markthalle, in der es nach Zimt riecht. Als Karen noch kleiner war, hat sie einmal gesehen, wie Männer den ganzen Rumpf eines Pferdes durch die Tür der Halle hineintransportierten. Der

Fleischer ließ sie und Sebastian zuschauen, als er ihn in Stücke schnitt.

An der nächsten Straßenecke drückt Mutter Karen Geld in die Hand. »Das ist für dich und Sebastian. Gib nicht gleich alles auf einmal aus und kauf nicht von dem ganzen Geld Kuchen. Wir sehen uns um drei.«

»Wo gehst du hin?« Karen wird misstrauisch. Sie hatte noch nie so viel Geld in der Hand. Eigentlich hatte sie so gut wie noch nie richtiges Geld in der Hand. In Johanssons Laden wird angeschrieben. Das Geld fühlt sich merkwürdig schwer an.

»Ich habe einen Termin beim Arzt. Bei Fliegeralarm folgst du mit Sebastian dem nächstbesten Erwachsenen und bittest um Hilfe.«

»Du hast Vater nicht gesagt, dass du zum Arzt gehst.«

»Das ist eine Frauensache. Keine Widerrede, Karen.«

»Wo tut es dir denn weh?«

»Das ist eine normale Untersuchung wie in jedem Jahr. Der Doktor knipst mir nur ein Stückchen ab.«

»Vor einem Jahr bist du nicht beim Arzt gewesen. Da hast du gesagt, es sei zu gefährlich, und es gebe ja auch diese Evakuierungen ...«

»Vornehme Frauen fragen nicht nach«, entgegnet Mutter, obwohl sie selbst das manchmal sogar mehrmals tut. Karen hat bereits gelernt, dass dieses Frausein aus einem unübersehbaren Haufen von Regeln besteht, die Mutter und Aune als Waffe benutzen, wenn sie Karen zurechtweisen und ihren Widerspruch im Keim ersticken wollen. Vornehme Frauen sitzen mit verschränkten Füßen da. Man weiß nicht einmal, dass sie Knie haben. Vornehme Frauen setzen sich nie auf einen Stuhl, der vom Hintern eines Mannes noch warm ist. Vornehme Frauen tragen weiße Handschuhe und haken sich nicht einmal bei ihrer besten Freundin unter. Vornehme Frauen sind weich wie Sülze und ganz in ihre Unterwäsche aus Nylon und Gummi eingeschnürt. Die Haut vornehmer Frauen hat einen schwachen Ammoniakgeruch, weil ein Teil von ihr nie das Tageslicht sieht.

»Vielleicht hat sie einen Liebhaber«, sagt Sebastian, als Karen ihm von Mutters seltsamem Benehmen erzählt. Sie lachen beide, denn Liebhaber gibt es nur in Büchern. Trotzdem passiert auf der Insel alles Mögliche. Einmal hieß es, dass Johansson zu merkwürdigen Zeiten in ein bestimmtes Haus gehe, in dem gekaufte Gardinen am Fenster hingen. Sicher die einzigen gekauften Gardinen auf der ganzen Insel, das sagte schon einiges. Doch solche Dinge betrafen hässliche, gewöhnliche Menschen, solche mit groben Manieren, nicht vornehme und schöne wie Mutter. Und in Büchern wiederum – Karen darf nicht sehr viele Erwachsenenromane lesen, aber Sebastian schildert ihr bereitwillig die Geschehnisse in seiner Lektüre –, in Büchern sind die Menschen einfach anders.

»Was wollen wir machen?«, fragt Karen und hofft, dass Sebastian nicht antwortet, er müsse Latein lernen oder Erdkunde oder irgend so etwas, was den älteren Jungs auf dem Gymnasium beigebracht wird. Natürlich hat auch Karen vor, das alles zu lernen – wenn sie erst auf dem Gymnasium ist. Sie will schließlich Missionarin werden. Sie hat gerade *Die Frauen in Amboland* gelesen und ist regelrecht beseelt. Allerdings will sie nicht nach Afrika, sondern in den Fernen Osten, am liebsten nach Japan. Die Geishas in ihren Märchenbüchern sind schöner als die Neger und trinken Tee aus bemalten Porzellantassen.

»Ich muss noch...«, sagt Sebastian und lacht laut, als er Karens Gesichtsausdruck sieht. »Reingefallen! Väinö hat mir seinen Schlitten geliehen, wir können nach Tipula auf den Hügel gehen. Ein paar ältere Jungs aus meiner Schule sind ebenfalls dort, auch wenn die Jungen aus Tipula den Rodelberg für sich haben wollen.«

Karen ist ganz aufgeregt und gespannt: ältere Jungs, die Jungen aus Tipula. Wenn Kersti das hören könnte! Und Karen wird es ihr garantiert erzählen. Sie streicht ihre neue Mütze aus Biberfell glatt. Es ist Mutters alte, die sie kleiner gemacht hat. Das Fell fühlt sich an, als würden tausend Zungen die Finger streifen. Zu Hause fand sie die Mütze schön, aber wird sie auch den großen Jungen aus Tipula gefallen? Zehn Jahre alt zu sein ist das Schrecklichste auf der ganzen Welt und aufs Gymnasium zu kommen das Wunderbarste.

Karen wirft Sebastian einen Blick zu. Ihr Bruder sieht genauso aus, wie es sein soll: lässig und klug. Das Weiß in seinen Augen ist klar wie ein gekochtes Ei, sein Lächeln reicht von einem Ohr zum anderen.

»Mutter hat gesagt, wir sollen drinbleiben.«

»Sie braucht es ja nicht zu wissen.«

Der Hang am Klosterberg ist voller Kinder, Schlitten, Kartons, Pappe, Ackjas – was immer man anschieben kann. Niemand schenkt Karen besondere Beachtung, niemand lacht über ihre Bibermütze. Ein paar Jungen winken Sebastian zu, und erstmals kommt Karen in den Sinn, dass es dem Bruder peinlich sein könnte, mit seiner kleinen Schwester unterwegs zu sein. Vielleicht geht er sogar schon mit irgendeinem Mädchen? Vielleicht ist es die da, die mit der weißen Bommelmütze und dem angeberischen Kragen? Diese falsche Schlange, denkt sich Karen. Das Rot ihrer Wangen stammt garantiert nicht vom Schlittenfahren. Bestimmt malt sie sich an. Karen nimmt ihren Bruder besitzergreifend an der Hand und starrt das Mädchen so lange an, bis es sich abwendet. Die tut gerade so, als wäre kein Krieg, denkt Karen. Vielleicht wissen diese Kinder das ja auch nicht, vielleicht erscheinen sie jeden Tag hier zum Schlittenfahren und scheren sich überhaupt nicht darum, wie viele Truppen schon die Grenze überschritten haben und ob das Aluminium alle ist.

Und plötzlich ist sie froh darüber, dass Nils' Vater seinen Sohn auf eine Schule in Schweden geschickt hat. Kinder sollten nicht darüber nachdenken müssen, ob es richtig ist, Schlitten zu fahren, oder nicht. Und kaum ist ihr der Gedanke durch den Kopf gegangen, bereut sie ihn schon. Die Heimatfront hat Grund genug, dankbar zu sein und nicht zu klagen. Das hat auch Vater gesagt, als Karen ihm wegen eines neuen Kleides in den Ohren gelegen hat, allerdings versteht Karen nicht ganz, was die Soldaten mit Kinderkleidern anfangen sollten. Ist es patriotischer, sich ständig hässlich anzuziehen?

Sebastian und Karen fahren Schlitten, bis ihnen die Zähne klappern und ihre Nasen ganz blaugefroren sind. Trotzdem möchte Karen nicht aufhören. Genau so will sie es haben: auf dem Schlitten sitzen, Sebastian an ihrem Rücken spüren und laut kreischen, einerseits vor Spannung, andererseits vor Vergnügen. Doch irgendwann verkündet Sebastian, er habe Hunger. Ein Teil der Kinder hat als Proviant Butterbrote dabei und heißen Saft. Stadtkinder trinken keinen Malzkaffee, erklärt Sebastian. Den trinken nur die Kinder vom Lande. Diesen Hinweis prägt sich Karen genau ein. Sie möchte nur zu gern so werden wie die Stadtkinder. Karen hat keinen Proviant dabei, und plötzlich fällt ihr Mutters Geld wieder ein, und sie zeigt es Sebastian, als hätte sie fette Beute gemacht.

Sie kaufen in der Markthalle vier Krapfen, Brausepulver, das auf der Zunge lustige Blasen bildet, und Pinimint-Lakritze. Die Bischofskrapfen sind mit rosafarbenem Zuckerguss überzogen, so einen hat Karen bisher nur ein einziges Mal gegessen, und das war noch vor dem Krieg. »Da ist Roggenmehl drin«, sagt Sebastian. »Die sehen viel besser aus, als sie schmecken. Der Zuckerguss ist auch nicht echt«, erklärt ihr Bruder.

Karen interessiert es nicht, wie sie schmecken. Die Krapfen sehen so schön aus, dass sie sie am liebsten aufheben möchte, aber Sebastian meint, bevor Karen sie in ihrer Tasche zerquetsche und ungenießbar mache, wolle er sie essen.

Der Schnee, der an ihren Sachen klebt, schmilzt in der warmen Markthalle, und Karens Mantel wird feucht und riecht nach altem Hund. Sie friert. Sebastian schlägt vor, in seine Pension zu gehen und dort auf Mutter zu warten. Es sei allerdings keine richtige Pension. Sebastian wohnt mit einem anderen Gymnasiasten zusammen in einem Zimmer bei einer Familie. Er bekommt dort zwei Mahlzeiten am Tag und teilt sich das Badezimmer mit den Bewohnern der ganzen Etage. Besuch sei eigentlich nicht erlaubt, aber Sebastian könne Karen heimlich hineinlassen, er habe dort auch noch Schokolade, die er von einem Soldaten bekommen hat. Das ist das Spannendste, was Karen in den letzten Jahren gehört hat, und natürlich will sie sich Sebastians Zimmer ansehen. All seine neuen Zeichnungen bewundern und das, wovon der Bruder in seinen Briefen erzählt hat. Er schreibt ihr zwar nicht oft. Sebastian hat ja wegen der Schule viel zu tun, natürlich versteht Karen das. Aber sie selbst schreibt ihm jeden Tag. LIEBER SEBASTIAN – damit beginnt sie immer. Sie hat gesehen, wie Vater einen Brief so eingeleitet hat.

»Gehen wir«, sagt Sebastian. »Wir haben noch eine Stunde Zeit, bevor Mutter dich holen kommt.«

Sebastian hat im vergangenen Jahr zu Weihnachten eine richtige Uhr geschenkt bekommen, und er kann es nicht lassen, bei jeder Gelegenheit daraufzuschauen. Nicht einmal alle Gymnasiasten haben eine eigene Uhr, aber Vater war der Ansicht, dass ein Mann nicht gezwungen sein dürfe, andere nach der Uhrzeit zu fragen. Ein Mann müsse auf eigenen Beinen stehen.

Karen ist neidisch auf diese Uhr. Sie hat einen glänzenden Deckel und eine Kette, und Sebastian kann sie sich entweder um den Hals hängen oder in die Tasche stecken. »Beeilen wir uns«, drängelt er und sieht nach der Uhrzeit.

Unterwegs wird Karen von Müdigkeit übermannt. Sebastian trägt den Schlitten, aber für sie ist jeder Schritt schwer wie Blei. Die gerade erst aufgetauten Fäustlinge gefrieren erneut zu harten Klötzen. Die Bäume am Flussufer recken sich nackt gen Himmel.

Vor ihnen läuft ein Junge und zieht einen Schlitten hinter sich her. Die rote Bommel seiner Mütze hüpft beim Laufen auf und nieder, Karen starrt sie wie hypnotisiert an, bis sie immer weiter zurückfallen.

Die Stadt ist merkwürdig finster. Sämtliche Fenster sind mit Vorhängen verdunkelt. Wie bei ihnen zu Hause auf der Insel auch, natürlich, aber in der Stadt sind es einfach so viele Häuser, Wohnungen auf mehreren Etagen, und alles liegt so dicht beieinander. In Turku muss mindestens eine Million Menschen wohnen. Karen kann sich eine solche Menschenmenge nicht vorstellen, und sie würde ihr Angst machen, wenn Sebastian nicht an ihrer Seite wäre. Karen malt sich aus, was wohl geschähe, wenn all diese Menschen gleichzeitig aus ihren Wohnungen kämen und am Flussufer auf und ab hüpften. Würde die Stadt dann versinken?

Auf der Mitte der Dombrücke hören sie es: die Sirene. Fliegeralarm. Sie hallt von den Mauern am Flussufer und dröhnt in Karens Bauchhöhle wider. Sie bleibt stehen, und für einen Moment scheinen ihre Beine nicht mehr gehorchen zu wollen.

Sebastian zieht sie an der Hand weiter. »Komm, wir müssen uns beeilen. Wenn wir schnell genug sind, schaffen wir es bis zu meiner Bude.« Karen weigert sich, und da fährt der Bruder sie an: »Sei nicht so doof, Fliegeralarm gibt es jeden Tag, aber wir müssen uns jetzt wirklich beeilen, wenn wir vor Mutter in der Wohnung sein wollen.«

Und so rennen sie los, über die Brücke und die Uferstraße entlang, der Schnee knirscht unter ihren Stiefeln, und mit einem Mal ist Karen überhaupt nicht mehr müde.

Sie sieht sie schon von Weitem, zwei Flugzeuge, erst später hört sie, dass es noch mehr waren, sie heben sich schwarz vom bleichen Winterhimmel ab. Karen kommt nicht einmal mehr dazu, Angst zu empfinden, denn von irgendwoher taucht eine fremde Frau auf und zieht sie mit sich in einen Keller, so abrupt, dass sie fast die Treppe hinunterpurzeln.

»Was bildet ihr euch ein, ihr Bälger?«, brüllt die Frau sie an. »Es ist Fliegeralarm! Wo sind überhaupt eure Eltern?« Die Frau hört sich nicht einmal ihre Erklärungen an, schubst sie nur tiefer in den Keller hinein, in dem eine Art Luftschutzraum errichtet wurde. An den Wänden sind Sandsäcke aufgeschichtet. Die Kellerdecke stützen schwarze Holzbalken.

»Über uns sind etwa zweitausend Kubikmeter Ziegel, das fällt uns alles auf den Kopf, wenn sie diese Hütte plattmachen«, sagt die Stimme eines Mannes.

Karens Augen gewöhnen sich allmählich an das Dunkel, und sie sieht die ersten Gesichter. Hier unten im Luftschutzraum sitzt eine ganze Reihe Menschen, alte Männer, Großmütter mit ihren Enkeln, Bürofräulein, zwei Männer, die wie Arbeiter aussehen, mit jungen Gesichtern, womöglich nur knapp unter dem Alter, in dem man eingezogen wird. Die Menschen haben Decken dabei und Spirituskocher, und Zigarettenrauch hängt in der Luft. »Als würden sie einen Ausflug machen«, flüstert Karen, aber der Bruder hat keine Zeit, ihr zu antworten, denn die Frau, die sie hereingeführt hat, stößt sie immer weiter und weist sie an, sich einen Platz zu suchen.

»Im Dezember waren wir drei Tage hier. Hoffentlich habt ihr etwas zu essen dabei.«

»Drei Tage«, stammelt Karen erschrocken. Sollten sie nicht in diesem Luftschutzraum sterben, dann wird Mutter sie garantiert umbringen. Es sei denn, sie sind bis dahin verhungert. Karen muss an die Krapfen denken, die in ihrem Magen liegen, und bereut es, dass sie nichts aufbewahrt hat. Tränen brennen ihr in den Augen, und von ihren Handschuhen tropft Wasser auf den Fußboden.

»Nicht weinen, Mädchen«, sagt eine Stimme neben ihr. Es ist derselbe Mann, der vorhin verkündet hat, dass die Decke einstürzen könnte, aber er sieht nicht sonderlich besorgt aus. Er ist jung und trägt einen Anzug, der ihm zu groß ist. Die Ärmel hat er umgeschlagen. Sein Hals ist schmutzig, als hätte er sich wochenlang nicht gewaschen. Rechts fehlt ihm ein Schneidezahn, das sieht man, wenn er lacht, und Karen bemerkt schon bald, dass er viel lacht. »Ich heiße Heikki«, sagt er und gibt beiden die Hand. »Ihr könnt mit auf meiner Decke sitzen. Raucht ihr eine?«

Karen schüttelt den Kopf, aber zu ihrer Überraschung nimmt Sebastian die selbst gedrehte Zigarette an und lässt sie sich von dem Mann anzünden.

Karen gefallen die Augen des Unbekannten, sie sind grün und haben gelbe Flecken, als würde Licht darauffallen.

»Ihr seid hier in guter Gesellschaft«, sagt Heikki und zündet ein weiteres Streichholz an seinem Schuh an. »Ich kann euch alles über diesen Ort erzählen.«

»Wer ist das?«, fragt Karen und zeigt auf eine hübsche Blondine, die in der Ecke sitzt. Die Frau fasziniert sie. Sie hat sahnefarbenes Haar wie ein Filmstar, und ihre Lippen sind grellrot angemalt. Ihr Bauch ist riesig.

»Ach, das ist bloß Zweimal-Lotta«, erklärt Heikki. »Sie hat den ganzen Winter über rohe Kartoffeln gegessen, deshalb ist ihr Bauch so aufgebläht.« Und dann erzählt er, warum sie Zweimal-Lotta genannt wird.

Seinen Ursprung hat der Name in der Zeit, als Lotta noch klein war, aber schon im selben Viertel wohnte. Es war Frühherbst, im Garten des Bischofs stand ein großer Haferpflaumenbaum voller goldgelber Früchte, und wenn man in eine hineinbiss, platzte sie im Mund und wurde zu süßem Saft. Doch die Frau des Bischofs hatte einen schlechten Charakter, und sie kannte die Kinder dieser Gegend gut und auch die Versuchung, die von ihrem Pflaumenbaum ausging. Die Pflaumen sollten in der Marmelade landen, nicht im Magen nichtsnutziger Bengel. Deshalb hielt die Frau im Garten einen Hund, einen widerlichen Köter mit kupiertem Schwanz und einem Hirn wie eine Weintraube, aber einem derart großen Maul, dass er damit in den Hosenboden von einem

Dutzend Jungen beißen konnte. Eines Tages zur Mittagszeit ging die Frau des Bischofs zum Fleischer, um zum Abendbrot für ihren Mann Brüsseler Wurst in Scheiben zu kaufen, und sperrte den Hund solange im Haus ein. Auf diesen günstigen Augenblick hatten die Jungen sehnsüchtig gewartet, doch der Zaun um den Garten des Bischofs war hoch, und die Jungen waren klein, und sie konnten sich schließlich nicht vollkommen sicher sein, ob der Hund wirklich ins Haus gesperrt war oder nicht. Da entdeckte der pfiffigste von ihnen ein Loch im Zaun. Bedauerlicherweise war es so klein, dass man nicht richtig Ausschau halten konnte. Und nur mal kurz hineinlinsen, das brachte sie nicht weiter. Der Garten des Bischofs war so groß, dass man den ganzen Kopf durch das Loch hätte stecken und sich den Hals verrenken müssen, um den gesamten Garten zu überblicken. Doch dann hätte natürlich die Gefahr bestanden, dass der Hund käme und einem die Nase abbisse.

Während die Jungen noch darüber berieten, sahen sie Lotta herbeikommen. »Du traust dich garantiert nicht«, sagte der erste Junge. »Das ist doch nur ein Mädchen«, sagte der zweite. Und so redeten die Jungen weiter, bis Lotta ganz nervös wurde und fragte, was denn überhaupt los sei und was sie sich angeblich nicht traue. Und kurze Zeit später steckte Lotta auch schon den Kopf durch das Loch im Zaun. Es ging ganz fix, denn sie war überaus zierlich. In diesem Moment hörte man vom Haus her ein heftiges Kläffen, und eine riesige Bulldogge kam herausgestürmt. Sie hatte kleine stechende Augen, und eine Zunge, so groß wie ein Wischlappen, hing aus ihrem Maul. Lotta erschrak, versuchte, ihren Kopf herauszuziehen, um wegzulaufen, doch es klappte nicht. Da riss Lotta den Mund auf und kreischte. Sie hatte schon immer ein kräftiges Organ. Später sollte sie im Kirchenchor die Sopranstimme singen.

Der Hund hörte sie und blieb verdattert stehen, gab ein vorsichtiges Knurren von sich und verstand nicht, was hier los war.

Warum wackelte mitten im Zaun ein loser Kopf? Warum machte dieser Kopf so einen teuflischen Lärm? Er wagte es nicht, sich dem Wesen zu nähern, sondern gab lediglich weiter sein tiefes Grollen von sich.

»Was machst du da, Lotta?«, fragte die Frau des Bischofs, die von ihrem Hund alarmiert herbeigelaufen kam. Lottas Mutter war Näherin, und Lotta verbrachte ihre Zeit oft damit, auf dem Fußboden von Mutters Nähstube zu spielen. Die Frau des Bischofs ihrerseits nahm es mit ihrer Kleidung sehr genau, war aber geizig. Schon damals, lange vor dem Krieg, wendete sie ihre alten Kleider, ließ sie ausbessern, die Kragen und die Ärmel auswechseln und täuschte derart vor, neue Kleider zu tragen. Lotta hatte die Frau des Bischofs schon viele Male getroffen und von ihr Stoffreste geschenkt bekommen.

»Tante, würdest du deinem Hund bitte sagen, er soll weggehen, damit ich in Ruhe spionieren kann?«

In der darauffolgenden Woche spazierte Lotta mit einer Freundin am Haus des Bischofs vorbei und erzählte ihr die ganze Geschichte. Um überzeugender zu wirken, führte sie vor, wie sie ihren Kopf durch das Loch im Zaun gesteckt hatte, und blieb erneut darin hängen.

»Aber Lotta, du hast doch nicht etwa schon wieder deinen Kopf durch das Loch im Zaun gesteckt?«, fragte die Frau des Bischofs, die irgendwann zu Hilfe kam.

»Doch«, sagte Lotta.

»Eines ist sicher«, seufzte die Gattin des Bischofs. »Dieses Loch im Zaun muss repariert werden, koste es, was es wolle. Ich mag Kinder zwar, aber wenn Woche für Woche eines im Zaun hängt, dann ist das zu viel.« Sie holte eine Säge und befreite Lotta. Und gab ihr sogar noch einen Beutel Haferpflaumen mit.

»Deshalb nennt man sie die Zweimal-Lotta. Dieses Mädchen hat nie aus einem Mal seine Lehren gezogen«, erklärt Heikki. »Geheiratet hat sie auch, als Lindström ihr einen Antrag machte, obwohl alle wussten, was für Leute die Lindströms waren. Als der Mann zwei Jahre später starb, weil ihm auf der Baustelle ein Eisenträger auf den Kopf fiel, da haben alle gesagt, das wäre typisch Lindström gewesen. Gerade dann zu sterben, als sie mit den Bauarbeiten ohnehin schon mächtig in Verzug waren, und so für zusätzliches Durcheinander zu sorgen. Obwohl ihr alle abrieten, wollte Lotta noch immer nicht glauben, dass die Lindströms eine solche Bagage waren, die zu nichts taugte. Und so heiratete sie als Ersatz ausgerechnet den kleinen Bruder von Lindström. So etwas konnte nur Zweimal-Lotta tun.«

Alles in allem haben Sebastian und Karen am blutigsten Tag der Bombenangriffe auf Turku so gut wie keine Angst. Der Widerhall des Flakfeuers scheint aus weiter Ferne zu kommen. Sie sitzen in eine Decke gehüllt in der Ecke, und Heikki erzählt ihnen Geschichten von jedem einzelnen Anwesenden im Luftschutzraum. Sie lutschen an den Kerngehäusen von Äpfeln, angeblich hilft das gegen den Hunger. Die Soldaten machen das auch, sagt Heikki.

»Wenn doch nur immer Bombenangriff wäre«, seufzt Karen. »Auf der Insel ist es nie so spannend.«

Diesen Satz wird sie bereuen. Denn als der Fliegeralarm zu Ende ist und die Erwachsenen sie hinausbringen und sagen, sie sollen jetzt schnell nach Hause laufen, gehen Karen und Sebastian die Uferstraße entlang. Da entdeckt Karen auf dem Pflaster eine rote Pudelmütze und erinnert sich an den Jungen, der vor ihnen herlief. Im Schnee sind Blutflecke, doch der Junge ist nirgends zu sehen. Durch die Schneewehen ziehen sich Schleifspuren. Karen versucht, sich an das Gesicht des Jungen zu erinnern. Hat sie es überhaupt gesehen? Sie erinnert sich nur noch an die gestrickte Pudelmütze, das Zopfmuster an ihrem Bündchen und den schmalen Nacken darunter. Den Nacken, auf dem zarter Flaum wuchs.

In Sebastians Wohnung wartet Mutter bereits auf sie. Sie ist überhaupt nicht wütend, obwohl Karen und Sebastian alles Geld ausgegeben haben und etliche Stunden zu spät kommen. Stattdessen umarmt sie erst jeden einzeln und schließlich beide gleichzeitig.

Zurückfahren können sie erst zwei Tage später. Der Busbahnhof ist voller Menschen. Während der Heimreise auf die Insel muss Mutter im Bus erbrechen. Karen hält ihr eine Papiertüte hin. Ein unangenehm süßlicher Geruch breitet sich im ganzen Bus aus. Sie schämt sich für ihre Mutter. Wenn nun jemand glaubt, dass Mutter in der Stadt eine Zechtour gemacht hat? Doch niemand sagt etwas, obwohl der Bus diesmal voll ist, selbst im Gang stehen Leute. Alle wollen fort aus Turku.

Im Nachhinein denkt Karen, sie hätte es schon damals wissen müssen.

1943
FETKNOPPEN

Das Eis knistert unter den Schuhen an diesem Spätwintermorgen auf dem Weg nach Pikisalmi, zum Ufer, wo das Eisenbergwerk liegt. Karen hat sich Mutters Wollschal um den Kopf gewickelt. Er ist hässlich und löchrig, aber hält warm. Sie bewegt ihre Finger in den Handschuhen aus Hundefell und zerrt die Ärmel ihres Ulsters weit nach unten, damit es an den Handgelenken nicht hineinzieht. Die Handschuhe gehören Vater, sie sind hellgrau wie Kaninchen und samtweich. Mit ihnen lässt sich gut ein wildes Tier oder ein Seehundjunges darstellen. Als Kind hat Karen sie geliebt und mit ihnen gespielt, bis Vater ihr eines Tages erzählte, dass sie aus Jalos Fell hergestellt worden seien. Jalo war ihr Bärenhund und vor so langer Zeit bei ihnen gewesen, dass Karen sich nicht mehr an ihn erinnern konnte. Sie kannte ihn nur mehr von einem Foto. Darauf stand Vater mit einem Gewehr über der Schulter am Ufer, und der Hund schmiegte sich an seine Beine. Das Schilf bog sich. Auf dem Foto war Herbst. Karen hat Hunde immer geliebt, besonders Savu, der ein Junges von Jalo war, oder das Junge eines Jungen. Woher sollte sie das auch so genau wissen. Die Hunde aus Karens Kindheit waren immer nur kurze Zeit bei ihnen gewesen und schnell wieder verschwunden. Einen hatte einmal der Dachs geholt. Die meisten waren im Eis eingebrochen.

Doch diese Todesfälle lagen lange zurück, und so etwas passierte nun mal immer wieder. Handschuhe aus Jalos abgezogenem Fell waren jedoch etwas vollkommen anderes. Als Vater ihr das damals verriet, waren sie plötzlich nicht mehr schön, sondern stammten von einem toten Körper. Ihr kamen die Tränen, sie rannen bis über ihren Hals, und sie lief zu Mutter und versteckte sich unter deren Rock. Mutters Schenkel waren warm und weich. Erst durch die Krankheit wurden sie später dünn. Mutter nahm Karen auf den Schoß. Sie drückte sie an sich, damit sie aufhörte zu plärren, wie sie es nannte, und wiegte sie in ihren Duft. »Wie kannst du dem Kind so etwas antun?«, rief sie Vater zu. Es sei doch wohl angebracht, so etwas frühzeitig zu lernen, erwiderte er, und dass sich Heulsusen auf der Insel nicht behaupten können. Mutter hielt Karen die Ohren zu. Dann erklärte sie ihr, Vater habe ihr nur etwas vorgeflunkert, die Handschuhe seien aus Schaffell. Doch Karen wollte auch nicht an ein totes Schaf denken und nicht daran, woher das Fleisch im Lammtopf kam, sondern rieb weiter ihre Wange an Mutters Kleid. Am Abend nannte Sebastian sie Heulschweinchen, doch seine Stimme klang weich. Als wollte er, dass die Schwester genau das wäre. Karen kletterte ins Bett des Bruders, und sie schubsten einander und spielten das Schweinchenspiel. Dafür brauchte man zehn Zehen, und die von Sebastian waren größer. Deshalb mussten Karens kleinere Zehen meist die zehn Ferkel von Johanssons Sau spielen, die von ihr gefressen wurden. Sie verschlang sie mit ihrem großen Maul, bevor Johansson dazwischengehen konnte. Eine Muttersau macht das manchmal, wenn sie nervös wird.

Schnurps, schnurps, die Sau verschlingt gierig Karens kleine Ferkel, und Karen hält sich mit den Händen an der Bettkante fest, um nicht zu kreischen. Denn Sebastians Zunge kitzelt, seine Zähne berühren sie, aber nur leicht, sodass alles in Karen für einen Augenblick ganz warm wird. Der Bruder hat ihre Füße fest im Griff, und sie kann sich nicht herauswinden, also kreischt sie doch, weil es kaum auszuhalten ist, und sie lacht und quietscht, weil sie sich so wohlfühlt, bis Aune an der Tür erscheint und sagt, Basse dürfe seine kleine Schwester nicht ärgern. Karen keucht immer noch vor Anstrengung, und ihr Flanellnachthemd ist hochgerutscht bis über ihre runden Schenkel. Die blauen Röschen in dem Blumenmuster haben die gleiche Farbe wie der Sommerhimmel über Fetknoppen.

Aune sieht auf Karens Beine hinab, auf die geröteten Wangen der beiden und die Schweißtropfen auf Sebastians Schläfen und verkündet, Karen sei nun ein so großes Mädchen, dass sie von nun an allein schlafen müsse. Und nicht an ihrem Bruder hängen solle wie ein junger Beutelbär. Und wenn der Lärm jetzt nicht sofort aufhörte, dann würde sie den beiden mit der Rute den Hintern verhauen, bis er bunt wäre wie die Flagge von Mexiko.

Da lachen Karen und Sebastian, es ist das Lachen von Kindern, für die »Rute« lediglich ein komisches Wort ist. Verwöhnte Gören. Lausebengel. Was sollte aus ihnen bloß werden.

Aber nachdem Aune gegangen ist, drückt Karen sich an Sebastians Seite und flüstert dem Bruder eine Frage ins Ohr: Wohin geht Savu, wenn er stirbt? Wenn Hunde sterben und aus ihnen Handschuhe gemacht werden, wohin geht dann alles andere, und kann Karen dorthin folgen?

»Karen, hier!« Sebastian winkt ihr zu. Der Bruder wartet bei den Felsen schon auf sie. Sie sind rot wie Vogelbeeren, als hätte man sie mit Blut bepinselt. Das Ufer liegt verlassen vor ihnen. Im Bergwerk arbeiten inzwischen hauptsächlich Frauen, die Männer wurden allesamt abkommandiert, ein Teil des Bergwerks ist geschlossen. Sebastian geht nicht mehr aufs Gymnasium. Der ganze Jahrgang erhielt mitten im Schuljahr die Einberufung und wurde per Ministerialbeschluss zu Abiturienten erklärt. Sebastian grinste Karen nur an und sagte: »Ein Glück, die Deutschprüfung hätte ich nie bestanden!« Die unregelmäßigen Verben hätte er mit viel Büffeln gerade noch geschafft, aber spätestens beim Aufsatz wäre er durchgefallen. Unmöglich, so viele Sätze hintereinander korrekt niederzuschreiben.

Nachdem die Einberufungspapiere eingetroffen waren, ging Sebastians ganze Klasse ins Restaurant, und man bediente sie und schenkte ihnen sogar Alkohol aus, und Mathematiklehrer Nikulainen gesellte sich zu ihnen, klopfte ihnen auf die Schulter und trug später am Abend ein Gedicht vor, eines von Yrjö Jylhä. Nur der Lateinlehrer weigerte sich, sie als Abiturienten anzusprechen, und murmelte etwas von Opferlämmern, aber sie wussten schließlich alle, dass sein Vater ein Roter gewesen war und er selbst einen Klumpfuß hatte. Er war nur neidisch auf sie, die jünger waren als er.

All das hat Sebastian am Abend nach seiner Rückkehr erzählt. Er kann nicht lange bleiben, nicht so lange, dass Karen, Aune und Mutter es schaffen, ihn mit all dem zu füttern, was rund um die Uhr im Ofen zubereitet wird. Es ist, als hätten die Frauen gemeinsam beschlossen, aus frischem Hefekuchen einen Panzer herzustellen, der Sebastian schützen soll. Der Bruder ist dünn, Giraffe hat ihn Karen noch vor ein paar Jahren genannt, als er im zweiten Jahr auf dem Gymnasium in die Länge schoss und ihm im Bett die Füße über die Kante hingen. Damals drehte Sebastian Karen den Arm auf den Rücken und zischte zwischen den Zähnen hervor, Karen könne entweder aufhören, spöttische Bemerkungen zu machen, oder ausprobieren, wie es wäre, mit einer gebrochenen Hand eiszuangeln, und da ließ Karen es lieber sein. Und lachte laut, damit Sebastian nicht etwa glaube, sie hätte Angst.

Auf den Armen des Bruders verlaufen unzählige Adern. Es scheint so, als würden sie in diesem Moment gerade erst hervortreten. Sebastians Brust ist hart, und man sieht seine Hüftknochen, obwohl er eine Hose anhat. Manchmal ist er unberechenbar. Er piesackt Karen, knufft sie in die Seite oder gegen die Brüste, die in diesem Winter empfindlich geworden sind. Ihre Brustwarzen werden allmählich breiter, und darum herum wächst ein lichter Flaum. Hier und da ist Karen rundlicher geworden. Eine Zeit lang war sie einfach nur groß, das größte Mädchen der Klasse, und dünn wie eine zweijährige Kiefer. Von alldem ist sie verwirrt, und das amüsiert Sebastian. Gestern hat er sich auf dem Flur an sie gedrückt. Erst glaubte Karen, er wolle sie anrempeln, so wie in der Kindheit, wenn sie Ringkämpfe veranstalteten, doch Sebastian lächelte nur, zwinkerte ihr zu, als wisse er etwas, was Karen nicht wusste.

Auch Sebastian hat sich verändert. Während der Jahre auf dem Gymnasium ist er ihr fremd geworden, übergescheit. Jetzt ist er Abiturient und bald Soldat. Erwachsen.

»Der alte Mattson hat vorige Woche Sand nach Haavaniemi gefahren«, erzählt Karen, um irgendwas zu sagen, während sie mit steifen Fingern die Köder festbinden. »Er hat die Ladung auf halbem Weg zum Ufer abgekippt und gemeint, im Sommer werde er sie ausbreiten und einen Sandstrand daraus machen.«

»Das Wasser wird den Sand wegspülen«, erwidert Sebastian. »Wer hat ihn denn dafür bezahlt? Etwa die Kirchengemeinde?«

»Bei allem muss man Mattson fragen. Andere Männer gibt es hier kaum noch.«

»Mattson wurde auch schon vor dem Krieg immer gefragt. Auf dieser Insel kriegen immer nur diejenigen Aufträge und werden bezahlt, die ohnehin schon Geld haben oder deren Familien Geld haben. Ansonsten würde man ihn ja vor den Kopf stoßen. Die Wut der Armen hingegen ist den Leuten ziemlich egal.«

Sebastian zieht einen Barsch heraus und packt ihn unterhalb der Kiemen. Ein schneller Schnitt mit dem Messer, und der Fisch zuckt noch kurz, dann gibt er auf. Was für schmale Finger der Bruder doch hat – zierliche, schlanke Finger, bis hin zu den stumpf geformten Nägeln. Karen liebt diese Hände. Sie sind genauso wie ihre, sie sehen zerbrechlich aus und sind von blauen Adern überzogen wie auf Renaissancegemälden.

»Wann fährst du?« Sie kennt die Antwort längst, will aber, dass er es ihr von Neuem sagt.

»Am Dienstag. Schreibst du mir?«

Karens Herz hüpft vor Freude. »Jeden Tag, und ich stricke dir Strümpfe. Ich habe in Kerstis Zeitschrift ein Zopfmuster gefunden. Es ist nicht ganz leicht, mit so vielen Nadeln zu stricken, ständig verliert man eine Masche, aber bis nächste Woche hab ich es hoffentlich gelernt.«

»Mhm.«

»Aune hat mir Wolle versprochen, und ich darf sie selbst färben. Welche Farbe magst du am liebsten? Blau?«

Karen wird klar, dass sie zu viel redet. Die Worte strömen aus ihr heraus, noch ehe sie den Mund schließen kann. Sie will Sebastian mit Worten an sich binden. Ihn näher an sich heranziehen und mit den Fingern bis unter seine Haut dringen. Geh nicht weg, will sie ihm sagen. Lauf einfach fort, ich kann dich verstecken. Wir fliehen auf die äußeren Klippen, dort findet uns niemand. Wir ziehen in einen verlassenen Netzschuppen ein und fischen. Bald ist Frühling, dann können wir Eier sammeln. Oder wir gehen nach Schweden. Der Alte Nisse hat ein schnelles Boot, schneller als das der Küstenwache. Für Geld bringt er uns überallhin, der alte Schmuggler.

»Schau nur, Näkinhauta, das Grab des Wassergeists, kann man von hier aus erkennen«, sagt Sebastian.

»Mattson hat Reisig dorthin gebracht, damit man es schon von Weitem sehen kann.«

»Wegen Sirke?«, fragt Sebastian, obwohl er es genau weiß. Die Nachbartochter ist im vergangenen Winter auf dem Eis eingebrochen, Kerstis Cousine. Sie war ein bisschen älter als Karen. In Sebastians Alter, aber sie sind nie miteinander befreundet gewesen. Dafür waren Sirkes Eltern zu fromm. »Hast du es gesehen? Als man sie herausgeholt hat?«

Sebastian war damals in der Schule, an jenem Vormittag, als in Fetknoppen endlich mal etwas passierte, und Karen hat ihm die Geschichte schon etliche Male erzählt. Sie will an die ganze Sache nicht mehr erinnert werden. Nicht an das blonde Haar, das an

Sirkes Stirn klebte, nicht an die Spuren, die ein Draggen an ihrem Hals hinterlassen hatte.

»Sirke hat das Eisloch nicht gesehen. Die Stelle, das Wassergeistgrab, war damals nicht mit Reisig markiert, das hat zumindest Mattson behauptet und Johansson. Obwohl ich das nicht verstehe, da ist doch immer Reisig drauf gewesen, jeden Winter. Auch jetzt.«

»Wahrscheinlich hat es jemand vergessen.«

»Erzähl mir die Geschichte.«

»Die von dem Wassergeist? Du bist doch kein Baby mehr. Das ist eine Kindergeschichte.«

»Erzähl sie mir trotzdem.«

»Am Wassergeistgrab steigt in Frühlingsnächten Rauch auf.«

»Das ist Wasserdampf, der entsteht durch die Strömung.«

»Das ist nur eine Theorie, es gibt mehrere. Willst du die Geschichte nun hören oder nicht? Der Rauch steigt aus dem Ofen des Wassergeistes auf. Schon vor langer Zeit lebten dort unten im Meer ein Wassergeist, ein Nix, und seine schöne Schwester.«

»Blond mit blauen Augen.«

»Natürlich. Sie bewohnten ein großes, prachtvolles Haus im Meer mit Dächern aus Perlmutt und Wänden aus Koralle. Trotzdem war die kleine Schwester unglücklich. Sie fror und langweilte sich. Die wundersamen Schätze des Meeres bereiteten ihr keine Freude, denn auf dem Meeresboden sah man so gut wie nichts. Die Schwester hatte nichts anderes zu tun, als den lieben langen Tag ihr Haar mit einer Bürste aus Fischgräten zu kämmen. In Mondnächten begab sich die Schwester des Wassergeists an die Wasseroberfläche, setzte sich auf eine Klippe und betrachtete das Dorf am Ufer, aus dessen Schornsteinen Rauch aufstieg.

›Ich möchte auch so einen Schornstein‹, sagte die Schwester des Wassergeists eines Tages, und der Nix lachte.

›Nur die Menschen haben Feuer im Ofen.‹

›Ich will wie ein Mensch sein‹, erwiderte die Schwester und

hörte nicht auf zu quengeln, bis der Nix schließlich einwilligte und ihr einen Ofen auf dem Meeresboden versprach. Doch dafür brauchte er jemanden, der ihn baute, denn Wassergeister und die anderen Seegeschöpfe bauen nichts, sie reißen nur nieder. All ihre Paläste wurden von anderen errichtet – von entführten Menschensklaven –, oder es sind Höhlen von Wassertieren. Also lauerte der Wassergeist nächtelang am Ufer, bis er schließlich ein Opfer fand. Der Maurer des Dorfes war spät aus der Kneipe gekommen und hatte beschlossen, im Meer zu baden, um sich das Bier von der Haut zu spülen. Er schaffte es gerade noch, ins Wasser zu waten, bis es ihm knapp übers Knie reichte, dann spürte er plötzlich etwas Merkwürdiges an seinen Füßen. Sie waren auf einmal voller Schuppen. Im selben Moment packte ihn der Nix am Arm und verschleppte ihn tief hinunter auf den Meeresboden. Nur die Kleidungsstücke des Mannes blieben am Ufer zurück, und dort fanden die Leute aus dem Dorf sie später und glaubten, der Maurer wäre auf dem Heimweg im Rausch ertrunken. Aber das war er nicht. Der Nix brachte ihn zu sich nach Hause, und dank seiner Zauberkraft konnte der Mann auf dem Meeresboden atmen wie an der Luft.

›Du baust mir einen Ofen, dann kannst du wieder nach Hause‹, sagte der Wassergeist, doch der Mann widersetzte sich, aber was konnte er gegen den Nix schon ausrichten? In diesem Moment erblickte er die kleine Schwester, die splitternackt auf ihrem Korallenbett saß, da Wassergeister keine Kleidung tragen, und er verliebte sich in sie bis über beide Ohren, denn die Schwester des Nix war wunderschön und ihre Gestalt voller Anmut. Und so versprach der Mann, den Ofen zu bauen, und während er ihn mauerte, setzte sich die Schwester des Wassergeists immer neben ihn und kämmte sich das Haar, und sie redeten miteinander, und der Mann hatte es auf einmal überhaupt nicht mehr eilig, den Ofen zu vollenden. Manchmal, wenn der Ofen allzu bald fertig zu werden drohte, riss der Mann am Abend wieder ein, was er am Tag gemauert hatte, und so verging ein Jahr, und der Ofen war immer noch nicht fertig.

Irgendwann roch der Wassergeist den Braten, und es gefiel ihm gar nicht, wie der Maurer seine Schwester anstarrte, seine einzige Gefährtin. Und so sagte der Wassergeist dem Mann, er möge den Ofen endlich fertigstellen, dann bekäme er von ihm auch ein Fass voller Perlen, oder aber die ganze Sache aufgeben, dann würde der Wassergeist ihn in den Marianengraben stoßen. Da hatte der Maurer es plötzlich sehr eilig, den Ofen fertigzustellen. Wenn man die Wahl hat zwischen dem Tod und einem Fass voller Perlen, fällt die Entscheidung verhältnismäßig leicht – und schlagartig fiel dem Mann auch wieder ein, dass zu Hause eine Frau und zwei Kinder auf ihn warteten. Und so wollte sich der Mann auf den Heimweg machen, das wiederum gefiel der Schwester des Wassergeists nicht und noch viel weniger, dass sie erst jetzt von der Frau und den Kindern erfuhr. Und so beschloss sie, sich zu rächen. Als der Nix den Mann ans Ufer brachte, folgte die Schwester ihm, vorgeblich, um sich zu verabschieden. Doch als der Mann seine Menschenkleider anlegte, nahm das Mädchen seine Stiefel, tauchte mit ihnen ins Wasser und verschwand. Und so erhielten die Beine des Mannes nie wieder ihr normales Aussehen, die Schuppen blieben an ihnen haften. Selbst im Sommer und neben seiner Frau im Bett musste der Maurer dicke Stiefel oder Socken tragen.

Die Schwester des Wassergeists freute sich indes über ihren Ofen. An kalten Winterabenden machte sie Feuer, buk Brote und genoss seine Wärme. Dann dachte sie wieder an den Menschenmann und an seine warme Haut zurück und seufzte leise. An solchen Abenden steigt aus dem Wassergeistgrab Rauch auf, und die Leute im Dorf sagen, dass es die Schwester des Nix sei, die sich dort aufwärmt.«

»Eine traurige Geschichte«, sagt Karen. »Lebte sie für den Rest ihrer Tage allein?«

»Natürlich war die Schwester nicht allein. Sie hatte ja den Wassergeist, ihren Bruder, du Dummerchen.«

»Du kommst doch wieder?«, fragt Karen.

»Ja. Wir gehen zusammen von dieser Insel fort, Ferkelchen. Das habe ich dir doch versprochen.«

FETKNOPPEN

Gegen vier wurde Karen wach. In letzter Zeit brauchte sie nur noch wenig Schlaf. Sie trat ans Fenster – und erschrak. Vor dem Haus stand eine dunkle Gestalt, ein Mann, und er schien zu ihrem Fenster hinaufzustarren. Karen lief es kalt über den Rücken, doch dann bemerkte sie eine kleinere Gestalt, die mit einem Stöckchen im Maul zu dem Mann hinüberrannte. Irgendjemand führte dort draußen seinen Hund aus. Die waren auf der Insel auch zu den unmöglichsten Zeiten unterwegs.

Am Horizont sah man einen dunstigen Lichtschein, gegen den sich die Schäreninseln als Schattenrisse abzeichneten. Karen beobachtete, wie der Mann zuweilen etwas stockend über den Weg davonhumpelte und der kleine Hund um ihn herumsprang.

Früher hatte es auf der Insel keine Schoßhündchen gegeben. Früher hatten die Hunde Arbeit verrichten müssen: jagen, hüten oder wachen. Doch inzwischen schrieb man das Jahr 2012, und selbst Fetknoppen hatte sich verändert.

Das Mädchen schlief mit dem Kopf auf der Handfläche in Sebastians Kammer. Junge Menschen gernzuhaben war dann am einfachsten, wenn sie schliefen, dachte Karen. Da sahen sie so harmlos, so unschuldig aus.

Die Zeit und die Menschen veränderten sich nur unmerklich. Die Zeit plätscherte dahin und lullte den Menschen ein, der derweil damit beschäftigt war, neue Gardinen anzubringen, den Sohn aus dem Kindergarten zu holen oder beim Ausziehen die Brüste nach Knoten abzutasten, doch urplötzlich sah der Hals im Spiegel faltig aus, und die Haare an den Schläfen des Kindes zogen sich zurück, und man organisiert das Begräbnis des eigenen Mannes. Das Alter war unberechenbar. Nur in der Jugend strömte es so schnell dahin, dass man es regelrecht rauschen hören konnte. Später jedoch floss es unsichtbar wie Leitungswasser.

Ohne junge Menschen wäre die Welt allerdings ein viel sicherer Ort, dachte Karen. Wovor floh das Mädchen nur? Und wo steckte der Vater des Kindes?

Der Morgen war klar, der Erdboden strahlte Kälte aus. In der Bucht lärmten die Vögel. Karen zog die Strickjacke enger um ihren Leib und schlüpfte in ein Paar Pantoffeln. Die aus Leder mit dem Keilabsatz. Sie mochte zwar Urgroßmutter sein, aber ihre Fußgelenke gefielen ihr immer noch. Sie hielt sich am Geländer fest, als sie die Treppe hinunterstieg. Dann lief sie an der geschlossenen Tür zu Vaters Arbeitszimmer vorbei und betrat die Küche. Es knisterte, dann sprang das Licht an, und Karen goss sich einen Cognac ein und setzte sich an den Küchentisch.

Als Azar endlich die Treppe herunterkam, hatte Karen bereits die große Korktafel herangeschleppt und an die Küchenwand gelehnt. Die schwarzen Haare des Mädchens standen zu Berge. Sie trug einen blau karierten Männerpyjama, den Karen in einer Kommode gefunden hatte. Wer weiß, wem er gehört hatte. Womöglich Eriks Vater. Die viel zu langen Hosenbeine hatte sie hochgekrempelt, die zwei untersten Knöpfe standen offen, und durch den Spalt schimmerte der angeschwollene Bauch. Das Mädchen sah ein wenig so aus wie Erik als Kind: der gleiche umnebelte Blick, als wäre das Gehirn noch nicht eingeschaltet.

»Morgen. Hast du gut geschlafen? In der Thermoskanne ist Kaffee.«

»Hier ist es zu still. Da wird man unruhig.«

»Die Gänse sind noch nicht wieder da. Sie haben ihr Quartier in der Bucht. Sebastian pflegte zu sagen, ihr Trompeten sei sein Wecker.«

»Hast du mich im Zimmer deines toten Bruders einquartiert?«

»Basse ist nicht dort gestorben«, erwiderte Karen und seufzte. »Hättest du lieber unten schlafen wollen? Dort hat meine Mutter gelegen, bevor sie starb.«

»Grauenhaft. In diesem Haus lauert überall der Tod. Heute Nacht schlafe ich woanders.«

»Das ist ein altes Haus. Alte Häuser sind immer mit dem Tod, mit Geburten und Menschen verbunden, die vor langer Zeit gelebt haben. Diese ganze Insel liegt im Sterben. Hier wohnen nur noch rund dreißig Menschen, und sie alle sind über sechzig. Aber du hast recht. Mit diesem Haus ist viel Leid verbunden. Wie sieht's aus, wird dies der Morgen, an dem du deine Mutter anrufst?«

»Ich habe keine Mutter«, sagte Azar. »Oder, doch, aber sie lebt auf einem anderen Kontinent. Eine etwas komplizierte Geschichte.«

»Irgendjemandem müssen wir aber doch mitteilen, dass es dir gut geht?«

Azar schüttelte den Kopf. »Was machst du mit der Tafel? Warum bringst du Fotos darauf an?«

Karen trat einen Schritt zurück und stemmte die Arme in die Hüften. »Das ist eine Ermittlungstafel. So eine habe ich mal in einem TV-Krimi gesehen. O ja, es stimmt, Rentner sehen ständig fern.«

Azar wollte schon etwas sagen, steckte dann aber die Hand in die Pyjamatasche und ging zum Geschirrschrank, nahm sich einen Becher heraus und verzog das Gesicht, als sie sich Kaffee einschenkte. »Dieser Kaffee stammt bestimmt aus derselben Zeit wie das Haus.« Dann beugte sie sich zu der Tafel und las den Zeitungsausschnitt, der ihr am nächsten hing.

BRUTALER MORD AUF DER INSEL

Am 27. Juni 1947 wurde die siebzehnjährige Kersti Franzén am Ufer der Insel Fetknoppen tot aufgefunden. Das Opfer war allseits als gläubige und stille junge Frau bekannt, die, soviel man weiß, kaum Zeit mit dem anderen Geschlecht verbrachte. Die Spuren am Hals des Opfers weisen darauf hin, dass sie erdrosselt wurde. Die Ermittlungen in dem Fall übernimmt Kommissar Rahikainen von der Polizei Korpo. Kersti Franzén wurde das letzte Mal lebend im Haus des Jugendvereins bei einer Tanzveranstaltung gesehen, die sie jedoch frühzeitig mit dem Fahrrad verließ. Das Fahrrad wurde nach dem derzeitigen Kenntnisstand noch nicht gefunden ...

Neben dem Text war ein etwas unscharfes Bild von einem Ufer abgedruckt, das überall in den Schären hätte sein können. Ein eingezeichneter Kreis markierte den Fundort der Leiche. Außerdem enthielt der Artikel ein Foto des lokalen Polizeichefs, der vor dem Revier in Korpo stand und verärgert aussah.

FESTNAHME IM STRANDMORDFALL

In dem Mordfall vom 27. Juni auf der Insel Fetknoppen ist es zu einer Festnahme gekommen. Der Redaktion liegen Informationen vor, denen zufolge die Polizei den Abiturienten Sebastian Valter aus Fetknoppen inhaftiert hat, um ihn zu vernehmen. Valter hatte bekanntermaßen ein Verhältnis mit dem Opfer, der siebzehnjährigen Kersti Franzén, und wurde am Abend des Mordes mit ihr zusammen gesehen ...

Das war in einem anderen Zeitungsausschnitt auf der Tafel zu lesen. Es schienen Dutzende zu sein, teilweise vergilbt und alt, andere neuer. Einer war immer noch leuchtend weiß und enthielt ein großes Bild des weißen Hauses, allerdings zur Sommerzeit. Man konnte darauf die blühenden Pfingstrosen vor der Veranda erkennen. MORDFALL LOCKT TOURISTEN AUF DIE SCHÄREN, lautete die Schlagzeile. Der Artikel war in irgendeiner Frauenzeitschrift erschienen.

»Woher stammen die?«, fragte Azar.

»Es ist ein ganzer Karton voll. Ich hab mit den Jahren alles gesammelt, was darüber berichtet wurde. Zu jener Zeit war das eine große Sache. Ein schwangeres Mädchen, das auf der Insel als Knospe galt, als der Inbegriff der Tugendhaftigkeit. Schwanger und dann auch noch erwürgt. Es deutete alles auf eine Beziehungstat hin. Zu jener Zeit gab es für die Presse nicht allzu viel zu berichten, es war schließlich Sommer. Über Nacht tauchten Leute sämtlicher großen Zeitungen hier auf der Insel auf und gierten nach ihrem Anteil an der Geschichte. Vorher hatte so gut wie niemand je etwas von Fetknoppen gehört, aber für ein paar Monate standen wir im Mittelpunkt des öffentlichen Interesses. Das alles geschah lange vor dem berühmten Mord an Kyllikki Saari und bevor das Fernsehen voll von Geschichten über Serienmörder war. Man wollte einfach nicht glauben, dass so etwas in Finnland passierte. Normale Morde, ja, aber nicht so etwas.«

»Kyllikki Saari, war das die Blonde, die in den Sumpf gefallen ist?«

»Ungefähr. Dann starb Sebastian, und das Interesse an dem Fall erlosch. Es kamen die Fünfzigerjahre, die Menschen hatten es nun eilig, an alles Mögliche zu denken – sich Dauerwellen legen zu lassen und eine Innentoilette ins Haus einzubauen.«

»Aber woher willst du wissen, dass es dein Bruder nicht gewesen ist? Nimm es mir nicht übel, aber bei den Männern weiß man doch nie. Zur eigenen Schwester können sie reizend sein wie Engel, aber die Liebe ist launisch. Es wäre doch gut möglich, dass er Angst bekommen hat, als die Kleine schwanger wurde, und dachte: Das passt jetzt nicht in meine schönen Pläne. Und da hat er sie eben erwürgt und ins Wasser geworfen.«

Karen nickte. »Ich habe darüber nachgedacht. Sebastian war mein Bruder, ein Teil von mir. Aber es gab an ihm natürlich auch vieles, was ich nicht kannte. Du wunderst dich sicher, warum gerade jetzt? Warum will ich gerade jetzt, da doch alle Spuren verwischt sind, die ganze Geschichte noch mal aufrollen? Die Wahrheit ist, dass ich mich in jüngeren Jahren nicht damit beschäftigen wollte. Ich habe Sebastian zwar geliebt, wollte aber nur noch weg. Weg von dieser Insel. Ich war geradezu besessen von dem Wunsch, ein neues Leben zu beginnen, sodass mir keine Zeit blieb zurückzublicken.«

»Das Gefühl kenne ich«, sagte Azar und nahm so hastig einen Schluck Kaffee, als hätte sie soeben versehentlich einen Mord eingestanden.

Karen sah das Mädchen mit großen Augen an. Diesen Blick hatte sie für Erik entwickelt, als er noch klein gewesen war. Allerdings war Erik stets ein unkomplizierter Junge gewesen, kleine Jungs waren nun mal so. Er hatte gestanden, Großmutters beste Suppenschüssel zerbrochen zu haben, noch bevor Karen überhaupt irgendetwas zu ihm gesagt hatte.

»Warte, ich muss dir etwas zeigen. Der Grund, warum ich nicht glaube, dass Sebastian der Schuldige war ...«

Karen nahm ein vergilbtes Blatt von der Korktafel und reichte es Azar. Das Mädchen neigte den Kopf und las laut vor: »›Universitätsklinikum Turku, 24. September 1936.‹ Was soll das sein?«

»Erst Jahre nach Sebastians Tod kam ich auf die Idee, danach zu suchen. Ich hatte die ganze Geschichte schon völlig vergessen. Mutters Tod und alles, was danach geschehen war, hatten meine Erinnerung getrübt. Außerdem war ich damals erst sieben.«

»Ziegenpeter«, sagte Azar. »Das ist doch eine Kinderkrankheit? Nicht sehr gefährlich. Der Impfstoff wurde in den Achtzigerjahren entwickelt. Hab ich im Fernsehen mal gesehen.«

»Sebastian war damals schon elf. Für Jungen in diesem Alter ist diese Krankheit durchaus gefährlich. Sie greift die Hoden an. Dieses Dokument bestätigt, dass Sebastian zeugungsunfähig war.«

Azar starrte Karen an.

»Das Kind konnte folglich nicht von Sebastian sein. Kersti war von jemand anders schwanger.«

1943
FETKNOPPEN

Im Frühjahr rudern Karen und Kersti zu einer Tanzveranstaltung in der Nähe von Norrskata. Es ist eine weite Reise, und das Motorboot lässt Vater sie nur in Notfällen benutzen, und Notfälle sind vor allem Milchfieber bei einer Rassekuh und Hufrehe. Tanzveranstaltungen sind während des Krieges verboten, sie finden nur mehr heimlich statt, aber Karen hält es für grausam, heranwachsende Frauen am Tanzen zu hindern. Das Leben ist auch so schon trist genug, da muss nicht auch noch die Hüftmuskulatur total verkümmern, weil sie nicht benutzt wird. Im Gebüsch am Bootsanleger ziehen sie sich ihre Tanzröcke an und rennen mit nackten Beinen, die Schuhe in der Hand, zu dem offiziell geschlossenen Arbeiterheim hinüber. Karen hat mit Mutters Kajalstift Strumpfnähte auf ihre Waden gezogen, und von Weitem könnte man tatsächlich meinen, sie hätte echte Nylonstrümpfe an. Die hat sie natürlich noch nie besessen, und Mutter verleiht ihre nicht. Mutter und Aune sind der Ansicht, dass Karen immer noch Kniestrümpfe tragen sollte. Als erwachsene Frau wird Karen nur dann angesehen, wenn sie zum Arbeiten abkommandiert wird.

Es sind nur Frauen da. Junge Frauen mit krummem Rücken so wie sie selbst. Ältere Frauen, Kriegerwitwen. Unverheiratete Erwachsene, deren Blicke sehnsuchtsvoll die Wände entlangstreifen. Das Dach des Hauses hängt durch, das Gebäude ist aufgrund Einsturzgefahr gesperrt, doch an diesem Abend ist es von Laternen beleuchtet und mit Birkenzweigen geschmückt.

»Lauter alte Frauen«, schnauft Kersti enttäuscht. »Und dafür musste ich nach einem Waschtag so lange rudern, dass ich jetzt Blasen an den Händen habe?«

Karen zischt, sie soll den Mund halten und am Rand des Tanzsaals warten. Ihr wird schon etwas einfallen.

Kersti beißt sich auf die Unterlippe, tritt von einem Bein aufs andere und starrt auf die Schatten der Papierlaternen. Von Karen keine Spur. Kersti hat schon den Verdacht, dass die Freundin sich davongemacht hat und zurück nach Hause gerudert ist. Doch plötzlich geht ein Raunen durch den Saal. Ein junger Mann kommt herein, schlank, gerade Nase, die Haarfarbe lässt sich kaum erkennen, denn der Unbekannte hat eine graue Mütze auf. Er trägt eine Arbeitshose und eine Anzugjacke, auf dem Schlips sind Flecken, und für einen Augenblick ist Kersti verärgert darüber, wie er es wagen kann, derart schlecht gekleidet in den Festsaal zu kommen. Aber vielleicht ist er arm, denkt sie sich. Karen hat die Angewohnheit, Kersti ständig zu tadeln, weil sie zu viel Wert auf die gesellschaftliche Stellung eines Menschen legt. Aber Karen hat ja auch gut reden. Ihr Vater ist schließlich Tierarzt. Im Wehrpass von Kerstis Vater steht lediglich »Hilfsarbeiter«.

Der Unbekannte verbeugt sich an der Tür erst nach links, dann nach rechts, als wolle er alle Frauen auf einmal begrüßen. Dann geht er auf Margit zu, das hochbusige Postfräulein, und macht einen Diener. Margits Verlobter ist Fahrer eines Majors. Böse Zungen behaupten, er kutschiere vor allem Mädchen herum, und das mit dem Benzin der Armee. Margit wird rot, obwohl Frau Johansson behauptet hat, dass sie nicht viel besser sei als ihr Bräutigam. Dass man am Postschalter neben Briefmarken auch noch vieles andere bekomme. Und dass ein Kerl, wenn er nur ein glänzendes Auto hat und es sich leisten kann, Lippenstift vom Schwarzmarkt zu kaufen, ziemlich sicher sein dürfe, nicht unverrichteter Dinge wieder nach Hause fahren zu müssen. Nur der Krieg und die Abwesenheit der Männer bewahren Margit davor, dass diese Geschichten übel für sie ausgehen, behauptet Frau Johansson. Karen hat ihr nur entgegnet, Margit habe nun mal schönes braunes Haar, es sei wie der Pelz eines Bärenjungen, und wenn man für eine Mark Bonbons kaufe, dann gebe sie einem noch ein paar zusätzlich mit, beispielsweise diese roten, die auf der Zunge zergehen.

Kersti sieht zu, wie Margit und der Unbekannte tanzen. Margit ist fast so groß wie der Mann oder vielmehr: der Junge. Denn obwohl dem Unbekannten bereits ein Bart unter der Nase sprießt, kann er noch nicht achtzehn sein. Seine Gesichtszüge sind viel zu weich und haben beinahe etwas Mädchenhaftes.

Jetzt hat eine ältere Frau die Nase voll vom Zuschauen, sie klopft Margit auf die Schulter und fordert den jungen Mann auf, mit ihr zu tanzen. Gehorsam zieht Margit sich von ihrem Partner zurück, aber Kersti sieht, dass es sie ärgert. Ein Ruck geht durch die Frauen, die an den Wänden stehen, als hätten sie ein Zeichen bekommen, und abwechselnd tanzen sie mit dem jungen Mann. Kersti fragt sich, ob er überhaupt je müde wird.

Plötzlich spürt sie eine Berührung an ihrem Ärmel, und vor ihr steht er. Kersti fühlt, wie sich seine Arme um sie legen, und geniert sich so sehr, dass sie sich nicht traut, dem Unbekannten in die Augen zu blicken. Sie weiß, dass sie eine unbeholfene Tänzerin ist, aber zumeist tanzt sie nur mit Karen, die gut führen und sowohl wie ein Mann als auch wie eine Frau tanzen kann.

»Na, wie gefällt es dir?«, fragt der Unbekannte mit Karens Stimme, und als Kersti aufblickt und ein Stück zurückweicht, zieht der Junge sie an sich. »Erkennst du mich denn nicht wieder? Oder bist du etwa eingebildet geworden?«

»Karen?«

»Selbst dich habe ich getäuscht! Ein gutes Kostüm, stimmt's?«

Kersti sieht Karen in die Augen, in die fröhlichen blaugrauen Augen, die schmal werden, wenn sie lächelt. Es ist tatsächlich

Karen. Karen, die wie ein Junge aussieht, die wie ein Junge geht und tanzt, deren Lächeln dem Grinsen eines Jungen gleicht.

»Woher hast du ... Wie?«

»Die Klamotten hab ich mir für eine Pulle Schnaps von Plötzen-Lasse ausgeliehen. Ich hab ihm versprochen, die Flasche nächste Woche vorbeizubringen. Bessere Sachen hatte er nicht, und auch die hier stinken nach Fisch. Trotzdem ist es mir gelungen, all die alten Weiber hinters Licht zu führen.«

Plötzen-Lasse wohnt am Nordende der Insel mit seiner Mutter in einer kleinen Hütte, die nur ein einziges Zimmer hat. Die Mutter schläft neben dem Herd in einem Ausziehbett, Lasse auf der Bank, und das angeblich schon seit vierzig Jahren. Sie leben hauptsächlich vom Fischfang und von dem Geld, das Lasse für das Flicken der Netze anderer Fischer bekommt. Alle wissen, dass Lasse ein schlechter Fischer ist, daher auch sein Spitzname. Und auch mit anderen Dingen nimmt er es nicht so genau. Es heißt, er sehe in jede Reuse, über die er stolpert. Johansson soll ihn einmal an seinen eigenen Netzen erwischt haben, aber Plötzen-Lasse war nur seelenruhig mit drei Hechten in seinem Boot weitergerudert und hatte zu Johansson hinübergewinkt. Irgendeines Tages würde es Plötzen-Lasse schlecht ergehen, auch wenn man ihn für geistig zurückgeblieben hält. Aber seine Mutter ist allgemein beliebt. Außerdem weiß jeder, dass Lasse nicht zweimal aus demselben Netz stiehlt. Und es weiß auch jeder, dass Lasse und seine Mutter verhungern müssten, wenn er nicht ab und zu etwas mitgehen ließe. Kersti fragt sich verwundert, wie Karen es überhaupt geschafft hat, an der Mutter vorbei in die Stube zu kommen und mit ihm über den Verleih seiner Klamotten zu verhandeln. Ohne seine Mutter ist Lasse doch sonst nur beim Fischen oder beim Saufen. Zum Glück macht er beides gleichermaßen oft.

Kersti bringt ihre Verwunderung zum Ausdruck.

»Lasses Mutter ist gerade bei einer Beerdigung in Norrskata«, erklärt Karen.

Kersti nickt. Lasses Mutter liebt Beerdigungen so wie alle Schärenbewohner, außerdem gibt es bei Beerdigungen immer unendlich viel zu essen, und die Türen stehen allen offen, die vorbeikommen. In den Schären geht jeder, der noch laufen kann, zu Beerdigungen, ganz gleich, ob man den Verstorbenen kannte oder nicht. Hier irgendjemanden nicht zu kennen ist allerdings auch fast ein Ding der Unmöglichkeit. Da muss man sich schon in den Kartoffelkeller einschließen oder auf eine Klippe weit draußen, noch hinter der Schafinsel, ziehen, und selbst dorthin kommt beizeiten jemand gerudert, spätestens Post-Sven, und fragt, wessen Tochter man wohl sei.

»Und wenn das rauskommt? Was wird dein Vater dazu sagen?«

»Es wird nicht rauskommen«, antwortet Karen.

Kersti beneidet Karen um ihre Eltern. Die scheinen sich nicht sonderlich für das Leben ihrer Tochter zu interessieren, also darf Karen tun, was ihr Spaß macht, kurze, modische Röcke tragen und sich die Lippen anmalen. So lange draußen bleiben, wie es ihr gefällt, Hauptsache, sie erfüllt ihre Pflichten im Haushalt. Außerdem haben sie ja obendrein Aune, die sämtliche schwereren Arbeiten erledigt. Karen hat eine Mutter, die Mäntel mit Pelzkragen trägt, sie hat einen schönen Soldatenbruder und einen Vater – na ja, den Doktor kennt kaum jemand. Nicht einmal seine eigenen Kinder. Karen wird von ihren Eltern nicht gezwungen, die Sonntagsschule zu besuchen, Karens Eltern gehen überhaupt nie in die Kirche. Manchmal hat Kersti das Gefühl, dass sie vor Neid sterben könnte. Hin und wieder nennt Karen Kerstis Familie ganz offen »Kniebeter«, so wie alle, die nicht zur Kirche des Neuen Lebens gehören. Es gibt noch schlimmere Bezeichnungen, das weiß Kersti genau. Ihr einziges Mittel, sich zu wehren, besteht darin, sich mit Worten zu verteidigen. Dann sieht sie Karen mit gerunzelten Augenbrauen an, spricht von Sünde und bemüht sich, dass es möglichst so klingt wie bei Prediger Lepolahti. Das ist nicht ganz leicht, denn Kersti ist nicht nur sechs Zentimeter kleiner als

Karen, sondern hat auch noch die hellere Stimme. Karens Stimme ist tiefer, und damit sie heiser klingt, raucht sie Zigaretten, sobald sie eine bei ihrem Vater stibitzen oder bei einem älteren Jungen schnorren kann. Karen bekommt meist, was sie will. Es ist die Wirkung, die sie auf andere ausübt. Die Jungen aus Fetknoppen kennen sie jedoch, bei ihnen erzielen Karen und Kersti mit ihren Tricks keinerlei Effekt mehr. Doch zumindest die jüngeren Bergarbeiter und die Jungs aus Åvensor und Norrskata sind von Karens weicher, heiserer Stimme und ihrer Selbstsicherheit fast immer beeindruckt. Gut gekleidet geht Karen als erwachsen durch.

Kersti bemüht sich redlich, so zu sein wie Karen, sich so zu kleiden, dieselben Filmstars zu bewundern, ihr Haar genauso zu kämmen. Aber jetzt ist Karen zu weit gegangen. Sie kennt diese Frauen schließlich nicht. Es kann sein, dass Karen sie genauso unbekümmert anlacht wie den Plötzen-Lasse, den armen Kerl. Das liegt daran, dass Karen nicht richtig von hier stammt. Ihre Eltern kommen anderswoher. Sie weiß nicht, dass diese Frauen dazu in der Lage wären, sie in Stücke zu reißen, wenn ihr Jux herauskäme und sie erkennten, dass sie an der Nase herumgeführt wurden. Hier ist sie nicht die Tochter von Tierarzt Valter. Hier kann sie froh sein, wenn sie mit einem blauen Auge und ein paar geprellten Rippen davonkommt.

Plötzlich wird Kersti abgeklatscht. Sie kennt die Frau nicht, vermutlich ist es die Alte irgendeines Bergmanns, oder sie stammt von einer weiter entfernten Insel. Die Bergarbeiter tauchen auf und verschwinden wieder, sie zählen nicht richtig. Wenn sie vom Festland kommen, haben viele von ihnen ihre Bräute dabei, die jedoch bald schon die Nase voll haben vom kargen Leben auf Fetknoppen und vom salzigen Wind.

Doch diese Frau ist größer als Karen und hat Arme, denen man ansieht, dass sie viel gearbeitet hat, und breite Hüften, und Kersti kommt überhaupt nicht auf die Idee, sich zu widersetzen. Soll doch Karen selbst sehen, wie sie das übersteht, soll sie doch ihre Rolle bis zum Schluss spielen. Kersti hat nicht die Absicht, für Karens Scherze ein Ohr einzubüßen. Also sieht Kersti zu, wie Karen als Junge tanzend mit der großen Frau verschwindet, und wendet sich selbst dem Büfett zu. Natürlich werden dort nur Johannisbeersaft und Malzkaffee angeboten. Manche Frauen gießen sich verstohlen irgendetwas aus Flachmännern in ihre Becher, aber Kersti hat so etwas nicht dabei. Überhaupt machen alkoholische Getränke ihr Angst, wohingegen Karen es ganz unbekümmert hinnimmt, wenn andere trinken.

Als Kersti ihren Saft bekommt (sie hat es immer noch nicht gelernt, Kaffee zu trinken, geschweige denn Malzkaffee), ist Karen spurlos verschwunden. Für einen Augenblick setzt Kerstis Herz aus, doch dann sieht sie die Frau, die eben noch mit Karen getanzt hat, auf der anderen Seite des Raums im Gespräch mit zwei Freundinnen. Wenigstens ist Karen nicht bei ihr.

Kersti nimmt einen Schluck Saft und wartet, wartet lange. Vielleicht hat Karen genug gehabt von ihrem Spiel und ist zu Plötzen-Lasses Hütte zurückgegangen, zieht sich dort um und kommt gleich als die gute alte Karen wieder. Wer immer die gute alte Karen auch sein mag. Obwohl Kersti das Mädchen schon so lange kennt, gehört Karen zu denen, bei denen man sich nie sicher sein kann. Immer wenn Kersti sich einbildet, sie könne voraussagen, was Karen als Nächstes tun oder sagen wird, stellt sie schon bald fest, dass sie sich geirrt hat.

Kersti schreckt aus ihren Gedanken auf, als sie draußen Lärm hört. Um Karen und Margit hat sich ein Kreis gebildet. Margits Lippenrot ist verschmiert und die Bärenpelzmähne zerzaust. Kersti versteht nicht, was die Frauen einander zurufen, doch ihre Stimmen klingen erregt. Schließlich reißt eine kräftig gebaute Bäuerin Karen die Schirmmütze vom Kopf, und der Pferdeschwanz fällt auf ihre Schulter. Ein Raunen geht durch die Menge, und alle treten einen Schritt zurück.

»Kersti!«, ruft Karen, und sie rennen beide los, bis sie sich irgendwann keuchend die Seiten halten und stehen bleiben. Sie lauschen in die Nacht, doch offenbar ist ihnen niemand gefolgt.

»Ich hab ihr gesagt, dass ich ein Mädchen bin«, lacht Karen, »aber sie hat mich trotzdem noch mal geküsst. Sie meinte, in Kriegszeiten dürfe man nicht wählerisch sein und nehmen, was man kriegen kann, selbst wenn es ein Mädchen ist, das sich einen Strumpf zwischen die Schenkel gesteckt hat. Außerdem habe ich, anders als die meisten Männer, weiche Lippen, die man gerne küsst. Nur hat Margit eine Zahnprothese, oben so einen Zahnersatz, und der fiel ihr raus. Erst hab ich gedacht, ihr fällt der Mund ab! Aber dann hat sie mir die Prothese gezeigt, und ich durfte sie mal probieren. Da kamen die alten Weiber dazu, und irgendjemand hat bemerkt, dass Margit keine Zähne mehr im Mund hatte. Es gab ein schreckliches Geschrei, sie haben wohl gedacht, ich hätte ihr die Zähne ausgeschlagen.«

»Du solltest dich schämen, Karen Valter!«

»Blödsinn. Ich sollte versuchen, mehr Spaß im Leben zu haben. Komm, Aune hat für dich das Bett bezogen, du darfst in Sebastians Zimmer schlafen.«

Kersti lächelt. Sie liebt das weiße Haus, seine Taftgardinen und den Geruch der Bücher, die mit Lauge geschrubbten grauen Dielenböden und das Knarren der Fensterläden. Die Fliederbüsche und das Grammofon. Karens Mutter lässt es manchmal so laut laufen, dass die Scheiben klirren. Aber am meisten liebt sie Sebastians Zimmer, die weiße gehäkelte Tagesdecke und die gerahmten Aquarelle, die Sebastian gemalt hat, als er in Turku auf dem Gymnasium war. Den Duft von Sebastians Seife, der immer noch im Zimmer schwebt, obwohl er schon lange im Krieg ist. Kersti findet es wunderbar, von Aunes Klappern auf dem Flur und vom Geruch des Malzkaffees aufzuwachen. Aune ist beim Essen nicht knausrig, sie beanstandet nie, wie viel die Mädchen essen, sie macht keine Witze über dicke Schenkel, die man vom vielen

Kuchen bekommt, und behauptet auch nicht, dass ein paar Teller Nachschlag vom Brei die Familie ins Armenhaus bringen. Das kann natürlich auch daran liegen, dass Aune Magd ist, aber Kersti glaubt, es liegt daran, dass die Dinge im weißen Haus einfach anders sind.

Als sie ankommen, brennen im Haus alle Lichter. Karen zuckt mit den Schultern. »Sie sind noch wach und warten. Als wären wir kleine Kinder.«

Aber im Wohnzimmer und in der Kammer ist niemand. Stattdessen ist Aune im Schlafzimmer von Karens Mutter zugange, und man hört Vaters gedämpfte Stimme. Er geht immerzu im Kreis. Plötzlich hastet Aune an ihnen vorbei, sie trägt einen Blecheimer mit einer roten Flüssigkeit. Vielleicht Blaubeersuppe.

»Los, Mädchen, sofort ab ins Bett«, herrscht Aune sie an und schließt dann ohne eine weitere Erklärung den Mund.

Die beiden schlafen nebeneinander in Karens schmalem Bett, und Kersti wird nachts zweimal von Geräuschen wach. Es ist Aune, sie schüttet irgendetwas in den Eimer, man hört Schritte, und dann übergibt sich jemand. Als Kersti die Augen aufschlägt, sieht sie, dass Karen an die Decke starrt. Hat die Freundin überhaupt geschlafen? Kersti würde gern fragen, ob Karen weiß, was da geschieht, aber sie schweigt lieber. Manchmal ist es besser, ganz klein zu sein, so klein, dass einem niemand etwas Schlimmes erzählt.

Karens Mutter stirbt in der Nacht auf Freitag. Das ist tragisch, denn sie liebte die Wochenenden. Am Morgen ist es in der Küche mucksmäuschenstill. Aune sitzt am Tisch und fingert an ihrer Schürze herum.

»Karen …«, beginnt sie, aber Karen will den Satz nicht bis zum Ende hören. Sie stürmt ins Obergeschoss, stößt die Tür zum Zimmer ihrer Mutter auf. Aune folgt ihr auf den Fersen und ruft ihr hinterher: »Karen, Karen, Karen!« Doch noch ehe Aune sie daran hindern kann, steht sie neben dem Bett.

Jemand hat Mutter mit einem Laken bedeckt. Es ist zu kurz, und Mutters Zehen ragen darunter hervor. Karen berührt das Laken mit den Fingerspitzen, es fühlt sich kühl an und merkwürdig normal. Sie spürt, das Aune in der Tür steht, reagiert aber nicht darauf. Sie zieht das Laken zur Seite.

Später wird sie sich an Mutters Gesicht nicht mehr erinnern können, sosehr sie sich auch bemüht. Das Einzige, was sie danach noch für lange Zeit vor sich sieht, ist Mutters Hand, die aus dem Bett rutscht und in der Luft hängen bleibt. Die Finger sind bläulich. Mutters Ehering glitzert im Licht, das durch das Fenster hereinströmt. Plötzlich hat Karen das Bedürfnis, die Gardinen zu schließen. Diese Helligkeit erscheint ihr in einem so ruhigen Zimmer unanständig.

Aune tritt auf sie zu. »Es war besser so«, sagt sie, und Karen spürt, wie die Wut in ihr aufsteigt.

»Wo ist Vater?«

»Der Doktor ist in seinem Zimmer.«

Karen rennt nach unten. Vaters Tür ist abgeschlossen. Sie klopft an, erst gedämpft, dann lauter, aber Vater öffnet nicht. Karen hämmert mit den Fäusten an die dicke Eichentür. Vielleicht hört Vater es nicht. Karen ruft und klopft. Schließlich ist sie so erschöpft, dass sie sich an die Tür lehnen muss. Sie hört, wie sich in dem Zimmer jemand bewegt. »Vater!«, ruft sie erneut, und das Geräusch verstummt. Dann quietscht der Schreibtischstuhl. Vater ist da drinnen, aber er will nicht aufmachen. Die Tür fühlt sich an Karens Wange kalt und glatt an. Aune nimmt ihre Hand. Erst da bemerkt Karen, dass an den Knöcheln die Haut abgeschürft ist.

»Der Doktor hat darum gebeten, man möge ihn allein lassen«, sagt Aune.

»Und ich?«, ruft Karen. »Fragt denn niemand, ob ich will, dass man mich allein lässt?«

»Psst«, sagt Aune und streichelt ihr Haar. Da weint Karen. Laut schluchzend wie ein kleines Kind. Aune steht neben ihr und lässt die Hand auf ihrem Kopf ruhen. Karen kann nicht sagen, was für eine Berührung das ist. Ist sie liebevoll oder mitfühlend, oder hofft die Frau einfach, dass sie endlich aufhört und sich benimmt wie eine Erwachsene? Aus Unsicherheit hört sie auf zu weinen, sie schnäuzt sich die Nase am Saum ihres Nachthemds und sieht Aune an. Die zieht ihre Hand weg und sagt:»Na also. Wir haben viel zu tun. Die Teppiche müssen vor der Trauerfeier gewaschen werden.«

In diesem Augenblick fällt Karen ein: Jetzt müssen sie Sebastian nach Hause schicken.

Sebastian erhält für das Begräbnis drei Tage Urlaub. Er kommt am Dienstag zu Hause an, und Karen holt ihn an der Bushaltestelle ab. Sie sagen beide kein Wort. Karen hofft, dass Sebastian weint oder schreit, aber der Bruder macht einen vollkommen normalen Eindruck. Genauso wie früher immer. Karen mustert sein Gesicht. Es ist ein wenig schmaler geworden, und er hat Augenringe. Der Bruder trägt eine Uniform, die aussieht wie neu. Karen überlegt, ob er jetzt lieber woanders wäre, beim Tanz, in der Stadt, im Bett irgendeines Mädchens – dort, wo Soldaten eben für gewöhnlich ihren Urlaub verbringen. Vielleicht denkt er jetzt schon darüber nach, wie er es schaffen kann, von seinem Urlaub einen Tag für eine Zechtour abzuknapsen, um sich zu betrinken und ein vollbusiges Püppchen mit weichem braunem Haar zu verführen.

»Bekommst du dort auch genug zu essen?«, fragt Karen und bereut es sogleich. Dies ist eine Frage von jemand anders. Von Mutter oder von Aune. Nicht eine der Fragen, die sie und Sebastian einander stellen. Karen würde alles dafür geben, dass Sebastian wieder so würde wie einst als Kind. Einst, als nichts die beiden trennte. Einst, als ihr der eigene Körper noch so vorkam, als wäre er die Fortsetzung des seinen.

Sebastian sieht sie mit seinen dunklen Augen an und nickt – eine zerstreute Geste. So reagiert man auf die überflüssigen Sprüche irgendeiner wohlmeinenden Tante. Auf dem restlichen Heimweg sagen sie beide nichts mehr.

Aune umarmt Sebastian, und Karen beneidet Aune um diese Leichtigkeit, mit der sie Sebastian unterhakt und in die Stube führt. Der Bruder lächelt, plaudert mit ihr und lacht. Er setzt sich kurzerhand an den Tisch mit der Wachstuchdecke und beginnt trotz all ihrer Einwände, Kartoffeln zu schälen. Er hebt an zu einer langen, verzweigten Geschichte von der Katze eines Hauptmanns, die sich in die Gulaschkanone verirrte, und bricht auf einmal jäh ab. Karen dreht sich um und sieht, dass Vater in der Tür steht.

»Ah, wir haben eine neue Magd im Haus«, sagt er, und Sebastian steht mit dem Schälmesser in der Hand auf. »Als bräuchte dieses Haus noch mehr Weiber.«

»Das Essen ist in einer halben Stunde fertig«, verkündet Aune und wischt sich die Finger an der Schürze ab.

Vater nickt und sieht Sebastian an. »Du siehst gesund aus.«

Sebastian schweigt.

»Wie lange bleibst du?«

»Drei Tage. Mehr haben sie mir nicht gegeben.«

»Aune wird garantiert ihr Möglichstes tun, um dich in der Zeit aufzupäppeln.«

Schweigend essen sie zu Abend. Aune hat mit viel Mühe irgendwoher Zunge bekommen. Sie liegt von Kartoffeln und Möhren umgeben dampfend in Großmutters alter Schüssel und riecht nach Lorbeerblättern. Aunes weiße Soße ist klumpig und klebt am Gaumen. Wir können das nicht, denkt Karen. Wir können einfach nicht normal miteinander umgehen. Wir tun immer noch so, als wären wir eine Familie, aber in Wirklichkeit möchte sich jeder von uns am liebsten in sein Zimmer zurückziehen und einschließen.

Karen hat zum Nachtisch eine Süßspeise aus Blaubeeren geschlagen, aber als sie zusieht, wie Vater und Sebastian den violetten Brei in sich hineinlöffeln, muss sie daran denken, dass Mutters Erbrochenes genauso ausgesehen hat, und sie schiebt ihren Teller von sich weg. Sie betrachtet ihre Hände. Sie sind von der Schmierseife rau geworden und bläulich. Aune hält sie zur Arbeit an. Jeder Winkel des Hauses muss geputzt, gewischt und gewienert werden. Karen ist dankbar dafür. Sie will nicht in Gedanken versinken, sie will sich nicht in ihr Zimmer einschließen wie Vater. Und sie kann es auch nicht. Um so zu trauern, wie man es gern will, braucht man Autorität.

Nachts wacht Karen auf, weil sie kalte Füße hat. Sie zieht sich die grauen Wollsocken an, dann fällt ihr wieder ein, dass Mutter sie gestrickt hat, und sie durchwühlt ihre Schublade, um andere zu finden. Die rot gestreiften haben ein großes Loch, aber fürs Bett sind sie gut genug.

Die Tür zum Flur knarrt. Unter Sebastians Tür schimmert Licht, und Karen stößt sie auf. Der Bruder liegt mit dem Gesicht zur Wand in seinem Bett. Sie sieht ihm an, dass er nicht schläft. Sie klettert zu ihm, und der Bruder dreht sich um, zieht sie schluchzend an sich. Sein Kopfkissen ist tränennass, trotzdem legt Karen ihre Wange darauf.

Sebastians Körper hat sich verändert. Er ist härter und elastischer geworden, es ist nicht mehr der eines zarten, hübschen Gymnasiasten. Des schönsten Jungen auf der Insel, der so hübsch gewesen sei, dass man ihn glatt für ein Mädchen hätte halten können, wie die älteren Frauen zu sagen pflegten. Er hat ja auch solche Wimpern.

Karen riecht Sebastians süßlichen Schweißgeruch durch das Hemd hindurch. Der Bruder schläft nie nackt, er zieht nicht einmal bei der Heuernte sein Hemd aus. Zuletzt hat Karen ihn als Kind nackt gesehen. Damals war seine Haut genauso hell und weich wie ihre und Gegenstand ihres unerschöpflichen Interesses.

Karen weiß, dass sich auch ihr eigener Körper verändert hat. Sie hasst ihn – die langen Gliedmaßen, die in sämtliche Richtungen zu wachsen scheinen und sich in eine Welt spreizen, die ein merkwürdiges Interesse für sie an den Tag legt. Karen hat sich innerhalb weniger Jahre so entwickelt, dass sie auffällt. Sie ist dem Körper des kleinen Mädchens zwar entwachsen, aber noch immer keine Frau, obwohl sie mittlerweile spitze kleine Brüste hat und eine rundere Hüfte und einen weichen, empfindlichen Bauch. Man sieht ihr nach, man taxiert sie, wägt ab, und die Bergleute drehen sich um, wenn sie an ihnen vorübergeht. Einerseits hofft Karen, dass Sebastian bemerkt, wie sie gewachsen ist, andererseits wünscht sie sich, dass alles so wäre wie früher in ihrer Kindheit. Jetzt liegt sie hier an ihren Bruder geschmiegt, spürt seinen Atem in ihrem Haar und ist glücklich. Glücklich, obwohl sie beide weinen. Denn Trauer zu teilen kann betäubend wirken. Berauschend, so wie innige Nähe.

»Am schlimmsten ist«, sagt Karen, »dass ich mich nicht mehr an sie erinnern kann. Ihr Gesicht verschwindet, wenn ich es versuche. Manchmal sage ich laut Sätze, ganz normale Sätze, die Mutter benutzt hat. ›Kommt essen‹ zum Beispiel, oder: ›Karen, kämm dir die Haare!‹, oder: ›Nun macht endlich hin!‹ Doch ich bringe den richtigen Tonfall einfach nicht zustande. Manchmal denke ich, es liegt nur daran, dass sie eigentlich nie etwas besonders Bedeutsames gesagt hat. Wenn es so wäre, dann würde ich mich besser an ihre Stimme erinnern können.«

»Ich kann sie für dich zeichnen«, sagt Sebastian und streicht über Karens Haar. »Und wenn wir zusammen sind, dann erinnern wir uns an sie. Es ist nicht wichtig, sich an jede Kleinigkeit erinnern zu können. Es ist nur wichtig, sich daran zu erinnern, dass sie gern Eis aß und Schafe nicht ausstehen konnte, weil sie ihren Gestank so leid war. Dass sie Astern liebte, aber Studentenblumen für bürgerlich hielt. Dass sie bei guter Laune immer diesen alten Schlager sang, den aus den Zwanzigern, als sie noch jung war und gerade erst Vater kennengelernt hatte.«

»Geh nicht weg«, sagt Karen. Sie weiß selbst, dass es kindisch klingt. Sebastian kann nicht darüber entscheiden, wann und wohin er fährt. Er muss wieder fort, und Karens Aufgabe besteht darin, sich in ihr Schicksal zu fügen, lange Briefe zu schreiben und Teppiche zu schrubben, bis ihre Hände nach Lauge riechen, so wie früher.

Sebastian antwortet nicht. Er weiß es ebenfalls, und er weiß auch, dass Karen es weiß. Er wickelt eine ihrer Locken um seinen Finger und drückt seine Nase an ihren Haaransatz. Keiner von beiden bewegt sich, sie sind in dieser Haltung erstarrt aus Angst, der andere könnte sich zurückziehen, wenn man selbst sich nur einen Millimeter bewegte.

Geh nicht weg.

Aber Sebastian geht weg, Sebastian geht immer weg. Erst aufs Gymnasium, dann in den Krieg, er kehrt zurück und verschwindet wieder. Und Karen ist diejenige, die hier auf der Insel zurückbleiben muss. Sie habe Glück, bekommt sie immer wieder zu hören, dass sie nicht das Gleiche erleben muss wie die Männer. Dass sie zu Hause bleiben darf und in Sicherheit ist. Dass die Männer ihretwegen kämpfen, um eines Tages nach Hause an den von Karen eingeheizten Herd zurückkehren zu können, über die von ihr gebleichten Teppichen laufen und ihre Fischsuppe essen können. Und doch würde Karen alles dafür geben, dass auch sie gehen dürfte. Dass sie diejenige wäre, auf deren Rückkehr man wartete.

FETKNOPPEN

Die karierte Decke auf dem Küchentisch hatte in der Mitte eine dünne Stelle. Genau auf diese Stelle stellte Azar ihren Kaffeebecher. Die Wanduhr tickte. Jemand musste sie nach ihrer Ankunft aufgezogen haben. Ihre Ankunft – das war gerade erst eine Nacht her. Erst gestern Morgen war Azar auf dem Weg zur Tankstelle gewesen, mit einer Spielzeugpistole in der Manteltasche und aufgeregt – aber mehr noch als vor dem Überfall hatte sie Angst davor gehabt, dass Tomppa wütend werden oder das uralte Auto, mit dem sie unterwegs war, den Geist aufgeben könnte.

Mit einem Mal wurde Azar klar, dass sie sich schon lange nicht mehr so gefühlt hatte wie jetzt, dass sie sich um nichts Sorgen zu machen brauche. Natürlich waren da Mehran, das Baby, Tomppa und das verdammte Geld, aber im Augenblick vermochte Azar einfach nichts zu unternehmen. So fühlt man sich bestimmt im Gefängnis, dachte sie. Sicher.

Sie überlegte kurz, was wohl passieren würde, wenn sie ihren Vater anriefe und ihn bäte, die Polizei zu informieren. Wenn sie wieder Kind wäre und es den Eltern überließe, die Dinge zu regeln. Kakao tränke, über dem sich Haut gebildet hatte. (Mutter erhitzte die Milch immer zu sehr.) Vielleicht würde man ihr ja erlauben, das Baby im Gefängnis bei sich zu behalten.

»Dein Bruder kann doch trotzdem der Mörder sein«, sagte Azar. »Das Mädchen hat ihn betrogen, und er wurde eifersüchtig. Vielleicht wollte sie ihm ja auch einreden, dass er der Vater des Kindes wäre, aber Sebastian wusste ja, dass er keine Kinder zeugen konnte.«

»Das werden wir herausfinden«, erwiderte Karen.

Azar sah zu der Korktafel hinüber. Es waren wieder neue Bilder dazugekommen, von Menschen in altmodischer Kleidung, wie aus irgendeiner BBC-Geschichte. Riitta, die Frau ihres Vaters, liebte die Serien, in denen die Frauen dreiteilige Namen hatten und einen Dutt trugen, den man garantiert nicht ohne Friseur und extrastarken Haarfestiger zustande brachte.

»Das Merkwürdigste an dieser Geschichte ist«, fuhr Karen fort, »dass es hier um eine Insel geht, auf der jeder alles von jedem wusste. Und doch weiß niemand mit Sicherheit, wer Kersti ermordet hat.«

»Oder alle wissen es, aber keiner sagt es.«

»Auch möglich. Sebastian hatte immer schon einen guten Sündenbock abgegeben. Er war nun mal anders und nicht wie die restlichen Menschen auf der Insel.«

»Warst du es denn?«

»Ich hatte es leichter als Sebastian. Ich war noch ein kleines Mädchen, niemand schenkt einem Mädchen sonderlich viel Beachtung. Es sei denn, es wird ermordet.«

»Dreh dich nicht um! Da starrt jemand durchs Fenster«, zischte Azar plötzlich. Eine dunkle Gestalt, ganz dicht vor der Fensterscheibe. Tomppa!, dachte Azar zuerst. Tomppa ist mir gefolgt! Dann erst wurde ihr klar, dass es sich nicht um Tomppa handeln konnte. Erstens war die Gestalt viel zu klein, und außerdem würde Tomppa nie einen Overall tragen, den man zum Eisangeln benutzte.

»Das ist Aune.«

Karen stand auf und winkte. Kurz darauf klapperte der Schlüssel in der Haustür. Gummistiefel schlappten in die Küche. Das Licht im Flur beleuchtete die Person von hinten, sodass ihr Gesicht im Schatten lag. Sie war tatsächlich klein, so wie es Azar vermutet hatte. Das graue Haar fiel in zwei Zöpfen über ihre Schultern. Die Frau hauchte sich in die Hände und nickte dankbar, als

Karen ihr einen dampfenden Becher Kaffee hinstellte. Ihre Augen waren dunkel und ausdruckslos. Sie warf einen Blick auf die Korktafel an der Wand und auf die Fotos, sagte aber nichts. Hinter der Frau kam eine riesige orangefarbene Katze herein. Sie strich ihnen eine Weile um die Beine, hüpfte dann auf den Küchentisch und begann in aller Seelenruhe, die Reste des Frühstücks aufzulecken.

»Aune«, stellte Karen sie vor, und Azar gab der Frau die Hand. »Die Nachbarin. Sie kümmert sich um das Haus, wenn ich nicht da bin.«

Die Hand der Frau war groß und kräftig wie die eines Menschen, der sein ganzes Leben lang gearbeitet hatte. »Und die Katze heißt Eetvartti – du solltest sie wirklich nicht hereinlassen, Aune. Sie haart fürchterlich.«

Die Frau nahm die Katze unter den Arm. Das Tier fauchte, strampelte sich los und lief dann an Azar vorbei ganz gemächlich davon.

»Aune hat versprochen, uns beim Kochen behilflich zu sein. Weil mein Rücken so wehtut. Das hier ist übrigens Azar, meine Assistentin.«

Aune sah Azar auf eine Weise direkt in die Augen, dass dem Mädchen ganz kalt wurde. Ihr Blick verweilte einen Moment auf dem Bauch der Schwangeren, und Azar hatte das Gefühl, viel zu jung und irgendwie falsch auszusehen. Wie ein dummes Ding eben, das es in seiner Beschränktheit geschafft hatte, sich schwängern zu lassen, und nun die alte Dame nach Strich und Faden ausnahm.

»Ich bin mir sicher, dass ihr euch gut verstehen werdet. Ohne Aune kommt man hier einfach nicht zurecht. Sie ist die Einzige, die unsere Ölheizung reparieren kann und Johansson dazu bringt, dass er ihr Maränen frisch aus seinem Netz verkauft.«

Azar lächelte – und beschloss insgeheim, der Frau möglichst aus dem Wege zu gehen.

»Wir sollten uns jetzt besser auf den Weg machen, damit wir zum Mittagessen wieder zurück sind. Bis nach Naavalahti ist es ein ganzes Stück.«

Der Badesteg lag ein wenig abseits. Weiße Streifen, die die Flut hinterlassen hatte, zerschnitten die Felsen daneben. Zerstreut stieß Azar mit dem Fuß gegen eine zerdrückte goldfarbene Bierdose.

»Dosen. Ständig spült das Meer sie an«, sagte Karen und zeigte hinüber auf eine Kieselbucht. »Dosen und Plastikkanister. Vor ein paar Jahren wurde in der alten Schule im Sommer ein Social-Art-Happening veranstaltet, mit Künstlern aus aller Welt und einem Kurator aus London. Sie wollten die Inselbewohner dazu anregen, alles, was das Meer anspült, einzusammeln und daraus riesige Gänsesäger-Skulpturen zu bauen. Es gab sogar eine Vernissage, aber es kamen nur die Omas vom Dorfverein. Die aßen Kuchen und gingen dann wieder. Seither hat ein Töpfer die Dorfschule gemietet. Die ganzen äußeren Schären sind voll von Töpfern, sie bleiben in der Regel zwei Jahre und verschwinden dann wieder. Danach kommen nur noch Touristen. Die Leute aus Helsinki glauben, die äußeren Schären wären eine Art Disneyland, das kurz vor Ostern öffnet und im September wieder schließt. Schöne rote Häuser und auf der Dorfstraße ein Maibaum.« Karen holte tief Luft.

Azar hatte den Eindruck, dass die alte Frau in einem fort daherredete, um sich nicht dem widmen zu müssen, was sie eigentlich sagen wollte.

»Dort hat man sie gefunden. Kersti.«

Azars Blick folgte Karens Geste. Das Ufer dort sah vollkommen normal aus. Das Meer war grau und von sandfarbenem Schilf gesäumt. Etwa zweihundert Meter vom Strand entfernt stand ein schiefer Bootsschuppen. Azar biss sich auf die Lippen. Ihr war kalt. Es kam ihr so vor, als würde sie die ganze Zeit tiefer und tiefer sinken. Sie strich sich über den Bauch. Das Baby war durch die Bewegung aufgewacht und strampelte. Es regte sich jetzt immer häufiger, machte auf sich aufmerksam. Azar fiel es schwer, das Baby jetzt schon als eigenständigen Menschen zu begreifen, als Wesen mit eigenen Gefühlen. Sie empfand es noch immer als einen Teil ihrer selbst, als etwas, das zu ihr gehörte. Ihre Bedürfnisse und die des Babys stimmten zwar überein. Sie brauchten beide zu essen, Schlaf und ein Versteck, zumindest vorläufig. Wenn das Baby zur Welt gekommen wäre, würde sie über all das neu nachdenken müssen. Aber bis dahin blieb ihr noch ein wenig Zeit.

»Kersti war damals erst der zweite Mensch in meinem Alter, den ich tot vor mir sah«, erzählte Karen. »Ich hatte wahrscheinlich Glück. Immerhin war Krieg und all das.«

»Der zweite? Wer war denn der erste?«

»Sirke Franzén. Das war wirklich eine traurige Geschichte und gleichzeitig auch wieder ganz normal. Sirke war im Kriegswinter 1942 übers Eis gelaufen und darin eingebrochen. Das hat besonders Kersti mitgenommen. Sie waren fast wie Geschwister aufgewachsen. Ihre Mütter waren Schwestern gewesen, Zwillingsmädchen, nur dass sie zu der Zeit natürlich keine Mädchen mehr waren. Aber ihre Familien wohnten nach wie vor nebeneinander, und Sirke als die Ältere hatte schon früh auf Kersti aufpassen müssen. Auf dem Land blieb den Kindern damals kaum Zeit zum Spielen. Immer waren zu wenige Arbeitskräfte da. Spielen war da ein Luxus, der den Erwachsenen für ihre Kinder nicht in den Sinn gekommen wäre. Besonders während des Krieges waren wir angehalten, die Arbeit von Erwachsenen zu machen, und das verlangsamte das Wachstum. Fünfzehnjährige Jungs sahen aus wie Zwölfjährige, wenn sie im Bergwerk schufteten. Sie trugen Steine wie erwachsene Männer. Wenn ich mich recht erinnere, war es damals März. Zu dieser Jahreszeit konnte man für gewöhnlich übers Eis zur Schule nach Korpo gehen. Der Weg war mit Reisig markiert, aber manchmal stürmte es so, dass die Böen die Zweige fortwehten. Sirke nahm die Abkürzung über die Naavalahti-Bucht, so gewann man etwa eine halbe Stunde, aber an jenem Tag war die Strömung dort stark und das Eis an ein paar Stellen dünner geworden. Man kann dem Eis nicht trauen – niemals, selbst wenn man achtzig Jahre lang auf einer Insel gelebt hat, die von Eis umgeben ist. Es verändert sich ständig, es ist eine Naturgewalt, und niemand weiß seine Bewegungen vorauszusagen. Und Sirke war keine achtzig, sondern kaum sechzehn. Weithin sichtbare Spuren führten zu dem Riss im Eis. Alle wussten natürlich, dass Sirke darunterliegen würde, aber man versuchte verzweifelt, für ihr Verschwinden noch eine andere Erklärung zu finden. Dass Sirke vielleicht doch in Korpo geblieben sei, dass sie sich im Wald verirrt habe oder mit dem Postschiff zur Tante nach Nagu ausgebüxt sei. Doch am Ende beschworen all ihre Klassenkameradinnen, dass sie mit ihnen zusammen nach Hause habe laufen wollen und sich dann auf dem Eis von ihnen getrennt habe, um abzukürzen. Sie habe es eilig gehabt, weil sie die Filmzeitschriften lesen wollte, die sie von einer Tante aus der Stadt geschickt bekommen hatte. Sirke war verrückt nach Greta Garbo gewesen. Sie hatte überallhin Bilder von ihr geklebt. Sie bastelte sogar Papierpüppchen, die aussahen wie die Garbo, obwohl von ihren Altersgefährtinnen keine einzige mehr mit Puppen spielte. Vermutlich war Sirke für ihr Alter einfach nur ein wenig zu kindlich geblieben. Selbst ich, die jünger war als sie, interessierte mich nicht mehr für Spielsachen. An den Vorfall selbst erinnere ich mich nicht mehr allzu gut. Aber ich bin dort auf dem Eis gewesen, obwohl ich erst dreizehn war.«

Die Suche mit dem Draggen hatte zwei Tage gedauert, bis man sie schließlich fand. Zuerst hingen nur ein Büschel blondes Haar und ein Stück Kopfhaut an dem Haken. Doch irgendwann zogen sie das ganze Mädchen hoch. Der Draggen hatte eine tiefe Spur auf ihrer Wange hinterlassen, aber Blut war keines mehr gekommen. Sie wurde in ein Wolltuch gewickelt, ein schwarzes mit aufgedruckten Rosen, die gegen Sirkes blassblaue Wangen grässlich grell aussahen. An ihren Wimpern hingen Eiskristalle. Die Augen waren weit aufgerissen. Die Mutter des Mädchens schluchzte heftig und drückte das Kind an sich, wiegte es, als glaube sie, es so wieder zum Leben zu erwecken, damit es die neueste Ausgabe des *Hopeapeili* lesen konnte. Der Leichnam war gefroren und so steif, dass man seine Arme nicht anlegen konnte. Die Hände ragten nach oben, als hätte Sirke herumgestikuliert oder die Hände für einen Tanz erhoben. Man legte das Mädchen auf einen Schlitten und lehnte sie zu Hause in der Sauna an die Wand, während angeheizt wurde und die Lebenden ihr Saunabad nahmen. Zu jener Zeit durfte man kein Brennholz verschwenden, und wenn ein Toter zu beklagen war, standen auch bald Gäste vor der Tür, und man wollte dem Pfarrer ja nicht mit schmutzigem Hals entgegentreten und ihm Kaffee anbieten.

Schließlich wurde Sirke zum Auftauen auf die Saunapritsche gelegt. Nur so schaffte man es endlich, sie in den Sarg zu packen. Obwohl man eine Weile befürchtet hatte, ihr die Hände absägen zu müssen. Derart steifgefroren hätte sie nicht hineingepasst.

»Kersti war auch dort. Ich erinnere mich noch daran, dass ich sie mit ihrem braunen Filzhut gesehen habe, die Lippen hatte sie fest zusammengepresst. Es hat sie wirklich schlimm mitgenommen, denke ich. Sie war damals ja erst zwölf, gerade an der Grenze, wo man entweder schon in der Kirche zum Kreis der Mädchen gezählt wurde oder noch in Kniestrümpfen herumlief wie die kleineren Kinder. Sie hat niemals darüber gesprochen, aber ich wusste, dass sie in Sirke so etwas wie ihre große Schwester gesehen hatte. Und sie waren sich tatsächlich ähnlich gewesen. Man hätte sie für Geschwister halten können: die gleichen grauen Augen, das glatte Haar, der ernste Blick, der vom Gegenüber immer irgendetwas zu fordern schien, etwas, was der andere vergessen hatte zu geben. Hundeblick habe ich es immer genannt.

›Vergiss nicht, ein Halsband mitzunehmen‹, habe ich zu Sebastian gesagt, wenn er zu einem Treffen mit Kersti ging, und dann hat er immer gelacht. ›Ich mag Tiere sehr, mein Ferkelchen.‹« Karen hielt inne, als wollte sie Atem schöpfen. »Du kennst das, nicht wahr? Dieses Gefühl, jemanden zu verlieren. Man sieht es in deinen Augen.«

Azar antwortete nicht. Sie ließ die Hand auf ihrem Bauch ruhen.

»Auf die Liebe, den Elektriker und das Meer kann man nie vertrauen«, sagte Karen, den Blick weiter auf Azar gerichtet. »Das sind Dinge, die man lernt, wenn man auf einer kleinen Insel wohnt. Eine Besonderheit des Lebens auf einer Insel besteht überdies darin, dass aus jeder Familie irgendwann einmal jemand ertrunken ist. Jeden Winter bricht jemand im Eis ein, und manchmal stirbt er dabei. Nur die Leute vom Festland bilden sich ein, dass es im Leben irgendeine Richtung gibt und man sich darauf verlassen kann, Schulden in Raten abzuzahlen. Ich habe mein Leben in zwei Welten gelebt, in mir stecken zwei Menschen: die eine Karen, die den Seewind, die erbarmungslose Flut und das Krachen des berstenden Eises kennt, und die Stadt-Karen: die Frau, die einen erfolgreichen Ehemann hatte und regelmäßig jeden Monat zum Friseur ging. Jede von beiden hatte ihre Zeit.«

»Und welche von beiden steht jetzt hier am Ufer?«, fragte Azar.

Die alte Frau lächelte. »Es ist nur noch die eine übrig. In meinem Alter sollte man sich vor nichts mehr fürchten müssen. Und das Streben nach Sicherheit ist etwas für junge Leute.«

1999
TAMPERE

Millennium. An der Decke des einstigen Baumwollmagazins hängen durchsichtige Plastikbehälter, das Wasser in ihnen bildet Prismen, die den Raum zerteilen. Von unten betrachtet scheint das Wasser zu blubbern. Die Kellner tragen Tabletts mit Türmen aus Champagnergläsern. Im hinteren Teil legt ein DJ auf, aber bislang hat sich nur eine Person auf die winzige Tanzfläche gewagt. Eine betrunkene Frau in einem blauen Kleid, die niemand zu kennen scheint. Sie wiegt sich im Rhythmus der Musik, ihr rotes Haar ist zu einem Dutt hochgesteckt, aus dem sich einzelne Strähnen gelöst haben. Die Frau trägt hohe Absätze, aber obwohl sie reichlich betrunken ist, taumelt sie kaum. Unverwandt starrt Azar auf das enge Kleid der Frau, das nur über einer Schulter einen Träger hat, bis die Mutter sie am Ärmel zupft.

»Schätzchen, ist mein Lippenstift verschmiert?«

Der Lippenstift sieht perfekt aus, so wie ihre Mutter überhaupt. Sie ist das schönste Geschöpf im ganzen Gebäude, wenn nicht sogar auf der ganzen Welt.

Ihre Familie ist zur Feier der Firma eingeladen worden, bei der Azars Vater angestellt ist. Mutter hat eigens bei Stockmann zwei teure Kleider gekauft: ein blaues und ein goldfarbenes, vom selben Modell, weil sie sich nicht entscheiden konnte. Und auch sonst findet sie es praktisch, zwei Exemplare von allem zu kaufen, was ihr gefällt. Sie hasst es, Klamotten anzuprobieren. Zu Hause im Iran wurde alles immer mindestens in sechsfacher Ausführung bestellt, weil Großmutter meinte, dass ungerade und kleine Zahlen Unglück bringen. Sechs Geburtstagstorten, sechs Unterröcke aus Tüll, sechs Halsketten aus Muschelschalen. Was für ein Glückskind Azars Mutter doch gewesen ist! Immer hübsch gekleidet. Und artig, obwohl sie das einzige Kind war, nach Strich und Faden verwöhnt von ihrem Großvater, dem General.

Azar hat ihrer Mutter beim Ankleiden zugesehen. Es hat den ganzen Tag gedauert. Sie kann nie genug davon bekommen. Es ist, als würde die Mutter in den Stunden vor einer Feier ganz und gar ihr allein gehören. Sie ließ ihr schwarzes Haar offen herabhängen und kämmte es, rieb erst Parfüm und flocht dann eine goldene Kette hinein. Schließlich wickelte sie die ganze Pracht um ihren Kopf und trug goldgelben Lidschatten und schwarzen Eyeliner auf. Am Ende entschied sie sich für das goldfarbene Kleid, das eng anliegt und bei jeder noch so geringen Bewegung ihre Figur betont. Sie sind ein tolles Paar, sie und der Vater in seinem dunklen Anzug. Wie früher zu Hause im Iran, meint Mutter. Sie hat der fünfjährigen Azar ein weißes Kleid angezogen, obwohl die Kleine lieber in ihrem hellroten Trainingsanzug zu der Feier gegangen wäre. Sie will in dem Trainingsanzug auch in die Kindertagesstätte und ins Bett, sie würde sogar in dem Trainingsanzug schwimmen gehen.

Heute hat Azar sich nur ein bisschen gesträubt, sie traut sich nicht richtig. Wegen ihrer Mutter. Sie ist im Festkleid so ganz anders als diejenige, die im Morgenmantel und mit Lockenwicklern herumläuft. Azar wagt kaum, Luft zu holen. Und jetzt auf der Feier erkennt sie auch, dass ihre Mutter vollkommen anders aussieht als die anderen Frauen. Die Frauen aus Vaters Firma tragen schwarze Etuikleider und kurz geschnittenes Haar. Sie stehen ein wenig breitbeinig da und lächeln ihnen entgegen, drehen ihnen aber dann gleich wieder den Rücken zu und unterhalten sich weiter.

Azars Vater ist bald, nachdem sie in das Menschengewimmel

eingetaucht sind, verschwunden. Er habe etwas mit Esko zu be-
sprechen, hat er gemurmelt und Azar und Mutter Hand in Hand
an der Tür stehen lassen. Die Hand der Mutter ist schweißnass
und drückt die ihrer Tochter, trotzdem zieht Azar ihre Hand nicht
weg. Der Kellner bringt Mutter ein Glas, und sie nickt ihm zu,
trinkt aber keinen einzigen Schluck. Mutters Blick sucht etwas in
der Menschenmenge – nicht Vater, denn der ist in einem anderen
Raum und unterhält sich mit Esko über Nanopartikel und ihren
Nutzen.

Esko ist Vaters direkter Vorgesetzter, ein Ingenieur mit Ge-
heimratsecken, der Wörter wie »Team« und »Scheinsektor« benutzt. Esko war einmal bei ihnen zu Besuch, er hat Azar einen
Seifenblasenapparat mitgebracht und der Mutter Nelken. Im Iran
kaufen nur arme Leute Nelken. Mutter hat trotzdem gelächelt
und als Vorspeise Auberginenröllchen und Fleischklößchen am
Spieß kredenzt. Letztere hatte sie Azars Vater zuliebe im Supermarkt gekauft. Esko nahm von Mutters Lammtopf gleich zweimal
Nachschlag. »Für einen Junggesellen ist so etwas eine seltene De-
likatesse«, sagte er mehrmals. »Du bist wirklich ein Glückspilz,
Ira.«

Bei der Arbeit wird Vater Ira genannt und nicht Herr Ingenieur
wie von den Mitgliedern des iranischen Vereins. Esko ist seit einigen Jahren geschieden und hat zwei Söhne, die in Kotka bei seiner Exfrau leben. Er brachte damals eine Freundin mit. Karita war
Marketingassistentin in derselben Firma und rührte ihren Teller
nicht an. Später beim Abräumen des Geschirrs murmelte sie, sie
sei Vegetarierin, und schloss sich dann für zwanzig Minuten in
der Toilette ein.

»Ihr Frauen könntet euch doch anfreunden«, sagte Esko und
tunkte noch ein wenig Brot in die Soße, als die anderen längst mit
dem Essen fertig waren.

Mutter war an dem Morgen um fünf aufgestanden und hatte
den Teig geknetet.

»Ihr könntet zusammen shoppen gehen«, fuhr Esko fort, »oder zum Nordic Walking oder irgendwas, was Frauen eben so machen.«

Azars Mutter lächelte und schwieg.

Nachdem die Gäste fort waren, fragte sie ihren Mann, ob finnische Frauen tatsächlich einen Pullover anzogen, wenn sie jemanden besuchten. Und ob sie selbst in ihrem Blazer und einem Kleid aus Thaiseide overdressed gewesen sei. Als sie später noch einmal auf Karita zu sprechen kamen, entgegnete Vater nur, Esko habe eben Pech mit den Frauen. Und Esko kam auch nicht noch mal zum Essen. Azars Vater sagte, er werde fortan Dienstliches und Privates voneinander trennen. Angeblich machten die Finnen das auch so. Das Beste in Finnland sei, dass niemand ungeladen zu Besuch komme, das sei ein Luxus, an dem man festhalten müsse.

In Mutters festem Griff ist Azar mittlerweile fast die Hand eingeschlafen, doch Mutter bemerkt es nicht einmal. Sie saugt nur weiter an ihren Lippen, das Lippenrot, das sie mit einem Konturenstift und dem Lippenstiftpinsel aufgetragen hat, bevor sie das Haus verlassen haben, ist schon auf den Zähnen gelandet. Plötzlich sieht sie jemanden auf der anderen Seite des Raums und winkt. Azar blinzelt verstohlen hinüber, zieht ihre endlich befreite Hand weg und wischt sie sich an ihrem Kleid ab. Hochzufrieden stellt sie fest, dass ihre Finger dunkle Spuren auf dem Stoff hinterlassen. Azar hasst Weiß. Weiß lässt ihre Haut noch dunkler wirken.

Sie hat gerade ziemlich kurze Haare. Vor einiger Zeit wurden bei ihr Läuse entdeckt, kleine hellbraune Nissen, die an ihrem Haaransatz entlangkrabbelten.

»Alle Kinder in der Kindertagesstätte haben Läuse«, erklärte Vater, als Mutter vor Scham und Wut schnaubend sofort die Kindertagesstätte wechseln wollte. »Sie krabbeln in der Garderobe von Mütze zu Mütze, und mit Läuseshampoo und einem Läusekamm wird man sie im Nu wieder los. Völlig unnötig, das schöne, dichte Haar des Mädchens abzuschneiden.«

Aber Mutter hatte bereits ihre Stoffschere geholt und schnipp, schnapp, lagen Azars Locken auf dem Fußboden im Bad. Von dort beförderte Mutter sie mit Gummihandschuhen ins Klobecken. Anfangs fand Azar ihr kurzes Haar angenehm, morgens tat es nicht mehr so weh, wenn Mutter es zu Rattenschwänzchen flocht. Aber seit ein paar wohlmeinende Damen im Bus Azar für einen Jungen gehalten haben, will Mutter Azar Kleider anziehen. Und Kleider kann Azar nicht ausstehen.

Mutter winkt immer heftiger, und nun verzieht die Unbekannte den Mund zu einem Lächeln, winkt ebenfalls, dreht ihnen dann jedoch wieder den Rücken zu, um sich mit ihren Begleitern weiter zu unterhalten, und Mutter bleibt verwirrt stehen.

»Ich könnte schwören …«, murmelt sie, aber Azar hört nicht mehr hin. Sie hat in einer Ecke ein paar gleichaltrige Kinder entdeckt, die auf einem breiten Fensterbrett sitzen. Ein Mädchen trinkt Limonade durch die Nase. Ob das wehtut?

Azar zupft ihre Mutter am Ärmel, damit sie das Mädchen auch bemerkt und mit ihr hinübergeht, um sie einander vorzustellen. So wie es in der Kita gemacht wird. Danach muss Azar meistens einen Achselfurz oder ein anderes Bravourstückchen vorführen oder am Ende dem Mädchen, das am lautesten krakeelt, eine aufs Maul geben, denn Azar ist zwar klein für ihr Alter, aber stark. Sie kann sogar ein Mädchen, das mehr als einen Kopf größer ist, mit einem Ringergriff schultern und ihm die Finger verdrehen, bis es vor Schmerzen aufheult.

Auf einmal räuspert sich jemand neben ihnen, und Azar sieht, dass Esko da auf einmal steht.

»Mein Mann sucht Sie«, sagt Azars Mutter. Sie spricht bereits ziemlich gut Finnisch – die einfacheren Sätze –, ist aber sichtlich erleichtert, als Esko gleich ins Englische überwechselt. Er legt beim Sprechen zwischen den Wörtern lange Pausen ein und redet nicht annähernd so schnell wie Mutter. In der Hand hält er einen Luftballon mit dem Logo der Firma. Er reicht ihn Azar, die für einen Augenblick völlig sprachlos ist. Sie hat bisher nur einmal einen Luftballon gehabt, und der war nicht blau. Blau ist Azars Lieblingsfarbe, besonders Himmelblau, und Mutter lacht.

Azar ist glücklich über den Luftballon und weil Mutter lacht. Gewöhnlich läuft Mutter in der Wohnung in der Arkkitehdinkatu 3 in einem bestickten Morgenrock und mit einem Mikrofasertuch in der Hand umher und putzt. Keine von Azars Freundinnen hat so ein sauberes Zuhause wie sie. Aber mit zunehmendem Alter wird Mutter immer blasser, als würde sie verkümmern. Ihr Haar wird grau, dabei ist sie noch nicht mal vierzig. Irgendwann hat sie aufgehört, es zu färben. Hin und wieder bindet Mutter ihr Haar im Nacken zu einem Knoten, fährt mit dem Taxi zum Großhandel und kehrt mit unzähligen Plastiktüten zurück. Danach verbarrikadiert sie sich immer für mehrere Tage in der Küche und bereitet Essen zu: Sie taucht Fischstücke in Eigelb und Safran, brät sie in brutzelndem Öl, rührt Spinatpfannkuchenteig an und wickelt Dolmas, die perfekt aussehen und wie Schwalbeneier in geraden Reihen aufgeschichtet werden. Sie zerschneidet Apfelsinen und entkernt Granatäpfel, kocht dampfenden Reis, mariniert Lammfleisch und lässt es vierundzwanzig Stunden lang im Ofen schmoren, bis sie wegen der Hitze, die der Backofen ausstrahlt, sämtliche Fenster ihrer Dreizimmerwohnung aufreißen müssen. Dann schält sie eimerweise Linsen und weicht Kichererbsen ein, knetet sie zu einer Paste und zu Teig, rollt diesen hauchdünn aus für ein Gebäck, das sie nicht einmal selbst kostet. Azar sieht ihre Mutter nur selten etwas Süßes essen. Und niemand, nicht einmal Vater, der geradezu zwanghaft sparsam ist, hat Lust, sie darauf hinzuweisen, dass sie nur zu dritt sind, dass sie mit diesen gewaltigen Mengen von Windbeuteln und gefüllten Weinblättern nichts anfangen können. Das überschüssige Essen wird an naserümpfende Nachbarn verteilt oder in pastellfarbenen Plastikboxen eingefroren. Und für den Augenblick atmen Vater und Azar tief den Duft von Safran und Knoblauch in der Küche ein. Dann ist es, als wären sie nie aus dem Iran fortgegangen, als wäre Mutter immer noch das hellhäutige Mädchen, schön wie *aroosak farangi*, eine ausländische Puppe, deren Lachen die ganze Küche erfüllt.

»Azar«, sagt Mutter, »geh spielen.«

Azar entfernt sich nur widerwillig von den Erwachsenen. Die anderen Kinder machen ihr Angst. Am liebsten würde sie direkt neben der Mutter stehen bleiben. Aber Mutters Mund ist schon so schmal wie ein Strich, und Azar weiß, dass es nichts nützen wird, ihr zu widersprechen. Als würde Vaters Gerede über Integration nicht schon genügen, fängt jetzt auch noch Mutter damit an und will, dass Azar »sozialer« wird. Und ehe sie sichs versieht, steht Azar auch schon in der Spielecke, in der lauter fremde Gören hin und her sausen. Das größte von ihnen trägt ein Batman-Hemd. Azar möchte auch so ein Batman-Hemd, aber Mutter sagt, dass Mädchen so etwas nicht tragen.

»Gib mir den Luftballon«, sagt der Junge.

»Willst du eine aufs Maul?«, erwidert Azar, und dann fällt ihr ein, dass Mädchen sich nicht so benehmen, und sie korrigiert sich: »Möchtest du vielleicht bitte schön eine aufs Maul?«

Der Junge zögert. Er ist mindestens einen Kopf größer als Azar, und unten fehlen ihm zwei Zähne. Sein Haar ist kurz geschoren, und auf der Nase hat er Sommersprossen. Vermutlich findet ihn nicht einmal seine eigene Großmutter niedlich. Das Netteste, was man über ihn sagen kann, ist wohl, dass er eine ganz passable Kartoffel abgeben würde. Azar beschließt, als Erste zuzuschlagen. Sie tritt dem Jungen gegen den Knöchel, weicht dann einen Schritt zurück und hebt den Arm. Der Junge krümmt sich, fasst sich an den Fuß und sieht Azar böse an. Dann stürzt er sich auf sie und packt sie am Kragen. Azar wehrt sich und schlägt mit den Fäusten auf ihn ein, ihre Füße hängen in der Luft. Plötzlich ein Geräusch, ritsch, und Azar plumpst zu Boden. Im selben Augenblick löst sich der Luftballon aus ihrer Hand und fliegt zur Decke empor. Azar und der Junge halten wie erstarrt inne. Der Junge hält immer noch ein Stück Spitze von Azars Kleid in der Hand. Azar begutachtet den Schaden und denkt: Mutter wird einen Wutanfall bekommen. Aber wo ist sie überhaupt?

Ihr Blick wandert durch den ganzen Saal, vorbei an den tanzenden Erwachsenen, den silbrigen Discokugeln und den Champagnergläsern, doch von Mutter nirgends eine Spur. Und von Esko ebenso wenig. Vater steht ein Stück weiter entfernt da und unterhält sich. Azar weiß, dass er vermutlich den Schlitz im Kleid und wahrscheinlich auch Azar selbst gar nicht bemerken wird. Vater gehört ganz einfach nicht zu den Leuten, die so etwas sehen.

Ein Jahr nach der Feier ziehen Mutter und Esko in den Iran. Mutter behauptet, Esko spreche die Sprache ihrer Seele. Azar versteht nicht, was für eine Sprache das sein soll, vermutlich jedoch nicht dieselbe, die Azar und Vater sprechen.

FETKNOPPEN

Karen konnte sich immer noch daran erinnern, welches Kleid sie an jenem Morgen getragen hatte. Merkwürdig, was für Dinge einem im Gedächtnis blieben. Und ihr fiel auch wieder ein, wovon sie in der vergangenen Nacht geträumt hatte: von Hühnern, die sich unter dem Maschendraht hindurchgescharrt hatten und aus dem Käfig ausgerissen waren. Ein Huhn hatte gehinkt, und Karen hatte gemutmaßt, man würde es zu Johansson zum Schlachten bringen müssen. Denn dazu taugten Karen und Sebastian selbst bei Hühnern nicht. Sebastian weigerte sich schlichtweg, und Karen war dabei so aufgeregt, dass sie nie richtig traf, und das verursachte nur unnötiges Leid. Ein blödsinniger Traum, völlig nichtssagend, aber doch konnte sie sich bis hin zur Decke des Schuppens präzise an alles erinnern. Dabei hatten sie damals überhaupt keine Hühner mehr gehabt. Nach Mutters Tod waren sie fortgeschafft worden.

Der Mensch mochte keine Überraschungen, und Karen hatte versucht, anhand von Vorzeichen, Träumen oder alten Bräuchen zum Mittsommerfest für all das Erklärungen zu finden. Der Schleier der Gewalt war dünn, und immer wenn man ihn anhob, forderte der Mensch eine Erklärung. Karen hatte sogar mit Schaf-Maija gesprochen, die manche damals für eine Seherin hielten, aber auch Maija hatte ihr nicht sagen können, warum es so hatte kommen müssen.

»Hätte ich es wissen müssen?«, hatte Karen sie gefragt. »Habe ich irgendetwas übersehen?«

Doch Maija hatte nur den Kopf geschüttelt, ihr das Geld wieder in die Hand gedrückt und gesagt, so etwas sei gottloses Gerede. Der Mensch könne vielleicht deuten und ahnen, aber nicht verhindern. Er dürfe nicht besser sein wollen als Gott.

Das Meer war in Ufernähe bereits eisfrei, aber weiter draußen sah man noch immer eine papierdünne Eisschicht. Es würde nicht mehr lange dauern. Der April war jedes Jahr anders, manchmal trug das Eis sogar noch einen Lastwagen. Karen seufzte, steckte die Hand in die Tasche und zog einen Briefumschlag heraus. »Das sind die Polizeifotos. Die sind heutzutage öffentlich zugänglich. Die Polizei war damals überzeugt davon, den Schuldigen gefunden zu haben. Ein Bekannter hat sie mir besorgt.«

»Das da sieht aus wie ein zusammengelegter Mantel«, sagte Azar.

»Nicht das, sondern *sie*«, korrigierte Karen. »Kersti. Ich kannte sie. An jenem Tag hatte irgendjemand sie noch an der Bushaltestelle gesehen. Am Abend war Tanz, aber sie ist schon früh wieder gegangen. Ich weiß noch, dass ich sie dort gesehen habe. Sie war wirklich ein bisschen langweilig, ging bei Feiern immer als Erste. Früher, als wir noch kleiner waren, ist sie uns – mir und Sebastian – immer nachgelaufen wie ein Schatten und wollte unbedingt mit uns spielen. Als Sebastian später mit ihr ging, war ich furchtbar wütend. So als hätte er eine Vereinbarung, die zwischen uns bestand, gebrochen.«

»Du warst eifersüchtig.«

»Natürlich war mir klar, dass Sebastian eines Tages jemanden finden würde. Jemanden aus Turku, jemanden, der aus der Stadt kam und vornehm war. Jemand, der Französisch sprach und hellrote Emailpuderdosen besaß. So eine, wie ich sie bei der Frau des Spritkaisers gesehen hatte. Aber doch nicht Kersti. Sie hatte ich dabei nie im Sinn gehabt. Sie war irgendwie so ... unbedeutend. Das habe ich damals gedacht. Sie war keine, die es wert gewesen wäre, dass man sich um sie bemühte.«

»Dennoch hat irgendjemand sie umgebracht.«

»Das beweist nur, dass ich sie nicht richtig kannte. Kersti hatte noch eine andere Seite, von der ich nichts wusste.«

»Hast du sie gehasst? Weil sie dir den Bruder weggenommen hat?«

»Nein.« Karen schüttelte den Kopf. »Ich war jung. Wenn sie nicht mit Sebastian zusammen gewesen wäre, hätte ich sie vermutlich nicht einmal mehr zur Kenntnis genommen.«

Nein, sie konnte sich nicht daran erinnern, Kersti gehasst zu haben – nicht mehr. Zumindest im Nachhinein hasste sie Kersti nicht mehr. Das Gedächtnis war insofern merkwürdig, als es schwerfiel, sich an Gefühle zu erinnern, die vorbeigeglitten waren. Hatte sie ihren ersten Ehemann geliebt? Es musste so gewesen sein. Zumindest musste man sich einreden, dass man ein flattriges Gefühl im Bauch verspürt und ihn herbeigesehnt hatte, wenn er von der Arbeit nach Hause kam, und dass man gelernt hatte, sein Leibgericht zu kochen. Aber sie fand in ihrem Gedächtnis kein Bild des Mannes mehr, kein Bild seines Körpers, obwohl sie doch mehr als zehn Jahre lang neben ihm geschlafen hatte. Kräftig gebaut war er gewesen, breit in den Schultern und den Hüften. Langweilig, hätte Sebastian gesagt. Auf der Brust dichtes blondes Haar.

Nach der Scheidung hatte es einen bildenden Künstler gegeben, aber das hatte nicht lange gehalten. Zu der Zeit hatte sie sich eingebildet, verliebt zu sein, und neue Sachen in leuchtenderen Farben gekauft. Sie war tanzen gegangen und hatte sich nach langer Zeit erstmals wieder so verhalten wie junge Menschen, obwohl die Exschwiegermutter ihr gesagt hatte, sie solle bitte schön aufhören, sich lächerlich zu machen. Die Frau hatte überhaupt nicht begriffen, dass Karen schon damals einen langen Weg vom schüchternen Schärenmädchen bis hin zur Schwester eines Mörders gegangen war und sich nicht mehr darum scherte, was die anderen dachten. Zumindest nicht sehr. Die Leute hatten die schlimmsten Sachen über Karen erzählt. Verglichen damit war das Tragen eines zu kurzen Rocks ein sehr kleiner Skandal.

Kersti. Es fiel ihr schwer, sich an eine Zeit ohne sie zu erinnern. Sie war einfach immer schon da gewesen, in Karens und Sebastians Kindheit, immer war sie ihnen mit wehenden Haaren hinterhergerannt. Immer hatte sie mitspielen wollen. Manchmal waren Karen und Sebastian vor Kersti ausgerissen, manchmal hatten sie Aune aufgetragen, Kersti zu sagen, sie seien am Strand baden, obwohl sie in Wirklichkeit auf dem Fußboden in Sebastians Zimmer saßen und Comics und Abenteuergeschichten lasen. Solche, bei denen auf dem Einband eine verängstigte Frau mit zerfetzten Kleidern zu sehen war. Und Aune hatte eingewilligt, den Kopf geschüttelt, aber gehorcht. Vielleicht hatte sie Kersti oder deren Eltern nicht leiden können. Aune war in derselben Kirche wie die Valters gewesen. Kerstis Familie hingegen hatte zu den »Kniebetern« gehört. Karen wusste damals lange nicht, was das bedeutete, und Kersti konnte es ihr nicht richtig erklären. Comics las Kersti auch, obwohl sie selbst keine besaß. Manchmal ließen Karen und Sebastian sie auch mitspielen, wenn sie zum Beispiel Tarzan oder den Ritter Blaubart mimten oder irgendetwas anderes, wofür man mehr als zwei Mitspieler benötigte. Bei Tarzan durfte Kersti dann ein Affe sein, bei Blaubart die einstige Ehefrau, die nun tot an der Wand hing, und Karen war die junge Braut, die sie dort vorfand. Die Leiche war eine gute Rolle, äußerst dramatisch, und dabei durfte man Mutters altes Spitzennachthemd anziehen. Trotzdem hatte Karen keine Lust, die Leiche zu spielen. Sie wollte das pfiffige Mädchen sein, das der Ritter am Ende heiratete.

Karen räusperte sich. Der Himmel war hellblau wie so oft im Frühjahr. Das offene Meer glitzerte in der Sonne. »Kersti starb zwischen siebzehn und dreiundzwanzig Uhr.« Karen blickte auf das Blatt hinab. Sie hatte Zahlen immer gemocht, sie wirkten beruhigend auf sie. Karen Valter, einhundertundsiebzig Zentimeter, achtundfünfzig Kilogramm, dreiundachtzig Jahre, Schuhgröße siebenunddreißigeinhalb. Wie man die Kompliziertheit eines Menschen doch in einer kurzen Liste von Merkmalen verdichten konnte – mit einer Klarheit, die nur eine einzige Auslegung zuließ. Selbst einen Vorfall wie einen Mord konnte man so darstellen.

»Die Würgemale am Hals waren herbeigeführt worden, bevor sie ins Wasser gestoßen wurde. Trotzdem fand sich Wasser in ihrer Lunge. Der Mörder hatte sie wohl gewürgt, bis sie das Bewusstsein verlor, und stieß sie dann ins Meer. Allerdings waren die forensischen Erkenntnisse aus jener Zeit nicht allzu detailliert. Kein *CSI* ... Guck nicht so! Ich hab einen Fernseher und alle Zeit der Welt, um nachzudenken. Fünfundsechzig Jahre lang hatte ich Zeit, darüber nachzudenken. Es ist natürlich auch möglich, dass man sie bewusstlos in einem Eimer mit Salzwasser ertränkt hat. Ich weiß zwar nicht, warum man das hätte tun sollen, aber möglich wäre es. Sie wurde nicht vergewaltigt. Sie trug zwar keine Unterwäsche mehr, aber das konnte genauso gut an den Fischen wie am Mörder liegen. Eine Beziehungstat, schrieben die Zeitungen damals. Es fiel ihnen niemand ein, der ein Motiv hätte haben können, die brave Kersti umzubringen – niemand außer Sebastian. Ich glaube allerdings, dass sie nicht genug Beweise gegen ihn besaßen. Sie hatten lediglich in Erfahrung bringen können, dass er mit dem Mädchen gegangen war. Und dass sie schwanger gewesen war. Mehr aber auch nicht.«

»Was ist mit Sebastian dann passiert? Du hast gesagt, dass er gestorben ist. Im Gefängnis?«

Karen steckte die Hände in die Taschen und ging zum Bootssteg hinüber. Der Aprilwind umwehte sie. Das Meer schillerte im grellen Licht. Ein Gänsesägerpaar flog am Ende des Steges auf, es fühlte sich gestört und schnatterte lauthals, bis es hinter dem Schuppen am Ufer verschwand.

»Er hat sich im Gefängnis mit seinen Strümpfen erhängt. Während er auf den Prozess wartete. Seine Nerven hätten versagt, hieß es damals. Ich glaube jedoch, dass man ihn dazu getrieben hatte.«

»Hat er denn irgendeine Nachricht hinterlassen? Einen Brief oder so etwas?«

»Einen Brief? Nein. Er wollte wohl andere mit alldem nicht belasten. Sebastian war ein zurückhaltender Mensch. Er behielt seine Gedanken gern für sich.«

»Nimm es mir nicht übel, aber ist das nicht gewissermaßen ein Schuldeingeständnis? Ein Unschuldiger hängt sich doch nicht einfach so auf?«

»Na, das wollen wir ja herausfinden, oder nicht? Also, ob Sebastian Kersti umgebracht hat oder jemand anders.«

Schweigend machten sie sich auf den Heimweg. Azar bemühte sich, ihr Tempo zu drosseln, damit Karen nicht außer Atem geriet, aber die alte Frau ging in Gedanken versunken zügig voran. Was wäre es für ein Gefühl, überlegte Azar, wenn einem der eigene Körper nicht mehr gehorchte? Wenn man auf andere angewiesen wäre? Sie musste an ihre Oma denken, an den Uringeruch, der die alte Frau umgeben hatte, und daran, wie sich alle von ihr zurückgezogen und so getan hatten, als bemerkten sie nichts, wenn das Malheur wieder einmal passiert war. Es war ihre Art der Ehrerbietung gewesen. Sie hatten vorgegeben, alles wäre immer noch wie früher, nichts hätte sich verändert, obwohl die Großmutter stinkende Flecken auf den Polstermöbeln hinterlassen hatte.

Auf halber Strecke blieb Azar abrupt stehen und zog scharf die Luft ein. Ein gelb verputztes Haus erhob sich über den Felsen. Dutzende Schornsteine ragten aus dem Dach empor wie gespreizte Finger. Vor ihnen lag das petrolblaue Meer, müde von den Wellen. Die Sonne vergoldete das Schilf und schlug auf den Felsen Funken. Säulenwacholder zergliederte die Landschaft.

»Das Spritschloss«, erklärte Karen, als sie Azars Erstaunen bemerkte. »Der Alte Nisse hatte es zwar auf den Namen Steinbucht getauft, aber es wurde immer nur Spritschloss genannt, denn auf Sprit war es erbaut worden, so wie alle Häuser auf den Schären. Es ist wirklich prächtig. Ich habe es jahrelang nicht mehr gesehen. In der Regel gehe ich nicht hier entlang. Schmuggel. Die Prohibition war für die Schärenbewohner ein Hauptgewinn – für jene, die das Meer und die geeigneten kleinen Buchten kannten. Der Alte Nisse mauerte für sein Spritschloss drei Schornsteine mehr, als selbst der Gutshof besaß. Das war zur Zeit der Schornsteinsteuer. Damals musste man allen Ernstes nach der Anzahl der Schornsteine auf dem Grundstück Steuern entrichten, und der Spritkönig mauerte auf dem Dachfirst Schornsteine, die nirgends hinführten. Einfach nur, weil er es dem alten Gutsbesitzer so richtig zeigen wollte.«

»Wer wohnt heute darin?«

»Der größte Teil steht wohl leer. Aune geht dort putzen. Im Sommer wird es an Touristen für Feierlichkeiten, Hochzeiten und Ähnliches vermietet. Der junge Nisse hat die Schuppen in den Siebzigerjahren renoviert und vermietet sie seitdem. Schärenromantik für die Leute aus Stockholm.«

»Es sieht aus wie ein Geisterhaus.«

»Das ist es irgendwie auch. Es liegt in einer geschützten Bucht. Die Spritladungen von den Booten mussten schließlich ausgeladen, in die Schuppen am Ufer und von dort dann weitergeschafft werden, ohne dass es jemand sah. Angeblich führten von dort gleich mehrere Geheimgänge zum Meer. Die Leute waren zu der Zeit arm, und manch einer von ihnen verschwand spurlos – ertrank auf See bei einem Sturm oder bei der Flucht vor der Küstenwache. Der Spritkönig war kein sehr angenehmer Mensch. Er wollte für sich allein sein, so fühlte er sich am wohlsten. Sein Sohn hat in Stockholm studiert. Jeden Sommer kommt er mit seiner Familie hierher zurück. Er ist in meinem Alter. Wir werden sehen, wer von uns beiden länger durchhält, ich oder Nils.«

»Kanntest du ihn gut?«

Karen starrte über die Bucht. »Wie man eben jemanden so

kennt. Natürlich habe ich irgendwann einmal geglaubt, dass ich ihn gut kannte. Aber dann habe ich geheiratet und Nisse aus den Augen verloren. Ich war damals fast noch ein Kind und hatte es furchtbar eilig fortzukommen. Von dieser Insel des Todes. Ich habe Nisse schon seit Jahren nicht mehr gesehen.«

»Zurzeit ist er anscheinend da. Aus dem Schornstein steigt Rauch auf.«

Aus dem mittleren Schornstein kringelte sich ein dünner Rauchstreifen in den Himmel und vermischte sich mit der hellen Glut des Frühjahrs.

Karen schüttelte den Kopf. »Vielleicht heizt Aune nur ein, damit sich die Feuchtigkeit nicht festsetzt. Um diese Zeit im Frühjahr sind sie in der Regel nicht hier. Die Stockholmer sind ja so furchtbar beschäftigt.«

»Hast du übrigens schon mal darüber nachgedacht: Wenn es Sebastian nicht war, kann es jeder, aber auch jeder andere gewesen sein.«

»Ich habe darüber nachgedacht, ja«, antwortete Karen. »Aber das ist schlicht und ergreifend nicht möglich. An dem Abend verkehrte nach vier Uhr kein Schiff mehr, und um vier war Kersti noch am Leben. Der nächste Tag war ein Feiertag, auch da fuhr also keine Fähre. Die Insel konnte man also nur mehr mit dem eigenen Boot verlassen, und jedes auswärtige Boot wäre irgendjemandem aufgefallen. Es war schon damals ein kleiner Ort. Unbekannte weckten die Neugier der Einheimischen. Zu dem Tanzabend waren ein paar Männer von den Nachbarinseln gekommen, alle gemeinsam in einem Motorboot. Die kannte man. Sie arbeiteten im Bergwerk. Der Polizeichef hat sie verhört, doch jeder einzelne von ihnen hatte ein Alibi. Die Männer aus dem Dorf wurden ebenfalls allesamt verhört, sogar Nils, dabei war der den ganzen Abend mit mir zusammen.«

Als sie an dem Haus vorbeigingen, sah Azar kurz zu den Fenstern hinauf. Just da löschte jemand das Licht im Wohnzimmer.

»Bild dir ja nicht ein, dass man dich nicht bemerkt hätte. Sie reden schon von dir.«

»Von mir?«

»Von uns. Wir sind Eindringlinge. Touristen. Auch ich, obwohl meine Vorväter zu einer Zeit hierherkamen, da die ersten Menschen auf die Idee kamen, Fisch in Tontöpfen einzulegen.«

»Das bin ich gewohnt«, sagte Azar. »Ich bin seit siebzehn Jahren eine Fremde. Das ist meine Rolle. Die Menschen erwarten, dass du die ganze Zeit irgendetwas unter Beweis stellst. Meist, dass du ungefährlich bist. Bereit, dich anzupassen. Dass du zwar ein bisschen exotisch aussiehst, aber letztlich die gleiche fettarme Milch kaufst wie die anderen und dich darüber beklagst, wenn der Zug eine halbe Stunde Verspätung hat. Denn auf Fahrpläne muss man sich verlassen können. In Finnland wird Pünktlichkeit großgeschrieben.«

»In unserem Fall nicht. Kerstis Mörder hatte ein verdammt schlechtes Timing. Er konnte nicht von außerhalb der Insel stammen. Er war einer von uns.«

Die Insel atmete Stille. Der Sandweg knirschte unter ihren Schritten, als beide über Karens Worte nachdachten.

»Auf jeden Fall«, sagte Azar, »ist das fünfundsechzig Jahre her. Der Mörder ist wahrscheinlich tot.«

»Es ist eigentlich auch ganz egal«, erwiderte Karen. »Ich will es einfach nur wissen. Das will ich schon so lange, wie ich denken kann. Ich will die Wahrheit erfahren.«

»Selbst wenn Sebastian der Mörder wäre?«

»Er war es nicht«, entgegnete Karen. Sie legte die Hand auf die Brust. »Ich weiß es – hier. Habe es immer gewusst.«

Azar sah der Frau ins Gesicht. Ihre Worte wirkten selbstsicher, aber in ihrer Stimme lag etwas, was in Azar Zweifel weckte.

Nach dem Abendbrot hatte Karen irgendwo alte Fotoalben gefunden. Sie saß in der Stube auf einem Stuhl mit einer hohen Lehne und blätterte darin herum. Die alten Frauenzeitschriften, die Azar sich ansah, enthielten lediglich Geschichten von Menschen aus einer Zeit vor vielen Jahren, von denen sie nicht einmal ansatzweise gehört hatte.

Azar nahm ein Album zur Hand, das auf dem Teppich lag, und schlug die erste Seite auf. Schwarz-Weiß-Fotos, Kinder mit starren Mienen, in Sonntagskleidung mit weißen Rüschen oder Matrosenkragen. Frauen in Kleidern aus schwarzer Seide und mit Hochsteckfrisur. Oder in Kostümen. »Sie sehen so aus, als kämen sie direkt aus Casablanca... Aus dem Film«, erklärte Azar, da Karen sie verdutzt ansah, »nicht aus der Stadt.«

»Schon klar. Ich hab mich nur gewundert, dass du so einen alten Film überhaupt kennst?«

»Im Internet stößt man auf alles Mögliche«, sagte Azar. »Was bedeuten die Kreuze auf den Fotos?«

»Die sind gestorben«, antwortete Karen. »Früher machte man das so.«

»Gruselig«, sagte Azar, legte das Album aber nicht aus der Hand. »Und wo bist du?«

Karen lächelte, blätterte ein paar Seiten um und reichte Azar das Album.

»Oh, was für tolle Kleider! Wie aus einem Film – aus so einem, in dem die Frauen noch mit Zigarettenspitze rauchten. Wie alt bist du hier?«

»Siebzehn, genauso alt wie du jetzt. Das war in dem Sommer bevor... Sebastian...«

Azar starrte auf die Fotos hinab. Es war seltsam, dass eine alte Frau, deren Handgelenke wie Glas wirkten und deren Hals an ein Luftbild der Rocky Mountains erinnerte, einmal genauso alt gewesen sein sollte wie sie selbst. Genauso jung.

Die siebzehnjährige Karen hatte blondes Haar gehabt und eine schmale Taille. Mit einem schräg aufgesetzten Hut hatte sie sich kokett an einen Zaun gelehnt, der Rock hatte ihre Waden entblößt. Auf den anderen Fotos waren Freunde zu sehen, Jugendliche von der Insel, mit Fahrrädern und in Sommerkleidern. Bei Feiern und beim Angeln. Karen in einem weißen Baumwollkleid, Karen, wie sie Fische aus dem Netz nimmt, Karen barfuß und lachend, wie sie mit der Hand die Augen vor der blendenden Sonne schützt.

»O ja, an diesen Tanzabend erinnere ich mich noch. Das war kurz nach Kriegsende. Es waren viele ältere Mädchen da, die noch nie im Leben getanzt hatten. Während des Krieges waren Tanzveranstaltungen verboten, sie galten als unpatriotisch. Stell dir mal vor – eine ganze Generation, die nie tanzen gegangen ist! Und wir mussten unsere frühen Teenagerjahre ohne Männer und Jungen verbringen! Überleg mal, weit und breit kein einziger attraktiver junger Mann. Lahja, eine Freundin von mir, fiel schier in Ohnmacht, als wir einmal zum Tanz gingen und sie das erste Mal dort standen, diese jungen Männer. Einige von ihnen trugen sogar noch Uniform. Sie ging einfach so in die Knie, und wir mussten ihr die Beine hochhalten. Die Arme hatte so etwas bis dahin nur in Filmen gesehen: eine ganze Reihe unverheirateter Männer – keine Tattergreise. Und noch während wir dastanden und uns abmühten, ihre Lebensgeister wieder zu wecken, steht doch glatt einer von denen vor uns und bietet ihr einen Schluck aus seinem Flachmann an, damit sie wieder zu sich kommt. Der Branntwein war so stark, dass Lahja husten musste, aber währenddessen strich sie bereits ihr Kleid glatt, weil der Mann, der ihr den Schnaps angeboten hatte, so nett aussah. Sie haben den ganzen Abend miteinander getanzt, sich später sogar verlobt, aber es ging dann in die Brüche. Lahja war der Ansicht, sie könne doch nicht gleich den erstbesten ledigen Mann heiraten, der ihr über den Weg gelaufen war. Sie würde sich an den Gaben Gottes versündigen. Ach, waren das merkwürdige Zeiten! Man hatte das Gefühl, endlich wieder frei atmen zu können, es gab in der Welt keine Grenzen mehr, alles war wieder möglich. Man konnte zwar kaum etwas kaufen – keine Kleidung, keinen Zucker, keine Baustoffe –, und trotzdem bauten alle, wendeten ihre alten Kleider für den Tanzabend und heirateten.«

»Sebastian ist selten auf diesen Fotos.«

»Er stand hinter der Kamera. Er war ein vorzüglicher Fotograf. Im ersten Studienjahr in Turku hatte er sich eine Kamera gekauft, eine ziemlich gute. Ich habe mich damals schon gefragt, woher er das Geld hatte. Angeblich hat er sogar Fotografiekurse besucht. Und in dem kleinen Zimmerchen im Erdgeschoss hat er sich eine Dunkelkammer eingerichtet. Wir haben uns wirklich darüber gefreut, dass er sich endlich für etwas begeisterte.«

»Warum? Hatte er sich denn sonst für nichts begeistert?«

»Er war damals krank ... Das ist eine lange Geschichte.«

»Hast du ein Bild von diesem Mädchen, von Kersti?«

Karen griff nach einem anderen Album. »Die müssten hier irgendwo sein ... zumindest, was damals in den Zeitungen abgedruckt wurde. Die Zeitungsausschnitte können wir morgen durchgehen ... Hier!« Sie reichte Azar das Fotoalbum. »Dort auf dem Gruppenbild, ganz links.«

Azar beugte sich über das Album. Das Foto war bei einem Ausflug aufgenommen worden, fünf Menschen saßen entspannt auf einem Felsen, Kiefern reckten sich hinter ihnen in den Himmel. Kerstis Haar war blond und halblang, sie blinzelte in die Kamera. Sie hatte das runde Gesicht eines Teenagers, nicht das irgendeiner frühreifen Schönheit. Azar glaubte, am Kinn einen Pickel erkennen zu können. Der Tag war anscheinend heiß gewesen. Ob Kersti gefürchtet hatte, ihr gestreiftes Kleid könnte unter den Achseln Schweißflecke bekommen? Sah sie auf dem Foto Sebastian an, den Fotografen? War in ihrem Gesichtsausdruck Liebe zu erkennen? Azar kam das alles verrückt vor. Da saß sie, diese Kersti, vollkommen ahnungslos, dass sie bald sterben würde. Sie lebte und atmete und war genauso alt wie Azar. Wusste sie, dass sie ein Kind erwartete? Liebte sie den Vater des Kindes? Oder war die Beziehung bereits vorbei wie bei Azar und dem Vater ihres Kindes? War Kersti enttäuscht angesichts der Reaktion ihrer Eltern, die allem Anschein nach ziemliche Holzköpfe gewesen sein mussten? Sie hatten Kersti überwacht, als wäre sie ein blödes kleines Mädchen. Nein, Kersti schien sogar zu lächeln und ein Paar zu beobachten, das weiter vorn saß.

»Das hier bist du! Ich erkenne dich an deinem Kinn wieder. Du und Kersti, ihr habt ähnliche Kleider an.«

»Ach ja, daran erinnere ich mich noch. Die stammten aus einem amerikanischen Carepaket und waren ganz fürchterlich. Billige Baumwolle in grellen Farben, mit Bändern, die in alle Richtungen flatterten. Ich hab dir doch erzählt, wie sie Sebastian und mir immerzu nachlief. Sie wollte sich sogar so kleiden wie ich. Wären nach dem Krieg Stoffe leichter erhältlich gewesen, dann hätte sie bestimmt von jedem meiner Kleider eine Kopie angefertigt.«

»Und wer ist dieser Mann?«

»Zeig mal«, sagte Karen und zog das Album zu sich. »Ach, niemand weiter. Nur ein Nachbar.«

»War das dein Freund?«

»Du solltest jetzt schlafen gehen. Das Baby braucht Ruhe.«

Azar gehorchte, ärgerte sich aber. Erst erwartete Karen, dass sie sie unterstützen solle, erzählte ihr aber trotzdem nicht alles.

Die Bettwäsche roch klamm. Das Haus war noch nicht wieder richtig warm geworden. Wahrscheinlich würde sie die ganze Nacht nicht schlafen können, dachte Azar.

Es herrschte eine merkwürdige Stille. Um sie herum nur das endlose Geschrei der Vögel und die Dunkelheit. Azar konnte sich nicht erinnern, jemals zuvor an einem Ort ohne Straßenlaternen gewesen zu sein. Das musste sein wie im Iran während der Revolution, wie in all den Geschichten, in denen der Strom ausfällt und die Menschen ohne Elektrizität klarkommen müssen. Wie in einem Zombiefilm, der auf einer abgelegenen Insel spielt, dort, wo keine Zivilisation existiert.

Am Himmel flog ein Satellit vorüber. Azar gähnte. In dem Haus jenseits des Felds hatte man das Licht gelöscht. Drei Minuten später war Azar eingeschlafen. Sie wachte nicht einmal von dem dumpfen Knall in den frühen Morgenstunden auf, der Karen nach ihrer Handtasche und der Pistole darin greifen und in die Stille lauschen ließ. Schließlich schnaufte sie verärgert, wie schreckhaft sie doch geworden war.

1947
FETKNOPPEN

Karen sieht, wie er von Bord der Stockholmfähre geht. Es ist Januar, aber so warm, dass die Eisdecke in der Bucht dünn ist wie Pergament. Unter dem Schiffsbug knistert sie und zerbricht in Tausende und Abertausende glitzernder scharfkantiger Splitter. Der Wind weht Schneeregen in Karens Augen, und sie fürchtet, dass ihre Nase schon ganz rot ist. Sie reibt sich die Wangen und wirft einen neidischen Blick auf Kerstis Pelzmütze. Sie stammt aus einem Paket der Tante, und Kersti hat sie keck nach links gezogen.

»Er hat immer noch keine Freundin«, sagt Kersti.

»Woher willst du das wissen?«

»Ich hab es eben gehört.«

»Dein Vater lässt dich doch nicht einmal in die Nähe eines Spritschmugglers!«

»Er ist kein Schmuggler. Sondern ein Gentleman. Er hat in Stockholm studiert.«

»Vor der Armee hat er sich gedrückt. Der Einbeinige.«

Karen beobachtet, wie Nils an Land springt. Dass ihm ein Fuß fehlt, bemerkt man nur an seinem leichten Hinken. Er sieht toll aus: Das rotblonde Haar steht vom feuchten Wind zerzaust in alle Richtungen ab, die Augen verengen sich, die Nase ist groß, als Kind hat er sie sich mal gebrochen, aber was macht das schon bei einem Mann. Es ist derselbe Junge – blass wie eine Sturmmöwe –, der einst in der Schule neben Karen gesessen hat. Der sich in die

Hose gepinkelt hat, als er vor Johanssons jungem Stier auf ein Schuppendach flüchten musste und sich nicht wieder heruntertraute, obwohl er so dringend gemusst hätte. Wie haben sie doch damals gelacht, Karen und Sebastian, aber Kersti erinnert sich an diese Geschichte vermutlich nicht mehr. Sie macht große Augen, als hätte sie etwas ganz Besonderes gesehen, etwas, worüber in den Filmzeitschriften berichtet wird.

Der junge Mann wird von Leuten umringt, die ihm auf die Schulter klopfen. Natürlich erinnern sich alle an Nils, den schmächtigen Jungen, der kaum je den Mund aufbekam und dem die Kinder auf der Insel hinterherjohlten und dabei ein Bein nachzogen und so taten, als würden sie hinken. Jetzt ist er Agronom, und über so einen macht man sich nicht lustig, und auch sonst hätte man dies nicht mehr getan. Immerhin ist er der alleinige Erbe des größten Hauses auf der Insel.

Jemand bietet ihm einen Schluck aus einer Flasche an, es dürfte Johansson sein, aber Nils schüttelt nur den Kopf. Er lächelt, sodass eine gleichmäßige Zahnreihe zu sehen ist. Karen versucht, sich daran zu erinnern, wann sie sich das letzte Mal mit einem Mann zumindest unterhalten hat. Mit einem unter fünfzig. »Mit Basse, während seines letzten Urlaubs.«

»Was?«, fragt Kersti. »Der Wind pfeift so sehr, dass ich dich nicht verstehen kann. Sieh mal, das Auto vom Spritschloss holt ihn ab! Als könnte ein erwachsener Mann die zwei Kilometer bis nach Hause nicht laufen!«

»Vielleicht hat er viel Gepäck dabei.«

»Ach ja, vom Schwarzmarkt.«

»Psst! Du nun wieder! Wenn das jemand hört!«

»Komm, wir gehen, bevor es mein Vater merkt.« Sie schwingen sich auf ihre Fahrräder. Es liegt so wenig Schnee, dass sie locker in die Pedale treten können, ohne im Pappschnee stecken zu bleiben. Nur der hohe Säulenwacholder steht kerzengerade da. Alles andere um sie herum scheint sich niederzubeugen. Sebastian würde behaupten, dass es wäre, als würden sämtliche Schattierungen einer Bleistiftzeichnung sichtbar.

Die Mädchen weichen in den Straßengraben aus, als der schokoladenbraune Buick vom Spritschloss um die Kurve von Suolahti biegt. Es ist ein amerikanisches Auto, es schillert metallisch wie ein Mistkäfer, die Karosserie besteht aus Chrom und aus nach Lack riechendem Holz. Die ganze Insel hat zugesehen, als es von dem Frachtschiff geladen wurde. Von den Reifen spritzt Matsch auf, und für einen Moment erkennt Karen Nils hinter der Scheibe. Er scheint irgendeine Zeitschrift aufgeschlagen zu haben und die Mädchen, die zwischen den Farnen hocken, überhaupt nicht zur Kenntnis zu nehmen.

»So einen will ich«, sagt Kersti, und Karen ist sich nicht sicher, ob sie das Auto oder den Mann meint.

Ende März ist das Meer eisfrei. Sebastian – blass, mit Augenringen – ist zu Besuch da und schlägt einen Ausflug zur Pikisaari vor, zur Pechinsel. Die Laichzeit der Hechte hat noch nicht begonnen, aber die größeren Brummer versammeln sich bereits in Pikilahti, einer Bucht, in der das Wasser grundsätzlich wärmer ist.

»Wir wechseln uns beim Rudern ab«, schlägt Nisse vor und fügt sofort hinzu, als Sebastian ihn nur kurz ansieht: »Meine Hände sind, soweit ich weiß, nicht amputiert.«

Sie fahren früh los, als selbst die Krähen noch nicht wach sind. Das Boot gleitet durch den weißen Dunst, der aussieht wie unzählige schwebende Pusteblumensamen. Sebastian sitzt im Bug, der Wind weht ihm die Haare ins Gesicht. Karen versucht, Blickkontakt zu ihm aufzunehmen, aber er weicht ihr aus, hält die Finger ins Wasser, schüttelt sie trocken und steckt die Hand schließlich wieder in seine warme Manteltasche. Der Bruder ist am Donnerstag gekommen und hat gesagt, er bleibe übers Wochenende, beantwortet jedoch keine von Karens Fragen. Der Bruder sei krank, sagt Vater, aber niemand hält es für nötig, Karen zu erklären, was ihm fehlt. Das Boot hat er jedenfalls geschickt ins Wasser geschoben und ist dann in den Bug gesprungen, wo er jetzt gerade sitzt. Die langen Wimpern werfen Schatten über seine Wangenknochen.

Sie fangen drei magere Hechte und wollen sie kochen, unten im Topf die Fische, darüber Kartoffeln. Auf einer Landzunge finden sie unter Wacholderbäumen eine gute, windgeschützte Stelle, wo man Feuer machen kann. Sebastian holt das zuvor eigens gesammelte trockene Reisig und ein paar Birkenscheite aus dem Boot. Es ist fast unmöglich, um diese Jahreszeit auf den Inseln trockenes Holz zu finden. Karen sehnt sich nach den Vögeln. Das Schwierigste am Winter ist die Stille. Es ist kalt, und sie haben alle zu wenig an, sogar Karen, obwohl sie mehrere Schichten übereinandergezogen hat. Sie wollen, dass der Frühling endlich kommt, aber in der Nacht herrschen immer noch Minusgrade. Sie hatten einfach nicht ausreichend Geduld, denkt Karen. Während dieser ganzen langen Kriegszeit haben sie nur darauf gewartet, dass ihr Leben endlich anfängt, aber jetzt, da der Krieg vorbei ist, scheint sich rein gar nichts verändert zu haben. Die Männer sind zurück, in Pitkälä wird ein neues Haus gebaut, aber in Karens Leben geschieht immer noch nichts. Das Leben steht still wie das Wasser am Laichplatz der Hechte.

»Karen, komm mit!« Kersti stupst sie in die Seite. Sie hat einen zu großen Mantel an und sieht darin winzig aus. Unter der Wollmütze quellen weißblonde Strähnen hervor, und ihre Nase ist gerötet, aber die Augen sind klar und glänzen. Es ist ein Glanz, den Karen schon früher einmal gesehen hat. Sie kann nur nicht mehr sagen, wo.

»Ich muss mich beeilen«, sagt Karen und gießt aus dem Kanister Wasser in den Kartoffeltopf.

»Die Jungs können die Fische ausnehmen und auf das Feuer aufpassen. Es dauert nur einen Augenblick.«

»Herrgott noch mal, du wirst doch wohl auch ohne mich pinkeln gehen können«, zischt Karen, bereut es aber sofort. Kerstis Gesicht ist schlagartig rot geworden, so rot, wie es selbst der Frost nicht schaffen könnte. Zum Teufel mit diesen Gläubigen, denkt Karen. Kersti wird doch wohl kaum aus Scham rot geworden sein, sondern weil Karen den Namen des Herrn missbraucht hat. »Schon gut, ich komme.«

Sie gehen bis ans andere Ende der Insel. An manchen Stellen liegt noch Schnee, Karen trägt dicke Schuhe mit einem hohen Schaft, und die sinken ein paarmal in dem von Heidekraut bewachsenen Morast ein. Sie blickt zum Rand des Pfades, hin und wieder findet man dort hübsch gebleichte Knochen, Steine und gekrümmte Äste. Sebastian liebt derlei Dinge, und Karen stellt sich vor, wie sie ihm ihre Fundstücke zeigen wird, und freut sich schon darauf. Irgendwann früher einmal – wie lange scheint das nun schon her zu sein! –, bevor Sebastian eingezogen wurde, sind sie gemeinsam auf der Jagd nach Schätzen die felsigen Ufer der Insel und die kleinen Klippen entlanggegangen und suchten merkwürdig geformtes Treibholz, Muscheln und vom Meer angespülten Tand. Einmal fand Karen sogar eine Puppe, der ein Arm fehlte. Tang bedeckte ihre Augen, und in ihrem Kopf lag ein toter Fisch, aber als sie gesäubert war, klimperten die Augen wieder, wenn man ihren Kopf auf und nieder bewegte. Nur die Wimpern waren verschwunden, der Leim hatte sich im Meerwasser aufgelöst.

»Arme Puppe, ganz schwarz ist sie geworden«, sagte Sebastian damals. »Die ist genau so ein Hohlkopf wie du, Karen. Hübsche Augen voller Tang, der sie daran hindert, die Welt zu sehen, wie sie ist.«

»Und was bist du?«, entgegnete Karen. »Ein Träumer, der nichts unternimmt, obwohl er etwas sieht.«

Doch der März ist grausam. Unter dem Schnee bleibt so gut wie nichts erhalten, spätestens das Schmelzwasser lässt alles verrotten. Auf ihrem Weg zum anderen Ende der Insel findet Karen nicht einmal einen Möwenschädel, geschweige denn eine verfärbte Münze.

»Ich muss in Wahrheit gar nicht pinkeln«, sagt Kersti, als sie endlich stehen bleiben. Das Mädchen wischt Kiefernnadeln von einem Baumstumpf und setzt sich. »Ich muss mit dir reden.«

Das hat gerade noch gefehlt, denkt Karen. Die Geständnisse eines Teenagers, und ich muss mal und habe schon ganz steifgefrorene Finger. Hoffentlich lassen die Jungs das Feuer nicht ausgehen. Die Luftfeuchtigkeit ist so hoch, dass es schwierig würde, das Feuer ein zweites Mal anzufachen.

»Ich bin verliebt«, sagt Kersti, und das Weiß in ihren Augen glänzt, als wäre es mit Butter geschmiert. Jesus Christus, denkt Karen, und jetzt erzählt sie mir gleich, dass sie ins Kloster gehen will. Wie komme ich aus dieser Nummer nur wieder raus? Wie kann ich diese übergeschnappte Gottesdienerin beruhigen? Etwas Besonderes ist das ja nicht, fast die Hälfte von Karens Klassenkameraden hat während des Krieges und danach zum Glauben gefunden. Schwierige Zeiten verlangen nach Erklärungen. Ob das nun Gottes Strafe für die Sünden der Menschen ist oder eine andere Heimsuchung. Einfach nur Pech oder die Dummheit der Menschen reicht nicht aus, die jungen Leute wollen erklärt bekommen, dass alles einen Sinn habe, dass aus dem vom Frost aufgerissenen Boden eines Tages wieder rot blühender Sauerklee wachse oder irgendetwas anderes mit einem Namen, der hübsch klingt.

»Verliebt«, wiederholt Karen.

»Du musst es doch bemerkt haben. Alle müssen es bemerkt haben, obwohl wir es noch geheim halten wollten. Wegen Mutter. Vater würde es sicherlich nicht stören, denn die Familie von meinem... Seine Familie hat Geld und alles andere, wenn sie auch nicht gläubig ist. Dabei interessiert er sich wirklich für solche Dinge! Ich bin mir sicher, wenn Mutter ihn nur besser kennen würde, dann gäbe es keinerlei Schwierigkeiten. Deshalb habe ich gedacht ... Ich habe mir gedacht, dass du vielleicht mit Mutter reden könntest.«

»Reden, worüber denn?« Karen sieht Kerstis Mutter vor sich, mit ihren schmalen Handgelenken und dem Zeigefinger, der vom allzu vielen Lesen in der Bibel schon ganz krumm ist. Die Bäuerin von Raivola (wenn man die Ehefrau auf einem derart kleinen Hof überhaupt Bäuerin nennen kann) würde sie doch gar nicht anhören. Sie würde die Tochter eines Gottesleugners, die Schwester eines Bastards, nicht einmal so lange anhören, wie sie bräuchte, um sich nach dem Knicks wieder gerade hinzustellen.

»Mutter spricht von dir und von eurer Familie, vom Haus des Doktors, so voller Achtung, dass ich dachte, wenn sie es von dir erfahren würde, wäre es vielleicht etwas anderes. Dir würde sie zumindest nicht mit der Peitsche antworten.«

Karen geht zu Kersti hinüber, kauert sich vor ihr hin und legt die Hände auf ihre Schultern. »Jetzt mal in aller Ruhe. Niemand peitscht hier irgendwen aus. Erzähl mir erst einmal, in wen du verliebt bist und was du von mir willst?«

Kersti entfährt ein Kichern, und plötzlich fällt es Karen wie Schuppen von den Augen. Dieser Blick. Genauso hat ihr Hund Savu sie angesehen, als sie noch kleiner war. Savu fraß neben dem Misthaufen giftigen Bärenklau und kläffte dann abwechselnd die Schatten in der Ecke an und leckte Karens Hand ab. Er sah sie mit glänzenden Augen an und rannte schließlich wie besessen im Kreis herum und winselte. Am Ende fiel er vor Erschöpfung oder durch das Gift um und wachte nicht wieder auf, obwohl Karen ihn auf ihren Schoß zog und streichelte.

»Nils«, sagt Kersti, und dann beginnt sie zu erzählen.

Kersti und Nils haben sich im Februar auf dem Eis getroffen. Kersti trug damals ihre neue Pelzmütze, aber ansonsten sah sie ihrer Meinung nach ziemlich wüst aus, die Haare hingen in verschwitzten Strähnen unter ihrer Mütze hervor, sie kam gerade auf

Skiern vom Haus ihrer Cousine und war auf dem Heimweg. Um genau zu sein, war es gar nicht mehr das Haus ihrer Cousine, denn die Arme lebte dort ja nicht mehr, aber dann und wann besuchte Kersti ihre Tante noch, um zu sehen, wie es ihr ging. Die war viel netter als Mutter und hatte immer Plätzchen in einer Dose, richtige, mit Butter gebackene, und das in jenen Zeiten. Erst wollte Kersti einen Umweg über die andere Seite der Insel machen, um nicht am Grab des Wassergeists vorbeifahren zu müssen, denn vor dieser Stelle grauste ihr. Ob Karen ihr das glaubte? Aber dann überlegte sie es sich anders, denn der Weg wäre anderthalb Kilometer länger gewesen, und ihr taten ohnehin schon die Beine weh. Sie wollte nur noch nach Hause und freute sich bereits auf das Abendessen. Mutter hatte angekündigt, dass sie Brei im Ofen machen wolle, und dazu gab es für gewöhnlich rote Grütze.

Vergiss die Grütze, denkt Karen, und komm endlich zur Sache. Sollte ich irgendwann je eine Liebesgeschichte erzählen müssen, dann werde ich ganz bestimmt nicht die ganze Zeit vom Essen reden.

Jedenfalls hat Kersti auf dem Heimweg einen Mann gesehen, der Schneeschuhe anhatte. Auf dem Eis lag nicht allzu viel Schnee, heftiger Wind hatte ihn zwei Tage lang bis ans Ende der Landzunge geweht, wo sich nun ganze Hügel auftürmten. Kersti hatte den Mann, ohne sich dessen gleich bewusst zu sein, an seinem Gang erkannt und ihm zugewinkt. Vielleicht nur einfach aus Freude darüber, dass ihr gerade in der Nähe des letzten, anstrengenden Wegstücks irgendjemand begegnete. Der Mann winkte zurück und lächelte Kersti an, als sie sich ihm auf ihren Skiern näherte.

»Ich hab hier Fichtenzweige gesteckt, damit niemand...«, sagte er und verstummte dann abrupt. »Oh, ich hab nicht daran gedacht, dass deine... Ich war damals nicht hier. Es muss für dich und deine Tante schrecklich gewesen sein.«

Da spürte Kersti in sich einen Knacks und wie etwas in ihr zerbrach. Sie war beileibe keine Heulsuse, das wussten alle, womöglich lag es an der Müdigkeit, vielleicht auch daran, dass sie gerade ausgerechnet von jener Tante kam. Jedenfalls heulte sie laut los. Und Nils, der war inzwischen näher gekommen und legte seinen Arm ungeschickt um Kersti, während sie zitterte und bebte. Und er sagte kein falsches Wort mehr. Nichts davon, dass das ganze Leben in Gottes Hand liege und dass es eine Sünde sei, jemanden zu beweinen, den Gott in seiner Gnade beschlossen hatte, zu sich zu nehmen. Oder dass alle im Krieg jemanden verloren haben und dass der Kummer darüber nur die Füße im Morast stecken bleiben lasse und den Menschen daran hindere, erhobenen Hauptes einer neuen Zeit entgegenzugehen. Die neue Zeit, die sich irgendwo verstecke und darauf warte, jeden Augenblick wie die Knospen der Traubenkirsche aufzubrechen und sich zu entfalten.

Als Kerstis Zittern schwächer wurde, hielt er ihr einen Handschuh hin und sagte, sie solle ruhig da hineinschnauben, da er kein Taschentuch mithabe. Das Weinen hatte ihr gutgetan, und erst jetzt, als sie zu Nils' Gesicht aufsah, schämte sie sich dafür. Es war ein liebes Gesicht, und die grauen Augen lächelten Kersti an, und die Arme drückten sie noch immer. Natürlich war er nicht so schön wie Sebastian, in keiner Weise mit ihm vergleichbar, und wegen des amputierten Fußes hielt er sich schief, aber Kersti hatte sich Hals über Kopf in ihn verliebt.

»Und liebt er dich auch?«, fragt Karen, und in ihr keimt Unruhe auf, aber warum sollte Karen Kersti, dem glücklichen kleinen Dummerchen, irgendetwas wegnehmen wollen?

Kersti nickt. »Natürlich hat er nichts gesagt, aber ich sehe es ihm an. Er will, dass wir es als unser Geheimnis bewahren, bis ich es Mutter gesagt habe und wir über unsere Verlobung sprechen können.«

»Verlobung? Du hast ihn doch gerade erst wiedergetroffen?«

Kersti lacht, so wie man eine unwissende jüngere Schwester oder eine unerfahrene Freundin auslacht. »Wir haben jetzt 1947!

Niemand kann mehr Jahre warten! Es ist wichtig, nach vorn zu blicken. Nisse und ich, wir wollen nach Stockholm ziehen. Dort ist alles anders. Dort dürfen die Menschen so viele Tassen echten Kaffee trinken, wie sie wollen. Alle haben dünne Strümpfe an und einen Hut auf. Wenn ich diese Insel verlasse, dann will ich nie wieder ein Kopftuch tragen.«

»Ich auch nicht«, sagt Karen.

»Was? Wo willst du denn hin?«

»Nach Stockholm. Dort muss Sebastian nur noch seine letzten Semester absolvieren. Ich gehe mit und führe dort seinen Haushalt.« Und sowie Karen es ausspricht, scheint es sehr wohl möglich zu sein.

Im Nachhinein denkt Karen, die ganze Geschichte wäre nicht passiert, wenn der Winter nicht so lang und trist gewesen wäre. Das war zwar keine gute Rechtfertigung, aber auch nicht schlechter als viele andere. Die Insel ist klein, Sebastian ist weg und schickt nur dann und wann einen hastig hingekritzelten Brief. Zu ihrer Überraschung bemerkt Karen, dass sie kaum um ihre Mutter trauert. Sie akzeptiert den Tod eines Familienmitglieds wie den Verlust eines Körperteils, der nicht mehr da ist. Dann muss man eben noch einmal gehen lernen. Man kann es sich nicht leisten, stehen zu bleiben. Keiner kann sich das leisten. Nach dem Krieg heiraten die Leute schon, wenn sie mal fünf Minuten zusammen an derselben Bushaltestelle gestanden haben. Und Karen kennt Nils immerhin, sie sind Kindheitsfreunde oder zumindest fast.

Nur sich selbst gegenüber kann Karen eingestehen, dass sie ihren Vater nicht leiden kann. Natürlich liebt sie ihn, mit der selbstverständlichen Trägheit des Kindes, das die Existenz der Eltern als Tatsache hinnimmt. Nach dem Tod der Mutter trinkt Vater immer mehr und wechselt vom Cognac zum Sprit. Als das Begräbnis hinter ihnen liegt, werden sie von vielen freundlichen Frauen besucht. Sie wollen nach dem Vater sehen und nach den Waisen, die in so einem großen Haus ganz allein leben. Die Frauen zerzausen Karens Haar, als wäre sie immer noch ein kleines Mädchen, sie bewundern ihre blonden Zöpfe und sagen, dass sie kräftig aussehe, wie jemand, der viel arbeitet. Das bedeutet, dass Karen zu groß und zu muskulös ist, nicht fraulich und zierlich. Aber auf der Insel ist eine Frau, die arbeiten kann, immer begehrt. Die Besucherinnen bringen Essen mit: Schüsseln voll mit Kartoffelauflauf, Brot aus Teig mit beigemischtem Blut, Brathering und gräuliche Hechtfrikadellen. In der Kriegszeit gibt es nicht viel zu essen, aber Fisch gibt es immer. Die Frauen haben rot geschminkte Lippen und zu Locken gelegte Haare, behaupten aber, sie kämen nach dem Gottesdienst nur eben auf einen Sprung vorbei. Sie werfen einen Blick in sämtliche Räume des Hauses und zählen im Kopf bereits das Tafelsilber. Karen sieht, wie sie die abgenutzten Bezüge der Polstermöbel im Wohnzimmer mustern und überlegen, dass sie die als Erstes neu beziehen würden. Zumeist sind es Witwen, Frauen mit harten Händen, die sofort bereit wären, das Haus und seine Bewohner wieder auf Vordermann zu bringen. Wer weiß, in welchem Zustand hier alles ist. Es gehört sich nicht, schlecht über eine Verstorbene zu reden, aber sie war schon ein mächtig eitles Frauenzimmer. Sie hat sich mehr für Schuhe interessiert als für ihre unsterbliche Seele und Puder aus Stockholm bestellt, ganz zu schweigen von all den Zeitschriften, die sie las, von den Blumenzwiebeln und den Schösslingen, die sie bestellte. Doch Stockrosen gedeihen auf der Insel nun mal nicht. Ausländische Sorten braucht hier niemand. Hier wächst nur die Fetthenne.

Vater kommt, um Guten Tag zu sagen. Sein Haar ist ungekämmt, der Kragen schmutzig, und er nickt ihnen kaum zu, aber ein Doktor ist eben ein Doktor, und auch die Kinder sind schon so alt, dass man mit ihnen bald keine Mühe mehr haben wird. Ein Witwer kommt ohne Frau nicht zurecht, das weiß man doch, ein

Haushalt ohne Frau hat auf Dauer keinen Bestand. Da ist es ohne Bedeutung, dass Aune dreimal in der Woche kommt und Karen kräftige Hände hat, mit denen sie Teig kneten und die Teppiche waschen kann. Vater sagt zu Frau Johansson, wohin sie sich ihre Strömlinge stecken kann, und zu Frau Jokinen, dass ihr neuer Hut Östermans Sau viel besser stehen würde, und schließt sich wieder in seinem Zimmer ein. Er lässt immer mehr Kontrollbesuche ausfallen, und am Ende rufen ihn nur noch die Ärmsten der Armen an. Diejenigen, die ihre Rechnungen nicht bezahlen. Und so bleiben sie zu zweit, Vater und Karen.

Manchmal wacht Karen davon auf, dass Vater auf ihrer Bettkante sitzt und sie mit den verweinten Augen eines Betrunkenen ansieht. Er sitzt dann still da, als würde er Karen um Verständnis anflehen, und irgendwann schließt sie nachts ihre Tür ab. Zuweilen hämmert Vater dann an ihre Tür und ruft: »Ich will doch nur reden.« Aber Karen antwortet nicht. Sie erträgt Vaters unsichtbaren Kummer nicht, der niemals vergeht und auch nicht übers Wasser davontreibt, sondern wie eine schwarze Woge alle überflutet, die in seine Nähe geraten. Karen hat nicht die Kraft, die Trauer ihres Vaters mitzutragen. Also tut sie ihr Möglichstes, um nicht zur selben Zeit wie er auf dem Flur zu sein. Tagsüber geht sie ihm aus dem Weg und zieht sich in ihr Zimmer zurück, um Sebastian lange Briefe zu schreiben. Sie wohnen im selben Haus, zwei, die sich fremd sind, Vater und Tochter. Die Tage vergehen, und Karen ist allein.

Karen ist noch nicht alt genug, um jemanden bewusst zu verführen, der einer anderen gehört. Aber sie weiß, dass sie etwas tut, was unrecht ist. Doch sie ist nun mal ein achtzehnjähriges Mädchen mit dem Körper einer jungen Frau. Sie hat noch nicht die geringste Ahnung, wie dieser auf andere wirkt oder wie man ihn einsetzen kann, um bei anderen Wirkung zu erzielen. Zumeist ist sie schon zufrieden, wenn ihr die eigenen Gliedmaßen nicht im Weg sind. Ihre Lust ist die Lust, Langeweile zu vermeiden, die Hoffnung, dass ihr eines Tages etwas Spannendes in den Schoß fallen werde, irgendetwas, was das Leben bedeutungsvoller macht. Dass eines Tages die Liebe komme und das Kartoffelkochen und Augenbrauenzupfen plötzlich bedeutungsvoll werden. Die Liebe kommt zwar nicht, und trotzdem küsst Karen Nils an einem Montag im April in der guten Stube.

Es ist die Woche vor Ostern, der Namenstag von Jouni, und Karen sammelt im Wald Weidenzweige, als sie aus Johanssons Scheune ein merkwürdiges Geräusch hört. Karen reagiert nicht sofort. Es wird ein Vogel sein oder der Nachbarhund, irgendein Geschöpf, dem kalt ist. Niemand, der bei vollem Verstand ist, treibt sich bei Temperaturen rund um den Gefrierpunkt in der eiskalten Scheune herum. Sie knipst mit dem Messer vereiste Weidenzweige ab. Weidenkätzchen sind noch keine daran, das Frühjahr ist kalt, aber bei Zimmertemperatur brechen sie spätestens am Sonntag auf. Karen hat sämtliche Teppiche im Haus gewaschen, Bezugsscheine für Butter und Sahne aufgespart, sie will, dass die Feiertage so werden wie die Feiertage früher, als Mutter noch lebte. Ein duftendes Haus voller Glück und voller Ruhe, ein Haus, das Zeit atmet, ein Haus mit einer schiefen Veranda, einem zugigen, ungedämmten Dachboden, aber es ist nun mal das einzige Zuhause, das Karen kennt. Sie will, dass Sebastian, wenn er auf Urlaub kommt, sie ansieht und sie wahrnimmt. Dass er sagt, Teufel auch, was kümmert mich das Studium, ich bleibe hier bei dir. (Das ist natürlich ein unsinniger Wunsch. Sebastian muss selbstverständlich erst seinen Abschluss machen und eine Arbeitsstelle finden, bevor sie gemeinsam eine Wohnung anmieten können. Eine mit hellblauer Küche und einem dunkel gebeizten Tisch, davon träumt Karen schon lange.)

Wieder hört Karen das Geräusch – als würde jemand gegen

eine Tür hämmern. Und es kommt ganz bestimmt aus Johanssons Scheune. Vielleicht ein Tier, das in eine Falle geraten ist, vielleicht eine Katze. Ihr kommen die Tränen, als sie an das arme kleine Tier denkt, das irgendein Kind im Scherz eingesperrt hat und das jetzt an der Tür kratzt, bis es verhungert. Johanssons Scheune ist eigentlich keine Scheune, es ist sein Geräteschuppen, obwohl er am Rand von Läntinens Wiese steht, umgeben von ein paar mickrigen Fichten und Gras, das von dem geschmolzenen Schnee niedergedrückt wurde. Die Wände des Schuppens sind dicht gezimmert, undurchdringlich, um irgendetwas vor Blicken zu schützen. Dabei würde doch kaum jemand besseres Arbeitsgerät so weit von seinem Haus entfernt aufbewahren – auf jeden Fall nicht Johansson, der Geizhals. Würde man Johansson befragen, würde er sogar Gott als jemanden bezeichnen, von dem man einen zinslosen Kredit bekomme.

Karen legt die Weidenzweige auf die Erde und nähert sich der Tür. Sie sieht aus, als sei sie ordentlich verriegelt. Trotzdem reißt Karen daran. Erst später wundert sie sich über ihre Entschlossenheit. Was immer sie auch erwartet hat – das jedenfalls nicht. Auf dem Scheunenboden liegt Konstabler Norrström ohne Hose und klopft mit einem Skistock an die Wand. Johansson hat aus irgendeinem Grund in der Scheune Dielen gelegt, nicht besonders dicht nebeneinander, aber immerhin ist es ein Fußboden, und auf dem sind ein paar löchrige Flickenteppiche ausgebreitet, in der Ecke steht sogar ein kleiner, aus einem Blechfass zusammengebauter Kanonenofen ohne Ofenrohr, in dem das Feuer anscheinend schon vor langer Zeit verglüht ist. Und offensichtlich ist das Dach der Scheune so undicht, dass er einen Schornstein für unnötig erachtet hat.

Norrström trägt sein Diensthemd mit Schlips, das ist aber auch schon alles. Seine weißen Beine schauen unter dem Hemdensaum hervor. Sie sind rot behaart wie bei einem Fuchs. Die Füße sind riesig, und Karen kann sogar erkennen, dass die Nägel der beiden großen Zehen schwarz sind. Im Krieg abgefroren, wird Sebastian ihr später erklären. Wenn du wüsstest, was für Stiefel wir dort tragen mussten – mit Fußlappen, so abgenutzt und dünn wie die Erinnerung.

Norrström hat Blumenkohlohren, angeblich war er als junger Mann Ringer, und der Schnaps hat seine Nase und die Schläfen verändert, man sieht die Adern, die Haut wirkt bläulich rot. Norrström hatte einmal eine Zukunft, einflussreiche Verwandte, einen Universitätsabschluss in Jura und eine Braut, doch das alles ist ihm innerhalb von acht Jahren abhandengekommen, und Norrström scheint es nicht einmal bemerkt zu haben. Ohne die Verwandten und seine angeborene Fähigkeit, die Augen zu verschließen, wenn mal wieder ein Boot ohne Licht in eine Bucht einfährt, wäre er wohl kaum Polizist geworden, nicht einmal in Fetknoppen.

An all das denkt Karen, während sie in der Scheunentür steht, den Mantel voller Tannennadeln, weil sie lange durch den Wald gestiefelt ist. Im selben Augenblick hebt Norrström den Blick und starrt Karen mit glasigen Augen an.

»Huuurre«, ruft er und wirft den Skistock nach ihr. Das Mädchen weicht ihm aus, wirbelt herum und will davonrennen, doch dann trifft sie auf etwas Weiches, stolpert und fällt auf jemanden drauf. Sie schließt die Augen.

Als Karen sie wieder öffnet, verschwimmt alles für einen Augenblick.

»Karen? Ist alles in Ordnung?«

Karen blinzelt, riecht Rasierwasser. Der Mann, mit dem sie zusammengestoßen ist, trägt einen teuren zweireihigen Ulster und einen hellen Schal, er hat breite Schultern und sieht sie unter seinem Filzhut besorgt an. Nils? Vor Scham wird Karen feuerrot.

»Entschuldigung«, stammelt sie. Sie ist den Tränen nahe. »Ich ... Ich ...«

Nils legt die Arme um sie und streichelt ihr Haar, den Zopf, der sich schon halb aufgelöst hat. Sie sitzen da auf der kalten Erde, wie ein Knäuel, das Meer jenseits des Schilfs am Wegesrand. Und da küsst Nils sie, und Karen küsst ihn zurück. Sie fragt nicht, was mit Kersti ist. Keiner von beiden erwähnt ihren Namen. Obwohl Karen später denkt: Hätte ich ihn doch bloß erwähnt. Aber sie sagt nichts. Seit dem Krieg gab es auf der Insel nur wenige junge Männer. Es ist unfair, dass Kersti ausgerechnet den besten abbekommt. Oder vielmehr den besten von all jenen, die für Karen infrage kommen, denn an Sebastian reicht ohnehin niemand heran. Karen hat nicht die Absicht, auf der Insel zu bleiben und als Haushälterin ihres Vaters alt zu werden.

Nils streichelt Karens Hand, und seine Augen sind grau und liebevoll. Ganz so, als würde er Karen aus der Ferne anblicken und mehr wissen.

Plötzlich fällt Karen etwas ein. »Dein Fuß!«

»Den kann ich mir nicht mehr verletzen. Der liegt auf dem Meeresgrund.«

Und da fängt Karen an zu lachen, sie prustet und lacht so heftig, dass ihr die Tränen bis über den Hals laufen, und sie kann nicht mehr damit aufhören, bis Nils sie schließlich schüttelt. Da erst beruhigt sie sich allmählich wieder und erzählt ihm die ganze Geschichte. Und nachdem sie kurz überlegt hat, fügt sie hinzu: »Man kann den nicht dort liegen lassen. Da erfriert der Suffkopp doch!«

Nils steht auf. Für einen Krüppel ziemlich behände, und da fällt Karen wieder ein, wie sie und Sebastian ihn früher genannt haben: Humpel-Nisse. Ob er sich daran noch erinnert?

»Geh jetzt nach Hause. Ich regle das hier und komme dann vorbei und erzähle dir alles.«

Zu Hause schüttelt Karen ihr Haar auf, zieht eine gute Schürze an und zupft sich aus den Augenbrauen ein paar Härchen aus. Sie betrachtet sich im Spiegel und überlegt, was das sein könnte – diese Unruhe in den Gliedern. Wenn Sebastian hier wäre, würde er

Karen verspotten und die Stimmung auflockern mit einer Bemerkung über ein Katzenjunges, das verbotenerweise Sahne schleckt. Aber Sebastian ist in Turku, und als Nils kommt, führt Karen ihn in die gute Stube und bietet ihm Tee an, obwohl Aune prompt daran Anstoß nimmt. Wenn das der Doktor wüsste, sagt sie leise zu Karen, wessen Sohn der teure Ceylontee vom Schwarzmarkt vorgesetzt wird!

Nils erzählt, dass er zwei Kumpel aus dem Bergwerk geholt habe, zwei sonnengebräunte Männer mit kräftigen Rücken, die den Konstabler in einen Mantel gewickelt und zum Auftauen in die Küche des Spritschlosses gebracht haben. Norrström habe zwar versucht, ihnen zu drohen und sich zu widersetzen. Er dachte wohl, dass man ihn ausrauben wollte. Aber die Männer haben einfach fester zugepackt, und da habe der Konstabler klein beigegeben. Jetzt liege er auf der Pritsche in der Küche, wo ihm Gun, die Haushälterin im Spritschloss, die Leviten lese.

Offensichtlich hatten Norrström und zwei seiner Jagdkameraden Fallen überprüft. (Es wäre sinnlos gewesen, sie darauf hinzuweisen, dass keine Jagdsaison war. Auf der Insel war immer Jagdsaison. Wer hätte das auch überwachen sollen? Norrström? Nur Karens Vater kann sich über so etwas Unwichtiges aufregen.) Nach der letzten Falle hatte die Truppe beschlossen, ihren Jagdumtrunk, der schon ordentlich in Gang gekommen war, in Johanssons Scheune fortzusetzen. Irgendwann hatten sie angefangen, Karten zu spielen, und dabei hatte der Konstabler offensichtlich seine Hose verspielt.

»Kommt dein Bruder zu Ostern?«

»Sebastian? Natürlich.«

»Der Mann ist gefährlich«, sagt Nisse. Sie sitzen ganz dicht nebeneinander auf dem Plüschsofa. Karen spürt seine Nähe in ihrer Leistengegend. Sie spannt den Rücken an und hofft, dass er sie wieder küsse, aber er redet nur. Die meisten Männer reden im falschen Moment.

»Sebastian?«, fragt Karen. »Sebastian ist innen so weich, dass man ihn an der Brust auslöffeln könnte.«

»Er mag mich nicht.«

Nils sagt das so, als würde ihn das verwundern. Karen kann sich nicht erinnern, dass Nils in ihrer Kindheit, als er mit ihnen allen draußen herumtollte, sonderlich beliebt gewesen wäre. Vielleicht hat Stockholm ihn glauben lassen, dass Geld allein und ein nettes Gesicht ausreichen, um Freunde zu finden. Vielleicht sind die Geschichten über Nils' Schmugglervater noch nicht bis dorthin vorgedrungen.

Karen stellt die Teetasse auf dem Tisch ab, sieht Nils an und lächelt, wenn sie auch die Augen vermeintlich schüchtern niederschlägt. Das funktioniert in aller Regel. Sie versucht, sich in Erinnerung zu rufen, ob seine Bartstoppeln sie vorhin gekitzelt haben, aber sie weiß es nicht mehr.

»Ich mag dich.«

Da sieht Nils sie an, berührt sie am Kinn und küsst sie erneut. Zwar nicht so wie im Film. Karen spürt nicht das Bedürfnis zu schweben oder laut zu singen, aber angenehm ist es schon. Vielleicht das Spannendste, was ihr passiert ist, na gut, abgesehen von der Sache am Vormittag.

»Erzähl mir, was wir tun werden«, bittet Karen, »wenn wir von der Insel weggehen.«

Es ist Frühling. Die Eiderenten lärmen am Ufer, und ein Gänsesäger steigt platschend aus dem Schilf auf. Vielleicht nistet er irgendwo in der Nähe mit seinem Weibchen.

»Stockholm.«

Schon allein bei dem Wort muss Karen die Augen schließen.

»Du wirst es lieben! Erinnerst du dich noch, damals vor dem Krieg, als wir immer alle ans Ufer gerannt sind, wenn die Schiffe aus Stockholm in Fetknoppen anlegten? Als die Frauen Bisamkragen und weiße Handschuhe trugen, die so eng anlagen wie eine zweite Haut, ohne eine einzige Falte zu werfen? So sind sie alle in Stockholm, und du wirst eine von ihnen sein.«

»Wenn man mal davon absieht, dass ich kein Geld habe.«

»Aber ich habe welches. Oder werde dann welches haben. Wir mieten eine Wohnung mit zwei Badezimmern, und wenn du den Hahn aufdrehst, kommt heißes Wasser, so viel du willst.«

»Wann gehen wir?«

»Bald. Warte, ich hab hier ein Geschenk für dich!«

»Wieder Nylonstrümpfe? Du verwöhnst mich!«

»Nein, etwas viel Besseres.«

Aus seiner Brusttasche zieht er etwas, das in einen ausgebleichten Lappen eingewickelt ist. Der Stoff muss früher einmal rosafarben gewesen sein. Er schlägt ihn zurück, und zum Vorschein kommt der Revolver mit dem Perlmuttgriff.

»Erinnerst du dich noch daran?«

Karen nimmt die Waffe vorsichtig in die Hand und gibt sie dann wieder zurück. »Ich kann das nicht nehmen.«

»Ich habe ihn dir damals versprochen, und jetzt hast du die Bedingung erfüllt. Du gehörst ganz mir.«

Und Karen lässt zu, dass Nils sie wieder küsst und für einen Moment seine Hand in ihren Ausschnitt schiebt. Der Strand ist übersät mit gelben Primeln und blauen Scilla. Sie blühen dieses Jahr spät. Karen stellt sich Sebastians Gesichtsausdruck vor, wenn sie ihm von Nils erzählt. Wie wütend der Bruder sein wird.

Nils' Gesicht ist rot geworden, seine Handflächen feucht, und jetzt, autsch, kneift er sie in die Brustwarze. Sie schiebt ihn von sich weg, lächelt und blickt zu Boden, und Nils küsst ihre Stirn. Das ist ihr Ritual. Weiter gehen sie nicht, und Nils akzeptiert das.

Doch Karen ist neugierig. Als Tochter eines Tierarztes weiß sie natürlich, wie Kinder zur Welt kommen. Sie hat gesehen, wie es die Hunde machen, sie hat gesehen, wie eine Kuh kalbt. Sie weiß, wie viele Kinder in der Gemeinde von Fetknoppen geboren werden und sterben – in einer Gemeinde, in der die Frauen schon mit dreißig älter aussehen als Karens schöne Mutter an ihrem Todestag. Aber sie wagt es ganz einfach nicht. Sie hat keine Angst, Nils könnte sich nehmen, wonach er strebt, und sich dann aus dem Staub machen, so wie die Männer in den Büchern. Nils ist verrückt nach ihr, sein feuchter Blick folgt ihr unablässig, während sie sich im Zimmer hin und her bewegt. Doch Karen hat Angst vor dem Schmerz. Sie würde Nils' Wunsch nur zu gern erfüllen, kann aber nichts gegen dieses Gefühl des Widerwillens tun. Sie ist einfach noch nicht imstande, Nils' nackten Körper zu betrachten, sein männliches Glied, auf das er einmal ihre Hände gelegt hat. Und Karen ließ sie dort liegen und zählte die Sekunden, eine halbe Minute lang. Karen wollte schließlich nicht, dass Nils dachte, sie wäre herzlos oder stellte sich prüde. Praktisch sind sie ja fast verlobt. Die ganze Insel weiß, dass sie zusammen sind, und beider Eltern haben nichts dazu gesagt. Karens Vater schon, aber Karen hatte keine Lust, ihm zuzuhören. Nils' Familie wohnt schließlich in einem großen Haus, und am Ende gibt auch Vater nach.

»Das liegt an seinem Fuß«, erklärt Sebastian Karen zu Ostern, obwohl sie ihrem Bruder noch überhaupt nichts erzählt hat. »Du kannst den Gedanken an die zerrissenen Muskeln nicht ertragen.«

Aber das ist es nicht. Karen hat schon Schlimmeres gesehen. Seit dem Krieg ist ein fehlender Fuß nichts Besonderes mehr. Hauptsache, alles andere funktioniert. Außerdem wird Nils Beamter werden, da braucht er nicht auf dem Feld zu stehen und zu ackern oder Netze einzuholen. Doch schon allein der Gedanke an Nils ohne Bekleidung lässt Karen schaudern. Sie hofft, dass es, wenn es endlich passieren wird, nicht allzu lange dauert und nicht so wehtut, wie sie annimmt. Nils ist manchmal so grob, wenn er Karen an sich drückt. Das Küssen mag Karen, seine weichen Lippen. Und dann fühlt es sich an, als würde irgendetwas ausgegossen an der Stelle, die sie ihren Schoß nennt, aber das dauert nie lange.

Nils ist ungeduldig und will sie überall berühren, wann immer sich eine Gelegenheit dazu bietet. Doch schon bald gewinnt stets der Schmerz die Oberhand über alles andere. Aber wenn sie zusammen tanzen, drückt Karen sich eng an seine Brust, und manchmal berührt Nils ihren Nacken. Das mag Karen. Die Nähe.

FETKNOPPEN

Am Gewächshaus war eine Scheibe kaputt. Das Geräusch in der Nacht, dachte Karen, das war sicher ein Vogel. Sie knotete ihren Morgenmantel zu. Er war aus gestepptem Satin und uralt, stammte noch aus ihrer Pariser Zeit. Darin eingehüllt, fühlte sie sich zugleich als Abenteurerin und wunderbar warm. Doch draußen war von einem Vogel keine Spur. Sie würde jemanden bitten müssen, eine neue Scheibe einzusetzen. Es wäre schade um das Gewächshaus, das noch aus dem neunzehnten Jahrhundert stammte und regelrecht antik war. Ursprünglich hatte es zum Garten der Frau des Bergwerksdirektors gehört. In der Zeit, als es auf der Insel noch Bergleute gegeben hatte und eine Eisenerzgrube betrieben worden war. In einer Zeit, als hier noch reges Leben geherrscht hatte. In der Zeit vor dem Krieg, an die sich Karen Jahr für Jahr immer schlechter erinnern konnte. Genauer gesagt erinnerte sie sich natürlich immer noch daran, nur fiel es ihr manchmal schwer zu unterscheiden, was in ihren Erinnerungen real war und was ein Produkt ihrer Fantasie. Es gab so viele Karens. Das Kind Karen aus Fetknoppen, die verheiratete Karen mit ihren Kittelschürzen und Friseurterminen, die geschiedene Abenteurerin, die sie während ihrer Zeit in Deutschland als Mauer zwischen sich und der Welt erschaffen hatte, die Großmutter Karen mit ihren brüchigen Fingernägeln und einer Anfälligkeit für Harnwegentzündungen.

Der Morgen war feucht. Karen zog das Tuch fester um sich und beschloss, die Schäden im Gewächshaus in Augenschein zu nehmen. Vielleicht kannte Aune II. ja jemanden, der die Scheibe reparieren konnte. Es war schließlich immer noch nicht zu spät, etwas einzupflanzen. Eigenes Gemüse zu züchten, Kürbisse und Ringelblumen, Schoten, die sich an den Wänden emporrankten. Vielleicht sollten sie den ganzen Sommer über hierbleiben, sie und das Mädchen. Es konnte ohnehin nicht schaden, wenn irgendjemand hier endlich mal wieder alles auf Vordermann brachte. Wer weiß, vielleicht würde eines Tages eines von Eriks Kindern das Haus als Ferienhaus nutzen wollen. Bis dahin würde das Gerede hoffentlich aufgehört haben.

Karen sah auf den Boden zu ihren Füßen. Direkt vor ihr auf der Erde lag ein Stein, an dem ein Zettel befestigt war – gerade wie in einem Comic. Karen riss den Bindfaden von dem Stein, noch ehe ihr der Gedanke an Fingerabdrücke kam.

»NIEMAND WILL DICH UND DEINE MÖRDERSIPPE HIERHABEN. VERSCHWINDE!«

Karen seufzte. Sie hatte geheiratet, ihren Namen geändert, und doch war sie wieder hierher zurückgekehrt – in ein Dorf, das nicht vergaß.

Als Kind war an Karen nichts sonderlich auffällig gewesen. Sie mochte Hühner, lernte mit vier Jahren, drei Züge zu schwimmen, und bekam die Windpocken zur selben Zeit wie all die anderen Kinder im Dorf. Aus der Rückschau betrachtet, war ihr Leben angesichts der Umstände zuvor wirklich gewöhnlich gewesen – bis sie achtzehn und in den Augen der Leute zur Schwester eines Mörders geworden war. Sie war die Tochter des Tierarztes gewesen, hatte von Filmstars geträumt und ihren älteren Bruder vergöttert, sich in einen Jungen verliebt und ihn im Heidekraut geküsst. Und auch nach dem Mord hatte sie sich so normal wie möglich verhalten. Sie hatte geheiratet, einen Sohn bekommen und sich wieder scheiden lassen, nachdem sie ihren Mann mit dem Laufmädchen der Firma erwischt hatte. Eine Sekretärin hätte sie vielleicht noch ertragen, nicht aber den Puder dieser dummen Göre auf dem Jackettkragen ihres Mannes. Danach tat sie Dinge, die entweder normal oder interessant waren, je nachdem, aus welchem Blickwinkel man es betrachtete. Manche hielten es für eine normale Reaktion einer Frau mittleren Alters, dass sie sich ein amerikanisches Auto kaufte und kreuz und quer durch Europa fuhr, nur weil sie es zuvor nie getan und weil es sich in irgendeinem Liedtext gut angehört hatte. Sie heiratete erneut. Das dritte Mal eigentlich nur mehr aus Gewohnheit oder vielleicht auch, weil sie nicht zugeben wollte, dass sie unrecht gehabt hatte.

Ihr zweiter Mann war zumindest erträglich. Er ging gern zum Fischen und aß nach der ersten Ermahnung auch keine Apfelsinen mehr im Bett. Bedauerlicherweise war er verrückt, andererseits aber auch interessant, und deswegen hatte Karen sich auch in ihn verliebt, doch im Laufe der Zeit wird es zur Belastung, wenn der Ehemann versucht, mit Leuten zu reden, die angeblich in der Waschmaschine leben. So etwas lässt sich Gästen schwer erklären.

Manchmal dachte Karen an ihre Männer und überlegte dann stets, warum sie sich ursprünglich in sie verliebt hatte. Oder warum sie sie geheiratet hatte. Denn die Liebe und die Ehe waren zwei Paar Schuhe. (Die Geigerin aus Toulouse zählte wohl nicht. Die Geschichte war nach ein paar Nächten ohnehin wieder vorbei gewesen. Die Frau hatte von ihr etwas verlangt, von dessen Existenz Karen nur eine vage Ahnung gehabt hatte.) Sie alle waren in ihrem eigenen Metier überaus tüchtig gewesen, hatten festgehalten an Dingen, die sie in Angriff genommen hatten, und selten nachgegeben. Keiner von ihnen war mutig gewesen. Helden waren sie alle nicht, dachte Karen. Einige von ihnen waren sogar trotz großer Worte regelrecht nichtssagend gewesen. Aber sie waren am Leben geblieben, sie waren alt geworden, sie waren nicht gestorben und hatten Karen nicht allein gelassen. Und deshalb hatte Karen sie ausgewählt.

Der Mord. Er war das Einzige in Karens Leben, das wirklich

außergewöhnlich war. Eigentlich an sich schon eine bemerkenswerte Geschichte. Eine Geschichte, angesichts derer die Leute die Brauen hochzogen, wenn Karen erwähnte, woher sie stammte. Oft ließ sie Fetknoppen unerwähnt und behauptete lieber, sie käme aus Kökars oder Kustavi, und nickte, wenn Leute sie fragten, ob sie diesen und jenen aus der Verwandtschaft kannte. Dem Namen nach womöglich. Ja, doch, dort wohnen, glaube ich, Leute, die so heißen. Lieber wollte sie mit Erinnerungen an das Segeln, an glatt geschliffene Uferfelsen, an Schärenbewohner, die einen eigenartigen schwedischen Dialekt sprachen, in Verbindung gebracht werden als mit Schlagzeilen, mit Blut und Schande. »War es hier, wo sie gefunden wurde? Ich erinnere mich noch daran, darüber gelesen zu haben. Der Mörder wurde nie gefasst.« Oder: »Das war doch der Junge, den alle für ein wenig merkwürdig hielten? Ja, irgendetwas war da … Er ist gestorben, bevor sein Urteil gesprochen wurde. Da ist er mal billig davongekommen, dieser Vergewaltiger. Aber wurde das Mädchen wirklich vergewaltigt? Ist das nicht bei allen so? Das sind doch alles Sexualmorde. Widerlich, sich so etwas vorzustellen. Was für Leute heutzutage frei herumlaufen! Hier hat sie gelegen. Ganz nackt. Ach, schrecklich. Ich könnte auf dieser Insel kein Auge zutun! Und stell dir vor, die nehmen für ein Päckchen Kekse allen Ernstes ganze drei Euro – für ganz gewöhnliche Doppelkekse! Die ziehen den Touristen wirklich das letzte Geld aus der Tasche.«

Am Ende fragte niemand mehr, woher Karen stammte. Sie wurde so alt, dass alle annahmen, sie wäre schon immer so gewesen.

Doch Karen würde die ersten Wochen nach dem Mord niemals vergessen. Nicht dass jemand einen Eimer voll Pech auf ihre Veranda geschüttet hatte und wie eines Nachts eine Eimerladung Fischabfälle ans Küchenfenster geklatscht war. Natürlich konnten Karen und Vater sich denken, wer das gewesen war, zumindest im ersten Fall. Auf einer Insel mit nur rund zweihundert Einwohnern ließ sich leicht in Erfahrung bringen, wer gerade den Deckel seiner Sickergrube mit Pech bestrichen hatte. Aber sie sagten nichts. Sie vermieden es von nun an, überhaupt mit irgendjemandem zu reden. Nur Aune bewegte sich noch zwischen Haus und Laden und draußen im Garten. Karen selbst sah sich außerstande, anderen Menschen zu begegnen.

Zu Kerstis Begräbnis ging sie zwar, bereute es später jedoch tagelang. Sie saß zu zweit mit Aune in der Bank, Vater war nicht mitgekommen. Er ging nicht in die Kirche, erst recht nicht zu Veranstaltungen der »Kniebeter«, und nur, weil irgendein dummes Mädchen sich hatte umbringen lassen, änderte er noch lange nicht seine Meinung. Karen hoffte, dass ihr Vater diesen Satz niemals gegenüber einem Außenstehenden äußern werde. Die Situation war ohnehin schon schwierig genug. Wo immer sie ging und stand, hörte Karen um sich herum ein gedämpftes Zischeln – ein Geräusch wie eine undichte Gasleitung. Es hörte auf, sobald Karen vorüberging, doch kaum war sie ein paar Schritte entfernt, wurde es doppelt so laut. Sie weinte nicht. »Karen Valter saß erhobenen Hauptes und mit versteinerter Miene da. Ihr Gesicht zeigte keinerlei Mitgefühl für das Schicksal der Verstorbenen, die einer schändlichen Tat zum Opfer gefallen war«, schrieb daraufhin der Reporter der *Turun Sanomat*. Eine andere Zeitung war weniger lyrisch: »Die Schwester des Mörders betrauert ihre Freundin nicht.« Wieder eine andere druckte ein Bild von ihr, der »kühlen, schönen Karen Valter, deren Bruder wegen des Inselmordes von der Polizei verhört wird«. Karen wusste bis heute, dass sie sich damals die Lippe blutig gebissen hatte, um die Tränen zu unterdrücken. Sie hatte sich so verhalten, wie ihr es die Mutter seinerzeit beigebracht hatte: Was auch immer geschieht – eine vornehme Frau sitzt mit Handschuhen und geradem Rücken da und lässt sich nicht von dem, was andere reden, aus der Fassung bringen. Mutter hatte gewusst, wovon sie sprach. Doch nicht einmal sie wäre imstande gewesen, diese Situation vorauszusehen. Dass so etwas ausgerechnet Sebastian passieren würde, ihrem Goldjungen. Dann schon eher Karen.

Wann immer etwas Unerfreuliches passiert war, dann hatte es Karen betroffen. Der Fuchs hatte ihr Lieblingshuhn geholt, ihr Sauermilchkäse war nicht richtig dick geworden, und nur in Laken, die Karen zusammengelegt hatte, war es vorgekommen, dass sich darin eine Maus einnistete. Für Vater war Karen ein nachlässiges und leichtfertiges junges Ding gewesen und für Aune »im Kopf nicht ganz gesund«. Mutter hatte immer schon behauptet, dass mit Karen irgendwas nicht stimme. Dass bei ihr irgendetwas nicht in Ordnung sei. Kein einziges anderes Mädchen hatte je einen so eigensinnigen Charakter und einen so merkwürdigen Blick gehabt. Doch an jenem Tag wäre die Mutter stolz auf ihre Tochter gewesen. Karen hatte in der Kirche gesessen, wie es sich für eine richtige Valter gehörte. Ein ganzes Stück von Aune entfernt, denn Karen war die Tochter und Aune nur die Magd gewesen. Karen hatte Mutters altes schwarzes Kleid getragen, das sie zuvor enger genäht hatte, einen kleinen Hut und sogar schwarze Handschuhe. Zumindest konnte so im Nachhinein niemand behaupten, sie wäre nicht angemessen gekleidet gewesen.

Nils hatte sie gebeten, sich zu den Leuten vom Spritschloss zu setzen, doch Karen hatte das abgelehnt. Sie hatte keinen Grund gesehen, sich zu schämen oder sich hinter dem Rücken anderer zu verstecken. Nils war beleidigt gewesen, hatte sich aber nichts anmerken lassen wollen. Vielleicht war er insgeheim aber ein klein wenig erleichtert gewesen. Bestimmt hatte er befürchtet, dass Karen einen Zusammenbruch erleiden könnte, dass sie schreien und sich die Haare ausreißen würde.

Am Tag des Begräbnisses war es heiß, und die alten Frauen von den Schären schwitzten in ihren schwarzen Jacken. In der Kirche roch es nach Schweiß und Naphthalin. Die Kleidungsstücke, die man eigens vom Dachboden geholt hatte, gaben Feuchtigkeit ab. Karen war zum ersten Mal in einem Gotteshaus der Kirche des

Neuen Lebens. Vater hatte sie nie zu den Messen der »Kniebeter« gehen lassen, aber er hatte es nicht über sich gebracht, ihr den Besuch der Trauerfeier zu verbieten. Der Raum war schmuckloser, als sie es sich vorgestellt hatte – nicht viel anders als das Vereinshaus. Die Kirche war erst nach dem Krieg errichtet worden und roch immer noch schwach nach frischem Holz. Karen sah, wie Kerstis Vater seine Frau halb hinter sich herzog, halb stützte. Sie trug ein neues, ein bisschen zu knappes Kleid – vermutlich das Verdienst des Gemeindeältesten. Der Mann nickte Karen zu, und erst verspürte sie Dankbarkeit, dann schämte sie sich dafür. War es mit ihr schon so weit gekommen, dass sie bereitwillig auf die Knie fiel, wenn jemand sie und ihren Bruder nicht gleich auf Anhieb verurteilte? »Dass die sich traut hierherzukommen! Der Bruder hat angeblich immer noch kein Geständnis abgelegt. Es heißt, dass sie es womöglich zusammen getan haben.«

Karen starrte während der kompletten Zeremonie unverwandt vor sich hin. Auf dem Altar stand ein großes Kreuz, an dem ein leicht übergewichtiger Erlöser hing. Die Skulptur schien zu lächeln, als würde sie dort oben eine allmorgendliche Gymnastikübung absolvieren. Karen war nahe daran zurückzulächeln, doch dann fielen ihr die Blicke der anderen wieder ein, und ihr Gesicht erstarrte. Wer weiß, wie ihr Lächeln gedeutet worden wäre.

Sie stimmte nicht in die Kirchenlieder mit ein, die sie zum Teil sogar kannte. Sie starrte lediglich auf den Sarg, der fürchterlich klein aussah. Der Gemeindeälteste hatte dafür gesammelt, Kerstis Eltern hätten sich einen Eichensarg nicht leisten können. Der Sarg war angeblich aus Turku mit dem Schiff gebracht worden und hatte sogar Schnitzereien und Messingbeschläge.

Zum Kaffeetrinken ging Karen nicht. Sie raunte Aune zu, sie habe Kopfschmerzen, und die tat so, als glaube sie ihr.

Zu Hause schrubbte Karen die Fischabfälle von den Küchenfenstern, doch Wochen später war ihr so, als könne sie den Gestank immer noch riechen.

Karen kehrte die Splitter zusammen. Sie wollte nicht, dass Azar sie sah. Wer wusste, was das Mädchen schon erlebt hatte. Sie ließ sich nicht dazu bringen, irgendetwas über ihre Familie oder ihre Vergangenheit preiszugeben, aber Karen hatte in ihr ein verletztes Geschöpf erkannt. Das Mädchen war im Nu bereit gewesen, jemanden in ihr Herz zu schließen – jeden vermutlich, der sich ihr gegenüber freundlich verhielt. Karen dachte einen Augenblick darüber nach, ob sie das Mädchen ausnutzte. Das konnte schon sein. Aber die Nachforschungen mussten zu Ende gebracht werden, und allein würde sie es nicht mehr schaffen. Sie brauchte Beine, die nicht müde wurden, und junge Augen.

Verstohlen steckte sie den Zettel in die Tasche ihres Morgenmantels und nahm dann ihre Tabletten. Von wem auch immer diese Botschaft stammte, er hatte wohl nicht begriffen, dass für Karen nicht der geringste Grund bestand aufzugeben.

Irgendwie hatte sie die Monate nach Sebastians Tod überlebt. Damals war ein Mann in Uniform an ihrer Tür erschienen mit der Nachricht, Sebastian habe sich umgebracht. Sie hatte Sebastians Sachen in einen Karton gepackt, das Zimmer sauber gemacht und verkündet, dass sie eine Trauerfeier ausrichten wolle. Selbstredend wolle sie eine Trauerfeier organisieren, eine Brottorte backen und vorher die Teppiche waschen. Sie hatte sich die Finger wund gescheuert und dabei ein merkwürdiges Gefühl der Erleichterung empfunden. Ähnlich wie später nach ihrer ersten Scheidung, als sie das Filetmesser für einen Augenblick auf ihren nackten Schenkel gedrückt und gesehen hatte, wie die ersten Blutstropfen aus der Haut traten. Sie hatte sich nie in den Finger geschnitten, sie war schließlich keine jener bedauernswerten Frauengestalten aus irgendeinem französischen Film, Herrgott noch mal. Trotzdem hatte die Klarheit des Schmerzes, den das Messer ihr zugefügt hatte, sie beruhigt. Damit konnte man umgehen – anders als mit der Scheidung.

Nils hatte bei der Beerdigung neben ihr gesessen, bei dieser Beerdigung. Karens Kleid war dasselbe gewesen wie bei der anderen. Diese Beerdigung fand in der Inselkirche statt. Es waren nur wenige Menschen gekommen. Sonst war bei Hochzeiten und Beerdigungen immer alles aufgetaucht, was Beine hatte – besonders bei Beerdigungen.

Karen und Aune hatten die beiden Nächte zuvor mit Backen verbracht, Karen hatte nicht gewollt, dass irgendjemand im Nachhinein behauptete, im weißen Haus sei man knausrig gewesen. Vier Hefekränze hatten sie gebacken. Tags darauf warf Karen sie alle auf den Müll, ihr Trauerkleid ebenfalls, obwohl sie gerade erst neue Emailknöpfe angenäht hatte. Sie wollte das Kleid nie wieder sehen. Und wollte nie wieder etwas Schwarzes tragen.

Karen hatte gesehen, wie Aune das Kleid später zwischen den Speiseresten hervorgezogen hatte. Sie wusste nicht, wo es gelandet war, vielleicht bei irgendeiner von Aunes Nichten, Mädchen mit kräftigen Schenkeln, die bestimmt Stoffkeile an der Taille hatten einsetzen müssen, um das Kleid passend zu machen.

Die Speisen für die Beerdigung hatte Aune auf dem Komposthaufen vergraben. Sie hatte sich nicht einmal getraut, sie Johansson für seine Schweine zu bringen, weil sie Gerede vermeiden wollte. Geredet wurde weiß Gott schon genug.

Nils war am nächsten Tag vorbeigekommen. Er hatte sich wie schon im Frühjahr auf dasselbe Sofa gesetzt. Wie wenig Zeit seitdem vergangen war – und wie viel. Karen hatte einen lavendelblauen Rock und eine gestreifte Bluse angehabt und bemerkt, dass Nils sie erst verblüfft, dann mit ernster Miene angestarrt hatte. Auf dem Tisch hatte ein Strauß Trollblumen gestanden. Ein Teil der Blütenblätter war bereits auf den Tisch und auf Mutters bestickte Tischdecke gefallen.

Nils hatte das Sofakissen auf den Schoß genommen und so fest gedrückt, dass Karen für einen Augenblick befürchtet hatte,

die Füllung könnte wie Erbrochenes daraus hervorquellen. Kurz
nachdem Nils gekommen war, hatte Vater aus seinem Arbeitszimmer gesehen, ihn erkannt und sich dann eilig wieder in sein Zimmer zurückgezogen und dabei etwas Unverständliches vor sich
hin gemurmelt.

Während Nils sprach, starrte Karen auf seine Hände. Große
Hände, deren Finger in kurzen meißelgleichen Fingernägeln en-
deten. Jeder Nagel war sorgfältig und sauber geschnitten, sodass
man den weißen Teil kaum sehen konnte. Die Knöchel sahen dick
aus, und auf den Handrücken wuchs dünnes rötliches Haar. Wie
groß der Unterschied zu Sebastians Händen doch war! Weshalb
war Karen nicht schon früher aufgefallen, was für abstoßende
Hände Nils hatte? Es dauerte eine Weile, bis ihr klar wurde, dass
er verstummt war.

»Was hast du gesagt?«, fragte Karen, und Nils wiederholte
seine Frage.

»Ich kann jetzt nicht heiraten«, erwiderte Karen. »Es hat keinen Sinn. Es wäre völlig zwecklos, das verstehst du doch.«

»Sebastian ist tot«, entgegnete Nils. »Hier ist nichts mehr, worauf du warten müsstest.«

Da wurde Karen wütend. Hinterher erinnerte sie sich nicht
mehr daran, was genau geschehen war, aber sie hatte gebrüllt:
»Raus!«, und dass Nils sich hier nie wieder blicken lassen solle.
Und noch etwas anderes, was Aune jedoch nicht hatte wiederho-
len wollen. Aber sie schien Karen danach auf seltsame Weise res-
pektvoll anzusehen. »Ich wusste gar nicht, dass das Fräulein solche Worte kennt.«

»Dein sprachliches Talent und das von Sebastian waren immer
schon bemerkenswert«, hatte Vater gesagt. »Einen Teil der Aus-
drücke musste ich in der Enzyklopädie nachschlagen. Mein Ana-
tomiestudium liegt eben schon eine Weile zurück.«

FETKNOPPEN

Azar träumte schlecht. Sie träumte davon, dass Tomppa und seine Kumpel ihr Grillspieße in den Bauch stießen und sie auslachten. »Ich hatte nicht vor abzuhauen«, erklärte Azar ihnen. »Ich wollte niemanden im Stich lassen. Und natürlich begleiche ich meine Schulden.«

Sie schreckte aus der schweißnassen Bettwäsche hoch und starrte auf seltsame Spitzengardinen. Es dauerte einen Augenblick, bis sie sich wieder daran erinnerte, wo sie sich befand. Auf einer Insel, in irgendeinem gottverlassenen Nest. In einem Zimmer, dessen früherer Bewohner vor mehr als sechzig Jahren gestorben war.

Azar schaute die grünliche Tapete an und überlegte, ob hier seit den Fünfzigerjahren überhaupt je neu tapeziert worden war. Neben dem Bett prangte ein dunkler feuchter Fleck. Sie fuhr mit dem Finger am Rand entlang und fragte sich, ob es Tomppa gelungen war, der Polizei zu entkommen. Selbst wenn man ihn gefasst hatte, würde nicht unbedingt jemand nach ihr suchen. Sie würden gewiss glauben, dass sie sich einfach nach Hause abgesetzt habe; wenn es hart auf hart kam, machten das auch die anderen Mädchen, die sich im Dunstkreis der Clique aufhielten. Weiße Schaumwaffelärsche, dachte Azar. Die einen Wutanfall bekamen, wenn die Mutter ihnen das Reitlager nicht bezahlen wollte. Die von Vuitton-Taschen träumten und süchtig nach Musikvideos waren. Für die »Revolution« eine Modemarke war und nichts, was Familien zersprengte und in alle Himmelsrichtungen verschlug, aus dem Ingenieurvater einen Hasenfuß machte, der nur mehr von Integration redete, und aus der Mutter eine Nörglerin, deren Ansicht nach im Heimatland alles besser gewesen sei.

Mehran. Azar wollte nicht an Mehran denken. Nicht daran, wie sie das erste Mal in seiner Wohnung gewesen war – wenn man es denn als Wohnung bezeichnen konnte. Ein verschlissenes Ledersofa in einem labyrinthischen früheren Luftschutzkeller, den Mehrans Freund als Trainingsraum nutzte. Ein Waschbecken mit einem Sprung und Farbflecken. Zuvor hatte den Raum irgendein bildender Künstler bewohnt, der ausgezogen war, weil er es sattgehabt hatte, kein Tageslicht zu Gesicht zu bekommen. Der Raum besaß kein einziges Fenster, man hörte nicht einmal die Straßengeräusche, nur die Rohre in den Wänden rauschten und gluckerten wie riesige innere Organe.

Tagsüber durfte Mehran sich dort nicht aufhalten. Den Großteil seiner Habseligkeiten musste er mit sich herumschleppen und dafür sorgen, dass der Trainingsraum jederzeit unbewohnt aussah. Erst am Abend durfte er dort wieder unterschlüpfen, kurz bevor der Wachdienst seinen Dienst antrat. Mehran hatte sogar Angst, im Treppenhaus Licht anzuschalten. Man könnte es ja aus der Ferne sehen.

Ständig war er in Bewegung, ohne Adresse, ohne Bankkonto, er besaß lediglich einen Kaffeebecher – ein Werbegeschenk für einen Batman-Film. Wollte Azar bei Mehran Kaffee trinken, dann goss sie erst ihm ein, und wenn der Becher leer war, spülte sie ihn für sich aus. Mehran trank seinen Kaffee mit Zucker, und Azar konnte Zucker nicht ausstehen. Sie hatte keine Ahnung, woher der Becher stammte. War er ein Überbleibsel von einem Kinobesuch eines früheren Bewohners, oder hatte Mehran ihn von irgendjemandem geschenkt bekommen, vielleicht von einer ehemaligen Flamme? Von einem blonden zierlichen finnischen Mädchen mit einem Parfüm, das nach Vanille duftete?

Wenn Azar bei Mehran war, lagen sie unter dem ausgebreiteten Schlafsack auf dem Sofa. Ihre Haut klebte auf dem Leder, und sie redeten. Wie viel sie einander zu sagen hatten! Es kam Azar so vor, als wäre sie in ihrem Leben bis dahin stumm gewesen, und alle Worte, all die wunderbaren Worte in ihrer Muttersprache Farsi, sprudelten plötzlich nur so von ihrer Zunge und stiegen empor wie Seifenblasen. Im Nachhinein konnte sich Azar nie an den Inhalt dieser Gespräche erinnern. Wovon hatte sie nur gesprochen, vielleicht von ihrer Kindheit? Von dem Eis, das sie am Kiosk neben dem Fußballplatz gekauft hatte, von Mutters depressiven Phasen, in denen sie sich in ihr Zimmer eingeschlossen, Vater aufs Sofa vertrieben hatte und tagelang im Morgenrock und in Schaffellpantoffeln herumgelaufen war? Vielleicht hatte ihr vor Mehran aber auch nur niemand zugehört. Vielleicht hatte sich nur niemand für ihre Geschichten interessiert. Obwohl – das konnte doch nicht stimmen. Sie hatte schließlich Freundinnen: Jasmin und Johanna. Sie hatten Pyjamapartys gefeiert, alle zusammen auf dem Fußboden auf Matratzen gelegen, gekichert und über ihre Freunde geredet. Genauer gesagt über Jasmins und Johannas Freunde, denn Azar war zu schüchtern und konnte sich mit Jungen nicht über die richtigen Themen unterhalten oder einfach ganz normal sein, wie Jasmin und Johanna es nannten. Vielleicht war es aber auch so, dass Jasmin und Johanna die ganze Zeit geredet hatten und Azar lediglich als Publikum diente. Vielleicht hatte Azar Angst davor gehabt, die Freundinnen könnten sie für seltsam halten und sich mit diesem ganz bestimmten Blick ansehen. Das war immer dann geschehen, wenn Azar irgendetwas gesagt hatte, was nach Ansicht der beiden »echt iranisch« war. Eine Freundin mit einer anderen Hautfarbe zu haben war wohl in Ordnung – solange sie sich ansonsten möglichst so verhielt wie alle anderen. Solange Azar es schaffte, auszusehen wie aus der Benetton-Reklame und zu lächeln, war sie gut genug für die beiden.

»Du bist so hübsch«, sagte Johanna dann womöglich und klatschte in die Hände. »Los, wir verpassen Azar ein Make-up!«

Und so schminkten ihr Jasmin und Johanna die Augen, zogen ihr Sachen an, die iranische Mädchen schlicht und ergreifend nicht trugen, obwohl Azar ihnen auch nicht erklären konnte, warum. Doch als Azar ihr Spiegelbild erblickte, wusste sie sofort, dass sie lächerlich aussah. Wie ein kleines Mädchen, das mit den Kleidern seiner Mutter gespielt hatte. Dann wusch sie alles wieder ab, obwohl Jasmin und Johanna versuchten, sie daran zu hindern.

Azar musste wieder an das Fotoalbum vom Vorabend denken. Sie hätte es sich gern etwas genauer angesehen. Wer war wohl dieser Mann gewesen, und warum hatte Karen ihr das Bild nicht zeigen wollen?

Azar stand auf und schlich nach unten. Sie hörte Karen in ihrem Zimmer schwer atmen. Die Alben lagen immer noch ordentlich aufeinandergestapelt auf dem Teppich. Azar schlug das oberste auf. Es kam ihr fremd vor. Statt des Fotos von Karen starrten sie Sebastians schwarze Augen an.

Sie setzte sich auf den Boden. Karens Bruder sah wie Karen aus und gleichzeitig auch wieder nicht. Und das lag nicht am Altersunterschied. Der Sebastian auf dem Foto war jung und gut aussehend und nicht wesentlich älter als Mehran. Doch im Gegensatz zu Mehran war Sebastian wirklich im Krieg und Soldat gewesen. Er hatte niemandem etwas bezahlt, um nicht zur Armee gehen zu müssen, und war auch nicht geflohen, als der Versuch misslungen war. Hatte dieses Mädchen gewusst, dass es schwanger war? Hatte sie es Sebastian erzählt? Hatte sie Angst davor gehabt, was ihre Eltern sagen würden?

Azar musste an Riitta denken. Insgeheim wäre sie nur zu gern dabei und sähe Riittas Gesicht, wenn die erführe, dass sie Stiefgroßmutter werden würde. Riitta, die so viele Anti-Age-Cremes besaß, dass man damit ein Bisonen drei Jahre lang würde einreiben können. Azar hatte das unbestimmte Gefühl, dass Kersti glücklich gewesen sein musste. Das Mädchen hatte zwar Angst gehabt, zugleich aber eine Gewissheit verspürt, die angenehm gekribbelt hatte. Endlich etwas Eigenes, hatte sie sich gewiss gedacht. Etwas, das nicht verschwinden und aufhören wird, sie zu lieben.

Azar schlug das Fotoalbum wieder zu. Ein zusammengefalteter vergilbter Zettel flatterte daraus zu Boden. Gerade als sie ihn auffalten wollte, hörte sie in ihrem Rücken eine Stimme.

»Was schnüffelst du hier herum?«, fragte Karen. Ihre Stimme klang scharf.

Azar sprang so schnell auf, dass sie regelrecht über sich selbst staunte. Sonst waren ihre Bewegungen durch das Baby steif.

Karen trug einen schokoladenbraunen Seidenpyjama und hielt den Revolver in der Hand. »Hier gibt es nichts, was zu stehlen sich lohnen würde. Geh sofort wieder ins Bett.« Azar hielt immer noch das Blatt in der Hand, und Karen streckte die Hand danach aus. »Her damit!«

Den Rest der Nacht lag Azar auf ihrem Bett und starrte zur Decke hinauf. Sie ärgerte sich zusehends. Was dachte Karen eigentlich von ihr? Sie hatte doch nur einen Blick auf ein Foto werfen wollen – ein unschuldiges altes Foto. Was war daran so verwunderlich? Sie war hier Gast, das hatte Karen selbst gesagt. Wer in aller Welt verbot seinen Gästen, sich im Haus umherzubewegen?

Sie hatte mitnichten die Absicht gehabt, irgendetwas zu stehlen. Der Vorwurf war einfach unverschämt von Karen gewesen. Zugegeben: Sie hatten sich unter ungewöhnlichen Umständen kennengelernt – bei einem Tankstellenüberfall. Aber in aller Regel bestahl Azar doch niemanden, den sie kannte!

Der Tankstellenraub war einer Notsituation entsprungen. Sie stand in jemandes Schuld, hatte sich von Tomppa in einer gewissen Situation ein bisschen was geliehen, damals, als sie keine

Alternativen gesehen hatte. Nichts davon hatte sie für sich selbst gewollt und beansprucht. Sie hatte eine Ehrenschuld begleichen wollen.

Gleich am Morgen würde sie von hier fortgehen. Allerdings würde sie dafür Karens Auto brauchen – doch stehlen wollte sie es nicht. Sie würde es am Busbahnhof abstellen, wo man es finden würde.

»Ich gehe«, sagte Azar leise. »Gleich morgen früh.«

Als Azar wieder aufwachte, war es bereits nach Mittag. Die Sonne spiegelte sich auf dem Meer in tausenden glitzernden Tropfen. Irgendwo weit draußen glitt ein einsames Segelboot mit roten Segeln vorbei. Azar zog die Gardinen zu und schloss die Augen. Sie lauschte ihrem Bauch, aber das Baby schien ganz still zu liegen. Es würde wohl ein ebenso großer Morgenmuffel wie Azar werden.

Allmählich bekam sie Hunger, und sie beschloss, trotz allem aufzustehen. Karen war nicht in der Küche. Azar rief ihren Namen, doch niemand antwortete. Soll sie doch schmollen, dachte Azar und machte sich ein belegtes Brot, nahm es mit ins Wohnzimmer, setzte sich und zog die nackten Beine unter. Aunes orangegoldene Katze war offensichtlich mal wieder durch die Haustür geschlüpft und strich um die Stuhlbeine, machte einen Buckel, fing an zu schnurren und fuhr sich über die Barthaare, dann suchte sie sich den bequemsten sonnenbeschienenen Platz – und ließ sich auf Azars Schoß nieder.

Vorsichtig bohrte Azar die Finger in ihr Fell, um sie zu kraulen, und aß den Rest des belegten Brotes in einer etwas schwierigen Sitzposition, brachte es jedoch nicht übers Herz, sich zu bewegen. Es war ratsam, sich mit einer Katze gut zu stellen.

Erst da bemerkte sie, dass die Fotoalben verschwunden waren. Karen wollte offenbar nicht, dass sie die Bilder noch einmal sah.

Sie stand abrupt auf, sodass die Katze entrüstet fauchte, und schüttelte sich Krümel vom Pyjama. »Komm, wir gehen spazieren«, sagte sie zu der Katze. »Vielleicht ist es gar nicht so schlecht, wenn wir uns hier mal ganz allein umsehen.«

Durchs Fenster hatte es wie ein sonniger Tag ausgesehen, aber hier unten am Ufer wehte ein heftiger Wind. Azar zog sich den Schal fester um den Hals. Ihr Bauch war mittlerweile derart angeschwollen, dass sich der Mantel kaum mehr richtig schließen ließ. Sie versuchte verzweifelt, nicht an Mehran zu denken und daran, wo er gerade stecken mochte. Nicht an seine Bartstoppeln auf ihrem Bauch, an seine schläfrigen Lippen in ihrem Nacken, an den langen Rücken, der eine sanfte Kurve beschrieb, wenn er sich gestreckt hatte. Der Mann schwor auf Dehnübungen. Und er sorgte sich um seinen Körper, verbot ihm alles, was seiner Ansicht nach schädlich sein konnte: Alkohol, Zigaretten, Kaffee, schweres Essen. Azar sah ihn vor sich, wie er ganz in sich selbst vertieft am Ufer des Näsijärvi den Kranich übte. Azar hatte damals über ihn gespottet, zärtlich, so wie verliebte Frauen es manchmal taten in dem Wissen, dass die Verrücktheiten des anderen genauso ihre eigenen waren, genau wie der fadenscheinige, angenehm knotige Bademantel. Wenig hatte sie damals davon gewusst, wie gierig der Mensch sein konnte, auf das Leben Einfluss zu nehmen. Eines Tages konnte der Geliebte einfach weg sein. Dann schlief niemand mehr in seinem Bett, und seine Freunde sahen einem nicht mehr in die Augen. Auf keine einzige Frage gab es mehr eine Antwort. Es gab nicht einmal mehr die richtigen Fragen.

Überrascht stellte Azar fest, dass sie bis zum Spritschloss gelaufen war. Die Pforte im Zaun war unverschlossen. Vielleicht standen Aune und Karen dort mit roten Wangen in der Küche und stritten sich über die Zubereitung des Abendessens oder genossen es bereits in vollen Zügen. Obwohl der Altersunterschied der beiden Frauen dreißig Jahre betragen mochte, gab es auch Dinge, in denen sich die beiden sehr ähnlich waren. Die gleiche Kinnstellung, der gleiche unnachgiebige Blick auf die Welt. Komm her, schien er zu sagen. Versuch nur, mich aufs Kreuz zu legen, ich werde es dir schon zeigen.

Falls ich vorhätte, länger hier herumzuhängen, dachte Azar, bräuchte ich mehr Freiraum für mich – mehr Freiräume. Mit dieser alten Frau zusammenzuwohnen wäre nicht einfach. Das kleine Wörtchen »falls« betonte Azar im Stillen.

Denn an dieser ganzen Sache war irgendetwas faul. Sie hatte sich bei Mehran daran gewöhnt, dass vieles verheimlicht wurde, dass man auf manche Fragen keine Antworten bekam. Auf Fragen wie: »Wo ist dein Mitbewohner jetzt, der letztens hier war?«, oder »Woher hast du diesen neuen Mantel? Er sieht teuer aus.« Die Menschen um Mehran herum tauchten auf und verschwanden wieder – wie Supermarktartikel, die vorübergehend im Angebot waren. Anfangs hatte Azar das nicht sonderlich interessiert. Sie hatte Mehran geliebt, und alles andere war egal gewesen. Bis irgendwann Mehran selbst verschwunden war. Seither war Azar allergisch gegen Geheimniskrämerei. Sie würde es sich nicht gefallen lassen, wenn Karen ihr irgendeinen Mist erzählte. Das würde sie sich von niemandem mehr gefallen lassen. Sie hatte Menschen satt, die logen. Die sagten, dass sie blieben, aber letztlich doch fortgingen so wie Mehran, so wie Mutter, so wie Vater, der sich hinter Riittas breitem Rücken versteckte und zugelassen hatte, dass sein Kind zum ewigen Gast im eigenen Zuhause geworden war.

Azars Stiefel knirschten auf dem Sandweg. Sie sah kurz zu den Fenstern des Spritschlosses hinüber, doch es war überall dunkel. Sie griff nach der Klinke. Die Haustür war abgeschlossen. Natürlich, Aune war ja nicht blöd.

Azar ging um das Haus herum auf die andere Seite. Vielleicht hatte sie an der Tür zur Veranda mehr Glück. Sie wollte nichts mitnehmen, und in dem leeren Haus hatte sicherlich niemand etwas Wertvolles liegen lassen. Sie wollte sich nur ein wenig umsehen. Als Azar die Feuerleiter bemerkte, die zum Balkon führte, schwang sie sich kurz entschlossen auf die untersten Sprossen. Die Balkontür war verriegelt, aber das Schloss sah alt aus. So eines ließ sich im Nu öffnen. Man musste nur die Klinge eines Taschenmessers hineinstecken und ein paarmal daran rütteln.

Drinnen roch es muffig. Schwere dunkelblaue Samtgardinen umrahmten die Fenster zum Meer. Staub wirbelte durch die Luft. »Hier ist lange nicht gelüftet worden«, murmelte Azar. »Pfui, Aune.«

Ihre Stimme hallte von den Wänden mit der goldgestreiften Tapete wider und verschmolz schließlich mit der Stille. Nicht einmal eine Uhr tickte. In dem Zimmer war es düster, trotzdem schaltete Azar das Licht lieber nicht ein. Sie wusste nicht, wie weit es draußen auf dem Meer zu sehen sein würde.

Azar durchquerte ein angrenzendes Zimmer, offenbar das Wohnzimmer, und betrat dann durch eine Doppeltür einen weiteren Raum, in dem an der Wand ein schwerer Eichenschreibtisch stand, dessen obere Hälfte mit einem Rollladen verschließbar war. Ein silbernes Tintenfass, zu dessen Füßen sich ein silberner Tiger rekelte, eine kleine Tischuhr, eine rosafarbene, mit Muschelschalen geschmückte Dose, eine Lampe aus grünem Glas. Bücherregale nahmen rundum die Wände ein, in der Ecke stand ein geblümter Sessel mit einem aufgeschlagenen Buch auf der Sitzfläche. Azar betrachtete den Einband. Schwedisch. Das verstand Azar nicht, obwohl sie seit der siebten Klasse Schwedisch in der Schule hatte. Viele Zuwanderer – dabei war Azar ja eigentlich nicht *zugewandert*, sie war hier geboren – wählten Schwedisch als neue Sprache. Das ließ sich leichter lernen, die Flüchtlingsaufnahmezentren in Österbotten galten als angenehmer, und außerdem waren die Finnlandschweden ohnehin daran gewöhnt, als Minderheit zu gelten. Sie wussten, was es bedeutete, sich als Außenstehende zu fühlen. Das hatte Azar oft mit eigenen Ohren gehört. Doch Azars Vater wollte Finne sein und nicht gleich zwei

Minderheiten angehören. Er hatte endlich Teil einer Mehrheit sein wollen, und zwar so sehr, dass er schließlich mit einer Person namens Riitta zusammen in einer Dreizimmerwohnung gelandet war und im nächstgelegenen Supermarkt auf Bonuskarte Lebensmittel kaufte. Azar sprach Farsi, Finnisch und Englisch. Das Schwedische hingegen war ihr immer wie ein unüberwindlicher Berg erschienen.

Der nächste Raum war das Esszimmer. Um den massiven Barocktisch hatten gut und gerne zwanzig Stühle Platz. An den Wänden hing eine Reihe Porträts, gemalt irgendwann in den Dreißiger- bis Fünfzigerjahren in Asphaltfarbtönen, und kaum eine der Personen lächelte. Offensichtlich war es damals kein Vergnügen gewesen, reich zu sein. An einer Wand entdeckte Azar ein Foto – eine Vergrößerung – zweier junger Mädchen, die aussahen wie alle finnischen Mädchen: Sie hätten genauso gut in Azars Schulklasse gehen können, so vertraut kamen sie ihr vor, aber das Foto schien vor vielen Jahrzehnten aufgenommen worden zu sein, vielleicht noch während des Krieges. Vor einem Porträt über dem Kamin blieb Azar stehen. Eine Frau in einem blauen Kleid hielt einen kleinen Jungen im Arm, der wiederum konzentriert eine Spielzeuggiraffe umklammerte. Als hätte das Kind Angst, jemand könnte ihm die Giraffe wegnehmen, wenn es nicht unablässig darauf aufpasste. Die Frau trug einen Glockenhut aus den Zwanzigern und eine dreireihige Perlenkette.

Azar erinnerte sich daran, dass sie selbst als Kind ebenfalls eine Spielzeuggiraffe gehabt hatte. Ein Verwandter aus dem Iran hatte sie ihr mit der Post geschickt. Als das Paket nach einem Monat schließlich ankam, hatte der Zoll den Giraffenbauch mit einem Messer aufgeschnitten, und die Füllung war daraus hervorgequollen. Mutter war rasend vor Wut gewesen. »Was denken die eigentlich, was dein Onkel in einem Kinderspielzeug hierherschmuggeln will?«

Doch Vater hatte sich nicht beschweren wollen. Er hatte nur

irgendetwas vor sich hin gemurmelt und sich dann wie in allen unangenehmen Situationen in sein Arbeitszimmer zurückgezogen. Azar hatte geweint. »Ist das Kamel jetzt tot?« Giraffen hatte sie damals nicht gekannt – ein Kamel hatte sie indes schon mal in einem Bilderbuch gesehen. Die Mutter war den ganzen Abend wutschnaubend auf und ab marschiert und hatte das Spielzeug schließlich wieder zusammengenäht. »Die Giraffe ist beim Arzt gewesen. Man hat ihr den Blinddarm entfernt«, hatte sie erklärt, und Azar war auf ihren Schoß geklettert.

Wann hatte Mutter aufgehört, sich ständig aufzuregen?, überlegte Azar. Ab wann war sie nur mehr niedergeschlagen gewesen, hatte sich zurückgezogen und angefangen, davon zu reden, wieder in den Iran zurückgehen zu wollen? Wann war sie Azar entglitten, wann hatte sie aufgehört, Plüschgiraffen zu flicken?

Plötzlich klingelte hinter ihr im Arbeitszimmer das Telefon. Instinktiv drehte sie sich um und machte ein paar Schritte auf das Geräusch zu, begriff dann jedoch, dass sie nicht abzunehmen brauchte, und entspannte sich wieder. Doch der Anrufer war beharrlich. Azar hatte das Telefon im Arbeitszimmer überhaupt nicht bemerkt – allerdings hatte sie auch nicht nach einem Telefon Ausschau gehalten. Komisch, dass Menschen überhaupt noch ein Festnetztelefon besaßen.

In Azar erwachte die Neugier. Sie wollte das Telefon sehen. In einem solchen Haus war es bestimmt irgendein schrecklich altmodisches goldfarbenes Gerät. Sie marschierte zurück ins Arbeitszimmer. Das Geräusch schien aus der Richtung des Sessels zu kommen, neben dem ein kleines Bücherregal auf Rollen und darauf ein altmodischer Globus standen. Und der Globus klingelte.

Azar trat darauf zu, doch im selben Moment hörte das Klingeln auf. Der Anrufer hatte offenbar die Nase voll.

Azar schob die obere Hälfte des Globus zur Seite. Darunter befand sich der Telefonhörer.

»Sieh mal an«, staunte Azar.

»Keine Bewegung!«, sagte plötzlich eine Stimme hinter ihr. »Hände hoch, aber ganz langsam, sodass ich sie sehen kann. Ich hab eine Schrotflinte. Sie ist zwar von 1975, aber ich garantiere dir, dass sie immer noch einwandfrei funktioniert.«

Es war eine Männerstimme. Azar ließ den Hörer auf die Gabel zurückfallen. Es war gewiss am klügsten zu gehorchen.

»Dreh dich um, damit ich dein Gesicht sehen kann.« Der Mann leuchtete Azar mit einer Taschenlampe ins Gesicht, und sie kniff vor dem grellen Lichtstrahl die Augen zusammen. Als Azar sie wieder öffnete, hatte der Mann bereits die grüne Lampe auf dem Schreibtisch eingeschaltet. Er ging zum Sessel hinüber und ließ sich mit dem Gewehr auf den Knien darauf nieder.

»Einbrecher sind heutzutage aber klein«, sagte er. »Ist der Bauch echt?«

Der Mann hatte eine Baseballkappe auf. Das Gesicht darunter war runzlig, der Mund des Mannes schien darin fast zu verschwinden, als hätte er schon vor Jahren aufgehört, ihn zu benutzen. Er trug Outdoorbekleidung wie diese Leute aus der Joghurtwerbung: Ölzeug über einer karierten Hose. Und er hinkte.

»Kann ich die Hände herunternehmen? Sie schlafen mir sonst ein.«

»Ich weiß nicht«, schnaubte der Mann. »Du siehst zwar nicht gefährlich aus, aber das gilt für die meisten Menschen. Dabei haben sie in der Abendzeitung letzte Woche erst das Bild eines Jungen abgedruckt, der ein junges Mädchen aus seiner Schule umgebracht hat. In einem Wutanfall hat er sie mit einem Stein erschlagen. Auf dem Zeitungsfoto hat er ausgesehen wie der Betreuer einer Konfirmandenfreizeit. Ich meine, mich zu erinnern, dass ich damals einen Betreuer hatte, der genauso aussah. Allerdings hat der jetzt sicher auch schon einen Katheter, einen Herzschrittmacher und eine verstorbene Frau.«

»Entschuldigung, dass ich hier einfach so hereinspaziert bin«, sagte Azar. »Die Tür zur Veranda stand offen, und ich war auf der Suche nach Aune.«

»Aune?«, erwiderte der Mann, als ergäbe die ganze Sache endlich einen Sinn. »Die ist nicht hier.«

»Oh. Na ja, dann sollte ich wohl besser wieder gehen.«

Der Mann hob sein Gewehr. »Nur keine Eile. Mein Vater, der Spritkönig, der dieses Haus gebaut hat, hätte dich wahrscheinlich erschossen. Einfach nur sicherheitshalber. Dies hier war das Haus von Schmugglern.«

»Ich weiß. Karen hat es mir erzählt.«

»Karen?« Der Mann zuckte zusammen. »Karen Valter? Ist sie hier?«

»Im weißen Haus«, erwiderte Azar zögernd. »Kennen Sie sie?«

»Bist du ... Bist du Karens Tochter?«

Azar musste lachen. Ihr Lachen wirkte sogar fast natürlich. Hieß es nicht, dass ein Mensch am natürlichsten lachte, wenn eine Jagdflinte auf seinen Bauch gerichtet war?

»Nicht einmal ihre Enkelin – aber eine Freundin.«

Der Mann wirkte nachdenklich. »Karen ist also zurückgekommen ...« Er legte das Gewehr auf den Tisch, kratzte sich am Kopf, stieß versehentlich gegen die Lampe, und das Licht ging aus. Das genügte Azar. Sie stürmte zur Balkontür und war nur Sekunden später weg. Mit langen Schritten lief sie zum Tor hinüber, hielt sich dabei den Bauch und rannte den ganzen Weg zurück zum weißen Haus.

Das war immer noch verwaist und Karen nirgendwo zu sehen. Ihre Autoschlüssel hingegen lagen mitten auf dem Tisch. Ohne darüber nachzudenken, schnappte Azar sich die Schlüssel und steckte sie ein. Die Katze auf dem Sessel hob den Kopf. Als sie jedoch sah, dass Azar ihr keinen Thunfisch zu kredenzen gedachte, ließ sie ihn wieder auf die Pfoten sinken und schlief ungerührt weiter.

Als Azar zum Hafen abbog, wartete die Fähre bereits am Anleger. Daneben stand eine Gestalt in einem dunklen Ulster. Aune. Sie bedeutete Azar mit einer Handbewegung anzuhalten. Eine überflüssige Geste – der Schlagbaum war heruntergelassen, Azar hätte ohnehin keinen Zentimeter weiterfahren können.

»Die alte Dame meinte, du hättest etwas vergessen.«

Azar öffnete das Fenster, und Aune drückte ihr einen Briefumschlag in die Hand. Azar öffnete ihn – und erblickte Geldscheine. Fünfhundert Euro.

»Angeblich ein Vorschuss. Sie hat nicht gesagt, wofür. Ich gehe davon aus, dass du Bescheid weißt.« Aune zog die Beifahrertür auf und setzte sich neben Azar. »Wir sollten besser zurückfahren. Das Essen steht im Ofen.«

Der Schlagbaum ging hoch.

»Nach Korpo?«, rief der Fährmann herüber, als Azar den Motor immer noch nicht wieder anließ. Sie starrte den orangefarbenen Overall des Mannes an. Hinter ihr hupte jemand. Kurz entschlossen schüttelte Azar den Kopf und fuhr rückwärts aus der Schlange heraus. Und für einen Augenblick sah es aus, als hätte Aune gelächelt.

»Die alte Dame ist nicht mehr so wie früher«, sagte Aune, ohne Azar anzuschauen, als sie auf dem Sandweg zurück zum weißen Haus fuhren. »Die Geschichte, die ihr hier aufwühlt, tut ihr gar nicht gut. Sie ist seit dem letzten Sommer sichtlich gealtert.«

»Ist sie denn oft hier?«

»Nein, nur ein paarmal im Jahr. Etwa zwei Jahrzehnte lang ist sie überhaupt nicht mehr auf die Insel gekommen. Nach allem, was ihr Bruder getan hatte und was mit ihm passiert war. Ihr Vater harrte hier bis zu seinem Tode allein aus. Das war in den Siebzigern, damals, als gerade Präsidentenwahl war … Im Fernsehen erklärten sie einem, wie wichtig es sei, wählen zu gehen, und dass nun auch zum ersten Mal die jungen Leute zugelassen seien. Ich war erst im Jahr zuvor achtzehn geworden und furchtbar aufgeregt. Es war Kekkonens Jahr. 1978? Na ja, egal. Jedenfalls kam sie zum Begräbnis ihres Vaters. Sie hatte sich verändert, sie war nicht mehr so wie früher. Hübsch wie ein Filmstar, mit Dauerwelle und einem Nerzpelz. Und trotzdem sah sie immer noch so aus wie eine Valter. Es war deutlich zu erkennen. Immer noch der gleiche schmale Mund und das herzförmige Gesicht. Danach ist sie nur noch ab und zu hier gewesen. Ihre Familie hat sie nie mitgebracht. Vielleicht wissen die ja gar nichts von diesem Haus.«

»Du hast also Sebastian, Karens Bruder, nie erlebt?«

Aune lachte. »Ich bin deutlich jünger. Damals nach dem Krieg war ich noch nicht einmal geboren. Aber natürlich habe ich von der Sache gehört. Wie alle anderen auch. In kleinen Orten wie diesem hier vergessen die Menschen nicht. Über die Tat wurde damals aber angeblich auch im ganzen Land und in allen Zeitungen berichtet. So ist das, wenn ein junges Mädchen umgebracht wird. Man hielt es für einen Sexualmord. Anfangs gab es Gerüchte, dass es irgendein Deutscher gewesen wäre, der sich in der Gegend herumgetrieben hatte. Irgend so ein Kriegsfanatiker – die kennt man ja. Aber dann stellte sich heraus, dass es einer von den eigenen Jungs gewesen sein musste. Da muss man sich natürlich eine Menge anhören, wenn man aus so einem kleinen Ort stammt. Ach, von dort kommst du?, sagen die Leute. Dort, wo das Mädchen gefunden wurde... Hast du die Stelle gesehen? Ist es nicht schrecklich, an einem Haus vorbeizugehen, in dem einmal ein Mörder gewohnt hat? Stell dir nur vor, wenn es dort nun spukt? Es sind genau diese Fragen, die man immerzu hört, wenn man aus Fetknoppen stammt. Am Ende hast du das alles so satt, dass du am liebsten schreien möchtest. Was vorbei ist, ist vorbei – meiner Meinung nach. Ein Zentrum für die Bootssportler – so etwas braucht diese Insel. Die Mordtouristen machen nur Ärger.« Aune sah Azar direkt ins Gesicht. »Der alten Dame fiel es immer schon schwer, die Sache zu akzeptieren. Und das kann man ja auch verstehen – der eigene Bruder und das alles.«

»Und wenn er sie gar nicht umgebracht hat?«

»Hat sie das behauptet? Offenbar hat sie dir nicht die ganze Geschichte erzählt. Hat sie erwähnt, wie Sebastian ihr einmal einen Stein an den Kopf geworfen hat? Anscheinend nicht. Die arme Frau musste eine Woche im Bett liegen und behielt eine hässliche Narbe an der Schläfe zurück. Sie war verrückt nach ihrem Bruder und hat bis zum heutigen Tag Schuldgefühle, weil sie sich nicht besser um ihn gekümmert hat. Aber die Wahrheit ist, dass Sebastian verhaltensgestört war, wie man heute sagen würde. Er wurde sogar aus dem Krieg wieder zurückgeschickt. Und wegen Kleinigkeiten hat man damals wirklich niemanden freigestellt. In den Kriegsjahren mussten sie alle als Kanonenfutter herhalten.«

»Willst du damit sagen, dass er verrückt war?«

»So nennt man es heutzutage wohl nicht mehr. Sieh mal, da sind wir schon. Ich muss den Braten übergießen. Der trocknet sonst aus.«

Azar sah zu, wie die Frau behände ausstieg und über den Weg zu ihrem Haus auf der gegenüberliegenden Straßenseite hastete. Warum hatte sie es plötzlich so eilig gehabt? Normalerweise redeten doch alle gern über derlei alte Geschichten. Über Unfälle und Bluttaten. Als Azar noch klein gewesen war, hatte Großmutter zuweilen die Küchentür geschlossen, die Bonbondose aus dem obersten Fach genommen und ihr dann die schauerlichsten Geschichten erzählt, in denen tote Väter erschienen, um ihren Nachfahren einen Tipp zu geben, wo Goldmünzen vergraben waren und arme Söhne den Schatz bargen. Großmutter hatte solcherlei Geschichten geliebt – je blutiger, umso besser. Für Großmutter hatte eine Geschichte nichts getaugt, wenn darin nicht wenigstens eine schwarz gewordene Zehe war, oder ein wiederauferstandener Exmann vorgekommen der herumspukte. Großmutter hatte auch Geschichten erzählt, bei denen die Erwachsenen plötzlich an einer völlig falschen Stelle laut losgelacht hatten, während Azar überhaupt nicht verstanden hatte, worum es ging.

Selbst Mutter hatte dann gelächelt, obwohl sie und Großmutter seinerzeit so gut wie gar nicht miteinander klargekommen waren. Großmutter war Vaters Mutter gewesen und hatte ihre Schwiegertochter für eine Angeberin gehalten, die sich mit ihrer reichen Familie brüstete, obwohl alle wussten, dass ihr Geld bereits lange vor der Revolution weg gewesen war. Der alte General hatte es beim Windhundrennen verspielt und für seine junge arabische Geliebte ausgegeben, die in den Bergen eine eigene weiße Villa bewohnt hatte. Wenn man aus so einer Familie stammte, spuckte man besser keine großen Töne.

2011

TAMPERE

Der erste Schnee war vor einer Woche gefallen und noch nicht wieder getaut. Johannas Großmutter sagte daraufhin einen langen, harten Winter voraus. Der Atem dampfte, und Azar tippte mit der Spitze ihrer Sneakers auf das Eis über einer Pfütze. Wenn man dicke Wollsocken anzog, konnte man seine Converse den längsten Teil des Winters tragen. Das hatte Azar von Johanna gelernt. Nur Weicheier trugen Winterstiefel, und Ugg-Boots waren etwas für Dreizehnjährige. Johanna hatte Azars alte Sneakers in der Waschmaschine mit einer violetten Farbpatrone gewaschen und dann mit einem schwarzen Textmarker Herzen und einen Totenkopf mit gekreuzten Knochen daraufgemalt. Johanna wusste, was man tragen musste, um so auszusehen, als wäre einem alles scheißegal, und zugleich mit seinem Outfit allen zu zeigen: »Seht her, wie verdammt cool ich bin.«

Auch heute wieder hatte Johanna ihr langes blondes Haar zu einer Schnecke aufgezwirbelt, aus der im Nacken ein paar präzise ausgewählte Strähnen heraushingen. Sie hatte so viel schwarzen Lidstrich aufgetragen, dass es schon verschmiert aussah, und auf jedem ihrer Fingernägel glänzte der Lack in einer anderen Farbe. Selbst wenn Johanna an ihren Nägeln kauen würde (wie Azar), hätte sie immer noch cool ausgesehen. Sie trug einen kurzen weißen Afghanenpelz und Jeans, in den Ohren hatte sie auf beiden Seiten fünf Stecker und rechts überdies eine Sicherheitsnadel.

Jasmin war die etwas blassere Ausgabe von Johanna, aber mit

der gleichen Frisur, einem blauen Minirock und Stiefeln, die ihr bis über die Knie reichten. Azar wusste, dass beide Mädchen sich auf der rechten Schulter ein Herz und J&J – Johanna und Jasmin – hatten tätowieren lassen. Hätte Azar mitgemacht, hätte in dem Herz J&A&J gestanden, aber Azar hatte die Reaktion ihres Vaters gefürchtet und an dem Tag eine Migräne vorgegeben.

»Scheiße, ich hasse Freitage«, sagte Johanna. »Da sind echt nur Loser unterwegs.«

Das war typisch Johanna. Sie konnte nicht dieselben Wochentage wie die anderen lieben; damit wäre sie ja berechenbar gewesen.

Azar, Jasmin und Johanna standen am Busbahnhof und schlürften süßen Erdbeercider. Azar hatte die Getränke beschafft. Sie war schon mit dreizehn für volljährig gehalten worden, anders als beispielsweise Jasmin mit ihrem kindlichen Gesicht. Azar trug eine neue Lederjacke und ein Palästinensertuch, das sie bei H&M im Schlussverkauf erstanden hatte, und fand, dass sie gut aussah – ein bisschen wie ein Mädchen aus einem schwedischen Modeblog, wenn man darüber hinwegsah, dass sie nicht besonders groß war und Vater nicht erlaubte, dass sie sich Strähnchen machen ließ. Dabei wollte Azar sich ihr Haar nicht einmal blondieren – sie wollte kein Megablond wie bei Jasmin, Taylor Swift oder Chisu. Nur so ein bisschen Toffee zwischen all dem Schwarz. Sie hatte wie Johanna und Jasmin schwarzen Eyeliner aufgetragen, in einem Ohr trug sie einen schwarzen Ohrstecker, und am anderen hing ein winziger Vogelkäfig, der aussah, als stammte er aus Azars alter Puppenstube. Die Fingernägel waren violett lackiert und ragten aus fingerlosen Handschuhen hervor, die Riitta für sie gestrickt hatte.

Johanna trat rastlos von einem Bein aufs andere. Sie standen schon eine ganze Stunde lang hier draußen herum und warteten darauf, dass ihnen irgendwelche Bekannten über den Weg liefen. Johanna und mit ihr Jasmin und Azar als ihre Freundinnen waren zu einer Party von ein paar Erstsemesterstudenten eingeladen worden, aber es wäre doof gewesen, zu früh dort aufzutauchen. Niemand, der irgendetwas auf sich hielt, erschien vor zehn bei einer Party, das wusste Johanna, doch obwohl der November noch verhältnismäßig mild war und die Temperatur nur knapp unter null lag, kribbelten ihnen mittlerweile die Zehen vor Kälte.

»In anderthalb Jahren wird man mich in dieser Gegend nicht mehr zu blicken kriegen«, verkündete Johanna. »Ich hab inzwischen alles gesehen, was es zu sehen gibt.« Sie hatten vereinbart, nach dem Abitur gemeinsam eine Fahrt mit der Transsibirischen Eisenbahn zu machen. Erst nach Sankt Petersburg und von dort aus mit dem Zug weiter durch die Mongolei bis nach China. »Vielleicht können wir von dort ja in den Iran weiterfahren und deiner Mutter Guten Tag sagen«, hatte Johanna vorgeschlagen. Azar hatte keine Lust verspürt, ihr zu erklären, dass der Iran nicht gerade an der Strecke lag. Doch Johanna hatte an sie gedacht, und das allein genügte.

Im Anschluss wollte Johanna nach London gehen und Kulturanthropologie studieren, aber als ihr eigentliches Hauptfach würde sie die Clubs von London wählen. Die hatte sie schon im vorigen Sommer bei einem Sprachkurs des Konservatoriums in Augenschein genommen. Johanna hatte Jasmin und Azar auf ihrem Handy Fotos gezeigt – jene, die sie nicht auf Facebook gestellt hatte: »Weil ich meine Mutter als Facebook-Freundin annehmen musste. Sonst hätte sie mich nicht fahren lassen. Das hier ist übrigens Jay, der hat ein paar Bandprojekte. Er hat gesagt, ich hätte eine aufregend tiefe Stimme. Angeblich haben viele skandinavische Mädchen so eine.«

Jay hatte Rastalocken so dick wie Bleistifte und in den Ohren Plugs wie Flaschenkorken, nur in Schwarz. Er stand neben der stark geschminkten Johanna und bleckte breit grinsend eine Reihe weißer Zähne – nur dass ein Eckzahn fehlte. Er war mindestens zwanzig, aber das galt für all ihre »Lover«, wie Johanna sie ein bisschen angeberisch nannte. Natürlich gab sie sich nicht mit Gymnasiasten ab – jedenfalls mit keinem, der aus Hervanta stammte.

Azar würde nach der Schule in Tampere bleiben. Vater wollte nicht, dass sie so schnell von zu Hause auszog. Er wollte Azar im Auge behalten. Azar würde sich an der medizinischen Fakultät oder für ein Chemiestudium bewerben. Vater wünschte sich, dass sie einen europäischen Abschluss machte. »Mit einem europäischen Abschluss kannst du überallhin gehen, überall arbeiten – wo immer du willst. Wenn du einen europäischen Abschluss hast, dann bist du wirklich frei.« Azars Vater hatte vor der Revolution in Frankreich studiert. Er war älter als ihre Mutter, die nur über ein iranisches Krankenschwesterdiplom verfügte. Damit bekam sie in Finnland nicht einmal Arbeit als Putzfrau. Nicht dass Mutter bereit gewesen wäre, einen Mopp zu schwingen. Die Frauen in Mutters Familie waren keine Dienerinnen gewesen, sie waren bedient worden. Ihre Fingernägel waren granatapfelrot lackiert gewesen, in ihr Badewasser waren Rosenblätter gestreut worden, und zum Frühstück hatten sie Kichererbsenkekse gegessen. In Azars Kindheit hatte Mutter noch immer mit einem Bein in den Teheraner Gärten gestanden. Die waren für sie realer gewesen als jedes finnische Fertiggericht. Und obwohl Azars Mutter fast zwanzig Jahre in Finnland gelebt hatte, war es immer wieder vorgekommen, dass sie Azars Hilfe in Anspruch hatte nehmen müssen, um den Kassiererinnen im Supermarkt irgendetwas zu erklären. Wenn Azar Briefe ihrer Lehrer aus der Schule mit heimgebracht hatte, hatte die Mutter sie lediglich beiseitegelegt. Sie hatte nie gelernt, Finnisch zu lesen, und wenn sie es sprach, konnte man ihren eigenartig hüpfenden Akzent heraushören, für den sich Azar schon als kleines Kind geschämt hatte. Azar hatte bereits mit drei Jahren besser Finnisch gesprochen als ihre Mutter. Später waren sie immer gemeinsam zum Arzt und zum Arbeitsamt gegangen.

»Sagen Sie Ihrer Mutter …«

»Sag dem Arzt, dass ...«

Azar hatte schon mit neun Jahren gynäkologische Fachbegriffe auf Finnisch gekannt, weil Mutter unter irgendeiner Pilzinfektion gelitten hatte.

Endlich entdeckten Johanna und Jasmin etwas Interessantes: Eine Gruppe von drei Jungen schien hin und wieder zu ihnen herüberzuschauen. Johanna stieß Azar verstohlen in die Seite. »Gib mir mal 'ne Zigarette.«

»Du rauchst doch gar nicht.«

»Gib schon her!«

Johanna steckte sich die Zigarette zwischen die Lippen, und Jasmin gab ihr Feuer. Auch Jasmin rauchte nicht, hatte aber trotzdem immer ein Feuerzeug in der Tasche für den Fall, dass sie jemandem damit behilflich sein konnte. Genauer gesagt: einem Jungen. Johanna drehte sich so, dass sie seitlich zu den drei Jugendlichen stand, nahm einen tiefen Zug aus der Mentholzigarette und warf den Kopf in den Nacken. »Schauen sie noch her?«, fragte sie.

»Ja«, antwortete Azar. »Aber die sind ziemlich alt ...«

»Dann muss man ihnen wenigstens nicht erst alles beibringen«, erklärte Johanna. »Der mit dem schwarzen Mantel und dem gestreiften Schal ist süß.«

»Ist das nicht ein bisschen öde?«, fragte Jasmin. »Im Sinne von Mainstream?«

»Hilfe, jetzt kommen sie rüber!«, flüsterte Johanna.

»Salamati«, sagte der Junge mit dem gestreiften Schal und zwinkerte Azar im Vorübergehen zu.

Azar war verwirrt. Sie hatte den Mann für einen Araber gehalten, seine Haut war wesentlich dunkler als ihre oder die ihres Vaters. Doch als sie genauer hinsah, erkannte sie die leicht gebogene persische Nase, die grünen Augen und die über der Nasenwurzel fast zusammenwachsenden Augenbrauen.

»Was hat er gesagt?«, fragte Johanna, und Azar spürte die Verärgerung in ihrer Stimme. Johanna war es gewohnt, als die Schönste zu gelten, als diejenige, deren Hintern und Rehaugen die Aufmerksamkeit sowohl der Erwachsenen als auch der anderen Teenager auf sich zogen. Und sie hatte ein Auge auf diesen jungen Mann geworfen, der genauso toll aussah wie Ian Somerhalder in seiner Rolle als Vampir.

»Er hat nur Hallo gesagt«, antwortete Azar, die keine Lust darauf hatte, die Dolmetscherin zu spielen.

Es kam ihr komisch vor, in der Öffentlichkeit Farsi zu sprechen. Daheim hatte es vor allem ihre Mutter gesprochen. Vater hatte die Ansicht vertreten, dass es eher ratsam sei, sich anzupassen, und Anpassung bedeutete für ihn, die finnische Sprache zu benutzen.

»Frag ihn, ob er zu uns rüberkommen will«, befahl Johanna, und Azar winkte dem Mann. Er lächelte sie an, raunte seinen Freunden etwas zu und kam lässig zu ihnen herüber.

»Der ist bestimmt mindestens zwanzig!«, flüsterte Jasmin und zupfte Azar am Ärmel. »Sag was!«

»Was denn?«, murmelte Azar.

»Egal, irgendwas. Du bist doch diejenige, die seine Sprache spricht.«

Meine Sprache, fügte Azar im Stillen hinzu. Farsi war auch ihre Muttersprache. Sie und der Unbekannte waren Iraner. Sie starrte auf die Spitzen ihrer Sneakers hinab, und als sie den Blick wieder hob, stand der Mann neben ihr.

»Weißt du, was das da ist?«, fragte er Azar und zeigte dabei auf ihr Palästinensertuch. Er berührte sie dabei zwar nicht, stand aber so nah bei ihr, als wäre er Azars Cousin oder irgendein anderer Verwandter.

»Das da war ein sogenanntes Schnäppchen. Sollte es mir sonst noch irgendetwas sagen?«, antwortete Azar, und der Fremde lachte.

Es fiel ihr leicht, sich mit ihm zu unterhalten. Sie redeten und scherzten und vergaßen darüber völlig, dass Johanna und Jasmin auch noch da waren. Die beiden standen neben ihnen und hörten zu, bis sich Johanna schließlich auf Englisch in das Gespräch einmischte, um wie üblich die Aufmerksamkeit wieder auf sich zu ziehen.

»Where are you from?«, fragte Johanna und klimperte mit ihren künstlichen Wimpern. (Vater hätte Azar nie erlaubt, sich so etwas zu kaufen. Er hätte vermutlich noch nicht einmal verstanden, worum es Azar gegangen wäre, selbst wenn sie es ihm auf Farsi erklärt hätte.) Der Mann fiel ins Englische und wechselte ein paar Worte mit Johanna. Er sei aus Teheran, erklärte er. Aus dem Iran. Von dort habe er fliehen müssen, nachdem er an ein paar Demonstrationen teilgenommen hatte. Immer mehr Menschen aus seinem Umfeld seien verschwunden, und als in dem Café, in dem Mehran – so hieß der Mann – und seine Freunde oft gesessen hatten, eingebrochen und alles zerschlagen worden sei, habe er es endgültig für besser gehalten fortzugehen.

»Ach, bist du also auch so ein Revolutions-Fan?«, fragte Johanna, auf die das alles gehörig Eindruck zu machen schien. Auch Azar war beeindruckt. Bisher hatte sie sich immer unbehaglich gefühlt, wenn Menschen sich über den Iran unterhielten. Zur Zeit der Anschläge vom 11. September war sie noch nicht einmal eingeschult gewesen, doch der Schatten jenes Tages hatte sie schon begleitet, noch ehe sie das Wort Dschihad überhaupt hatte schreiben können. Ich habe damit nichts zu tun, hätte sie am liebsten geschrien. Diese Menschen aus den Fernsehnachrichten, die Männer mit den Tüchern um die Köpfe, die in Bunkern wohnten, sich Bärte wachsen ließen und Kinder dafür anwarben, Bomben herumzutragen, hatten rein gar nichts mit ihr zu tun. Der Iran und der Irak waren zwei verschiedene Länder – es war zwar nur ein einziger Buchstabe, durch den man sie auseinanderhalten konnte, aber dieser eine Buchstabe machte den entscheidenden

Unterschied aus. Azar war zwar Muslimin, aber sie konnte sich kaum mehr daran erinnern, wie eine Moschee von innen aussah. Nachdem Mutter in den Iran zurückgekehrt war, hatte Vater sich nicht mehr die Mühe gemacht, darauf zu achten, ob in irgendwelchen Mahlzeiten Speck zum Kochen verwendet wurde. Am vergangenen Wochenende hatten sie sogar Würstchen gegrillt. Mutter hatte auch Hähnchen gegrillt, obwohl man das Fleisch in Finnland nicht halal bekam, aber Mutter hatte ihr Zitronenhuhn-Rezept geliebt und behauptet, der Koch ihrer Großmutter habe einst in Frankreich studiert und ihr jeden Sonntag Zitronenhuhn vorgesetzt, weil das gut sei für den Teint. »Und sieh mich jetzt an«, hatte Mutter dann für gewöhnlich gesagt, »er hatte recht!«

Mutter hatte geglaubt, sie sei eine Schönheit, und niemand hätte sie je davon abbringen können. Nicht einmal, als sie schon fast fünfzig war, hörte sie auf, von Verehrern zu reden, die sie sich in Wirklichkeit nur einbildete, oder auf ihrem Ruf als schönstes Mädchen der gesamten Großfamilie zu beharren.

»Wir sind unterwegs zu einer Party«, fuhr Johanna fort. »Komm doch mit, du kannst ja deine Freunde mitnehmen, wenn du dich allein mit lauter Mädchen nicht traust.« Bei ihren letzten Worten drehte sie eine Ponyfranse um den Finger.

»Gehst du auch zu dieser Party?«, fragte Mehran auf Farsi, und Azar nickte. »Es ist schön, wenn man mal in seiner Muttersprache reden kann. Meine Freunde sind okay, aber sie kommen aus der Türkei. Das wahre Zuhause des Menschen liegt in der Sprache.«

Azar verstand nicht ganz, was Mehran ihr damit sagen wollte, aber es klang gut. Zumindest hielt Mehran sie nicht für dumm. Er sah in ihr jemanden, der ihm ebenbürtig war, ein Gegenüber, von dem er annahm, dass er auch kompliziertere Dinge verstehen würde.

Auf dem Weg zu der Party hakte sich Johanna bei Mehran unter. Azar sah, wie Mehran Johanna anlächelte, so wie die Männer zumeist lächelten, wenn sie in Johannas Bann gerieten. Azar schluckte die Enttäuschung hinunter, noch bevor sie sich in ihr breitmachen konnte. Warum hatte sie sich überhaupt eingebildet, dieser Mann könnte anders sein? Nur weil er ebenfalls Iraner war? Weil endlich einmal jemand auch ihr zumindest ein kleines bisschen Beachtung geschenkt hatte – ihr, dem klein gewachsenen Mädchen mit der dunklen Hautfarbe? Johanna war schön, und sie war temperamentvoll. Sie wurde beachtet, wo immer sie ging und stand. Natürlich zog Mehran Johanna vor.

Azar ließ sich ein wenig zurückfallen und Jasmin mit den türkischen Jungen flirten, obwohl der eine, Karim, mehrmals zu Azar herüberschaute. Offensichtlich hatte er bis drei gezählt und aus der Tatsache, dass sie zu dritt unterwegs gewesen waren und die Mädchen ebenfalls zu dritt waren, den Schluss gezogen, dass Azar für ihn übrig bleibe, denn sein größerer Bruder war bereits mit Jasmin ins Gespräch vertieft.

Azar hatte nichts gegen Karim. Seine Schultern hingen ein bisschen nach vorn, und sein Hemd war bis oben zugeknöpft, aber sie hatte schon mit schlimmeren Erscheinungen ein Date gehabt. Doch heute wollte sie eben einfach nicht diejenige sein, die abbekam, was übrig blieb.

Die Party fand in einer ehemaligen Fabrikhalle statt, deren Ziegelwände von Graffiti bedeckt waren. An der Tür kaufte man Coupons, die man in Flaschenbier eintauschte, das bereits unter dem Tresen lauwarm geworden war. Cider gab es nicht und Bier auch nur von einer Sorte aus aufeinandergestapelten Kästen. Ein Teil der Gäste trug die typischen Studentenoveralls, und es ging auch hoch her.

Azar nahm sich ein Bier, obwohl sie den Geschmack nicht besonders mochte. Ihre Jacke hatte sie sich in den Rucksack gestopft, weil die Garderobe in der Halle keinen besonders vertrauenerweckenden Eindruck machte. Das Garderobenmädchen hatte anscheinend schon vor Beginn der Party ein gutes Fundament gelegt und flirtete gerade unverhohlen mit dem Türsteher. Azar hatte das Gefühl, mit dem Rucksack über der Schulter wie eine Mittelschülerin auszusehen. Die gute Laune, die sie bis dahin gehabt hatte, und die Freude über ihre neue Jacke waren mit einem Schlag dahin.

Johanna und Jasmin verschwanden in Richtung Tanzfläche. Karim schien kapiert zu haben, dass Azar genauso langweilig war, wie sie aussah, und unterhielt sich mit einer betrunkenen Studentin, die einen deutlich willigeren Eindruck machte. Das Mädchen trug einen um die Taille geschnürten Overall und darunter ein enges, weit ausgeschnittenes weißes Top, auf dem diverse Spritzer gelandet waren – vermutlich Rotwein. Das rot gefärbte Haar fiel dem Mädchen über den Rücken. Aus unerfindlichen Gründen färbten sämtliche finnischen Mädchen, die nicht blond waren, ihr Haar rot. Oder aber schwarz – als gäbe es keine anderen Haarfarben. Azar wunderte sich darüber. Karim jedoch schien der Anblick, den das Top ihm eröffnete, zu gefallen, und er ächzte zufrieden, als die Studentin ihn an sich zog und die Arme um seinen Hals legte. Erst nach einer Weile begriff Azar, dass sie tanzten. Für einen Augenblick hatte sie geglaubt, dass die beiden sich anschickten, sich inmitten der vollen Fabrikhalle zu paaren.

»Ich hab dich schon gesucht.« Plötzlich stand Mehran wieder neben ihr. Er hielt eine neue Bierflasche in der Hand. Azar blickte auf ihre eigene hinab. Sie hatte noch keinen Schluck daraus getrunken.

»Willst du denn gar nicht mit Johanna tanzen?«

»Lieber will ich mit dir tanzen.«

»Ich tanze nicht.«

Mehran lächelte, als wäre die Antwort von Azar genau die richtige und lang ersehnte gewesen.

»Wollen wir verschwinden?«

»Wohin denn?«

Absolut die falsche Antwort, dachte Azar. Warum?, hätte sie fragen müssen. Oder: Ist Johanna dann nicht beleidigt? Doch Azar widersetzte sich nicht, als Mehran sie an der Hand nahm und hinausführte. Auf dem Hof füllte die frische Luft ihre Lunge. Azar blinzelte.

»Das ist die Nebelmaschine«, sagte Mehran, und als er Azars irritierten Blick bemerkte, erklärte er ihr, dass wegen der Nebelmaschine die Luft in dem Club so stickig gewesen sei.

Auf einer verlassenen Baustelle kletterten sie auf einen Kran. Azar verspürte kaum Furcht, obwohl sie sonst immer unter Höhenangst gelitten hatte. Einmal rutschte sie auf der vereisten Leiter aus, doch ansonsten klappte es ganz gut.

Auf der obersten Sprosse blieb Azar stehen, um tief Luft zu holen, und Mehran reichte ihr die Hand und zog sie das letzte Stück hinauf. Seine Hand war warm, obwohl er keine Handschuhe getragen hatte.

Sie setzten sich nebeneinander, blickten hinab auf die Stadt und den Näsijärvi. Auf dem See lag eine dünne Eisschicht.

»Weißt du«, sagte Mehran, »im Iran ist das Beste im Winter die Rückkehr der Vögel. Wenn es aufhört, still zu sein, und man wieder Vogelstimmen hört. Am schwierigsten an Finnland finde ich, mich an diese Stille zu gewöhnen.«

»Die Stille ist doch das Beste.«

Mehran lachte. »Du bist zu finnisch! Kein Iraner würde je von sich behaupten, dass er die Stille angenehm fände.«

Mutter würde den Mann mögen, dachte Azar, während sie Mehran betrachtete. Er hatte aus seiner Schultertasche ein paar Dinge gezogen, die man für eine Selbstgedrehte brauchte, und baute einen Joint, zündete ihn an und hielt ihn Azar hin, die jedoch den Kopf schüttelte.

Mehran hielt den Joint wie ein Mädchen zwischen Zeigefinger und Ringfinger. Seine Hände waren schön, die Augenringe ließen ihn irgendwie romantisch und älter aussehen, als er war. Er hatte eine hohe Stirn und trug das Haar betont nachlässig nach hinten gekämmt.

Mehran war anders gekleidet als die Jungen, die Azar kannte. Er zog sich eher an wie Vater – oder ein jüngerer Onkel. Azars Mutter hatte gut aussehende, elegante Männer gemocht. Früher, als Azar noch viel jünger gewesen war, hatte Mutter die Angewohnheit gehabt, in den Fotoalben ihrer Jugendzeit zu blättern und ihr Fotos zu zeigen, auf denen man in den verblassten Farben der Siebzigerjahre fremde Menschen erkennen konnte, die in europäisch eingerichteten Räumen tanzten und feierten. Junge Männer mit gepflegten schmalen Schnurrbärten, die Zigarette lässig zwischen den Fingern, mit Cordhosen, langen Koteletten und Haaren, die trotzig über die Ohren wuchsen. Nader, Reza, Farhad ... Mutter hatte die Namen aufgezählt, und ihre Stimme hatte dabei zärtlich geklungen. Es war auch vorgekommen, dass sie dann erzählte: »Nader hat bei Mutter um meine Hand angehalten. Ich ging damals noch zur Schule, doch zu der Zeit war es eine Ehre, wenn ein Mädchen so jung einen Heiratsantrag bekam. Seine Eltern hatten einen riesigen Garten. Die Iraner lieben Gärten. Der Garten ist ihr Paradies – ihre Moscheen und Handschriften sind voller Bilder von Gärten. Naders Familie besaß ein Gartenhäuschen voller Vögel in Käfigen. Sie hatten die Farben von Bonbons: pistaziengrün und granatapfelrot oder gelb wie Safrangebäck. Naders Mutter wusste, wie sehr ich Vögel mochte, und ließ mich allein im Garten umherspazieren. Sie hoffte inständig, dass ich ihre Schwiegertochter würde. Mein Großvater war immerhin General gewesen, und ihre Familie war mit Schraubenmuttern reich geworden. Einmal saß ich in dem Gartenhäuschen und las. Die Vogelstimmen hatten eine beruhigende Wirkung auf mich. Die Luft um mich herum war erfüllt von ihrem Zwitschern und Trällern. Unter ihnen befanden sich auch ein paar Arten, die als europäisch galten: Rotkehlchen und ein schwarzer Vogel, an dessen Namen ich mich nicht mehr erinnern kann. Der schwarze hatte einen lang gezogenen hellen Gesang, und manchmal träumte ich von der Zukunft und dass ich eines Tages in Europa wohnen würde – vielleicht in Paris, mit einem Ehemann – und enge lange Hosen tragen und mir die Haare kurz schneiden lassen würde wie bei einem Jungen. In meiner Schule gab es in einer höheren Klasse ein Mädchen, dessen Schwester einen *damad farang* hatte, einen ausländischen Ehemann, und ich hatte diese Schwester einmal gesehen. Sie war nicht außergewöhnlich schön, aber wie sie Zigaretten rauchte, wie sie sich kleidete – das faszinierte mich. An dem Tag, als Nader um meine Hand anhielt, saß ich da und las und sah plötzlich aus dem Augenwinkel, wie die Katze etwas Gelbes im Maul herbeitrug. Ich hielt sie im Genick fest und erkannte, dass es sich um einen kleinen Kanarienvogel handelte, der nun reglos in meiner Hand lag. Als die Katze selbstzufrieden um meine Beine strich, versetzte ich ihr einen Tritt. Sie glaubte wohl, dass sie mir einen Gefallen getan hätte, aber mir tat der Vogel leid. Er sah so winzig aus, bestimmt war er noch nicht einmal ausgewachsen gewesen. Er war so klein, dass ich annahm, er könnte zwischen den Stäben des Käfigs hindurchgerutscht und dann in den Krallen der Katze gelandet sein. Als ich den Vogel so in der Hand hielt, erwachte er mit einem Ruck und sah zu mir auf. Das eine Auge war ganz blutig, die Katze hatte es mit ihrer Kralle erwischt, und ich wollte ihm schon den Hals umdrehen, damit sein Leiden ein Ende hatte. Doch urplötzlich spreizte er die Flügel und flog auf. Er taumelte ein bisschen, kam aber nicht weit, denn auf einmal rauschte ein Falke herab, packte den gelben Vogel und riss ihn mit. Diese kleinen gelben Vögel sind in freier Natur einfach zu auffällig. Als Mutter mir später erzählte, dass Nader um meine Hand angehalten habe, blieb mir nichts übrig, als eine ablehnende Antwort zu geben. Der Kanarienvogel war ein schlechtes Vorzeichen gewesen. Ich will nicht behaupten, ich hätte gewusst, dass Nader auf dem Heimweg vom Tennis durch eine verirrte Kugel sterben würde. Der Schütze war ein Soldat des Schahs, der auf Demonstranten gezielt hatte. Nader wurde zu einem der ersten Märtyrer der Revolution, wie seine Mutter uns allen später stets zu verstehen gab. Aber irgendetwas hatte ich doch geahnt. Ich besitze dieselbe Fähigkeit wie alle Frauen in unserer Familie.«

Sie saßen da, und Mehran redete weiter, erzählte von seiner Mutter und den drei Brüdern und davon, wie sehr er sich nach ihnen sehne. Wie er und seine Freunde auf Feiern gewesen seien, nicht bei so einem unbedeutenden Blödsinn wie diese Fete hier, sondern auf Partys mit schönen Menschen, die tanzten und Champagner tranken und zum Abschied ein Geschenk erhielten. Einmal hatte Mehran ein paar nagelneue Turnschuhe von Nike bekommen.

»Warum bist du denn fortgegangen?«, fragte Azar, und Mehran spuckte aus.

Azar erinnerte sich an die CNN-Nachrichten und die Geschichten ihrer Eltern. Vater war nach 1987, als sie das Land verlassen hatten, nie wieder im Iran gewesen – Mutter zwei Mal, bevor sie ganz dortgeblieben war. Aber die ganze Zeit über hatte Azar immer wieder gehört, dass man im Iran nicht mehr leben könne – dass eine Frau, die sich den Lippenstift nicht abwischte, für zwei Tage in eine Zelle geworfen werde. Dass man sogar ins Gefängnis komme, wenn man ein westliches Buch besaß. Für ihren Vater war der Iran die Vergangenheit, die er hinter sich gelassen hatte. In Finnland war alles gut und fortschrittlich: die Demokratie, das Gesundheitswesen, die Kanalisation. Es sei Azar doch hoffentlich klar, dass man in Teheran keinen Meter laufen könne, ohne in eine offene Kloake zu fallen? Doch für Mehran kam Azars Finnland einem Rattenloch gleich – nur eine Zwischenstation auf dem Weg dorthin, wo wirklich etwas los war: Amerika, Kanada oder zumindest Stockholm.

Warum hast du dir dann überhaupt die Mühe gemacht hierherzukommen?, wollte Azar schon fragen, traute sich aber nicht. Denn auch sie war hier die andere, die Fremde, die nur zu gut wusste, dass lediglich Menschen mit strohblondem Haar und blauen Augen dieses Land kritisieren durften.

Azar wusste wenig über den Iran – nicht mehr als ein Kichererbsenkeks. Und trotzdem bekam keiner den Iran aus ihr heraus. Er hatte ihr seine Kennzeichen eingebrannt: die schweren Augenlider, die toffeefarbene Haut, ihre Statur, deretwegen sie auf einem Klassenfoto niemals in der hintersten Reihe stehen würde. Johanna und Jasmin hatten lange Beine, große, kräftige Füße, einen breiten Hintern und erreichten im Supermarkt mühelos das oberste Regal. Azar war klein und kurvig, gerade so, wie die Männer sich eine Frau wünschten, hatte die Großmutter erklärt.

Aber Azar wollte nicht exotisch sein. Sie wollte sich die bewundernden Kommentare unbekannter Männer im Bus nicht mit anhören müssen, und sie wollte auch nicht, dass man ihr dickes glänzendes Haar berührte. Die Finnen, die in der Regel Abstand hielten und sich im Bus nie neben einen anderen setzten, vergaßen ihre angeborene Distanz, sobald sie ein hübsches exotisches Wesen vor sich sahen. Da trug die Neugier den Sieg davon.

Als Azar klein gewesen war, hatten unbekannte alte Frauen sie angelächelt und ihr Bonbons zugesteckt. Ein paar Jahre später waren Azar innerhalb eines Sommers Brüste gewachsen, und die Blicke hatten sich verändert. Die Männer waren auf der Rolltreppe näher an sie herangerückt und hatten gefragt: Woher kommst du? Azar hatte genau gewusst, was sie dachten: Sie hatte es gewusst, weil viele von ihnen es aussprachen – aber auch jene, die schwiegen, hatten den immer gleichen Glanz in den Augen, den gleichen schnellen Blick über ihren Körper. Es ist also wahr, dass diese ausländischen Mädchen sich schneller entwickeln. Und sie wissen schon in jungen Jahren ganz genau, wie man einem Mann gefällt. Sie werden so erzogen, dass sie weich und süß sind wie Sahnebonbons und bereit, von einem Mann geformt zu werden. Und dann hatte es jene gegeben, die sie gefragt hatten, woher sie stamme, doch Azar hatte in ihren Augen und in ihrer Art eine ganz andere Frage gelesen: Wann gehst du wieder dorthin zurück?

Auch wenn Azar in der Arkkitehdinkatu in Hervanta aufgewachsen, zu den Pfadfindern gegangen war und Nudelauflauf geliebt hatte (mit der gleichen Innigkeit, mit der Kinder alles liebten, was wenig Geschmack hatte) – der Iran steckte einfach zu tief in ihr drin, sie konnte ihm nicht entkommen.

Als Azar älter wurde, stolperte sie in einer Zeitung über ein Interview mit einer iranisch-französischen Comiczeichnerin, für die Frankreich, wie sie es formulierte, wie ein Ehemann sei und der Iran wie die Mutter. Von einem Mann konnte man sich trennen, von seiner Mutter nicht.

Der Iran war in Azars Bauchhöhle festgewachsen, unmöglich, ihn operativ zu entfernen. Der Iran: das Heimatland, das Azar nie gesehen hatte.

Mehran indes stammte aus einem Iran, der Azar vollkommen fremd war. Aus einem Land, in dem es Wolkenkratzer und Satellitenstädte gab und wo man besser nicht aus dem Wagen stieg, wenn einem jemand im Rückwärtsgang in die Seite rammte. Der Iran ihrer Eltern war der Iran vor der Revolution gewesen. Es gab immer noch Verwandte, mit denen man über Skype telefonierte und denen man Geburtstagskarten schickte. Doch dann gab es auch noch den Iran aus den CNN-Nachrichten: zerlumpte Kinder, die Molotowcocktails warfen, Frauen in Burkas, gesteinigte Mädchen, die man mit neun Jahren fremden alten Männern versprochen hatte. Mehran behauptete, er habe niemanden persönlich gekannt, der gesteinigt worden war. Der größte Teil dieser Nachrichtenbilder sei wahrscheinlich von amerikanischen Journalisten inszeniert worden. Der Iran sei ein reiches Land, ungeheuer reich – dort gebe es Einkaufszentren und einen McDonald's, der sich von den McDonald's-Filialen anderswo in der Welt nur dadurch unterscheide, dass das Fleisch dort halal war. Teheran sei, so Mehran, eine Millionenstadt voller Lichtreklame, Abgase und Asphalt. Die jungen Leute organisierten Partys, auf denen deutsches Bier aus Flaschen mit langem Hals getrunken und verbotene Rapmusik gehört werde. Die Polizei mache dann und wann Razzien, suche nach Satellitenantennen und verbotenen Filmen, aber das überstehe man mithilfe von ein paar gut investierten Dollars. Iranische Geldscheine wolle selbst ein Polizist nicht haben. Die fresse die Inflation, die im Laufe einer einzigen Nacht aus einer Null zwei machen konnte.

Noch am selben Abend verabredeten sie sich für den darauffolgenden Dienstag vor einem Kino und sahen sich irgendeinen banalen amerikanischen Spielfilm an. Später konnte sich Azar nur mehr daran erinnern, dass die Hauptdarstellerin so ausgesehen hatte, als wäre sie mit sechs Jahren an Anorexie erkrankt.

Azar war aufgeregt, ihre Handflächen waren schweißnass, obwohl es nicht ihr erstes Date war. Johanna hatte schon zuvor mehrere Blind Dates für sie organisiert, bis Azar ihr Einhalt geboten hatte. Als Begründung hatte sie vorgegeben, dass ihr Vater keinen Freund mit falschem Glauben akzeptieren würde. Ihr kennt doch die Muslime, hatte Azar gesagt und die Augen verdreht, und das hatte Johanna und Jasmin zum Schweigen gebracht.

Im Gegensatz zu Azar interessierten die Mädchen sich nicht für die Nachrichten auf CNN, aber die ganze westliche Welt wusste nun mal, dass Muslimmädchen – sogar solche, die ganz normal waren wie Azar – mit ihren Muslimvätern übel dran waren.

»Er würde dich doch...«, hatte Jasmin gemurmelt. »Er würde dich doch nicht etwa auspeitschen?«

»Das weiß man nie. Aber das Risiko will ich lieber nicht eingehen«, hatte Azar mit ernster Miene geantwortet. Sie hatte keine Lust verspürt, ihnen zu erklären, dass es ihren Vater nicht im Geringsten interessierte, wo Azar sich abends aufhielt – solange sie in der Matheprüfung eine Eins bekam. Aber sie wollte sich mit keinem Jungen mehr treffen, den Johanna für sie ausgesucht hatte. Azar vermutete, dass es sich dabei ohnehin nur um Johannas ausgemusterte Exemplare handelte – Jungs, die für Johanna selbst nicht mehr hip oder süß genug waren. Jungs, die Azar musterten und sie dann fragten, ob sie Türkin sei und gerne Kebab esse. Jasmin ging weiter brav mit diesen Jungen aus, lachte über ihre Witze und ließ zu, dass Johanna sie in Klamotten steckte, die sie für geeignet hielt. Manchmal kam es Azar so vor, als spielte Johanna mit ihr und Jasmin wie mit lebensgroßen Puppen. Sie schenkte ihnen ihre abgetragenen Sachen und Lover, damit sie wie Abbilder ihrer selbst aussahen und sich als Backgroundchor eigneten.

Mehran war anders. Ihm brauchte man nicht den Unterschied zwischen dem Iran und dem Irak zu erklären und dass Azar natürlich sowohl Pizza als auch Kebab aß, genau wie alle anderen, aber beides niemals zu ihrem traditionellen Lieblingsgericht erküren würde. Azar war ein wenig irritiert, dass Mehran derart fasziniert von einem Film war, den sie selbst einfach nur kindisch fand. Amerikanisches Getöse, für das Azar und ihre Freundinnen nur ein Stirnrunzeln übriggehabt hätten. Mehran hingegen starrte auf die Leinwand, kaute dabei Popcorn und genoss den Film in vollen Zügen. Doch die Iraner liebten nun mal Hollywood und seinen Glamour. Für sie mochte das Manko bei amerikanischen Filmen darin bestehen, dass es nicht genug Gold und Pailletten regnete und dass keine Céline Dion vor großer Kulisse die Erkennungsmelodie sang.

Nach ein paar Treffen nahm Mehran Azar mit zu sich nach Hause oder vielmehr dorthin, wo er übernachtete, und Azar war sofort klar, dass Mehran mit ihr schlafen wollte, aber zu schüchtern war, um dies auch nur anzudeuten. Es tat weniger weh, als Azar angenommen hatte. Hinterher weinte Mehran und bat sie um Verzeihung, und Azar kam sich selbstlos und großherzig vor.

Sie legte ihren Kopf an die Brust des Mannes und ließ ihn ihren Rücken streicheln. Und als er sie ihr reichte, nahm sie eine Schmerztablette und trank dazu Wasser aus seinem einzigen Kaffeebecher.

Damals war Azar glücklich. Zum ersten Mal hatte sie jemandem etwas geben können, was zwar für sie selbst keinen größeren Wert darstellte, den anderen jedoch glücklich zu machen schien. Sie lagen auf einer Armeedecke, die Mehran über dem Ledersofa ausgebreitet hatte. Die Decke roch nach nassem Schaf und den Zigaretten des Vorbesitzers. Azar dachte an Vaters und Riittas Schränke, in denen sich gemangelte Finlayson-Bettbezüge stapelten. Das nächste Mal würde sie Bettwäsche mitbringen.

»Ich wusste gar nicht, dass du eine politische Fanatikerin bist«, sagte Johanna, und Azar hörte den verächtlichen Ton in der Stimme der Freundin.

Johanna trug ein weites Kimonohemd und Röhrenjeans und hatte ihr Haar mit blauen Clips in Vogelform hochgesteckt. Die Clips hatten ursprünglich Azar gehört, sie stammten aus dem Päckchen einer Tante, aber Johanna hatte sie sich im selben Moment ausgeliehen, da sie sie zu Gesicht bekommen hatte. Vermutlich wusste sie nicht einmal mehr, dass sie eigentlich Azar gehörten.

Sie schwänzten die Erdkundestunde, wie schon früher hin und wieder. In den vergangenen Wochen hatte Azar ungewöhnlich wenig Zeit für ihre Freundinnen gehabt. Umso häufiger hatte sie sich mit Mehran getroffen, ihm dabei geholfen, seine Angelegenheiten in Ordnung zu bringen, und die eine oder andere Kleinigkeit besorgt, die aus seiner provisorischen Unterkunft ein Zuhause machen sollte. Azar war schwer beschäftigt gewesen: Sie besaß einen Pass, sie beherrschte die finnische Sprache, sie konnte auf Ämtern Dinge für Mehrans Freunde erledigen, einkaufen und Essen zubereiten, und das alles brachte sie der Realität viel näher, sie lebte jetzt im echten Leben und konnte kein allzu großes Interesse mehr für nichtige Schuldramen aufbringen.

Sie saßen im Tankstellenbistro, wo karierte Wachstuchdecken auf den Tischen und Plastikpelargonien für künstliche Gemütlichkeit sorgten. Außer ihnen waren keine weiteren Gäste da, nur ein einsames Muttersöhnchen hatte einen Hocker zu den Spielautomaten hinübergezogen und spielte Poker. Hin und wieder hörte man es aus der Ecke klimpern.

Johanna und Jasmin waren auf einer Party tanzen gewesen, in einem neuen Club. Jasmins Ex, ein DJ namens Max, hatte sie eigens dafür mit falschen Papieren versorgt. »Endlich mal Qualitätsarbeit!«, meinte Johanna, und dann erfuhr Azar, dass Max angeblich darauf aus sei, wieder mit Jasmin anzubändeln, aber die zögere noch, weil sie mittlerweile einen anderen Jungen von der Party in der Fabrikhalle in der Hinterhand habe, aber Max habe nun mal seine Vorteile. Zum Beispiel, dass Johanna und Jasmin mit seiner Hilfe an der Schlange vorbei in die Clubs hineinkamen.

Azar hörte nur mit halbem Ohr zu und erzählte dann ihrerseits von Mehran, woraufhin Johanna die Nase rümpfte und dann jenen Satz aussprach: »Ich wusste gar nicht, dass du eine politische Fanatikerin bist.«

Es war zwar schick, eine eigene Meinung zu haben, aber Politik war zu ernst, zu wenig ironisch und überhaupt nichts, woran süße Jungs interessiert waren. Und erst recht hatte niemand etwas für Mädchen übrig, die eine eigene Meinung hatten und diese auch ernst nahmen.

Azar wusste, dass Johanna so dachte, hatte sie es doch schon etliche Male ausgesprochen. Johanna, Jasmin und sie selbst hatten die Mädchen mit Verachtung bedacht, die mit Amnesty-Sammelbüchsen in der Stadt herumgelaufen waren. So etwas war ganz einfach stillos.

»Das bin ich auch nicht«, sagte Azar. »Aber ich liebe Mehran nun mal.«

»Das ist doch nur irgend so ein Flüchtling. Das solltest du dir ganz genau überlegen«, entgegnete Johanna, und Azar war erstaunt über den Gesinnungswandel ihrer Freundin. Damals nach der Party in der Fabrik, auf der sie Mehran kennengelernt hatten, schwärmte Johanna noch zwei Tage lang davon, wie toll er gewesen sei, aus welch ach so schwierigen Verhältnissen er doch stamme und wie sexy das sei: dass er das wahre Leben gesehen habe, ganz anders als all die anderen Milchgesichter. Und auf einmal war für Johanna aus Mehran ein Flüchtling geworden. Dass er sich für Azar interessierte, machte ihn in Johannas Augen zu einem Mann, der einen Schaden hatte.

Azar starrte Johanna an. Die Freundin sah so aus wie immer, schön und schick. Sie trug ihren Afghanenpelz und schwarze Jeans und dazu Lipgloss. Das Haar fiel ihr in wogenden Locken über die Schultern, als hätte Johanna sie morgens nur ein klein wenig zerzaust, aber Azar wusste, dass sie mindestens eine Stunde für dieses Ergebnis benötigte.

Azar wandte den Blick ab und starrte auf ihre Teetasse. Sie hatte nie gelernt, Kaffee zu trinken. Der Tee schmeckte anders als der, den sie zu Hause tranken. Oder der, den Großmutter im Samowar zubereitet hatte. In der weißen Tasse aus Steingut von Arabia schwamm ein grüner Lipton-Beutel. Die Mischung enthielt Brombeere, und Azar schnupperte daran, um sich Mut zu machen. Sie spürte, wie sie sich mit jedem Augenblick weiter von Johanna und zugleich noch von etwas anderem entfernte, das sie nicht näher zu bestimmen vermochte, und ein Teil von ihr hätte am liebsten verzweifelt daran festgehalten. Wenn sie doch bloß wüsste, was es war.

»Hast du es deinen Leuten schon erzählt?«, fragte Johanna schließlich. Ja, Azar hatte ihnen von Mehran erzählt, von einem iranischen Austauschstudenten, dem sie bei einer Feier begegnet war. Vater hatte sich damit begnügt, seine Ehefrau Riitta hingegen hatte die Interessierte gespielt und weitere Fragen gestellt.

»Diese Flüchtlinge haben oft psychische Probleme«, hatte sie gesagt. Für die Arbeit hatte sie eine Fortbildung in Gruppenpsychologie besucht. »Traumata. Und ist er nicht ein ganzes Stück älter als du?«

»Vater ist übrigens auch ein Flüchtling«, hatte Azar geantwortet. »Ist dir das klar?«

»Dein Vater und du, ihr seid etwas ganz anderes ...«

»Ach, wirklich? Weil wir uns hier integriert haben? Und weil wir nicht traumatisiert sind?«

Riitta hatte den Mund aufgemacht, dann wieder geschlossen und geschluckt. Azar hatte genau gewusst, was Riitta in diesem Moment durch den Kopf gegangen war: dass sie ein schwieriges Kind sei und unreif. Dass sie sich weigere, mit ihr shoppen zu gehen oder mit ihr – Frauen unter sich – nach Naantali ins Wellnessbad zu fahren. »Wir spannen mal aus und gönnen uns eine Maniküre.« Azar hätte Vaters neue Frau vermutlich besser leiden können, wenn die sie einfach in Ruhe gelassen hätte. Wenn sie die Wohnung so belassen hätte, wie sie zu Mutters Zeiten gewesen war, und wenn sie darüber hinweggesehen hätte, dass Vater und Azar über ihre eigenen Geschichten redeten, sich sonntags im Fernsehen *Miss Marple* ansahen und dabei Pistazienkekse aßen. Riitta hatte zu viel auf einmal verändern wollen. Sie hatte die vielen Bände der großen Sachbuchreihen in den Keller schleppen und in die frei gewordenen Regale Vasen mit Glasperlen stellen wollen mit krummen farbigen Zweigen darin. Und was Mehran betraf, war Riitta einfach nicht bereit einzusehen, dass Azars Freunde nur Azar selbst etwas angingen. Sie wollte, dass Azar den Jungen zum Abendessen mitbrachte. So als veranstalteten sie noch Abendessen mit Gästen und als wären sie in jeder Hinsicht eine normale Familie. Riitta hatte wirklich nicht alle Tassen im Schrank. Davon erzählte Azar Johanna.

»Du bist Riitta gegenüber wirklich zu streng. Sie gibt sich doch nur Mühe«, entgegnete Johanna.

»Und du willst meine Freundin sein?«

»Ja, und Freundinnen sagen einander auch, wenn jemand dabei ist, etwas Idiotisches zu tun.«

»Was soll das denn heißen?«

»Dass du diesem Kerl nicht trauen solltest.«

Azar warf sich den Rucksack über die Schulter. »Ich muss los.«

»Gehst du gar nicht zur Mathestunde? Du hast doch noch nie eine Stunde bei Reinikainen ausgelassen.«

»Dann ist es vielleicht an der Zeit.«

Aufgebracht verließ Azar die Tankstelle. Sie war wütend auf Johanna. Sie konnte sich nicht entsinnen, wann sie je so wütend auf ihre Freundin gewesen wäre. Vielleicht damals, als Johanna zum Kapitän der Pesäpallo-Mannschaft gewählt worden war und sich geweigert hatte, Azar in ihr Team aufzunehmen, weil die Freundin nach Johannas Meinung den Ball schlug »wie ein Joghurt vom letzten Jahr«.

Azar sah auf die Uhr. Es war noch zu früh für einen Besuch bei Mehran, und zu Hause saß vermutlich Riitta herum. Die Frau von Azars Vater arbeitete im Schichtdienst im Krankenhaus und schlief oft den ganzen Tag oder wanderte im Schlafanzug auf und ab und führte Marathontelefonate mit ihren Freundinnen. Eigentlich hatte Azar vorgehabt, zur Mathestunde zu gehen, und hätte jetzt tatsächlich gern im Unterricht gesessen. Azar liebte die Klarheit der Mathematik, und sie liebte es, wie sich die Ziffern zu verlässlichen Reihen formierten und wie sich alles vorhersagen ließ. Aber im Moment konnte sie Johanna beim besten Willen nicht mehr ertragen. Die Bibliothek, dachte Azar, ich kann doch jederzeit in die Bibliothek gehen. Und plötzlich fiel ihr wieder ein, wie Mutter sie vor langer Zeit – es schien eine Ewigkeit her zu sein – am Nachmittag immer in die Bibliothek gebracht hatte. Dort hatte sie sich Nancy-Drew-Bücher und Tarzan-Hefte aussuchen dürfen, und Mutter hatte für sich selbst französische Handarbeitszeitschriften ausgeliehen. Danach waren sie nach Hause gegangen, und Mutter hatte belegte Brote mit Ei und Kakao für sie gemacht, und Azar hatte sich im großen Sessel ein Nest aus einer Decke und aus Kisten gebaut.

Plötzlich hatte Azar das Bedürfnis, ihre Mutter anzurufen, und holte ihr Telefon aus der Tasche. In letzter Zeit hatte sie einige Termine ausgelassen, zu denen sich Mutter in der Regel über Skype meldete. Wenn sie mit Mehran zusammen war, merkte sie manchmal gar nicht, wie die Zeit verging, und es war ihr peinlich, in seiner Gegenwart mit dem Laptop herumzuspielen. Sie hörte das Freizeichen, dann das Rauschen der iranischen Zentrale und anschließend wieder das Freizeichen. Wie sehr sich sogar die Telefongeräusche in jenem Teil der Welt von den hiesigen unterschieden. Schließlich meldete sich eine verschlafene Männerstimme. Esko, Mutters Mann. Ob irgendwas passiert sei? Nein, Azar wolle nur mit ihrer Mutter sprechen.

Mutter war gerade dabei, Essen zu kochen. Azar hörte im Hintergrund Gerede und Geklapper und vermutete, dass Esko in die Küche gegangen war, wo die Frauen aus der Verwandtschaft tagaus, tagein Tee schlürften. Mutter und Esko hatten eine kleine Wohnung in einem Mehrfamilienhaus bezogen, das der Familie von Azars Mutter gehörte. In der Wohnung gab es nur eine Kochnische. Da alle miteinander verwandt waren, wurde das Essen zumeist in der größeren Küche von irgendeinem Onkel oder einer Tante zubereitet. Iraner waren so gut wie nie allein, sie versammelten sich alle in einem Raum auf großen übereinandergestapelten Teppichen, um Tee zu trinken und Wasserpfeife zu rauchen. Mutter hatte einmal gesagt, sie müssten erst wieder auf die Beine kommen, und dann würden sie sich ein eigenes Haus kaufen. Und Azar einladen. Aber in Teheran waren derzeit nun mal schwere Zeiten. Selbst für Ingenieure. Auch für solche wie Esko.

»Na, was gibt's, mein Schatz?«, meldete sich Anahita. Azar gingen die tausend Dinge durch den Kopf, die sie ihrer Mutter erzählen wollte. »Tante Mahu lässt dich grüßen. Ich mache gerade Éclairs, wenn du also nichts besonders Wichtiges hast ...«

Nein, Azar hatte nichts Wichtiges. Sie hatte lediglich die Stimme der Mutter hören wollen. Alles sei in bester Ordnung. Und auch bei Vater und Riitta sei alles in Ordnung.

»Wir reden dann morgen über Skype«, sagte Mutter fröhlich, und schon war sie wieder weg.

Was hatte Azar ihrer Mutter eigentlich erzählen wollen? Dass sie einen netten Jungen kennengelernt habe? Dass sie sich mit Johanna gestritten habe? Wie steht es um seine Familie?, hätte Mutter sofort gefragt. Kennst du seine Cousins? Und danach hätte sie tausend Fragen gestellt, ohne sich auch nur eine einzige Antwort anzuhören, weil Mutters Leben so hektisch war, dass nur für die Fragen Zeit blieb. Denn seit ihrer Rückkehr in den Iran hatte Mutter ständig zu tun: Familienbesuche, für Feiern und Dinner kochen, Gäste ohne Ende und Tennisstunden. Azar war für sie zu einer Nebenbeschäftigung geworden, zu einer Erinnerung an im fernen Europa vertane Jahre, an die sie womöglich nicht einmal mehr denken würde, wenn nicht ihr ausländischer Ehemann Esko sie mit seiner Anwesenheit ständig daran erinnerte.

FETKNOPPEN

»Was sollte das?«, fragte Azar und schob das Kuvert mit den Geldscheinen über den Tisch in Karens Richtung. Die alte Frau stand mit einer gestreiften Schürze in der Küche und ließ das Spülwasser aus dem Becken.

»Ein Wunder, dass die Rohre bei dem klirrenden Frost im Winter nicht eingefroren sind.«

»Versuchst du, mich zu bestechen?«

»Das ist eine Art Aufwandsentschädigung oder vielmehr ein Vorschuss darauf«, erwiderte Karen und ließ den Umschlag völlig außer Acht. Sie trocknete sich lediglich die Hände an der Schürze ab und nickte. In der Küche des alten Hauses roch es nach Feuchtigkeit und nach dem Ofen, der allmählich warm wurde. Aunes Katze strich um Azars Beine, begriff dann jedoch, dass auf dem Tisch nichts für sie zu holen war, und verschwand ins Wohnzimmer.

Karen hatte Azar angelogen. Sie hatte nachts die Pistole auf sie gerichtet (auch wenn es sich nur um eine mit Perlmuttgriff gehandelt hatte; fehlte nur noch die Aufschrift »Greetings from Spain«) und sie an der Fähre regelrecht kidnappen lassen, als sie gerade dabei gewesen war, von dieser gottverlassenen Insel zu verschwinden. Außerdem hatte Azar in der vergangenen Nacht höchstens eine Stunde geschlafen, Albträume gehabt und – was das Schlimmste war: Jetzt wurde ihr auch noch übel. Und sie hatte wirklich nicht die Absicht, jetzt, da sie bereits im sechsten Monat war, unter Morgenübelkeit zu leiden. Sie hätte am liebsten laut geschrien, doch stattdessen setzte sie sich hin und legte sich die Hand auf den Bauch.

»Wofür?«

»Ich brauche jemanden, der junge Beine hat. Ich bin alt«, sagte Karen. »Du bekommst zweitausend Euro für ein paar Wochen Arbeit.«

»Ich will dein Geld nicht.«

Karen warf einen Blick auf Azars Bauch. »Aber jetzt sagst du mir ehrlich, wie viel du diesem Tomppa schuldest.«

Azar öffnete den Mund und wollte schon erwidern, dass Karen dies rein gar nichts angehe und dass sie nicht ihre Mutter sei. Aber dann strampelte das Baby, als wollte es Azar daran erinnern, dass es auch noch da war, und ihr sagen: He, du bist nicht allein auf der Welt.

Azar fragte sich, woher Karen wusste, dass sie Schulden hatte und in der Klemme saß. Offenbar gehörte Karen nicht zu den Leuten, denen man erst irgendwas erklären musste. Die alte Frau bot ihr eine Chance. Es wäre dumm, sie nicht zu ergreifen.

»Wir treffen eine Vereinbarung. Wir profitieren voneinander. Du brauchst ein bisschen Abstand von deiner Clique – und ich brauche deine Hilfe. Ich mache das nicht aus Wohltätigkeit.«

»Und wenn ich mit dem Geld einfach abhaue?«

»Das hättest du längst tun können«, entgegnete Karen. »Aune hätte dich nicht daran gehindert.«

»Stimmt. Aber wenn ich ernsthaft bei dieser Geschichte mitmachen soll, dann muss ich mehr erfahren. Du hast mir nicht erzählt, dass Sebastian mal einen Stein nach dir geworfen hat, als ihr Kinder wart. Du hast mich absichtlich im Unklaren gelassen. Du hast so getan, als wäre Sebastian ein wahrer Engel gewesen, doch in Wirklichkeit hat er Steine nach Leuten geworfen – öfter als diese Typen aus dem Alten Testament oder aus den CNN-Nachrichten.«

Karen seufzte. »Hat Aune das erzählt? Ich hatte Angst, dass du es missverstehen würdest.«

»Es ist also wahr? Was gibt es da denn misszuverstehen?«

Karen berührte die Narbe an ihrer Schläfe. »Wir waren damals noch Kinder. Gerade wegen dieser Sache bin ich ganz sicher, dass er nie wieder irgendetwas im Jähzorn getan hätte. Manch einer zieht eben bereits beim ersten Mal seine Lehren, wenn er die Folgen seiner Tat sieht. Sebastian war so einer.«

»Ich habe gehört, du hast damals eine ganze Woche lang das Bett hüten müssen. Du hättest sterben können.«

»Es war ein dummer Streit, nichts weiter. Sebastian hatte eine Katze, die er über alles liebte. Susanne, so hieß sie, dabei war es ein Kater und ein kleiner Rowdy obendrein. Manchmal lief Susanne hinter meinem Bruder her wie ein Hündchen, miaute und strich ihm um die Beine. Sie war groß, ein richtiger Brocken, gelb wie ein Löwe – und boshaft. Manchmal kratzte sie einen im Vorübergehen, nur um einen daran zu erinnern, dass sie kein gewöhnliches Schmusekätzchen war. Wenn sie kleinere Vögel entdeckte, war sie schlimmer als der Teufel. Die Jungen der Elster verschwanden eines nach dem anderen, noch ehe sie überhaupt richtig fliegen gelernt hatten. Ich sehe sie immer noch vor mir, wie sie nebeneinander auf dem Bootssteg sitzen, der Junge und die Katze. Sebastian mit der Angel in der Hand, die Katze, die um Plötzen bettelt, direkt neben ihm. Ihretwegen geriet ich mit Sebastian in Streit. Ich sollte mich um den Hühnerstall kümmern, ich brachte den Hühnern Kalk und Speisereste, sammelte die Eier ein, die diese Biester am liebsten vor mir verstecken wollten, und ich achtete sorgsam darauf, dass der Mist sie den Winter über warm hielt. Eines dieser Hühner zog ein Bein nach und war etwas kleiner als die anderen – und eines Tages bemerkte ich, dass es fehlte. Humpel-Nisse hatte ich es immer genannt, obwohl das natürlich ein bisschen gemein war. Aber so waren die Zeiten eben. Ich suchte das Huhn also, aber Humpel-Nisse war wie vom Erdboden verschluckt. Dann verschwand ein weiteres Huhn, Lotte, das war dann schon eine größere Sache. Humpel-Nisse konnten wir vielleicht noch verschmerzen, aber der Verlust eines fetten Huhns, das regelmäßig Eier legte, wog schwer. Ich suchte den ganzen Hof mit all seinen Nebengebäuden ab, kontrollierte sogar den Dachboden des Kuhstalls, den Schuppen und sah unter dem Bootssteg nach, bis ich schließlich hinter dem Misthaufen etwas fand, was mir die Tränen in die Augen trieb: braune Federn und Blut – und orangegelbe Katzenhaarbüschel. Zumindest war Lotte keine leichte Beute gewesen. Das Huhn hatte verbissen um sein Leben gekämpft. In jenem Augenblick kochte ich vor Wut. Mein Huhn war umgebracht worden. Ich kam gar nicht dazu, groß nachzudenken, wie sich Sebastian fühlen würde – mir war schließlich klar, was mit einer Katze geschehen musste, die die Hühner tötete. Ich war ja auf dem Land aufgewachsen. Noch am selben Abend ertränkte Vater die Katze vom Steg aus im Meer, und ich geriet mit Sebastian in einen heftigen Streit. Er brüllte mich an und ich ihn, und schließlich nahm er einen Begrenzungsstein vom Blumenbeet, weiß und glatt wie ein Baiser. Wahrscheinlich passte er just in diesem Moment genau in seine Hand, und ohne darüber nachzudenken, warf er damit nach mir. Ich erinnere mich noch daran, dass ich ihn mit der Hand an der Schläfe anstarrte und das Entsetzen in seinen Augen erkannte, noch bevor die Hand, mit der er geworfen hatte, wieder hinabgesunken war. Er kam sofort auf mich zugerannt. Sein Gesicht war ganz verschwommen. ›Ferkelchen‹, rief er, und in diesem Moment – so dumm es sich auch anhört – wusste ich, dass wir auf ewig einander verbunden sein würden. Sebastian würde mir für immer etwas schuldig bleiben.«

»Du hast recht. Es hört sich dumm an.«

»Ich hatte eine Gehirnerschütterung, und für die Untersuchung mussten mir die Haare geschoren werden. Sebastian hob sie für mich in einem Kuvert auf und behauptete, man könnte daraus ja immer noch eine Perücke machen lassen, wenn mein Haar nicht nachwüchse. Aber wahrscheinlich wäre es hinterher noch dichter und kräftiger als zuvor. Und er sollte recht behalten.

Seither habe ich dichtes Haar und Naturlocken. Sebastian meinte später, ich solle ihm dankbar sein. Viele Mädchen würden eine noch viel schlimmere Verletzung in Kauf nehmen, um solche Locken zu haben und sich nie wieder eine Dauerwelle machen lassen zu müssen.«

»Aber irgendwann musste Sebastian doch behandelt werden. Irgendwas stimmte mit ihm also nicht ...«

Karen zupfte an ihrer Schürze und setzte sich, nahm das Schälmesser zur Hand und machte sich über eine Schüssel voller Topinamburknollen her. Azar sah auf ihre Hände. Sie führten das Messer so geschickt, als hätten sie einen vollkommen eigenen Willen. Sie zupften die hellbraune Schale ab wie abgestorbene Haut.

»Sebastian schickte mir Karten von der Front: fröhliche, alberne Nachrichten, die mich aufheitern sollten. Zeichnungen von Kaninchen beim Seilhüpfen und Kätzchen, die Schlittschuh liefen. Ein Teddybär kämpfte mit dem Schwert gegen ein Ungeheuer, während daneben ein kleines Mädchen lag und schlief. Die letzte Karte zierte das von ihm selbst gemalte Aquarell eines Ferkels, das sein Spiegelbild in einem Teich betrachtete. ›Ich komme bald auf Urlaub, mein Ferkelchen‹, hatte Sebastian mit seiner winzigen, aber geschwungenen Handschrift dazugeschrieben. ›Lass ein paar Barsche für mich übrig, fang nicht alle weg!‹ Ich freute mich riesig und jubelte geradezu. Mutter lebte damals noch. Ich bettelte sie an, Buttermarken aufzusparen, bis Sebastian käme. Ich wollte ihm einen richtigen Kuchen backen. Einen saftigen, heißen Kirschkuchen, so einen Leckerbissen wie vor dem Krieg, als wir noch kleiner waren. Nach all den Kriegsjahren hatte man das Gefühl, diese Trostlosigkeit dauerte schon eine halbe Ewigkeit. Alles war nur noch öd und grau. Schon seit Jahren hatte es im Vereinshaus keine Tanzveranstaltungen mehr gegeben. Ein ganzer Jahrgang war ohne jegliche Vergnügung aufgewachsen, ohne Bonbons und Kirschkuchen. Und auch richtigen Kaffee hatte ich damals innerhalb von vier Jahren nur zwei Mal getrunken. Bei uns verschwendete man den nicht an Kinder. Doch für Sebastian war Mutter bereit, die Buttermarken aufzusparen. Selbst Vater hatte nichts dagegen, er schien sogar regelrecht aufzuleben, obwohl er durch den Krieg alt und grau geworden war. Nach Sebastians Einberufung war Vater nur mehr ein Schatten, der in der Wohnung umherschlich. Wenn ich heute an Vater denke, sehe ich ihn vor mir im Schaukelstuhl, eingewickelt in eine Wolldecke, ein Ohr am Radio. Die Rundfunknachrichten waren der wichtigste Moment seiner Tage. Er verpasste nicht eine einzige Sendung. Heute ahne ich, dass er vom Schlimmsten ausging. Alte Menschen, die Kinder haben, neigen dazu. Doch als das Schlimmste schließlich eintrat, war es völlig anders, als wir es uns vorgestellt hatten. Sebastian kam nicht wie angekündigt auf Urlaub. Seine Einheit war unter schweren Artilleriebeschuss geraten, und fast alle waren umgekommen – nur nicht Sebastian. Man hatte ihn nach einer Woche lebend in einem Leichenhaufen gefunden. Ein Wunder, hieß es damals. ›Ihr habt euer Kind von den Toten zurückerhalten‹, sagte Johansson. ›Es war Gottes Absicht.‹ Aber wenn Gott damit irgendeine Absicht verfolgt hatte, dann war diese hinterhältig. Und auch sonst habe ich die Wege des Herrn nicht mehr recht verstanden. Das Buch Hiob war für mich immer ein unbegreiflicher Schwachsinn. Gott hat Hiob schließlich alles wieder zurückgegeben, was er ihm zuvor genommen hatte – so hatte man es uns zumindest beigebracht. Doch in Wahrheit hat er das gar nicht getan, behaupte ich. Getötete Kinder kommen nicht wieder zurück. Möglicherweise hat er Hiob neue Kinder geschenkt, aber jede Mutter und jeder Vater weiß, dass das nicht dasselbe ist. Wirklich nicht.«

Karen starrte auf den Berg geschälter Topinamburen, als hätte der Hund sie aus dem Misthaufen gezerrt. Azar beschloss kurzerhand, die Schüssel in Sicherheit zu bringen, und trug sie hinüber zum Spültisch. Dann nahm sie Karens Hände, die zitterten. »Was ist dann passiert?«, fragte sie.

»Ich weiß nicht, wie Sebastian diese Zeit überstanden hat. Diese Woche. Doch niemand wollte ihn danach fragen. Die Ärzte sagten, im ersten Monat habe er kein Wort gesprochen. Ich war damals noch ein Kind, und man hat mich nicht zu ihm gelassen. Solange er in Nuivaniemi war, durfte ich ihn nicht besuchen. Sie haben ihn ein ganzes Jahr lang dortbehalten. Als er endlich nach Hause kam, war er vollkommen abgemagert. Seine Handgelenke waren dünn, fast schon durchsichtig. Seine Augen wirkten größer denn je, die Wimpern umrahmten sie wie feinmaschige Netze. Er war mir fremd geworden. Ich wollte, dass er so wie früher Witze machte, neben mir unterm Stalldach im Heu lag und mit mir zusammen Bilder aus Filmzeitschriften ausschnitt. Ich malte zu der Zeit Kleidungsstücke für Papierpuppen nach Fotos von Filmstars, und Sebastian half mir immer dabei. Er hatte ein phänomenales Gefühl dafür, was geschmackvoll war und was nicht. Seine Favoritin war Ava Gardner, meine Lauren Bacall. Doch nach Nuivaniemi saß Sebastian nur noch in der Stube und hörte Radio. Manchmal packte er ein kleines Skizzenheft ein und spazierte über die Insel, zeichnete ein wenig, meist schnelle Skizzen von Möwen. Allmählich erholte er sich. Es ging zwar nicht von einem Tag auf den anderen, aber es wurde zusehends besser. Er war ja noch jung, er hatte noch unendlich viele Jahre vor sich. Sebastian war zwar im Krieg gewesen und litt seither unter einer posttraumatischen Störung. Aber das machte ihn auch nicht verrückter als viele andere. Er war erst in deinem Alter, da hatte er bereits den Krieg und unsagbares Leid erlebt. So etwas würde jeden aus dem Gleichgewicht bringen. Aber ansonsten war er ein ganz normaler Student.«

»Woher willst du denn wissen, was ich bislang erlebt habe«, erwiderte Azar schroff.

»Natürlich weiß ich das nicht. Du wirst es mir erzählen, wenn die Zeit reif ist. Bis dahin geht es mich nichts an.«

»Drei Mille. So viel schulde ich Tomppa.«

Karen nickte, griff in die Tasche ihrer Schürze, zog ein vergilbtes Blatt Papier daraus hervor und faltete es auseinander. »Abgemacht. Aber zuerst müssen wir eine Sache klären. Das hier habe ich gestern auf dem Fußboden gefunden. Du hast es aus dem Album fallen lassen. Erst habe ich es kaum beachtet. Sebastian hatte die Angewohnheit, alles Mögliche zu zeichnen. Menschen, die er im Bus gesehen hatte, Studienkollegen. Auf dem Dachboden steht eine ganze Tasche voller Skizzen, wenn die Mäuse sie noch nicht zerfressen haben. Merkwürdig, dass er immer genug Papier zur Hand hatte.«

Azar nahm das Blatt entgegen. Darauf war mit weichem Bleistift das Gesicht eines jungen Mannes skizziert: hohe Wangenknochen, ein leichter Nasenhöcker, ein schlanker Hals unter einem nachlässig gebundenen Schal. Der Mund lächelte, als wüsste der Dargestellte etwas, das er aber wohlweislich für sich behalten wollte. Es war kein Meisterwerk – eine Skizze, wie Kunststudenten sie auf dem Markt für einen Zehner zeichneten. Doch Sebastian hatte Talent gehabt, das sah man. Er hatte bloß den eigenen Strich, die persönliche Linie noch nicht gefunden. Die Arbeit war mit Sorgfalt ausgeführt worden, an zwei, drei Stellen hatte er radiert und neu angesetzt.

»Sieh dir den unteren Rand an«, sagte Karen. Dort stand mit roter Tinte aufgestempelt: Fotogeschäft Gebrüder Kuronen OY, Turku. Dahinter hatte jemand mit einem Federhalter ein paar Ziffern gekritzelt und später durchgestrichen.

»Ein altes Blatt. Und?«

»Mir ist gestern klar geworden, dass ich den Namen dieses Geschäfts schon mal irgendwo gehört hatte. Aber wo? Die Verbindung konnte ich nicht sofort herstellen. Nachts ist es mir dann plötzlich wieder eingefallen. Sebastians Foto!« Aus ihrem Portemonnaie zog Karen das Bild, das sie Azar bei ihrer allerersten Begegnung gezeigt hatte: ein Porträt des dunkeläugigen Sebastian. Wie viele Tage war das her? »Es ist dasselbe Geschäft: Gebrüder Kuronen OY.«

Azar starrte Karen an. Die alte Frau war voll überschäumender Begeisterung bei der Sache. Es kam Azar regelrecht grausam vor, den Mund aufzumachen und zu sagen: »Das ist womöglich nur ein Zufall.«

»Kann sein. Das dachte ich auch erst. Aber dann habe ich im Telefonbuch nachgeschlagen – ein paar alte hatte ich für die Sauna aufgehoben. Die eignen sich ganz hervorragend zum Anfeuern. Es gibt in Turku immer noch ein Fotogeschäft unter diesem Namen. Heute Vormittag habe ich dort angerufen und gefragt, ob sie ihre alten Negative aufbewahrt haben. Ich habe einfach behauptet, dass ich Ahnenforschung betreibe. Der junge Mann war überaus hilfsbereit und bedauerte sehr, dass sie die alten Lagerbestände schon in den Siebzigerjahren weggeworfen haben. Aber es könne sein, dass der Großvater noch ein paar behalten hat. Der alte Herr hatte wohl kurz zuvor eine Ausstellung mit alten Fotos in der Stadtbibliothek organisiert. Ich bin daraufhin sofort auf die Seite der Bibliothek gegangen und habe dort etwas über die Ausstellung und ein paar Fotos gefunden, und sieh dir das mal an ...« Karen breitete vor Azar einen Ausdruck aus dem Internet aus.

»Merkwürdig.«

»Nicht wahr? Ich habe den alten Mann angerufen. Er ist bereit, sich heute Nachmittag mit uns zu treffen. Wir können unterwegs noch irgendwo Mittag essen, wenn wir jetzt gleich losfahren.«

Azar strich das Blatt glatt. Von dem Schwarzweißausdruck blickte sie Sebastians lachendes Gesicht an. Er trug eine weite Hose und eine Weste, zerzauste mit einer Hand sein Haar, die andere lag auf der Schulter eines blonden jungen Mannes mit hohen Wangenknochen. Es war der Mann von der Zeichnung. Hinter ihnen peitschte ein tosender Fluss über Findlinge. Zu ihren Füßen lagen Angelutensilien. »Der Fotograf Lasse Kuronen und sein Freund, 1947 an der Stromschnelle Halisten koski«, lautete die Bildunterschrift.

»Ich esse alles, solange es Pizza ist«, sagte Azar, faltete das Bild zusammen und steckte es in ihre Tasche. »Wenn dieser Lasse Kuronen ein enger Freund von Sebastian gewesen wäre, hättest du dann nicht von ihm gehört? Oder … Wenn er das gewesen wäre und all die Jahre geschwiegen hätte, warum sollte er ausgerechnet jetzt reden wollen?«

»Das werden wir ja sehen«, erwiderte Karen. »Manchmal braucht man die Leute nur zu fragen.«

»Gut«, sagte Azar. »Wir können fahren, ich muss nur noch schnell zur Toilette.«

Das Badezimmer im Haus war neu. Karen hatte es erst vor einigen Jahren renovieren lassen. Alles sah so aus, als wäre es erst ein paarmal benutzt worden.

Azar holte ihr Handy aus der Tasche und schaltete es ein. Es piepte sofort. Zwei Nachrichten von Tomppa, eine von Vater. Sie löschte sie ungelesen und loggte sich dann bei Facebook ein.

Mehran hatte sein Konto immer noch nicht wieder besucht. Entweder benutzte er es nicht mehr, oder aber er befand sich irgendwo, wo er keinen Internetzugang hatte.

Azar schrieb ihm eine neue Nachricht, und dann tippte sie eine SMS an Tomppa: »Hab das Geld spätestens in zwei Wochen. Melde mich dann.« Anschließend schaltete sie das Telefon wieder aus und wusch sich das Gesicht. Karens Seife roch nach Sandelholz, genau wie die von Mutter.

TURKU

Lasse Kuronen wohnte in der Nähe des Parks am Bahnhof in einem Haus aus den Fünfzigerjahren. Karen nutzte die Glastür als Spiegel und rückte ihren blauen Hut zurecht, dann drückte sie auf den Klingelknopf. Der Mann meldete sich sofort. Bestimmt hatte er an der Tür gewartet. Manche alten Menschen sind so, dachte Karen. Einen angekündigten Besuch erheben sie zum Höhepunkt des Tages. Sie sind so aufgeregt und geschäftig, dass am Ende auch der Gast nervös wird und sich letztlich beide wünschen, sie könnten zu Hause sitzen und sich ihre Lieblingsserie ansehen ohne den ganzen überflüssigen Trubel.

Die Wohnung war sauber, aber vollgestopft: Furniermöbel aus den Sechzigern, ein Wandteppich mit einem Motiv von Gallen-Kallela, Souvenirs und dazu eine geblümte Tapete.

Kuronen war ein groß gewachsener Mann. Er hatte sich gut gehalten. Er sah sportlich aus (dienstags Seniorenschwimmverein und freitags Kegeln, dachte Karen), hatte klare Augen und über der Nasenwurzel zusammengewachsene Augenbrauen. Im Vergleich zu seinem Jugendbild wirkte er dünn, fast schon ein wenig eingefallen, aber seine Hände waren noch immer die eines großen Mannes. Die Handrücken bedeckte weißes Haar. Immer wieder komisch, dachte Karen. Das Haar verlagert sich bei alten Männern auf ganz überraschende Körperteile.

Karen versuchte, in Kuronens Gesichtszügen den jungen, gut aussehenden Mann von dem Bild wiederzuerkennen, den trotzigen Ausdruck um die Augen, den hohen Kinnbogen, aber genauso gut hätte sie jeden beliebigen Mann beim Nachmittagssenioren-

266

tanz betrachten können. Kuronen unterschied sich vom größten Teil dieser Männer lediglich dadurch, dass er keinen Katheter trug. Lediglich in seiner Haltung lag eine gewisse Ähnlichkeit mit dem Foto von der Stromschnelle.

Sie waren vermutlich die einzigen Gäste in der ganzen Woche, vielleicht im ganzen Monat. Kuronen stellte Kekse auf den Couchtisch (aus dem Laden; seine Haushaltshilfe war zwar ein Engel, aber diese jungen Frauen heutzutage fanden einfach keine Zeit zu backen) und eine Biskuitrolle (mit Konfitüre aus Äpfeln aus dem eigenen Schrebergarten; seine Schwiegertochter wiederum war in der Küche bewandert). Gut hat dich deine Ehefrau geschult, dachte Karen.

Alles an dem Mann sprach dafür, dass er Witwer war – ein alter Herr, der sich selbst und seine Beziehungen pflegte, sozial aktiv war, einen guten Draht zu Kindern hatte und garantiert eine ganze Seniorinnengruppe von Freundinnen, die auf einen freien Mann als Beute lauerten. Anständige Männer in seinem und Karens Alter waren Mangelware, und manche Frauen ertrugen ein Leben ohne einen Mann an ihrer Seite nicht. Karen überlegte, wann sie das letzte Mal ein Verhältnis gehabt hatte. Es musste in der Zeit rund um Koivistos Präsidentschaft gewesen sein, war also schon mindestens zwanzig Jahre her. Drei Ehemänner hatten ihr gereicht. Letztendlich waren die Ehemänner und Liebhaber einander immer ähnlicher geworden – und mit zunehmendem Alter wurden sie zu kleinen Kindern. Karen hatte bereits einen Sohn, Enkel und Urenkel. Sie brauchte niemanden zusätzlich, den sie versorgen musste.

Karen saß an ein besticktes Kissen gelehnt auf dem Ledersofa und sah dem geschäftigen Treiben des Mannes zu. Sie fragte sich, ob sie in seinen Augen ähnlich wirkte: wie ein aktiver alter Mensch, »der noch gut allein zurechtkommt und sogar noch ein paar Hobbys nachgeht«. Ihr lief es kalt über den Rücken. Azar hingegen schien sich wohlzufühlen. Sie stellte Fragen zu den Sou-

267

venirs, lobte die Biskuitrolle und nickte an den richtigen Stellen. Karen wunderte sich. Was war nur los mit dem Kind? Wie eine junge Kriminelle wirkte sie derzeit nicht. Azar sah in ihrem neuen Frühjahrsmantel aus wie ein Mädchen aus einer guten Familie. Wie irgendeine jener jungen Mütter, die tagsüber die Bibliotheken und Cafés bevölkerten und über Stoffwindeln diskutierten. Karen musste lächeln, als sie daran dachte, wie sorgfältig Azar den Mantel ausgewählt hatte. Vor dem Treffen mit Kuronen war noch reichlich Zeit gewesen, und Karen hatte einen Abstecher zum Kaufhaus im Stadtzentrum vorgeschlagen. Azars Bauch war mittlerweile richtiggehend aus dem alten Kunstledermantel herausgewachsen.

Karen hatte auf einer Bank mit einem gesteppten weißen Bezug gesessen, während Azar in unterschiedlichen Mänteln wie ein Model auf dem Laufsteg bühnenreif vor ihr auf und ab geschritten war.

»Ihr Enkelkind hat einen wunderbaren Teint«, hatte die Verkäuferin gesagt. »Dieses Gelb steht ihr ausgezeichnet. Die meisten Frauen würden sich das nicht trauen, vor allem nicht während der Schwangerschaft. Sie hat wirklich Mut.«

»So ist es.« Karen hatte genickt und keine Lust verspürt, die Frau zu korrigieren. Sie hatte darauf bestanden, den Mantel zu bezahlen, obwohl Azar schon mit ihrer Geldbörse gewedelt hatte, in der Karens Hunderter steckten. »Das ist deine Arbeitskleidung. Meine Mitarbeiter müssen gut gekleidet sein.«

»Aha«, hatte Azar gesagt. »Mir ist gerade eingefallen, dass ich für die Arbeit auch noch Lipgloss brauche.«

Karen sah sie an und neigte den Kopf zur Seite. »Lippenstift. Richtig rot.« Und dachte, dass sie seit Eriks Kindheit nicht mehr so viel Spaß gehabt hatte. Vielleicht aber auch damals nicht. Rund um ihre Scheidung war sie immerzu wütend gewesen.

Kuronen selbst aß nichts. Karen hob die Kaffeetasse mit Rosenmuster (von Arabia, ein Geschenk zu unserer Hochzeit, erklärte Kuronen) an den Mund und lächelte. Innerlich bereitete sie sich auf ihren Angriff vor.

»Sie betreiben also Ahnenforschung?«, fragte Kuronen schließlich.

»In gewisser Weise«, antwortete Karen und legte den Ausdruck auf den Tisch. »Ich glaube, Sie kannten Sebastian Valter.«

Kuronens Hand zuckte, und er stellte die Kaffeetasse auf den Tisch. »Entschuldigung, in meinem Alter sollte man keinen Kaffee mehr trinken. Meine Enkelin ermahnt mich deswegen ständig. Die Hände fangen an zu zittern.«

»Das sind Sie auf dem Foto, nicht wahr?«, fragte Azar und faltete ihrerseits die Zeichnung auseinander. »Und das hier auch?«

»Das ist sehr lange her ... Daran habe ich schon ewig nicht mehr gedacht. Das muss tatsächlich ...«

»Fünfundsechzig Jahre ist es her«, sagte Karen. »Ich hoffe, dass Sie ihn nicht vergessen haben. Ich habe ihn jedenfalls nie vergessen. Ich bin Karen Valter. Sebastian war mein Bruder.«

Kuronen starrte Karen an, stand dann auf und trat ans Fenster, als könnte er ihrem Blick nicht länger standhalten. »Du bist also Karen. Ich hab gewusst, dass du eines Tages kommen würdest. Nach Sebastians Tod bin ich manchmal nachts schweißgebadet aufgewacht und habe mir eingebildet, die Sitte stünde vor meiner Tür. Aber das macht heute wohl nichts mehr. Es ist gut, dass du gekommen bist, wenn auch erst jetzt.«

»Es war eigentlich reiner Zufall. Ich habe das Bild gefunden ...«

»Das Bild? Ich dachte, dass Sebastians Tagebücher ...«

»Die sind nach Sebastians Tod verschwunden. Ich habe sie überall gesucht, aber ich habe keine Ahnung, was damit passiert ist. Ich habe nur noch ein paar Briefe gefunden, aber darin standen keine Namen.«

»Verschwunden? Und ich habe jahrelang Angst gehabt ... Du

hast ja keine Ahnung, wie oft ich nachts wach gelegen und darauf gewartet habe, dass ein paar beschriebene Seiten alles zerstören würden, was ich mir aufgebaut hatte. Ein gut organisiertes Leben.«

»Zerstören?«

»Ja, Karen Valter, Sebastians Schwester. Weißt du, seinerzeit war ich furchtbar eifersüchtig auf dich. Stell dir das nur vor – auf die Schwester! So kindisch kann der Mensch manchmal sein. Wir haben eine Gemeinsamkeit: Wir beide haben Sebastian geliebt.«

Die Sonne glühte in den Fenstern des Bahnhofs. Im Park streckten die ersten Krokusse ihre kleinen Fäuste aus der Erde. Gelbe Leinenvorhänge bildeten den Hintergrund für Lasse Kuronens Gesicht, und einen Augenblick lang sah Karen ihn so, wie ihn Sebastian vermutlich vor fünfundsechzig Jahren gesehen hatte: als jungen Mann mit wirrem Haar, einem selbstsicheren Grinsen im Gesicht und einem etwas zu angeberischen Schal um den Hals. Als Mann, in den man sich verlieben konnte. In den Sebastian sich verliebt hatte. »Er hat oft von dir, Karen, von seiner Schwester, gesprochen. Und er hat mir von seiner Kindheit und seiner Familie erzählt. Auch von dem später verstorbenen Mädchen, von Kersti. Sie hat es angeblich gewusst. Von mir und ihm. Ihr hat er angeblich vertrauen können. Denn Kersti hatte ihre eigenen Geheimnisse.«

»Mir hat er es nie erzählt«, sagte Karen und erhob sich. »Offenbar hat er mir nicht vertraut.«

Lasse ging zu der alten Frau hinüber und legte ihr die Hand auf die Schulter. Und so standen sie da: aneinandergelehnt, zwei hagere, vom Alter gezeichnete Menschen. Ein Außenstehender, der gerade in diesem Moment unversehens hereingekommen wäre, hätte sie für ein altes Ehepaar halten können, das soeben vom Tod des gemeinsamen Sohnes erfahren hat. Nichts verband Menschen so sehr wie die Trauer.

»Der Schwester gegenüber fällt es womöglich schwerer ... Natürlich hatte Sebastian es vor. Er hat darüber gesprochen, dass wir ins Ausland ziehen würden, vielleicht nach Stockholm. Er wollte als Zeichner für Zeitungen arbeiten und ich als Fotograf. Wir wollten in einer kleinen Wohnung leben, und du kämest zu Besuch. Vielleicht würdest du sogar ebenfalls nach Stockholm ziehen. Aber ... Dazu ist es nicht mehr gekommen. Es war nur ein Traum.«

1942
TURKU

Sebastian saß auf einer Bank in der Nähe der Porthaninkatu, hatte ein Buch auf dem Schoß und rauchte bereits seine zweite Zigarette. Er war Gymnasiast und sah jünger aus, als er war, obwohl er eine Weste trug, um älter zu wirken. Der Fluss glitzerte im Sonnenschein. An den Ahornbäumen im Park hatten sich gerade erst die Blätter entfaltet. Das Schuljahr war immer noch nicht zu Ende.

Sebastian freute sich nicht gerade darauf, bald auf die Insel zurückzukehren. Dort war zwar Karen, die kleine Schwester mit den großen Augen, die ihn anbetete, und Haukilahti, die Bucht, in der man so gut fliegenfischen konnte. Es war ein anderes Meer als hier in der Stadt. Ein Meer, das auf tausend unterschiedliche Arten glitzerte und tausend unterschiedliche Farbtöne hatte. Ein Meer, das die roten Felsen umspülte und der Kleidung einen bleibenden Salzgeruch verlieh. Sebastian konnte all das vor sich sehen: die Rückkehr der Zugvögel, ihr ohrenbetäubendes Kreischen, die von den Kormoranen kahlen Felsen, die Nester der Eiderenten, die Birkenhaine mit den Teppichen aus Buschwindröschen. Aber er hasste den Gedanken an die schwarzen Gesichter der Bergleute, an den Vater, der sich in sein Zimmer einschloss, an die Mutter in ihrer Märtyrerrolle.

Sebastian hatte sich für den Sommer eine Arbeitsstelle in der Stadt gesucht, doch Mutter hatte sich dagegen ausgesprochen. Zu Hause gebe es genug Arbeit, und Sebastian brauche die frische

Landluft, er sei im Begriff, ein blasser, schlaffer Stadtbewohner zu werden. Es war, als läge eine Angelschnur um Sebastians Bein und als ruckte die Insel daran und wollte ihn zurückziehen und sagen: Glaub nur nicht, dass du mich verlassen kannst. Ich gebe dir gerade so viel Freiheit, dass du weißt, was du verlierst, wenn du zurückkehrst. Ich zeig dir deine Grenzen auf, Heidenkind. Jeder von uns hat seinen Platz, und deine Rolle ist es nun mal, der Bastard des Tierarztes zu sein – derjenige, der sein Zuhause zerstört hat, als er noch nicht einmal geboren war. Du langbeinige Giraffe mit den merkwürdig dunklen Augen – wer weiß, woher die stammen? Und dazu an den Gliedmaßen Knoten, die aussehen wie Schwellungen, wie Knoten in einem Band.

Sebastian schlug das Buch so heftig zu, dass es ihm aus der Hand fiel. Er sah sich um, ob jemand ihn beobachtet hatte, und stellte überrascht fest, dass ein unbekannter Mann zu ihm herüberstarrte.

Der Mann war schon mehrmals an ihm vorbeigegangen. Erst beim zweiten Mal hatte Sebastian ihn bemerkt.

Der Mann lächelte, und Sebastian nickte zurück. Da kam der Mann auf ihn zu und setzte sich zu ihm auf die Bank. Er trug einen grauen Anzug, der an den Ellbogen abgenutzt schimmerte.

»Proust«, sagte er und lächelte schief, und Sebastian kam sich vor wie ein dummer Bengel, wie ein grüner Junge, der mit einem französischen Buch Eindruck schinden wollte. Er steckte das Buch in seine Tasche und zog die Hose an den Knien hoch, damit sie nicht ausbeulte.

»Versteh mich nicht falsch. Ich liebe Proust«, fügte der Unbekannte hinzu, und Sebastian hoffte, dass er wieder fortginge. Doch gleichzeitig versuchte er, sich wenigstens eine kluge Bemerkung einfallen zu lassen.

»Du hast ein reines Gesicht«, sagte der Unbekannte. »Voller Licht.«

»Das ist bestimmt die Lux-Seife«, erwiderte Sebastian und

überlegte, wie alt der Mann wohl war. Vielleicht dreißig? Vielleicht auf Fronturlaub?

»Himmel, ein Naseweis! Aber das ist schon in Ordnung, junge Leute dürfen so sein. Aber sei vorsichtig, in ein paar Jahren wird das lächerlich wirken«, sagte der Mann und legte die Hand auf Sebastians Schenkel. Sebastian ließ sie dort liegen, obgleich es sich anfühlte, als löste sich sein Bein vom restlichen Körper. Das Blut schoss ihm in die Wangen.

»Ein Freund von mir hat hier in der Nähe eine Wohnung«, sagte der Mann.

Sebastian nickte, ohne ihn anzusehen.

»Entspann dich«, sagte der Mann und schob ihn auf dem schmalen Bett auf den Rücken.

Wenn das nun eine Falle gewesen oder wenn irgendjemand hereingekommen wäre und ihn mit heruntergelassener Hose dort überrascht hätte!, überlegte Sebastian später erschrocken. Doch während er dalag, starrte er nur zum Stuck an der Decke empor und fragte sich, wann er zuletzt eine saubere Unterhose angezogen hatte. Seine Pensionswirtin war nicht die fleißigste Wäscherin und Sebastian zu schüchtern, um sie darauf hinzuweisen. Manchmal wusch er eigenhändig in einer Zinkwanne ein Paar Socken, aber die Seife bildete darauf eine harte, brüchige Schicht, da verflog das Gefühl von Sauberkeit im Nu.

Sebastian spürte den Atem des Mannes auf seinem Bauch. Der Fremde redete in einem fort. Unwichtige Dinge, aber Sebastian war dankbar dafür. Er schmeckte immer noch den Rotwein auf der Zunge. Der Mann – er hatte sich ihm als Sakarias vorgestellt – hatte ihm ein Gläschen angeboten. Sebastian war Wein nicht gewohnt, er schmeckte seiner Ansicht nach wie Essig, aber Sakarias hatte ihn mit Genuss getrunken, ganze zwei Gläser, bevor er Sebastians Hose geöffnet und Sebastian es hatte geschehen lassen.

Die Finger des Mannes waren schmal und kühl, und sie griffen zielstrebig zu. Sebastian fühlte sich mutig und unerfahren zugleich. Er wuchs in Sakarias' Mund, stöhnte und bemerkte erst da, dass Sakarias sich das Hemd ausgezogen hatte. Rund um seine Brustwarzen wuchs goldfarbenes Haar. Sebastian musste an seinen eigenen Körper denken, an die weiße Haut, die jungenhaften Gliedmaßen, die lockigen Haare in den Achselhöhlen, an seine Brust, die alles andere als fassförmig und männlich war wie bei den Helden aus der Kioskliteratur – Bücher, bei denen Sebastian stehen blieb, den Einband betrachtete und dabei von ganz anderen Heldentaten träumte als denen aus jenen Geschichten. Aber jetzt und hier in diesem Augenblick spürte er ein Kribbeln, sein Körper bebte und verkrampfte sich. Er war gleichsam außerhalb seines Körpers und in ihm drin, und in der Leistengegend baute sich ein fast schon schmerzhafter Druck auf. Und urplötzlich – während seine Adern anschwollen – dachte er auf einmal an Karens triefnasse Arme: die Arme seiner Schwester, die gerade Netze einholte. An ihre gebräunten Beine, die fest und gerade in dem Boot standen, und noch ehe es ihm gelang, das Bild wieder aus seinem Kopf zu verscheuchen, schlugen die Wellen bis in seine Zehen, und er bog den Rücken durch und schrie.

An der Tür küsste Sakarias Sebastian auf die Wange. Der Junge nickte ihm zu und wusste nicht, ob er ihm die Hand geben sollte oder nicht. Sebastian ging nach Hause, wenn man sein Studentenzimmer so nennen wollte, und obwohl das Wasser wie so oft nicht heiß war, nahm er sofort die Badewanne der Etage in Beschlag. Er lag im trüben lauwarmen Wasser und schrubbte sich mit einer eingeseiften Wurzelbürste. Die Seife war grau und hinterließ auf seiner Haut einen glänzenden Fettfilm. Sebastian dachte an die Seifen vor dem Krieg, die Mutter von einer Drogerie in Turku hatte liefern lassen. Mutters Seifen hatten stets nach Geißblatt und Lavendel geduftet, eine glänzende rosafarbene

Oberfläche gehabt und waren mit Bildern schöner Frauen und japanischer Gärten geschmückt gewesen. Sie hatten in der Hand geschäumt und auf der Haut für lange Zeit Mutters Duft hinterlassen. Wie sehr mussten sie Mutter in der Kriegszeit fehlen! Ihre schönen Kleider litten gewiss unter der groben Seife.

Mutter war eine Städterin – eine andere Spezies als die Schärenbewohner mit ihren wettergegerbten Händen. Sie waren anders, er und Mutter. Die Insel fraß sie allmählich bei lebendigem Leib auf.

Vater und Karen unterschieden sich von ihnen. Sebastian musste lächeln, als er an seine Schwester dachte, die kleine Karen mit dem flehenden Blick, der immer zu sagen schien: Sieh mich an! Die hungrige Karen, die starke Karen. Das Mädchen, das so viel Aufmerksamkeit brauchte und ersehnte, dass es sich manchmal so anfühlte, als wollte sie die Menschen, die sie liebte, verschlingen.

Die Badewanne war am Boden abgenutzt, das Email abgeplatzt, und sie hatte Schmutzränder, weil sie nur nachlässig gesäubert wurde. Seine Wirtin nahm es auch damit nicht allzu genau. Sie achtete nicht annähernd so rigoros auf Sauberkeit wie Mutter und Karen zu Hause. Allerdings kümmerte sich die Wirtin auch nicht darum, wohin Sebastian ging. Hauptsache, er nahm sich beim Abendessen keinen Nachschlag.

Hier auf dem Gymnasium in Turku war Sebastian das erste Mal im Leben frei. Und wie er seine Freiheit nutzte. Sein Griff um die Bürste wurde fester, als er an Sakarias' Finger dachte. Er verspürte keine Reue, nur ein bisschen Scham, aber die rührte eher daher, dass der Gedanke an seine schmutzige Unterhose die Erinnerung trübte – und dass er für einen Augenblick die Kontrolle über sich selbst verloren hatte.

Sebastian horchte in sich hinein, erforschte jedes aufkeimende Gefühl, als prüfte er einen guten Cognac auf der Zunge. Nein, da war keine fromme Reue, keine Ablehnung oder Verachtung. Ganz oben, über allem, schwebte das Gefühl der Neugier und des Triumphs: Er hatte es gewagt. Er hatte etwas Verbotenes getan, etwas, wofür er ins Gefängnis kommen konnte, aber niemand wusste davon. Ein ähnliches Gefühl hatte er einmal gehabt, als er aus Johanssons Laden einen Block gestohlen hatte und Almqvists Sohn dafür beschuldigt worden war.

Es war ein schöner Block gewesen, mit einem Einband aus himmelblauer Kunstseide und aufgemalten Kirschzweigen. Wer weiß, wie der in Johanssons Laden geraten war. Schließlich wurden dort ansonsten hauptsächlich Weizenmehl und Tabak an die Schärenmamsells verkauft. Sebastian hatte den Block in den Händen gehalten, während Mutter mit Frau Johansson über den Preis der Wurst gestritten hatte. Ein eigener Block! Er müsste Vater und Mutter nicht mehr anbetteln, ihm Packpapier und Karton zu überlassen. Er bräuchte nicht mehr auf Zeitungsränder zu zeichnen. Er könnte den Block mit Bildern füllen, mit all den Bildern, die in seinem Kopf entstanden und mit aller Macht ans Licht wollten. Bilder von Vögeln und Booten und von Mutter und ein Bild von Karen, wie sie mit einem Katzenjungen spielte.

Auf der Innenseite des Einbands waren Zeilen aufgedruckt und darüber ein gekrümmter Kirschzweig. Dorthin könnte der glückliche Besitzer des Blocks seinen Namen schreiben. Erst ein verschnörkeltes S, sanft geschwungene Buchstaben, und schließlich am Ende des Familiennamens der letzte Bogen.

Er sah nach dem Preis und schluckte. Noch ehe ihm klar wurde, was er tat, hatte er den Block schon in seine Manteltasche gesteckt. Sein Herz hämmerte so heftig, als wollte es ihm aus der Brust springen. Er blickte kurz zu seiner Mutter. Ihre Stimme war lauter geworden, und sie sagte so etwas wie: »Frisch ist die zuletzt gewesen, als Frau Johansson noch ein Fräulein war.« Auf Mutters Wangen und denen von Frau Johansson leuchteten rote Rosen. Sie genossen den Wortwechsel sichtlich.

Sebastian strich vorsichtig über den Block unter seinem Mantelstoff und schloss die Augen. Niemand hatte etwas bemerkt.

Eine Woche später, als Aune von dem Streit von Almqvists Mutter mit Frau Johansson erzählte, schwieg er. »Ein Kind unter diesen Umständen richtig zu erziehen ist wirklich schwierig«, sagte Mutter, und Sebastian wunderte sich, dass er sich dabei nicht schlechter fühlte. Er spürte zwar einen Stich in der Brust – aber hauptsächlich empfand er Erleichterung. Er war nicht erwischt worden. Und er besaß nun einen eigenen Zeichenblock.

Damals hatte er überlegt, ob Gott ihn bestrafen würde, weil er boshaft gewesen war und es noch nicht einmal bereute. Mittlerweile hatte er aufgehört, an Gott zu glauben. Er fürchtete nur mehr Menschen – diejenigen Menschen, die ihn ins Gefängnis werfen konnten. Doch niemand würde es je erfahren, niemand brauchte es zu erfahren. Sebastian konnte sich nicht daran erinnern, dass ihm auf dem Weg zu der Wohnung des Mannes irgendein Bekannter begegnet wäre. Oder vielmehr auf dem Weg zu der Wohnung eines Freundes, wie Sakarias es formuliert hatte.

Sebastian sprach nie wieder mit ihm. Manchmal sah er ihn aus der Ferne bei den Urinalen im Park von Kuppis, an den Felsen von Runsala oder an anderen Orten, wo sich ihresgleichen trafen. Er erfuhr nie, ob Sakarias immer Jungen ansprach, für die es das erste Mal war, und ihre schüchterne Gier genoss oder ob das Treffen reiner Zufall gewesen war. Die spontane Versuchung einer freien Wohnung. Männer wie Sakarias würde Sebastian auch später immer wieder treffen: namenlose, aus der Mittelschicht stammende, gesichtslos bleibende Männer, die seinen Namen gar nicht erst wissen wollten und von denen nur ein ausgeliehenes Taschentuch als Erinnerung blieb.

1946
TURKU

Vor dem Gebäude der Freiwilligen Feuerwehr brannten Fackeln, obwohl es noch nicht einmal Spätherbst war. Dunst stieg vom Fluss, der Aura, herauf bis in die Linnankatu. Sie waren an der eingestürzten Post vorbeigegangen, ohne hinzusehen. Elise behauptete, an dieser Stelle höre sie noch immer die Schreie der Menschen. Das war natürlich Blödsinn. Elise hatte in der Zeit der Bombenangriffe noch ihre Kinderschürze getragen. Sie konnte sich gar nicht so genau daran erinnern.

Elise neigte dazu, die Dinge zu dramatisieren. Sie wollte, dass sie sich spannender anhörten, als sie in Wirklichkeit gewesen waren. Die Wahrheit kümmerte sie nicht weiter. Das störte Lauri manchmal. Es schien fast so, als genügte das Leben selbst ihr nicht und als wollte sie lieber erleben, worüber sie in ihren Illustrierten las, und noch viel mehr. Und Elise war von Neid getrieben. Sie beneidete jeden, der in ihren Augen bessere Chancen, schönere Kleider oder elegantere Freunde hatte. Manchmal dachte Lauri, Elise würde sich wohl auch Handschuhe kaufen, als Zugabe einen Pelz verlangen und sich dann darüber ärgern, dass sie ihn möglicherweise nicht bekam.

Er sah zu ihr hinüber. Das Abendkleid wirkte ein wenig schmuddelig. Sie hatte es von ihrer Schwester geerbt und schon zweimal umgenäht und der aktuellen Mode angepasst. Im Haar trug sie eine Seidengardenie, an der sie die ganze Zeit herumzupfte.

»Du machst die Blume noch kaputt.«

Sofort zog Elise die Hand weg und lächelte ihn an. Es war ein flüchtiges, nervöses Lächeln, wie bei einem kleinen Mädchen, das sich einschmeicheln wollte. Elise spielte gern das kleine Mädchen, und wenn sie Lauri küsste, ging sie dabei auf die Zehenspitzen, obwohl sie groß gewachsen war und auch so an ihn herangereicht hätte. Diese Angewohnheit ärgerte ihn. Lauri verspürte kein besonderes Bedürfnis, betont männlich aufzutreten und eine Rolle zu spielen, in der Elise ihn gern gesehen hätte.

»Saima und ihr Freund müssen hier irgendwo sein. Sie suchen uns bestimmt schon.«

»Es wird wohl kaum ihren ganzen Abend in Anspruch nehmen.«

Sie hatten sich gestritten, bevor sie losgegangen waren. Elise hatte sich über die Pomade in Lauris Haar aufgeregt und behauptet, er sehe aus wie ein Dandy. Echte Männer schmierten sich dieses Zeug nicht in die Haare und stanken auch nicht wie eine ganze Drogerie. Elise hatte zu jener Zeit ihre moralische, idealistische Phase. Ihrer Ansicht nach bewies es nichts als Eitelkeit, wenn eine Frau Lippenstift trug. Lauri hatte nur darauf gewartet, dass sie das Gleiche auch über Tanzveranstaltungen sagte, aber offensichtlich waren diese – gesellschaftlich gesehen – eine Versuchung, der man sich nicht verweigern sollte. Die Tanzabende der studentischen Landsmannschaft waren ohnehin selten und Kavaliere nach dem Krieg noch seltener. Elise konnte doch nicht das Risiko eingehen, dass Lauri jemand anders bat mitzukommen – irgendein Flittchen in einem eng anliegenden Kleid.

Lauri wusste, dass Elise ihn in ihren Überlegungen trotz Pomade als geeignetes Material einstufte. Er sah gut aus, in der Kinngegend schon richtig männlich, seine Eltern besaßen ein eigenes Fotogeschäft am Markt, und er pflegte sogar seine Fingernägel. Nicht zuletzt war er Student an der Universität, der erste in seiner Familie. Lauri wusste, dass er sich drei Schichten Pomade ins Haar schmieren könnte, und Elise würde sich immer noch damit begnügen, nur darüber zu meckern.

Er mochte das Mädchen und dachte darüber nach, ob er in sie verliebt war. Was immer das bedeutete. Wenn sie weg war, sehnte er sich nach ihrem leichtherzigen Geplauder, er träumte nachts in seinem ausziehbaren Bett von ihrem Körper und genoss es, wenn er es manchmal schaffte, dass sie ihre strenge Sachlichkeit vergaß und lachte. Elise war genau so, wie eine gute Ehefrau sein sollte: patent, zwei Jahre jünger als er selbst und hübsch anzusehen. Sie genossen es beide, draußen an der frischen Luft zu sein und Ski zu laufen. Lauri war sogar von Elises Vater zur Elchjagd eingeladen worden. Er mochte ihre Familie, ihre scheue Mutter und die in einem fort plappernde kleine Schwester, und er spürte die stille Bewunderung ihrer Familie für sein Studium. Elises Mutter forderte ihn immer auf, sich noch mehr Fleischklöße zu nehmen, und packte ihm stets noch ein paar als Proviant ein.

»Da sind sie!«, rief Elise und winkte aufgeregt.

»Sie sehen uns auch mit etwas weniger Aufwand…«

»Sieh nur: Saima hat ein neues pfirsichfarbenes Kleid an! Ich weiß nicht, wie sie das schafft. Es ist bestimmt vom Schwarzmarkt. Manche Leute trauen sich was.«

»Oder ihre Väter können es sich leisten.«

»Der Mann ist aber groß! Schöne Augen wie in einem Fil… Gemälde. Womöglich für einen Mann sogar zu schön. Ich will nicht, dass der Mann hübscher ist als ich.«

Lauri blickte hinüber zu Saima, Elises Zimmergenossin, die von Elise reichlich beneidet, von Lauri jedoch für ein verhältnismäßig nichtssagendes, wenn auch hübsches Mädchen gehalten wurde. Saimas Wangen glühten, entweder von einem Glas Punsch oder von der Freude über das neue Kleid. Hinter ihr erblickte Lauri einen jungen Mann mit langen Gliedmaßen, den er noch nie zuvor gesehen hatte. Es musste ein älterer Student sein, einer von denen, die nicht an der Eröffnungszeremonie teilgenommen, sondern mitten im Jahr angefangen hatten. Sein Haar war kurz geschoren, als erholte er sich immer noch von irgendeiner Krankheit. Er ist bei der Armee gewesen, dachte Lauri. Dies war die Frisur eines Soldaten. Ein eigensinniges Kinn, hohe Wangenknochen, die vorstanden wie kleine Fäuste. Der Unbekannte blickte andauernd an Saima vorbei, selbst während er sich mit ihr unterhielt, ganz so, als erwartete er jeden Moment etwas Aufregenderes: eine Theatergesellschaft, Rita Hayworth, Luftballons. Warum hat er sich überhaupt zu diesem Tanzabend bemüht?, dachte Lauri. Er sah jetzt schon gelangweilt und blass aus, gerade wie die Helden in den Büchern aus dem vergangenen Jahrhundert.

»Ist er krank?«, fragte Lauri. Im selben Augenblick wandte sich der Mann in ihre Richtung und lächelte, und Lauri ertappte sich dabei, wie er zurücklächelte. Dunkle glühende Augen wie geschmolzenes Blei, geronnen in den Lachfältchen, doch erst als Lauri auf das Lächeln des Unbekannten reagierte, begriff er, dass es nicht ihm galt, sondern Elise. Der Mann hatte sie auf einem Foto bei Saima gesehen und soeben wiedererkannt. Die Aufnahme hatte Lauri selbst gemacht und im Geschäft seines Vaters entwickelt. Er wusste, dass das Foto auf Saimas Tisch stand. Es war nicht schlecht, wirkte allerdings ein wenig gestellt. Die Mädchen lehnten darauf mit den Rücken aneinander, und ihr Haar warf Schatten auf die Gesichter. »In Erwartung des Frühlings«, hatte Lauri auf die Rückseite geschrieben, obgleich ihm der Titel schon damals pathetisch erschienen war. Das Lächeln des Mannes hatte zwar nicht ihm gegolten, und doch konnte Lauri nicht umhin zu glauben, es wäre allein für ihn bestimmt gewesen. Einzig und allein für ihn. Nur er war imstande, den unausgesprochenen Scherz des Unbekannten zu verstehen.

Der Mann beugte sich zu Saima hinunter und flüsterte ihr etwas ins Ohr. Seine Finger berührten dabei ihren Hals mit einer zarten Geste, die noch etwas anderes, etwas Intimeres erkennen ließ. Etwas, was er und Elise nicht teilten. Und im selben Augenblick begriff Lauri, dass er es nie mit Sicherheit wissen würde. Denn der Unbekannte gehörte nicht zu denen, die irgendetwas andeuteten oder mehr oder weniger deutlich zu verstehen gaben. Er würde keine Anspielungen machen, wenn im Kreise der Jungs insgeheim die Flasche von Hand zu Hand wanderte. Doch Lauri wollte es wissen. Urplötzlich gab es nichts anderes mehr, was er lieber wissen wollte. Er dachte darüber nach, ob er Elise fragen sollte. Vielleicht erzählten sich auch Mädchen derlei Dinge. Doch sofort verwarf er den Gedanken wieder. Der keuschen, naiven Elise würde niemand auch nur ein einziges Geheimnis verraten. Elise war kein Mensch, der zuhörte. Sie ersehnte sich die Hauptrolle. Sie würde nervös werden, wäre die Freundin in einen Bereich vorgedrungen, den Elise sich selbst verweigerte. Sie hätte die Freundin der Unzucht und der Sünde bezichtigt und dabei eine Menge Gift verspritzt.

Jetzt endlich stand das Paar vor ihnen. Lauri wurde erst klar, dass die anderen einander schon begrüßt hatten, als Elise ihn in die Seite stieß. »Lauri, wach auf!«

»Mir geht es bei langweiligen Feiern manchmal genauso. Die eigenen Gedanken sind dann erheblich unterhaltsamer als die Gesellschaft rundum.«

»Sebastian, du bist schrecklich!« Doch Saimas Tonfall ließ keinen Zweifel daran, dass sie den Mann alles andere als schrecklich fand. Ihre Finger streiften seinen Unterarm, als wären sie schon verlobt. Vielleicht waren sie es sogar – vielleicht kannten sie den nackten Körper des anderen bereits bis ins letzte Detail. Vielleicht würde Saima den Mann noch während der Feier beiseiteziehen und auf jene Weise berühren, von der Lauri am Strand von Uittamo gehört hatte.

»Damit sind natürlich nicht die Anwesenden gemeint«, stellte Sebastian nun klar, und die Mädchen schnurrten wie Kätzchen, aber er sah dabei nur Lauri an und reichte ihm die Hand. Lauri spürte, wie sich seine Bauchmuskeln anspannten.

»Lauri Kuronen«, sagte er und fluchte insgeheim, dass ihm nichts Originelleres eingefallen war.

Die Hand des Mannes war muskulös und sehnig, es war eine Hand, die körperliche Arbeit kannte. Die zumindest schon mal einen Gewehrlauf gesäubert hatte.

»Sebastian.«

An diesem Abend trank Lauri zu viel, und Elise schmollte. Später begleiteten Lauri und Sebastian die Mädchen zu ihrer Wohnung. Elise sprach unterwegs kein Wort. Sie kniff nur den Mund zusammen. Darüber musste Lauri lachen. Ihn habe wohl der Hafer gestochen, sagte Elise später.

Sein Blut hatte gekocht. Er hatte versucht, am Flussufer mit Saima zu tanzen, und anfangs hatte das Mädchen auch mitgemacht, ausgelassen gelacht, während sie in seinen Armen herumgewirbelt war, doch dann hatte sie Elises Gesichtsausdruck gesehen, sich von ihm losgerissen und sich bei ihrer Freundin untergehakt. Daraufhin hatte Lauri versucht, mit Sebastian zu tanzen, aber der hatte nur gelacht und vorgeschlagen, die Mädchen nach Hause zu bringen, ehe ihnen die Nylonstrümpfe auf der Haut festfroren.

Auf dem Rückweg wurde Lauri schlecht, und vor dem Verwaltungsgebäude der Åbo Akademi übergab er sich. Sebastian reichte ihm ein Taschentuch, doch Lauri griff nach seinem Handgelenk. »Ich kann nicht nach Hause gehen«, sagte er, und er klang dabei wie ein kleines Kind.

»Wo wohnst du?«, fragte Sebastian. »Ich bringe dich heim.«

»Die Schlüssel«, erwiderte Lauri. »Wo hab ich die Schlüssel hingetan?«

»Gibt es jemanden, der dich reinlassen kann?«

Unvermittelt schnellte Lauri nach vorn und übergab sich erneut. Sebastian seufzte.

»Ich wohne in der Nähe. Halt dich an mir fest, ich stütze dich. Du kannst bei mir schlafen. Morgen wirst du einen gewaltigen Brummschädel haben.«

Am Morgen erwachte Lauri in einer fremden Wohnung. Er lag auf einem Klappbett unter einer weinroten Decke und hatte nur ein Hemd am Leib. Das Zimmer war sauber, aber schmucklos: ein Bücherregal, vor dem Fenster ein Schreibtisch und ein Stuhl, die Gardinen aus vergilbter Spitze. Bestimmt gehörten sie der Vermieterin. Über einer Truhe hingen Zeichnungen in schmalen Messingrahmen.

Lauri kniff die Augen zusammen, um zu erkennen, was sie darstellten, aber der Strich des Bleistifts war so zart, dass man sie sich aus unmittelbarer Nähe ansehen musste. Eine Uferlandschaft, verkrüppelte Bäume und Felsen. Der Kopf eines Mädchens.

Lauris Herz hämmerte in den Schläfen, seine Haut spannte. Auf dem Flickenteppich lag zusammengerollt eine dunkle Gestalt. Leo, unser Jagdhund, dachte Lauri, schloss die Augen, schlief wieder ein und wachte erst vom Straßenlärm wieder auf. Ein Auto hupte, und dazu schrie eine Frauenstimme. Es war gewiss schon Mittag.

Auf dem Schreibtischstuhl lagen zusammengelegte Kleidungsstücke. Die Hose von der Feier, erkannte Lauri – und im selben Moment fiel ihm alles wieder ein. Sebastian. Er war nirgends zu sehen, aber dies hier musste sein Zimmer sein.

Plötzlich kamen ihm seine Beine sehr nackt vor. Er wickelte sich in die Decke und trat ans Fenster. Ein blaues Auto parkte am Straßenrand, und ein Paar stieg aus. Ihnen gegenüber stand – die Hände in die Hüften gestemmt – eine Frau, neben ihr lag ein verbogenes Fahrrad. Lauri griff nach dem Fensterriegel. Erst hatte er ein bisschen Mühe mit dem Schloss, aber dann flog das Fenster auf. Kühle Herbstluft flutete ihm ins Gesicht. Lauri schloss die Augen und atmete tief ein.

»Geht es dir wieder besser?«

Lauri blieb wie versteinert stehen. Auch ohne sich umzudrehen, konnte er die Konturen von Sebastians Körper spüren. Der Mann kam einen Schritt näher und stellte eine Kaffeetasse an ihm vorbei auf den Tisch, ohne ihn zu berühren, ohne ihn zu streifen. Lauri zog seine Hand weg, hoffte aber zugleich, Sebastian hätte ihn berührt. Er griff nach der Tasse. Braune Blumen zierten sie, am Henkel war sie leicht beschädigt. Sebastian – er sah genauso aus wie in Lauris Erinnerung. Zerbrechlich und hart zugleich. Wie die Männer, die Lauri während des Krieges bei Grabungsarbeiten gesehen hatte.

»Ich hab zwei Stück Zucker hineingetan. Ich denke mal, die brauchst du heute.«

Lauri hasste süßen Kaffee. Trotzdem hob er die Tasse an die Lippen und lächelte Sebastian an, dessen Augen lachten. Doch um seinen Mund herum lag eine gewisse Ernsthaftigkeit. Lauri spürte, wie er steif wurde. Zum Glück hatte er die Decke um sich gelegt.

»Hast du die gemacht?«, fragte er und zeigte auf die Zeichnungen.

»Ja. Das dort ist zu Hause in Fetknoppen.« Am unteren Rand einer Zeichnung, die das Gesicht eines Mädchens darstellte, klebte eine getrocknete blaue Blume, und ein paar Worte standen darunter.

»Eine frühere Flamme, oder …?«

Lauri spürte einen Stich in der Seite, als er das Bild betrachtete. Die Augen des Mädchens verengten sich über den Wangenknochen, ihr Haar hatte sich aus dem Zopf gelöst. Den breiten Mund hatte sie einen Spalt weit geöffnet. Jung, fast noch ein Kind, aber schön. Ein Kind, wie es die Präraffaeliten zu Anfang des Jahrhunderts zu malen pflegten. Die Zeichnung war nicht übermäßig gekonnt – die Arbeit eines Künstlers, der sich erst noch entwickeln musste –, doch der Zeichner hatte sein Motiv sichtlich geliebt. Man konnte erkennen, dass er mehrmals neu angesetzt und sich viel Mühe gegeben hatte, jede einzelne Haarsträhne des Mädchens so präzise wie möglich einzufangen.

»Das ist meine kleine Schwester Karen.«

Die Schwester. Lauri unterdrückte ein Lächeln.

»Du willst dich sicher waschen?«, fragte Sebastian. »Es ist nicht viel heißes Wasser da, aber die Wirtin ist gerade nicht zu Hause, nimm dir einfach alles, was du brauchst.«

Lauri sah an sich hinab. »Ich stinke bestimmt.«

»Du hast dich letzte Nacht noch mal übergeben. Ich hab den Eimer ausgeleert.«

»Ekelst du dich vor mir?«

»Seit dem Krieg gibt es nur noch wenige Dinge im Zusammenhang mit dem menschlichen Körper, vor denen ich mich ekle.«

»Ach ja, du warst dabei. Ein Kriegsheld, hat Elise gesagt.«

»Trockne dich mit dem Laken ab. Ich habe nur ein Handtuch, und da ist jetzt Erbrochenes dran.«

»Vielleicht wasche ich mich lieber zu Hause ...«

Sebastian verzog das Gesicht. »Glaub mir, in diesem Zimmer riecht es dermaßen nach Schnaps, dass ich es mir zweimal überlegen müsste, bevor ich ein Streichholz anzünde.«

Lauri überlegte fieberhaft, wie er aus dem Zimmer hinauskommen konnte, ohne die Decke umzulegen. Sebastian machte keine Anstalten zu gehen. Er stand mit seiner Kaffeetasse vor der Tür und sah Lauri mit einem seltsamen Lächeln in den Mundwinkeln an. Krampfhaft bemühte Lauri sich um ein ungezwungenes Gesprächsthema. In seinem ganzen Körper herrschte Druck – er pochte hinter den Schläfen, in der Leistengegend und unterm Brustbein, sodass ihm das Atmen schwerfiel. Wenn Sebastian nackt wäre und nicht ich, dachte er, dann wäre dies alles leichter. Wenn ich Sebastian nackt sehen würde – nur ein einziges Mal –, dann wäre alles anders, und ich könnte aufhören, mir seinen Körper auszumalen. Hätte er Pickel auf dem Rücken und hervorstehende Schulterblätter, schlaffe Haut am Bauch und Haare, wo man sie nicht erwartete ...

Zwei Monate lang waren sie unzertrennlich, Lauri und Sebastian. Sie lernten, wenn sie einmal dazu kamen, spielten Schach und rauchten amerikanische Zigaretten, die Sebastian von irgendwoher organisierte. (Er musste Beziehungen haben. Die Zigaretten gingen ihm nie aus, obwohl es den Eindruck machte, dass er ringsum Schachteln verteilte wie Bonbons.) Sie liefen auf Skiern bis zur Stromschnelle von Halinen zum Eisangeln, brieten die frisch gefangenen Fische am Lagerfeuer und redeten. Lauri erzählte von Elise. »Mit achtzehn war sie wunderbar«, sagte er. »Sie sah aus wie eine Puppe, die meine Schwester als kleines Kind einmal hatte: hellbraune Locken, blaue Augen, ein kariertes Kleid. Ich wartete nur darauf, dass sie plötzlich die Augen schloss und ›Mama‹ sagte. Mit dieser Puppe durfte ich nie spielen. Mutter meinte, Jungs machten immer alles kaputt. Nur manchmal, wenn meine Schwester nicht in ihrem Zimmer war, nahm ich die Puppe vorsichtig auf den Schoß und streichelte ihre Porzellanhaut. Mittlerweile ist es Elise so wie allen Mädchen ergangen, wenn sie zwanzig werden: Sie redet von nichts anderem mehr als von der Zukunft. Sie will, dass ich Jura studiere. Juristen geht die Arbeit nie aus. Sie will ein eigenes Haus ein Stück außerhalb vom Zentrum, vielleicht in Martti oder Hannunniittu, wo immer man eben noch ein Grundstück bekommt. Sie will Johannisbeersträucher im Garten pflanzen und in den ersten Jahren arbeiten, vielleicht irgendwo in einem Büro, und dann zu Hause bleiben, wenn das erste Kind kommt. Kinder will sie drei – zwei Mädchen und einen Jungen.«

»Und willst du auch Jurist werden?«

»Wer will denn Jurist werden?«

»Dann hast du ein Problem. Warum trennst du dich nicht von ihr?«

Lauri zuckte mit den Schultern. »Wie soll man einem Menschen so etwas mitteilen?«

Sie schwiegen eine Weile, wendeten ein paarmal die Fische, damit sie auf der Unterseite nicht verbrannten. Sebastian reichte Lauri seinen Flachmann mit Cognac. Lauri war es nicht gewohnt, Cognac zu trinken. Er behielt die Flüssigkeit im Mund, damit der Geschmack länger anhielt und er nichts zu sagen brauchte.

»Deine Hände stinken nach Fisch.«

»Hab dich nicht so wie ein Fräulein. Die werden nicht mehr lange so riechen. Heute ist Saunatag. Die Markkulas gehen zuerst, anschließend können wir so lange darin sitzen bleiben, wie wir wollen.«

Die Markkulas waren Sebastians Vermieter. Lauri hatte sie bislang nur im Vorübergehen gesehen. Zumeist konnte Sebastian in der Dienstmädchenwohnung für sich allein sein. Er hatte sogar eine eigene Wohnungstür, durch die er kam und ging, wann immer er wollte. Lauri beneidete Sebastian um seine Freiheit. Er selbst hatte immer von einer eigenen Bleibe geträumt, doch bei den Eltern zu wohnen hatte auch seine Vorteile. Mutter rief ihn, wenn es an der Zeit war, an den Esstisch und knauserte auch nicht mit dem Gulasch, obwohl Vater immerzu von Bälgern murmelte, die sich wie Herrschaften aufführten. Elise hatte außerdem den Plan gefasst und verkündet, dass es in jeder Hinsicht vernünftig sei, wenn sie beide bis zu ihrer Hochzeit zu Hause wohnen blieben, damit keine überflüssigen Kosten entstünden. Obwohl Lauri neben seinem Studium im Geschäft seines Vaters arbeitete, reichte der Lohn doch nur für ein Taschengeld. Anderswo hätte man ihm mehr gezahlt, doch Vater hätte dies als Beleidigung empfunden. Außerdem behauptete er, er bilde seinen Sohn schließlich aus, und manch einer wäre sogar bereit, dafür zu bezahlen.

Verglichen mit Sebastian hatte Lauri das Gefühl, in einer Falle zu sitzen. Die Wünsche anderer zu erfüllen, sodass für seine eigenen kein Platz mehr blieb. Er wollte wirklich nicht schlecht über seine Mutter reden. Sie liebte ihn über alles. Aber sie und auch Lauris jüngere Schwester waren Menschen, die ohne Unterlass Fragen stellten. Meistens hörten sie sich die Antworten nicht einmal an, doch wenn sie das Gefühl hatten, Lauri verheimliche ihnen etwas, dann stürzten sie sich auf ihn wie Kriebelmücken. Manchmal kam es Lauri so vor, als starrten sie ihn bereits an und redeten über ihn, noch ehe er das Zimmer betreten hatte, verfielen dann aber sogleich in Schweigen, Mutter und Schwester.

Frauen sind so merkwürdig, dachte Lauri. Sie lieben den anderen und ziehen ihn an sich, aber wenn man etwas tun will, was ihnen nicht zupasskommt, dann stößt man auf eine wortlose, steinharte Mauer. Dagegen ließ sich schwerer ankämpfen als gegen offen ausgesprochene Befehle. Manchmal dachte Lauri, dass es alle wussten. Dass sie ihn durchschauten und wussten, dass an ihm etwas falsch war. Dass er im falschen Körper steckte. Dass sie nur auf eine Gelegenheit warteten, um ihn zu entlarven.

Wurde Lauri gefragt, was er selbst wirklich wollte, wusste er keine Antwort. Er wollte alles und nichts, er wollte vor dem Sonnenaufgang aufwachen und im Morgennebel mit dem Fahrrad die Kauppiaskatu bis nach Uittamo hinausfahren zu den Sandstränden. Er wollte bis zum Abendessen schlafen. Er sehnte sich nach dem Abenteuer, und zugleich wollte er nach Hause zurückkehren, bevor seine Mutter sich Sorgen machte. Er wollte Sebastian nackt sehen und ahnte zugleich, dass er den Anblick nicht ertragen würde – dass sein Herz stehen bliebe, dass sich sein Blut zwischen den Beinen stauen und Sebastian seinetwegen vor Ekel übel werden würde. Wie konnte man sich nur zur selben Zeit nach Berührung sehnen und sich wünschen, unendlich weit weg zu sein?

»Habt ihr ... du und Saima, habt ihr es getan?« Lauri spürte, dass seine Stimme schrumpfte wie eine getrocknete Dattel und in seine Kehle zurückfloss. Sie lagen in Sebastians Pensionszimmer auf dem Klappbett, beide seitwärts. Das Bett war zu schmal, als dass es sich beide darauf hätten bequem machen können. Es sei denn, einer von beiden lag obenauf. Der Gedanke ließ Lauri erglühen, und er spürte, wie er an Sebastians Rücken in Erregung geriet, obwohl sie sich doch gerade erst geliebt hatten.

»Ist das denn wichtig?«, fragte Sebastian und ließ seine Hand an Lauris Bein entlangwandern. Das tat er die ganze Zeit und versetzte Lauri damit absichtlich in Erregung, bis der einen Zustand erreicht hatte, in dem er nicht mehr imstande war, vernünftig zu denken und logische Schlüsse zu ziehen. Sebastian löschte den Mann aus, für den Lauri sich bislang gehalten hatte. Aber er gab ihm auch etwas. Er gab ihm dafür eine ganze Welt voller Klarheit – als wäre Lauri unter Wasser aufgewacht und luftschnappend zur Oberfläche geschnellt. Als hätte er mit einem Mal endlich begriffen, dass alles, was zuvor so ausgesehen hatte, als sei es wahr, lediglich eine täuschende Spiegelung gewesen war. Lauri war endlich angekommen, am Ort seiner Bestimmung.

»Du versuchst, meiner Frage auszuweichen«, sagte Lauri und wand sich aus Sebastians Griff. »Habt ihr es getan?«

»Und du und Elise? Habt ihr euch nicht letzte Woche erst gesehen? Elise hat es mir erzählt. Du dachtest, dass ich es nicht erführe, nicht wahr? Du behauptest, ihr wärt nur Freunde und ehemalige Schulkameraden, aber das Mädchen erzählt überall herum, es sei nur eine Frage der Zeit, bis ihr euch verlobt.«

Lauri errötete vor Wut. »Das ist einzig und allein ihre Auslegung.«

»Und die entbehrt jeder Grundlage, ja?«

Sebastians Stimme klang plötzlich fordernd, und zum ersten Mal wurde Lauri bewusst, dass ihr Verhältnis zueinander wechselseitig wirkte. Dass er nicht der Einzige war, bei dem sich unwillkürlich die Härchen auf den Armen aufstellten und Stromschläge von den Fingern bis in die Leistengegend jagten.

Er drückte seine Nase in Sebastians Nacken und rieb sie hin

und her, um dessen Geruch in sich aufzunehmen. Sebastians Haar war immer sauber, obwohl das Zimmer doch nur ein Waschbecken hatte und Seife teuer war.

»Ich hab mal den Finger in einer Möse gehabt«, sagte Lauri schließlich, und Sebastian musste schallend lachen. Er krümmte sich dabei so sehr, dass Lauri gegen die Wand gedrückt wurde. Als er sich endlich wieder beruhigt hatte, drehte er sich zu Lauri um und zog die gesteppte Decke vom Fußende über sie beide.

»Den Finger in einer Möse? Bei Elise?«

»Nein, bei einer gewissen Eeva, einer Cousine von mir. Vor ein paar Jahren haben wir im Sommer einen Ausflug auf die Schären gemacht. Wir waren mehrere, Eevas Bruder war auch dabei und noch zwei Mädchen, die ich kannte. Wir fuhren mit dem Rad bis Naantali und von dort noch weiter. Übernachtet haben wir im Zelt. Eevas Bruder hatte was mit einem der Mädchen. Er hat mich praktisch aus dem Zelt gejagt und gesagt, so ein junger Kerl wie ich könne doch auch am Fuß einer Fichte schlafen. Da stand ich also und musste mir ein neues Nachtlager suchen, das nicht allzu knorrig war. Plötzlich hörte ich Eeva flüstern. Sie hatte Lockenwickler auf dem Kopf und darüber ein Tuch, obwohl wir doch eine Radtour machten. ›Komm, in meinem Zelt ist noch Platz‹, sagte sie, und ich ging zu ihr, ohne groß darüber nachzudenken. Eeva war schon immer ein nettes Mädchen gewesen, so eine mit Sommersprossen ... Sie war ein paar Jahre älter als ich und bereits ziemlich erwachsen. Sie interessierte sich seit Langem nicht mehr für dieselben Dinge wie wir Jüngeren. Aber wenn's darauf ankam, konnte sie mit dem Luftgewehr eine Krähe im Flug erwischen, besser sogar als ihre Brüder. Erst dort in ihrem Zelt wurde mir klar, dass es nicht mehr so war wie in unserer Kindheit, als wir noch alle zusammen auf Großmutters Dachboden auf ein paar Matratzen geschlafen hatten. Das kleine Zelt war erfüllt von Eevas Geruch. Ein bisschen süßlich, du weißt schon. So wie manche Frauen eben riechen. Ein bisschen nach Hefebrot mit Blaubeermarmelade.«

»Du scheinst dich mit Frauen ja gut auszukennen.«

»Da lagen wir jedenfalls in unseren Schlafsäcken nebeneinander, und ich konnte nicht einschlafen, weil sie mich anstarrte. So einen Blick spürt man, da kannst du die Augen noch so sehr zukneifen. Schließlich meinte sie, ich brauche nicht so zu tun, als würde ich schlafen. Ihr sei es nicht peinlich, hier mit mir zusammen zu sein. Und sie wisse ja, dass ich ein anständiger Junge sei und nicht versuchen werde, irgendetwas mit ihr anzustellen. Das machte es mir ein bisschen leichter, und ich öffnete die Augen. Wir unterhielten uns ein wenig, wie früher, als Kinder. Eeva versprach, mir beizubringen, besser zu schießen, und ich fing an, mich zu entspannen. Am Ende fragte sie mich, ob ich schon mal mit einem Mädchen zusammen gewesen sei, und ich musste eingestehen, dass ich noch nie mit einem Mädchen geschlafen hatte.«

»Diese Eeva hört sich an wie ein ziemlich gewieftes Frauenzimmer«, sagte Sebastian und lachte. »Du warst garantiert nicht ihr Erster!«

»Sie nahm meine Hand und legte sie auf ihre Brüste. Die waren weich, elastisch... Eeva ist nicht besonders groß, eher ein breitschultriger, sportlicher Typ und sehr schlank. Eine, die im Badeanzug zwar wirklich gut aussieht, aber nicht wie ein billiges Pin-up-Mädchen. Schließlich führte Eeva meine Hand zwischen ihre Beine. Ich hatte keine Ahnung, was sie von mir wollte. Ich war einfach nur überrascht, wie weich dort alles war: die Schenkel, einfach alles.«

»Na, und wie hat sich die Möse angefühlt?«

»Klebrig, ein bisschen glitschig. Ich hab den Finger in sie hineingesteckt und ihn ein wenig bewegt, und Eeva hat die Augen geschlossen. Ich weiß allerdings nicht, ob es ihr wirklich gefiel oder ob sie nur eine Rolle spielte. Also zog ich meinen Finger wieder heraus.«

Sebastian lachte. Wenn er lachte, liebte ihn Lauri so sehr, dass seine Lunge den Brustkorb zu sprengen drohte. Oder wenn Sebastian lächelte, einen Witz erzählte, Dinge sagte, von denen Lauri wusste, dass er sie gewiss keinem anderen anvertraute. Nicht einmal seiner kleinen Schwester.

»Erzähl mir von deiner Insel«, bat Lauri. »Lädst du mich im nächsten Sommer dorthin ein?«

»Du kannst in der Dachkammer schlafen. Die liegt zwischen Karens Zimmer und meinem. Mutter hat sie immer als Abstellraum benutzt. Wir hatten selten Gäste. Sie bewahrte dort die bessere Bettwäsche und ihre Pelze auf. Trotzdem ist es ein gutes Zimmer mit einem ausziehbaren Bett, in das ich zwischendurch immer mal hineinschlüpfen könnte. Karen sagt ganz bestimmt nichts.«

»Hast du ihr von mir erzählt?«

»Nein, noch nicht. Karen ist noch ein Kind, aber wirklich lieb. Du wirst sie mögen. Wir könnten uns das Boot nehmen und raus zum Angeln fahren, Barsche mit Kartoffeln kochen und um die Felsen schwimmen. Und dann beiße ich in jeden deiner Muskeln, sodass es auf deinem Körper keine einzige Stelle mehr gibt, die nicht mir gehört.«

»Darf ich dann dein blaues Hemd anziehen, das aus dem dünnen Stoff?«

»Das ist dir zu eng. Du dehnst es nur aus und machst es kaputt.«

Lauri grinste und knuffte Sebastian in die Brust. »Und du bist einfach nur gierig und egoistisch. Ich sehe gut darin aus!«

Zerstreut streichelte Sebastian über den Kopf seines Freundes.

Lauri war kein Kind mehr, tat aber oft so. Immer wenn er einen Schmollmund machte, brachte er Sebastian damit zum Lachen. Doch in letzter Zeit war Sebastian ernster geworden, und Lauri spürte, wie er ihm immer weiter entglitt. Manchmal befürchtete er sogar, dass Sebastian jemand anders getroffen haben könnte. Vielleicht traf er sich wirklich noch mit anderen Männern – doch Lauri ließ nicht zu, dass dieser Gedanke sich verselbstständigte.

Er wüsste nicht, was er tun sollte, wenn Sebastian aufhörte, ihn zu lieben. Was für einen Sinn hätte es noch, morgens aufzuwachen, wenn nicht im Bewusstsein, Sebastian wiederzusehen – auf einem Korridor an der Uni oder beim Faulenzen im Kellercafé, wo die Studenten nach den Vorlesungen oft Zeit verbrachten. Er wollte ihn gern fragen, wie viele Männer Sebastian schon gehabt habe. Ob er jemals verliebt gewesen sei. Aber er fürchtete die Antworten zu sehr, um die Fragen auszusprechen.

Im Oktober wurden die Nächte frostig, und die Prüfungszeit rückte näher. Sebastian und Lauri hatten Abend für Abend in Sebastians kleiner Bude gelernt. Bei sich zu Hause war Lauri nie allein, bei Sebastian hatten sie ihre Ruhe.

Manchmal, in mutigen Augenblicken, blieb Lauri die ganze Nacht, um Sebastians Wärme zu spüren. Noch während der Vorlesungen, die sich über den ganzen Tag erstreckten, nahm er dann am ganzen Körper Sebastians Geruch wahr und erinnerte sich an seine kleinen Brustwarzen, die aus der spärlichen Brustbehaarung ragten, und an den Flaum, der sich bis in die Leistengegend zog; daran wanderten seine Finger oftmals entlang, während sie für die Prüfungen lernten.

Eines Tages, als Lauri nach einer Vorlesung in Kunstgeschichte den Hörsaal verließ, hörte er, wie sich zwei Kommilitonen unterhielten. Kaj und Eino planten einen Ausflug nach Kuhankuono. Sie wollten eine Zeltplane und Schlafsäcke mitnehmen und die Nacht dort draußen verbringen wie Indianer oder Grenzer.

»Wollt ihr mich nicht fragen, ob ich mitkommen möchte?«, erkundigte sich Lauri. Vor seiner Begegnung mit Sebastian war er oft mit den beiden unterwegs gewesen. Lauri konnte den frischen Herbstmorgen und den Duft des Malzkaffees draußen im Freien fast schon riechen. Vielleicht könnte man sogar eine Spinnangel mitnehmen und einen Hecht überlisten, ölige Fischsuppe kochen und die Brühe heiß, direkt aus dem Kochgeschirr, trinken.

Eino wich seinem Blick aus. Kaj schnaubte und fuhr sich mit den Fingern durchs Haar. Wieso ist mir früher nicht aufgefallen, dachte Lauri, dass er so dicke, geschwollene Finger hat?

»So ein Ausflug ist eher Männersache.«

»Aber früher war ich doch auch mit dabei?«

»Jaa…«, sagte Eino gedehnt. »Früher warst du mit deinem Umgang auch ein bisschen vorsichtiger.«

Lauri spürte, wie sein Gesicht glühte. Seine Wut drohte überzukochen. »Meinst du Sebastian? Was ist an ihm auszusetzen?«

»Nicht dass ich den Gerüchten glauben würde«, erwiderte Eino. »Aber man munkelt, dass er sich auffallend oft in bestimmten öffentlichen Toiletten aufhält. Normale Männer würden eher ins Foyer der Uni pissen, als dorthin zu gehen.«

Lauri zuckte so gleichgültig mit den Schultern, wie er nur konnte, und nahm seine Vorlesungsunterlagen unter den Arm. »Normale Männer tratschen manchmal auch wie kleine Mädchen.«

»Der einzige Unterschied zwischen Sebastian und einer Frau besteht darin, dass er nicht versehentlich ein paar Bälger in die Welt setzen kann.«

Sebastian. Lauri hatte natürlich schon von jenen Scheusalen gehört, die graue Hängehoden hatten und mit ihren schweißigen Händen kleine Jungs in der öffentlichen Sauna anfassten. Aber Sebastian war anders. Er hatte schöne lange Arme, über die sich ein Netz blauer Adern zog. Er hatte eine gewölbte Brust, den schmalen Hintern eines Jugendlichen und eine Narbe von der Leiste bis zum linken Oberschenkel, deren Herkunft er Lauri nicht erklären wollte. In Sebastians Halsbeuge konnte man wunderbar die eigene Nase verstecken. Das, was er und Sebastian gemeinsam hatten, war etwas Besonderes. Lauri fand es aufregend, einen heimlichen Geliebten zu haben und zu wissen, dass sein Leben, wenn dies herauskäme, in eine völlig andere Richtung gestoßen werden, dass es sie beide ins Gefängnis bringen oder ins Exil treiben könnte. Doch trotz aller Heimlichkeit hatte Lauri nie darüber nachgedacht, dass ein Unbeteiligter in alldem etwas Schmutziges sehen würde. Er war schließlich nicht pervers – er bedrängte keine kleinen Jungen oder versuchte, sie mit Süßigkeiten zu locken, damit sie ihn berührten.

Lauri liebte Sebastian, aber als dieser ihn an jenem Tag nach der Vorlesung am Ärmel zupfte, murmelte Lauri nur, er hätte es eilig, zu einer anderen Verabredung zu kommen.

»Was für eine Verabredung denn?«, fragte Sebastian. »Wir wollten doch zum Dom und die Krypta zeichnen.«

Das war zu viel gesagt; in aller Regel zeichnete nur Sebastian. Er war fasziniert von den alten Schnitzereien im Dom, von den mittelalterlichen Madonnen und den namenlosen Bischöfen, denen häufig eine Hand fehlte. Nach Lauris Ansicht sahen die Schnitzereien eher plump aus und bewiesen lediglich, welch rückständiger Ort Turku im Mittelalter gewesen war. Er träumte von der italienischen Renaissance, von antiken weißen Marmorskulpturen, bei denen jeder Muskelstrang wirkte, als wäre er voller Spannkraft, als könnten sie augenblicklich erwachen und den Diskus tatsächlich werfen oder was immer sie gerade taten. »Du träumst doch bloß von ihren zitternden Schenkeln, kleiner Homo«, hatte Sebastian ihn liebevoll geneckt, als Lauri ihm von seinem Wunsch erzählt hatte, nach Italien zu reisen, um sie mit eigenen Augen zu sehen, und Lauri hatte beleidigt den Mund zugeklappt. »Nichts ist besonders an der Vollkommenheit. Diese Skulpturen hier haben doch viel mehr Charakter«, hatte Sebastian erklärt und dabei auf den rachitischen Holzchristus gedeutet, den er in seinen Zeichenblock gebannt hatte.

Während Sebastian zeichnete, ging Lauri zumeist durch die Flure der Kirchen und fotografierte, sofern das Licht dafür ausreichte. Seit er Sebastian kannte, entwickelte er beim Fotografieren immer mehr Ehrgeiz. Sein Vater beschäftigte sich vor allem mit der technischen Seite der Fotografie, mit den neuen Möglichkeiten. Die Farbfotografie und die zunehmende Verbreitung günstiger Kameramodelle und wie man all das zu Geld machen konnte – das interessierte Lauris Vater am meisten, und er hatte es auch seinem Sohn beigebracht, ohne dass dieser sich dafür hätte begeistern können. Doch Sebastian hatte gelächelt, als er Lauris erste Fotos gesehen hatte. »Ich wusste es sofort, als ich dir begegnet bin. Du bist ein Künstler.« Und Lauri war vor Freude rot geworden.

So hatte er es sich in seiner Fantasie vorgestellt: Er und Sebastian irgendwo in einer Pariser Mansardenwohnung, tagsüber betrieben sie ihre Kunst, abends saßen sie in Cafés, und die Nächte verbrachten sie eng aneinandergeschmiegt. Eine Idee, die wohl das Produkt eines naiven Gemüts gewesen sein musste. Denn auch in Paris würde es Türsteher und Männer wie Kaj geben.

»Ich kann nicht«, sagte er. »Ich hab versprochen, meinem Vater zu helfen.«

Sein Vater, der immer ein bisschen krumm dastand, der die Abende liebte, an denen er sich umgeben vom Duft seiner Bibliothek in Bücher über französische Könige vor der Revolution vertiefen konnte. Sein Vater, der als junger Mann auf einer Reise nach England erstmals eine Fotokamera in die Hand bekommen hatte und sofort davon hingerissen gewesen war (ein Modell, in das man von oben hineinschaute und das Bild seitenverkehrt vor sich sah). Er hatte sich beim erstbesten Fotografen, der ihn ausbilden wollte, als Lehrling anheuern lassen, war ein halbes Jahr später mit dem Frachtschiff nach Turku zurückgekehrt, hatte den größten Teil seines Erbes zusammengekratzt und ein Fotogeschäft eröffnet. Der ältere Bruder war anfangs noch daran beteiligt gewesen, hatte jedoch irgendwann genug gehabt und sich zurückgezogen, war inzwischen nur mehr stiller Teilhaber, der einmal im Jahr die Bilanzen prüfte. Das Geschäft war überraschenderweise ein Erfolg geworden. Die Landbevölkerung reiste

aus Lundo und Virmo nach Turku, um sich in Vaters Geschäft mit
Federhüten (die konnte man ausleihen, sogar Herrensmokings,
obwohl die nicht ganz so gefragt waren) ablichten zu lassen. Als
Kind hatte Lauri die rote Lampe in Vaters Dunkelkammer geliebt und jenes Wunder, dass auf einem Stück Papier, das in eine
Wanne gelegt wurde, allmählich ein Bild entstand. Die Schönheit
eines erstarrten Augenblicks.

Als Lauri fünf Jahre alt war, führte Vater ihn neben die Tisch-
lampe, nahm einen Gegenstand aus der Tasche und befahl seinem Sohn, still zu sein. Er schraubte von der Kamera das Objektiv
ab und bat Lauri, es festzuhalten – ganz vorsichtig. Dann führte
er Lauris Hand langsam in die richtige Position und nickte zur
Wand. Vor Staunen hätte Lauri das Objektiv fast fallen lassen.
An der Wand war ein Bild zu sehen. Es war seitenverkehrt, aber
man konnte doch ihre gestreifte Katze Molli deutlich erkennen.
Molli, wie sie kurz nach dem Fressen immer konzentriert zum
Fenster hinausblickte, als wüsste sie, dass bald jemand kommen
würde.

»Wenn ich mal groß bin, will ich auch Andersrum-Bilderma-
cher werden«, hatte Lauri gesagt. Das hatte Vater später so oft erzählt, dass alle außer ihm selbst schon nicht mehr darüber lachen
konnten. Doch es war Vaters Geschichte – ein Teil seiner Vorstellung und seines Traums von einem Sohn, der so war wie er selbst
und seine Träume teilte.

Später sollte sich das alles ändern. Lauri wurde ein Muttersöhnchen. Er arbeitete zwar als Gehilfe für seinen Vater, doch irgendwann hörten sie auf, über Fotos zu sprechen.

Erst durch Sebastian begeisterte er sich wieder für das Fotografieren, erkannte jedoch auch, was ihn an den Arbeiten seines
Vaters immer gestört hatte. Die Menschen auf Vaters Fotos standen stets auf der Stelle. Sie waren zwar ordentlich abgebildet, sahen aber immer so aus, als wären sie erstarrt – als wäre alles Blut
aus ihnen gewichen, sowie der Blitz aufgeleuchtet hatte, und erst

nach der Aufnahme wieder durch ihren Körper geströmt. Lauri wollte etwas anderes: Er wollte, dass seine Motive atmeten, dass sie etwas anderes taten, als sich einen geliehenen Hut aufzusetzen oder an eine ionische Säule gelehnt zu posieren.

An jenem Abend war Vaters Sprachlosigkeit jedoch eine willkommene Erleichterung. Lauri entwickelte drei Filmrollen, schnitt die Abzüge zu, konzentrierte sich auf jeden einzelnen Arbeitsschritt. Die Dämpfe des Entwicklers füllten den Raum. Lauri arbeitete schlafwandlerisch, achtete auf die richtigen Abstufungen von Hell und Dunkel. Vater listete unterdessen im Geschäft Waren auf. Lauri konnte seine Bewegungen durch die Wand hindurch hören, die schlurfenden Schritte und das regelmäßige Seufzen. Vater seufzte viel, aber wenn man ihn fragte, was ihm denn fehle, dann zuckte er nur mit den Achseln und sagte: Natürlich nichts. Er sei doch der glücklichste Mann in ganz Turku. Und dann seufzte er wieder. Es kam vermutlich vom Sodbrennen.

Als Lauri den größten Teil der Abzüge gemacht und zum Trocknen aufgehängt hatte, klopfte Vater an die Tür. »Fast hätte ich es vergessen. Noch diese zwei Rollen hier. Ich hab sie der Polizei für morgen versprochen.«

Die Polizei von Turku hatte keinen eigenen Fotografen, und immer wenn irgendetwas passiert war, riefen sie Vater an und baten ihn um Hilfe. Schon mit zehn Jahren hatte Lauri Bilder von Opfern von Beziehungstaten, von erfrorenen Säufern, von Pferdewagen- und Autounfällen abgezogen; das Foto eines Arbeiters im Sägewerk, dessen Hand in die Kreissäge geraten war. Die Säge hatte ihm drei Finger abgetrennt. Lauri konnte sich noch gut daran erinnern, wie der Mann auf dem Bild neben der Maschine stand, sich die verbundene Hand hielt und regelrecht verdutzt aussah, als würde er gerade erst bemerken, dass er nur mehr eine Hand besaß.

Die erste Filmrolle enthielt klassische Polizeifotos: kaputte Fenster, das Bild eines misshandelten Pferdes, beschlagnahmte

Waren vom Schwarzmarkt. Doch auf der zweiten Rolle befanden sich Aufnahmen eines Innenraums – eines geschmackvoll eingerichteten Wohnzimmers mit echten Gemälden an den Wänden. Inmitten dieses Zimmers lag auf einem Perserteppich ein halb nackter Mann. Er trug ein Hemd, doch sein Unterleib war unbekleidet, und dort, wo sein Geschlechtsorgan hätte sein müssen, war nur ein schwarzer Fleck zu sehen.

Erst dachte Lauri, das Bild sei unscharf, doch als er den Ausschnitt vergrößerte, wurde ihm schlagartig klar, dass es sich bei dem schwarzen Fleck um Blut handelte.

»Das ist vor zwei Tagen passiert. Die Polizei hat die Nachricht bislang nicht an die Presse gegeben. Der Mann war ein ziemlich hohes Tier.« Lautlos war Vater hinter Lauri geschlichen und betrachtete nun ebenfalls die Abzüge, die von der Leine hingen.

»Was ist da passiert?«

»Der Mann war Apotheker. Während des Krieges hat er sich aus dem Geschäft zurückgezogen und nur von seinem Erbe gelebt. Ein Junggeselle, noch nicht mal fünfzig. Vor dem Krieg war er weit gereist. Die Nachbarn haben wohl erzählt, dass bei ihm oft gefeiert wurde – die Gäste waren allesamt männlich. Und ziemlich jung obendrein. Vor ein paar Tagen haben sie nachts Krach gehört, aber nicht weiter darauf geachtet. Erst als der Mann sich zwei Tage lang nicht mehr blicken ließ, begannen sie, sich Sorgen zu machen, und schließlich ist der Hausmeister mit dem Generalschlüssel in die Wohnung gegangen. Und so hat man den Mann gefunden«, sagte Vater und deutete auf das Foto.

Lauri sah genauer hin und versuchte, Gesichtszüge zu erkennen. Turku war eine kleine Stadt. Hatte er den Mann irgendwann schon mal gesehen?

»Man hat ihm die Kehle aufgeschlitzt und sein Ding ebenfalls. Überall war Blut. Die Hälfte der Polizisten musste sich übergeben – sogar diejenigen von ihnen, die an der Front gewesen waren.«

»Wer? Wissen sie, wer es war?«

Vater zuckte bloß mit den Schultern und seufzte erneut. »Einer dieser jungen Männer. Wer weiß. Manche Menschen werden so geboren – als Tiere, die ungezügelt jedes ihrer physischen Bedürfnisse befriedigen. Man sieht es ihnen nicht immer an. Sie können sogar eine ganz ordentliche Position innehaben so wie dieser Mann, aber letztlich ... Ein gewalttätiges, selbstsüchtiges Leben findet immer sein verdientes Ende.«

Er sah Lauri nachdenklich an. Unter dem Blick des Vaters spürte Lauri, wie seine Haut erstarrte, als wäre Frost in die Kammer eingedrungen. Und plötzlich hatte er das Gefühl, dass sein Vater es wusste. Er wusste es und versuchte, ihn zu warnen. Womöglich hatte er es immer schon gewusst.

»Ich ... Ich glaube, ich war zu lange in der Dunkelkammer. Ich habe schon Kopfschmerzen von all den Dämpfen.«

»Es reicht ja auch für heute«, sagte Vater. »Geh nur. Kannst du diese Briefe auf dem Heimweg zur Post bringen?«

Von der Post aus rief Lauri Elise an. Sie wohnte noch immer bei ihren Eltern, und das Telefon stand eigentlich nicht in deren Wohnung, sondern bei den Nachbarn, aber Elises Familie benutzte es ebenfalls. Es klingelte etliche Male, und Lauri wollte schon auflegen, als sich eine zarte Stimme meldete. Lauri erkannte sie sofort wieder, obwohl viel Zeit vergangen war, seit er sie das letzte Mal gehört hatte. Vieno, die kleine Schwester, deren Verben genauso weich klangen wie bei Elise. Erst jetzt stellte Lauri fest, wie sehr er sie vermisst hatte. Einen Menschen, der nicht ständig alles bezweifelte und infrage stellte. Einen Menschen, der auf Bemerkungen nicht mit Sarkasmus reagierte und der nicht in allem so verdammt überheblich war.

»Hier ist Lauri, könntest du Elise ans Telefon holen?«

Vieno antwortete, als hätte es gar keine Pause gegeben, als hätte er erst am Vortag an ihrem Abendbrottisch gesessen. Kurz danach hörte Lauri am anderen Ende der Leitung Elise atmen.

»Elise«, sagte er. »Ich bin's. Sehen wir uns an der alten Stelle?«

Lauri fand nie heraus, was Elise von ihrer Trennung gedacht hatte – ob sie ihm seine Erklärung abgenommen hatte, dass er aufgrund der Abschlussprüfungen zu sehr unter Druck gestanden hätte. Dass es ihm sehr leidtäte. Hatte sie den Verdacht gehabt, Lauri könnte jemand anders getroffen haben, irgendein rotwangiges Mädchen vom Lande, oder war der Tratsch von der Universität bis zu ihr vorgedrungen?

Eine Woche später, als sie allein in Elises kleinem Zimmer waren, ließ sie ihn die Hand auf ihre Brüste legen, über der Bluse, und den Rock bis zur Taille hochziehen, sodass er den Finger bis über ihre Strümpfe schieben konnte. Dorthin, wo die nackte Haut anfing.

Er war erregt und spürte, wie ihn vor Erleichterung das Blut durchströmte, während ihm gleichzeitig eine Stimme in seinem Kopf eindringlich zuflüsterte: »Sie ist nicht Sebastian. Sie ist nicht Sebastian. Nicht Sebastian.«

Es gelang ihm etwa zwei Wochen lang, Sebastian aus dem Weg zu gehen. Aber eines Tages wartete Sebastian in seinem Zimmer auf ihn. Lauris Zimmerkollege hatte ihn hereingelassen und war dann verschwunden – vermutlich zu irgendeiner Braut in Österås. Das Zimmer war klein, es überhaupt zu mieten war eigentlich Unsinn gewesen, da Lauris Eltern in derselben Stadt wohnten, aber Lauri hatte das Gefühl gehabt, zu Hause keine Luft mehr zu bekommen. In diesem Zimmer wohnte er jetzt seit zwei Monaten zur Untermiete. Trotzdem ging er immer noch regelmäßig nach Hause zum Abendessen.

Vater hatte den Umzug am besten aufgenommen. Mutter hatte ihr Missfallen zum Ausdruck gebracht, indem sie verärgert schnaufte und sich weigerte, ihn in solch einem Rattenloch zu besuchen, und seine kleine Schwester beneidete ihn offen.

Sebastian sah blasser aus als bei ihrer letzten Begegnung. Als wäre seine Haut aus Porzellan, unter dem eine Lampe glühte. Er rauchte, hielt seine Zigarette zwischen Zeige- und Mittelfinger und zündete die nächste an ihr an.

Lauri setzte sich neben ihn aufs Bett, und für eine Weile schwiegen sie beide.

»Du weißt nichts von der Liebe«, sagte Sebastian schließlich, so wie es diejenigen zu sagen pflegen, die verlassen werden. »Du weißt nicht, wie es ist, wenn man nicht mehr atmen kann, wenn man nachts davon aufwacht, dass einem die Brust wie von einem eisernen Käfig zusammengepresst wird. Du hast mich nicht genug geliebt, du wolltest meine Liebe nicht, deine Liebe ist für mich weniger wert als Mäusekot.«

Lauri vermochte nicht zu antworten, er konnte Sebastian nicht einmal ins Gesicht sehen, geschweige denn seine Worte zurückweisen.

»Du betrügst die deinen und alle, die so sind wie wir«, fuhr Sebastian fort. »Du bist nichts als Dreck. Bedauernswerter als die Vorhaut einer Spitzmaus.«

Ich will kein Märtyrer werden, dachte Lauri. Ich bin einfach der Falsche dafür. Es gibt jene Generationen, die etwas schaffen, die etwas Mutiges tun, und jene, die sich nur irgendwie durchschlagen und die Lehren beherzigen, die die anderen aus ihren Erfahrungen gezogen haben. Lauri gehörte zur falschen Generation.

»Ich kann das nicht mehr«, erwiderte Lauri.

»Schlaf mit mir«, sagte Sebastian. »Nur noch diese eine Nacht.«

Und Lauri beugte sich zu ihm hin, streichelte sein Haar und drückte Sebastians Kopf in seinen Schoß. Den Kopf eines Jungen, dessen Haar sich immer noch so flaumig anfühlte wie bei einem Baby, obwohl Sebastian älter war als er.

Sebastian blieb. Weil seine Finger wie Quecksilber waren. In dieser Nähe strömte die Luft kühl aus ihren Lungen, als würden sie überhaupt nicht atmen. Lauri kannte Sebastians Körper auswendig, die kurzen dünnen Härchen auf seinen Fußgelenken, die kleinen Grübchen über dem Hintern, dort, wo der Rücken begann. Weich waren sie wie Pferdenüstern.

Am Morgen kleidete er sich an. Langsamer als sonst, aber er hatte Sebastian dabei den Rücken zugewandt. »Ich verlobe mich mit Elise«, verkündete er. »Das zwischen uns, das ist vorbei. Es ist krank.«

Sebastian antwortete nicht, lag nur da mit dem Gesicht zur Wand, als Lauri sein Zimmer verließ. Warum nur musste Sebastian so sein, warum konnte er nicht Vernunft annehmen? Begriff er denn nicht, welches Risiko er einging? Das zwischen ihnen …

Lauri spürte, wie er immer wütender wurde, wenn er daran dachte, wie dumm Sebastian war. Alles hätte so bleiben können wie bisher, wenn Sebastian nur bereit gewesen wäre, ihre Begegnungen einfach als gelegentliche Treffen anzusehen. Wenn er nicht so anspruchsvoll gewesen wäre. Begriff er denn nicht, wie viel für Lauri auf dem Spiel stand?

Während Lauri aus seiner eigenen Wohnung fortging und die Straßen durchmaß, überlegte er, wie ungerecht die Welt doch war. Seit sie sich kannten, hatte auch Sebastian sein Studium endlich wieder energischer betrieben und sogar leicht zugenommen, ein wenig rundere weiche Wangen bekommen. Und diese reinen Gefühle, die Lauri empfunden hatte – warum war all das, was sie beide zu glücklicheren und besseren Menschen gemacht hatte, in den Augen der Leute so falsch? Der Gedanke war derart absurd, dass er anfing zu lachen, ohne die erschrockenen Mienen der Vorübergehenden zu bemerken. Sein Lachen, das er selbst für fröhlich hielt, klang trocken und endete schließlich in einem Hustenanfall. Es schneite, die großen Flocken bedeckten die Steine am Flussufer, bis sie auf dem schwarzen Boden schmolzen.

Lauri und Elise heirateten im Januar. Ein schlechter Monat für eine Hochzeit, und in der Eile seien sie nicht einmal dazu gekommen, ein anständiges Hochzeitskleid aufzutreiben, beklagte sich

Elise. »So denken die Leute doch nur, dass wir es eilig hätten, weil ich womöglich in anderen Umständen bin.«

Lauri hätte Elise am liebsten gefragt, ob sie die Hochzeit denn verschieben wolle, damit sich alle Welt sicher sein konnte, dass sie wirklich noch Jungfrau war. Dabei war das überhaupt nicht nötig – man sah es Elise auch so an. Elise – vermutlich das letzte anständige Mädchen der Vierzigerjahre, verkrampft, hart wie das Gästesofa der Frau des Propsts. Wie anders ihre Haut doch war als die von Sebastian: dicker und dunkler, und neben der Nase hatte sie größere Poren. Ihre Arme und Beine waren kurz. Sebastians waren lang gestreckt und voll Spannkraft. Elises Kurven, auf die sie so stolz war, ließen sie ein wenig aufgedunsen wirken. Im Alter würde sie fett werden.

»Im Mai könnte ich mir Apfelblüten ins Haar stecken«, sagte sie.

»Man könnte glatt denken, dass du mich gar nicht heiraten willst«, erwiderte Lauri. »Vielleicht sollten wir es uns wirklich noch mal überlegen.«

Das brachte Elise zum Schweigen. Sie wollte diesen Mann nicht verlieren, den sie bereits als den ihren ansah. Der Ring kam für sie einem Siegeszeichen gleich, mit dem sie alle anderen Mädchen ihrer Klasse neidisch machen konnte. Sie war die Zweite, die heiratete. Die Erste, die nicht hatte heiraten *müssen*. Und Lauri wollte nicht mehr warten.

Das alles erzählte Elise ihren Freundinnen, freute sich dabei und verdrehte ein wenig die Augen, als wäre der Eifer des Mannes für sie eine Belastung.

Die Wahrheit jedoch war, dass Lauri für sich eine Schutzmauer gegen Sebastian errichten wollte: den Trauschein, den er ihm beizeiten vor die Nase halten konnte.

»Glaubst du wirklich, dass du der einzige verheiratete Schwule in dieser Stadt bist?«, hatte Sebastian ihn gefragt. »Nein, es gibt hier gewiss keine anderen! Irgendwann wirst du bei den öffentlichen Toiletten im Park von Kuppis enden und den Schuljungen beim Pinkeln zusehen und heimlich an den Felsen von Uittamo mit einer dürrbeinigen angemalten Schwuchtel rumschmusen. Du hast so viel Angst vor dir selbst, dass du dich lieber freiwillig in Ketten legst, als dich für die Liebe zu entscheiden.«

Damals hatte sich Lauri noch einmal selbst dazu beglückwünscht, dass es ihm gelungen war, die Beziehung zu Sebastian abzubrechen. Der Mann war gefährlich. Für die Leidenschaft eines Augenblicks war er bereit, sich und Lauri in einen Sumpf zu ziehen, in dem es von Schmeißfliegen nur so wimmelte.

Das Hochzeitsgeschenk von Elises Eltern war eine Nacht im Hotel. Lauri bedankte sich artig dafür, doch insgeheim wäre ihm Geld lieber gewesen. Er wollte mit Elise zusammen Vaters Anteil am Geschäft übernehmen. Aus den »Gebrüdern Kuronen« (Vaters Bruder und Geschäftspartner war im Krieg gestorben, aber den Namen des Fotoladens hatte man immer noch nicht geändert) würde dann nur mehr »Kuronen«. Und da zählte jede Mark.

Lauri hatte sein Zimmer gekündigt und war wieder nach Hause gezogen. Aber er brachte es nicht übers Herz, sich wegen des Hochzeitsgeschenks ihrer Eltern bei Elise zu beklagen. Sie war davon hingerissen. Angeblich hatte sie noch nie auch nur eine einzige Nacht außerhalb der elterlichen vier Wände zugebracht. Lauri glaubte ihr jedoch nicht. Elise wollte wie so oft einfach nur dramatisch sein. Es kam ihm komisch vor, in seiner Heimatstadt in einem Hotel oder überhaupt in einem Hotel zu schlafen.

Bei der Hochzeitsfeier hörte Lauri aus den Witzen seiner Freunde den Neid heraus. Selbst die Verheirateten saßen in den Wohnungen von Verwandten fest oder wohnten zur Untermiete in proppenvollen Zimmern. Sie hatten niemals die Gelegenheit, sich mit einem Mädchen oder gar mit der eigenen Ehefrau in ein eigenes Zimmer zurückzuziehen. Doch Elise und Lauri würden in einem Hotelbett miteinander schlafen, ohne befürchten zu müssen, dass die Schwiegermutter davon aufwachte. Sie könnten schreien, dass die Fensterscheiben im Hotel Hamburger Börse nur so klirrten. Doch Lauri wusste nicht, wovor er mehr Angst hatte: dass Elise in der Hochzeitsnacht still wäre oder dass sie schrie.

Elises Hochzeitskleid bestand aus einem dunkelblauen Kostüm mit einer Borte an den Ärmeln und am Kragen. Es stammte aus zweiter Hand und war für sie kleiner gemacht worden, aber selbst wenn mehr Zeit gewesen wäre, hätte es keinen Sinn gehabt, Geld und Bezugsscheine für weißen Tüll zu verschwenden.

Im Hotelzimmer nahm Lauri Elises Hand. Sie war schweißnass, und zu seiner Überraschung bemerkte er, dass ihn das rührte. Vermutlich war Elise genauso aufgeregt wie er. »Möchtest du ein Glas Wein?«

Elise nickte und war dankbar für den Aufschub. Lauri füllte zwei Gläser aus der Flasche, die Elises Onkel ihnen zur Hochzeit geschenkt hatte. Der leichte Duft von Hefe breitete sich im Zimmer aus. Apfelwein. Sebastian hätte die Nase gerümpft. Er wäre nie bereit gewesen, etwas anderes als Traubenwein zu trinken – und obendrein niemals einheimischen. Auf einer Klippe in den äußeren Schären war man wohl Besseres gewöhnt. Elise hingegen lächelte und spülte die gelbliche Flüssigkeit so schnell hinunter, als wollte sie daraus Kraft schöpfen.

Lauri wusste nicht, ob er sie eigenhändig ausziehen oder sie bitten sollte, sich selbst auszuziehen. Er beschloss, erst einmal die Krawatte zu lockern und seine Jacke abzulegen. Mit dem Glas in der Hand setzte er sich aufs Bett, aber statt ihm zu folgen, trat Elise ans Fenster. »Von hier aus sieht man ein Holzhaus ...«

»Dort hat Lenin vor der Revolution gewohnt.«

»Du weißt aber auch alles.« Elises Stimme klang, als wollte sie mit ihm kokettieren. Sie hatte ihre Kostümjacke geöffnet, unter der eine dünne Seidenbluse zum Vorschein kam. Sie hatte denselben hellblauen Farbton wie die Borte an der Jacke. Um ihren Hals hing eine schmale Goldkette mit einem Medaillon. Lauri wusste, dass es ihrer beider Bilder enthielt. Elise hatte den Schmuck von ihrer Großmutter geschenkt bekommen und sich darüber gefreut wie ein kleines Kind. Lauri fand es merkwürdig, das eigene Bild um den Hals zu tragen, aber er wollte ihr die Freude daran nicht verderben. Gerade Elises kindliche Art war es ja, die ihm ursprünglich so gefallen hatte. Mittlerweile jedoch beschlich ihn das unangenehme Gefühl, dass unter der süßen äußeren Schale des Mädchens ein eiserner Wille verborgen lag. Elise wusste genau, was sie wollte, und beabsichtigte, es auch zu erreichen. Um welchen Preis, das war ihr egal.

Lauri sei der erste Junge, dem sie erlaubt habe, ihre Brüste zu berühren, hatte Elise behauptet. Lauri wusste nicht, ob das der Wahrheit entsprochen hatte. Elise sagte viele Dinge, von denen sie sich einbildete, dass sie Lauri gefallen könnten. Dass sie gern fischte beispielsweise, müßiges Getratsche hasste und niemals Rouge benutzte. Lauri hoffte, dass zumindest Elises Behauptung, sie sei unberührt, so weit stimmte, dass ihr nicht auffiel, wie unbeholfen und verschreckt er selbst war.

Lauri nahm einen Schluck aus seinem Glas und schnupperte an dem gegorenen Apfelsaft. »Sollen wir das Fenster öffnen?«

»Blödsinn. Es ist Januar! Gerade hat es noch geschneit. Wenn es dir zu heiß ist, warum ziehst du dann nicht dein Oberhemd aus?«

»Ich dachte nur, hier ist schlechte Luft…«

»Ich jedenfalls will mich entspannen«, sagte Elise und stieg aus ihren Absatzschuhen. Auch die waren schon älter, das Leder an den Absätzen hatte durch den Split auf den Straßen sichtlich gelitten. Sie warf ihre Jacke auf die Stuhllehne und rekelte sich ein wenig, sodass ihre jungen Brüste sich hoben. Unter den Achseln prangten Schweißflecken. Lauri wandte den Blick ab, trank seinen Wein aus und sah wieder zu Elise. Und lächelte.

Das war mein Krieg, erklärte er Monate später Sebastian, als sie wieder miteinander redeten. Sebastian musste lachen und entgegnete, Lauri wisse absolut nichts vom Krieg, nichts von wahrer Angst. Wenn das Besteigen eines hübschen Mädchens Lauris Opfer dafür sei, dass er endlich bei seinem Vater Anerkennung fand und das Mannerheim-Kreuz verliehen bekam, dann müsse man ihn tatsächlich in einem Plumpsklo ganz tief in die Scheiße drücken und den Deckel zumachen.

»Du sprichst nie über den Krieg.«

»Da gibt es auch nichts zu erzählen.«

»Aber Karen erzählst du davon. Karen erzählst du alles, das hast du selbst gesagt.«

»Nur die wichtigen Dinge. Die eine Bedeutung haben. Von dir zum Beispiel habe ich ihr nie erzählt.«

Lauri schwieg. Nach seiner Hochzeit hatte sich das Verhältnis zwischen ihm und Sebastian verändert. Die Macht hatte sich verschoben. Sebastian konnte Lauri gegenüber so gemein sein, wie er nur wollte, und Lauri ertrug es. Er war schließlich verheiratet. Sie sprachen nicht mehr über die Zukunft. Wenn sie sich liebten, gab es da eine aggressivere Note. Lauri musste immer öfter Bissspuren an den Armen, auf der Brust und am Bauch verdecken. Doch das fiel ihm leichter als gedacht. Elise interessierte sich nur mäßig für seine Haut. Anscheinend fand sie die Liebe zwischen ihnen beiden in jeder Hinsicht zufriedenstellend.

Lauri und Sebastian waren sich einen Monat nach der Hochzeit wiederbegegnet. Zufällig, hatte Lauri behauptet. Du bist mir gefolgt, hatte Sebastian ihm widersprochen. Manchmal sind zwei unterschiedliche Dinge eigentlich das Gleiche.

Lauri hatte nicht die Absicht gehegt, jeden Tag den Weg zu nehmen, auf dem auch Sebastian zur Universität ging. Es waren seine Beine gewesen, die es getan hatten. Es war sein Mund gewesen, der gesprochen und Sebastian gebeten hatte, ihn zu begleiten. Es war sein Körper gewesen, der Sebastian mit dem Rücken an die Wand des leer stehenden Lagergebäudes in der Piispankatu gedrückt hatte, und es war sein Mund gewesen, der auf die Bewegungen von Sebastians Zunge geantwortet hatte. Achtundvierzig Stunden später hinterließ Lauri auf dem Küchentisch einen Zettel mit der Nachricht, er breche zu einer Fototour in die Schären auf und bleibe dort zwei Tage. Das war nicht allzu weit von der Wahrheit entfernt. Der Fährverkehr war erweitert worden, Straßen wurden gebaut, die Nachrichtenagenturen schickten ihn oft zum Fotografieren auf Baustellen, und Lauri nahm alle Aufträge an, die er bekam. Er und Elise mussten sparen. Lauri hatte auf ein eigenes Untermietzimmer verzichtet, und sie waren in das Obergeschoss bei Lauris Eltern gezogen, in sein altes Kinderzimmer. Elise wollte ein eigenes Haus, eines derer, die mit schwedischem Geld in Kuppis gebaut wurden. Mit einer Weißdornhecke und einer Küche, die man nicht mit der Schwiegermutter teilen musste. Und Lauri konnte ihr deswegen keine Vorwürfe machen. Vater ging ihm jeden Tag mehr auf die Nerven. Er schien immer langsamer zu werden, immer häufiger zu seufzen, und seine Hände zitterten mittlerweile so sehr, dass er inzwischen Lauri das Vergrößern und die wichtigsten Aufnahmen ganz überließ. Sie sprachen nie darüber, aber Lauri wusste, dass bald die Zeit kommen würde, da das Geschäft ganz auf ihn überging. Vater würde in ein paar Jahren höchstens noch für die Arbeit hinterm Ladentisch taugen.

Sie fuhren mit dem Bus und gingen dann zu Fuß weiter, bauten sich mit einer Zeltplane ein Schutzdach in der Nähe des Kuhankuono, eines uralten Grenzsteins, und lagen Seite an Seite in einem Schlafsack. Lauri wusste, dass ihre Treffen nicht für immer weitergehen konnten. Dass in absehbarer Zeit irgendetwas geschehen würde – dass man sie entlarven und erwischen und totschlagen würde wie einst den Apotheker. Oder es geschähe etwas noch viel Schlimmeres. Aber gleichzeitig spürte er, dass er sich nie von Sebastian trennen könnte – als würden ihn unsichtbare Fäden an den Mann binden.

Im Mai erhielt Sebastian einen Brief von daheim, von seiner Schwester. Lauri bekam den Brief nicht zu sehen. Sebastian sprach so gut wie nie über seine Familie, obwohl Lauri ihm immerzu mit der Bitte in den Ohren lag, Einzelheiten von dort zu erzählen. Nun verkündete Sebastian, er werde für einige Zeit nach Hause fahren, zurück auf die Insel. Gleich nach den Prüfungen. Lauri war enttäuscht.

»Und was ist mit unserem Ausflug? Ich habe einen Auftrag in Pori, dort wird eine neue Kreuzung gebaut. Wir könnten diesmal sogar im Hotel übernachten. Saubere Bettwäsche, Frühstück inklusive. Ich habe es Elise schon gesagt.«

»Karen ist mit Vater allein. Sie ist erst achtzehn. Ich muss ihr helfen.«

»Kommst du wieder?«

Sebastian starrte Lauri an, aber der hatte das Gefühl, dass er ihn gar nicht wahrnahm. Nicht mehr.

»Deine Schwester ist dir wichtiger als ich.«

»Manchmal habe ich das Gefühl, dass mir selbst meine Wirtin wichtiger sein könnte als du.« Es tat Sebastian sogleich leid. »Ach, mach nicht so ein Gesicht! Das war nur ein Scherz. Ein bisschen Abstand wird uns beiden guttun. Du wirst immer weibischer, wenn wir zu viel zusammen sind.«

»Wann kommst du wieder?«

Sebastian antwortete nicht, und Lauri wiederholte seine Frage.

»Karen hat einen Mann kennengelernt. Sie braucht mich nicht mehr lange. Ich werde wohl nach Mittsommer zurückkommen.«

TURKU

Der alte Mann starrte zum Fenster hinaus. Die Bahnhofsuhr zeigte zwei Uhr. Das Licht veränderte sich, wurde bläulich. Karen hielt seine Hand schon lange nicht mehr. Die alte Zeit lag weit zurück und vor ihnen ausgebreitet.

Karen wickelte ihren angebissenen Keks in eine Serviette und ließ ihn in ihrer Handtasche verschwinden. Dann gab sie Lasse die Hand und klopfte ihm auf die Schulter. »Habt ihr euch je wiedergesehen?«, fragte sie noch. Sie stand bereits an der Tür.

Lasse schüttelte den Kopf. »Ich war damals jung. Ein junger Mensch bildet sich ein, dass er alles hinter sich lassen kann, wenn er nur intensiv genug lebt. Dass man sich den alten Dingen irgendwann nicht mehr stellen muss. Dass man im Leben neue Chancen bekommt.«

»Aber die bekommt man nicht«, sagte Karen. »Nicht mehr. Man muss die Dinge in dem Moment leben, da man es kann. Im Leben gibt es keine Wiederholungen.«

Sie sahen einander eine Weile unverwandt an. Und für einen Augenblick spürte Azar, dass sich die beiden verstanden. Zwei sehr unterschiedliche Menschen.

»Ich glaube nicht, dass er Kersti umgebracht hat«, sagte Karen schließlich.

Lasse starrte sie an. »Er … Er, er hat sie umgebracht … Ich meine … Das war gar nicht sicher?«

»Nein.«

»Ich bin froh, dass du hier warst und ich es jetzt weiß.«

»Ich auch«, sagte Karen und schloss die Tür.

Azar war noch nie zuvor in Turku gewesen und wollte gern mehr von der Stadt sehen. Sie bestiegen den Tähtitorninmäki mit seiner Sternwarte und kauften im Apothekenmuseum Pastillen. Azar hätte gern Salmiak genommen, aber Karen war unerbittlich. »Salmiak ist schlecht für den Blutdruck«, sagte sie. »Und für das Baby.«

»Was weißt du schon über Babys?«

»Ich habe einen Sohn, Erik. Und das da wird auch einer. Das sieht man daran, wie er liegt.«

»Wo ist er jetzt?«

»Erik? Er ist mit seinen eigenen Angelegenheiten beschäftigt. Du stellst furchtbar viele Fragen. Wie wäre es, wenn wir Narzissen kaufen gingen?«

Unwillkürlich tastete Karen nach ihrem Handy. Erik hatte mehrmals täglich versucht, sie zu erreichen, seit sie fortgegangen war. Schließlich hatte Karen das Telefon ganz abgeschaltet. Sie sollte Azar fragen, wie man sich so ein Prepaidhandy besorgte, das die Kriminellen im Fernsehen immer verwendeten, und in Betrieb nahm.

Irgendwann würde Erik beschließen, sie zu suchen. Die Polizei würde er nicht sofort anrufen. Das traute er sich nicht. Immerhin war er selbst Amtspsychiater. Es sei denn, er behauptete der Polizei gegenüber, sie wäre dement – eine verrückte alte Frau, die möglicherweise in Pisswindeln im Wald umherirrte. So eine, über die es immer in den Zeitungen hieß: »97-Jährige verschwunden. Verließ die Einrichtung für betreutes Wohnen im Haus ›Ruhe sanft‹ in einem hellblauen Pyjama.« Würde Erik das wagen? Bei den eigenen Kindern wusste man ja nie. Sicherheitshalber war sie nachts gegangen, hatte ihre Spuren verwischt, überall bar bezahlt.

Karen knöpfte ihre Handschuhe wieder zu, als wollte sie ihrem schlechten Gewissen ein Ende setzen. Immerhin hatte sie ihnen einen Zettel hinterlassen, eine kurze Nachricht: »Eine alte Angelegenheit erfordert Aufklärung. Sucht nicht nach mir. In Liebe, Karen.«

Hinterher hatte sie darüber nachgedacht, ob der Ausdruck »In Liebe« womöglich zu dramatisch gewesen war. Aber der Abschiedsbrief war seiner Verfasserin nun mal derart unter die Haut gegangen, dass sie alle Register gezogen hatte. Außerdem würde sie ja zurückkehren. Sobald alles vorbei war. Wenn dann noch Zeit blieb.

Über die schlimmste Alternative, nämlich dass Erik sie gar nicht erst suchen würde, wollte Karen überhaupt nicht nachdenken. Erik war ihr Sohn. Als Kind hatte er Sebastian so ähnlich gesehen. Karen wusste immer noch, wie er als Baby geduftet hatte, wie sie ihre Nase an seine zarte Haut gehalten und an seiner Kopfhaut geschnuppert hatte. Nach Eriks Geburt war ihre Ehe tatsächlich von einem Zufluchtsort zu etwas Erstrebenswertem geworden – zu etwas, worum sie sich beinahe selbst beneidete. Karen war eine glückliche Mutter gewesen. Endlich hatte sie etwas besessen, das ganz ihr gehörte, jemanden, um den sie Angst haben konnte. Aber es hatte nicht angehalten. Aus Erik war ein kleiner Junge und aus dem kleinen Jungen ein junger Mann geworden: über die Maßen vernünftig und ganz wie sein Vater, und er hatte Karen und Sebastian von Jahr zu Jahr weniger geähnelt. Und so hatte Karen schließlich ihren Sohn verloren. Sie war für ihn die etwas schrullige Mutter geworden, die er stets darauf hinweisen musste, nicht ausgerechnet im Kimono herumzurennen, wenn seine Freunde auf einen Sprung vorbeikamen, und schließlich eine alte Frau, um die man sich kümmerte. Jemand, dessen Entscheidungen man genauso problemlos infrage stellen durfte wie den Drang eines ungehorsamen Welpen, das Bein des neuen Sofas anzuknabbern.

»Ich habe das Fotoalbum im Auto vergessen«, sagte Azar, als sie vor der Hoteltür standen.

»Das ist morgen auch noch dort«, erwiderte Karen. Ihre Augenlider waren schwer, und sie konnte an nichts anderes mehr denken als an ihr Hotelbett. Ihre Fingerspitzen fühlten sich kalt an, das Herz hämmerte in ihrer Brust. Nicht auch das noch. Andererseits – ein Mensch starb vermutlich nur an einem Leiden. Doch gerade hatte sie nicht die Absicht zu sterben, nicht jetzt, da sie endlich ein Stück weitergekommen waren. Nein. Sie wollte jetzt nicht an Lauri denken, nicht an all das, wovon er erzählt hatte.

Der Mann hatte erreicht, dass bedeutsam klang, was er hatte sagen wollen, und dass auch Karens Mitleid geweckt worden war, aber am wichtigsten war immer noch, objektiv zu bleiben. Alles so zu behandeln wie eine Gewebeprobe, die Krebszellen enthielt. Wie ein Arzt.

Wieder dachte Karen an Erik. Vielleicht war das seine Art zurechtzukommen: die Welt in begreifbare Theorien, in Krankheiten zu verwandeln, die man mit Medikamenten heilen konnte.

»Ich möchte es mir gern anschauen. Das hilft mir beim Nachdenken«, sagte Azar, und Karen zuckte mit den Schultern. Sie hatte keine Kraft mehr zu widersprechen, sie wollte nur noch die Augen schließen.

»Ich warte im Zimmer.«

Drinnen goss sich Karen einen Cognac ein, zog die Tagesdecke zur Seite und ließ sich aufs Bett fallen. Ihr war ein wenig schwindlig, und sie spülte ihre Tabletten mit einem Schluck Cognac hinunter. Ihr war, als wäre sie die ganze Zeit wach geblieben, aber etwas später schreckte sie hoch und blinzelte. Immer noch schwebten Traumbilder im Zimmer. Je älter man wurde, umso schwieriger war es, sie von der Wirklichkeit zu unterscheiden. Sie wusste nicht mehr verlässlich, wann sie aufwachte – in welchem Jahr. Bevor sie aufstand, musste sie sich selbst stets ihr Mantra aufsagen: Ich bin Karen Mandel, geborene Valter, ich wohne am Rand des Hämeenpuisto in dem grünen Haus mit dem Turm. Wir haben mittlerweile 2012, und ich esse zum Frühstück in der Regel eine Pampelmuse, von Brei werde ich dick. Es ist aber nicht so, dass ich noch sehr eitel wäre. Neue Kleider zu kaufen wäre

Verschwendung, wenn man schon den ganzen Schrank voll hat. Seit 1946 habe ich Kleidergröße sechsunddreißig. Die Einteilung der Konfektionsgrößen hat sich seither verändert, mein Hintern nicht. Ich bin dreiundachtzig Jahre alt und glaube nicht an Horoskope.

Ob das Mädchen daran glaubte? Karen hatte sie nie danach gefragt. Junge Leute beschäftigten sich mit allen möglichen Verrücktheiten wie Akupunktur und Smoothie-Mixern.

Azar?

Karen setzte sich auf. Das Mädchen war nicht im Zimmer.

»Azar?«, rief sie, und obwohl es in dem Raum dunkel war, konnte sie sehen, dass sich außer ihr niemand hier befand.

Karen steckte die Pistole in ihre Handtasche, dachte kurz darüber nach, ob sie jemanden anrufen sollte, aber der Einzige, der ihr im Moment einfiel, war Erik. Sie steckte das Handy, ohne es einzuschalten, zurück in die Tasche.

Der Plymouth Fury stand leer am Straßenrand. In der Dämmerung war nur auf der anderen Seite des Parks ein Hauch von Frühlingslicht zu sehen. Karen strich über den Lack des Autos.

»Azar?«, rief sie, und im selben Augenblick legte sich ein kräftiger Arm um ihren Hals, und eine Faust schlug ihr in den Magen.

»Maul halten!«, zischte eine unbekannte Männerstimme. Es war eine ganze Gruppe, aber Karen konnte ihre Gesichter nicht erkennen.

Sie hustete. Vor ihren Augen tanzten glühende Scheiben mit gezacktem Rand. Sie hatte keine Ahnung, was die Männer von ihr wollten. Geld? Warum nahmen sie ihr nicht einfach die Handtasche ab und rannten davon? Sie war eine alte Frau.

Dann packte sie das Entsetzen.

»Azar!« Ihr Atem pfiff.

Die Männer führten Karen in eine Seitenstraße und schoben sie in einen Kleintransporter, in dem Azar bereits saß. Man hatte ihr mit Panzerband den Mund zugeklebt und die Handgelenke gefesselt. Offensichtlich hielten es die Männer nicht für nötig, sich mit Karen die gleiche Mühe zu machen. Eine alte unbewaffnete Frau würde keinen Widerstand leisten.

Die Tür fiel zu, der Fahrer gab Gas, und Karen hielt sich an der Wand fest. Sie hämmerte gegen die verschlossene Tür.

Nach etwa einer halben Stunde hielt der Wagen an, und die Tür wurde so heftig aufgerissen, dass es dröhnte. Ein groß gewachsener dunkelhaariger Mann stand in der Türöffnung. Karen versuchte, an ihm vorbeizusehen und herauszufinden, wo sie waren. Sie schnupperte. Es roch nach Pech, nach Wald. Irgendwo krächzte eine Krähe. Sie konnten in einem Radius von einer halben Autostunde überall im Großraum Turku sein, im Wald von Virmo beispielsweise.

»Assu«, blaffte der Mann und grinste. Er trug eine schwarze Kapuzenjacke, hatte breite Schultern und auf den Handgelenken Tribal Tattoos, das lange Haar war zu einem Pferdeschwanz gebunden. Er kam Karen vage bekannt vor, aber sie konnte sich nicht mehr erinnern, wo sie ihn schon einmal gesehen hatte. »Ich hatte Sehnsucht nach dir.«

Der Mann trat vor Azar hin und riss ihr mit einer schnellen Bewegung das Klebeband vom Mund. Um ihre Lippen blieb ein roter Streifen zurück. Und plötzlich fiel es Karen wieder ein: Das war Tomppa, mit dem Azar vergeblich versucht hatte, die Tankstelle auszurauben. Den sie als verschnürtes Bündel in der Tankstelle hatten liegen lassen, als die Polizei anrückte. Karen hatte den Mann völlig vergessen. Es kam ihr so vor, als wäre das alles schon ewig her. Und doch war er wieder aufgetaucht. So war das Leben: Die Männer, auf die man wartete, kehrten niemals zurück. Die anderen hingegen … Die tauchten wieder auf, wenn man es am wenigsten erwartete.

»Ich aber nicht nach dir«, murmelte Azar, doch ihre Stimme klang nicht so resolut wie sonst.

»Über kurz oder lang hätte ich dich auch ohne die Nachricht gefunden, Assu. Es war sehr freundlich von dir, mir mitzuteilen, dass du deine Schulden begleichen willst. Aber irgendwie traue ich dir nicht. Ich hab mir gedacht, ich komme lieber selbst vorbei, ehe du's dir anders überlegst. Ein Handy lässt sich leicht zurückverfolgen, wenn man zufällig Kumpels hat, die davon Ahnung haben.« Der Mann hielt einen Moment inne. »Du siehst gar nicht mehr richtig wie Assu aus, sondern wie irgend so eine Dame von der Handelshochschule. Was glaubst du, wie Mehran das gefallen wird, wenn er zurückkommt?«

»Lasst uns frei.«

»Gleich«, sagte der Mann. »Wir sind ja schließlich kein Mafiatrupp. Aber erst gibst du mir, was wir ausgemacht haben. Wir hatten eine Vereinbarung.«

»Die Bedingungen hast du diktiert!«

»Ich habe versprochen, dass ich mich um dich kümmere, solange Mehran weg ist, und ich halte mein Wort. Und du? Weißt du, wie es denen ergeht, die Tomppa anlügen?«

»Machen Sie dem Kind keine Angst«, fuhr Karen ihn an. »Sie sehen doch, dass sie schwanger ist.«

»Und wer ist die Oma?«, fragte Tomppa und zeigte mit dem Perlmuttrevolver auf Karen. »Hattest du geplant, zusammen mit ihr den Überfall zu vermasseln? Kann sein, dass ich für die Geschichte in den Knast muss. Es war ein Wunder, dass ich abhauen konnte, bevor die Bullen kamen. Wehe dir, wenn ich herausfinde, dass du mich in eine Falle locken wolltest!«

»Ich hab doch gesagt, dass ich dir das Geld bringe«, zischte Azar. »Dreitausend. In zwei Wochen habe ich sie zusammen.«

Tomppa hob das Kinn und kratzte sich am Hals. »Wo sollen die denn herkommen? Mit dem Bauch da kannst du ja noch nicht mal mehr deinen Arsch verkaufen. Ich hab da eine viel bessere Idee. Mit dieser Madame dort« – Tomppa zeigte mit der Waffe auf Karen – »habe ich ohnehin noch ein Hühnchen zu rupfen.

Aber ich will mal nicht nachtragend sein, wenn ich das Auto bekomme.«

»Das ist ein Plymouth Fury, Baujahr 56«, sagte Karen. »Weißt du überhaupt, was das bedeutet?«

»Es ist der gleiche wie in diesem Film – in ›Carrie‹. Ich hab's gegoogelt. Irgend so ein Spinner aus dem Internet ist bereit, dafür über hunderttausend hinzublättern. Das genügt mir.«

»Hunderttausend, bist du verrückt?«, brüllte Azar.

»Ich glaub, ihr braucht ein wenig Bedenkzeit«, erklärte Tomppa. »Fesselt sie und schließt die Tür der Karre ab! Eine Nacht auf dem Parkplatz sorgt normalerweise dafür, dass man klarer denken kann.«

»Meine Medikamente«, sagte Karen und griff sich an die Brust. »In der Handtasche!«

Tomppa warf Karen die Handtasche vor die Füße, nachdem er zuvor noch ihr Geld eingesteckt hatte. »Wir sind dann mal draußen auf dem Hof. Ruft, wenn ihr uns was zu sagen habt. Aber es lohnt sich nicht, Theater zu machen. Wir sind hier in einer alten Müllverbrennungsanlage. Es wird euch niemand anders hören.«

»Alles in Ordnung bei dir?«, fragte Azar, als sie wieder allein waren. Die alte Frau nickte, legte sich eine Tablette unter die Zunge und schüttelte die Beine aus. Sie durchsuchte ihre Tasche, zog eine winzige Nähschere heraus und zerschnitt das Klebeband an Azars Handgelenken. Dann hob sie ihren Rock, holte aus dem Bund ihrer Wollstrumpfhose einen silbernen Flachmann und nahm einen kräftigen Schluck.

»Wie gut kennst du diese Leute? Lassen sie uns frei, wenn wir ihnen das Auto geben?«

»Hunderttausend? So teuer kann jawohl kein Auto sein! Tomppa ist verrückt!«

»Doch, das kann schon sein …«

»Und ich hab meine Füße mitsamt Stiefeln auf den Sitz gelegt!

Du bist genauso verrückt wie er. Das Auto gehört ins Museum!«
Azar nahm den Flachmann und starrte ihn an.

»Das finde ich auch«, sagte Karen. »Cognac, das ist Medizin.«

Azar nahm einen Schluck und verzog das Gesicht. »Tomppa hat noch nie so viel Geld gehabt. Für diese Summe würde er uns glatt umbringen.«

»Dann müssen wir eben versuchen zu fliehen.«

»Wie denn?«

»Du könntest so tun, als käme das Kind, und ich sprühe ihnen Haarlack in die Augen und ziehe ihnen mit dem Maulschlüssel einen über den Schädel?« Karen schluckte die letzten Tropfen aus dem Flachmann und packte ihn in ihre Handtasche. »Dir zwanzig Jahre alten Cognac einzuflößen ist allerdings Verschwendung.«

»Ob die noch einmal auf eine Scheingeburt reinfallen?«, fragte Azar. »So blöd ist Tomppa nun auch wieder nicht.«

Karen seufzte. »Wie wäre es, wenn du mir endlich erzähltest, worum es hier eigentlich geht. Es wäre schön, wenn ich zumindest wüsste, warum wir hier in einem dreckigen Transporter auf dem Fußboden liegen und warum mein neuer Übergangsmantel einen Fleck abbekommen hat, der vermutlich nicht mehr rausgeht.«

Azar biss sich auf die Lippen. »Das ist eine ziemlich langweilige Geschichte.«

TAMPERE

Als Azar klein war, hob ihre Mutter sie auf den Sitz in der kleinen Badewanne ihrer Dreizimmerwohnung und legte ihr einen zerteilten Granatapfel in die Hand. Azar steckte ihre Fingerchen in die Frucht und holte jede der kleinen roten Kugeln einzeln heraus. Die Samen knacksten zwischen den Zähnen wie kleine Luftballons und gaben Saft ab, und Azar bemühte sich, die Frucht möglichst langsam zu essen, damit sie so lange wie möglich etwas davon hatte. Granatäpfel waren selten, und sie waren teuer. Manchmal schickte Mutters Cousin ihnen welche aus Schweden. Und sobald das Paket geöffnet war, rief Azar, dass sie in die Badewanne wollte. Aus irgendeinem Grund schmeckte die Frucht woanders nicht annähernd so gut.

Die roten Safttropfen rollten ihren Arm entlang, fielen ins Wasser und bildeten darin Ringe. Manchmal stellte sich Azar vor, sie wäre die Prinzessin aus einer Gutenachtgeschichte, die ertränkt in einem Teich lag. Nein, nicht ertränkt – der Saft des Granatapfels, das waren schließlich Blutstropfen. Erstochen, noch immer mit dem Messer in der Brust, lag sie da und wartete darauf, dass ein Prinz käme und sie rettete. Oder sie war von einem grausamen Geliebten ermordet worden, so wie Kylie in dem Video mit den vielen Rosen.

Doch mittlerweile wollte Azar nicht mehr das Opfer spielen. Heute wusste sie, dass es bereitwillige Märtyrer nur in Großmutters Geschichten gab. Der größte Teil der Menschheit wollte einfach nur die nächste sich anbahnende Katastrophe überstehen. Eine nach der anderen.

Als Azar Tomppa das erste Mal traf, war es Zufall. Sie hatte beschlossen, Mehran zu überraschen, einzukaufen und Blumen mitzubringen. In der letzten Zeit hatte er merkwürdig abwesend gewirkt. Das lag sicher daran, dass er ständig auf der Hut sein musste. Mehran hatte natürlich recht, wenn er behauptete, Azar könne nicht einmal ahnen, was Unsicherheit wirklich bedeutete. Sie hatte immer ein Zuhause gehabt, sie hatte nie überlegen müssen, ob sie am Bahnhof vorbeigehen durfte, weil dort womöglich jemand ihre Papiere kontrollieren wollte. Azar wollte eine gut gelaunte Freundin sein, eine, die nicht unnötig viel Wirbel machte, eine, von der es hieß, sie sei echt in Ordnung. Aber es war so schwierig, im Voraus zu wissen, was Mehran als Nächstes vorschwebte.

Er hatte endlich aus dem Trainingskeller ausziehen können und wohnte jetzt mit ein paar Freunden zusammen in einer Wohnung, als Untermieter des Untermieters. Azar hatte nur eine vage Ahnung, wem die Unterkunft wirklich gehörte. Jedenfalls wechselten die Bewohner sehr oft. Die Wohnung befand sich in der Nähe des Bahnhofs, in einem Haus aus den Fünfzigerjahren. Man betrat sie durch einen Innenhof, der aussah wie ein Warenlager, und durch mehrere Türen. Es gab zwar eine Klingel, aber keine Gegensprechanlage. Trotzdem wurde man immer prompt eingelassen.

Noch ehe Azar an der Wohnungstür klingeln konnte, öffnete ihr ein fremder Mann mit einem Handtuch um die Hüften. »Teemu, das hat aber gedauert...«, sagte der Mann, doch als er Azar erblickte, schloss er verdutzt den Mund und schob die Hand in sein langes tropfnasses Haar. »Wir kaufen keine Jesusbildchen.« Er hatte breite Schultern und ein Kinn wie der Held einer amerikanischen Comicserie, schwere Lider überschatteten seine Augen, und es sah so aus, als hätte er zuletzt beim Begräbnis seiner Mutter gelächelt. Auf seiner Brust prangte in großen kantigen Buchstaben ein »Sepultura«-Tattoo. »Mehran?« Die Augen des Mannes verengten sich und musterten Azar von der Stiefelspitze bis zum Haar, das sie sich zu einem Knoten aufgesteckt hatte. Der Mann lächelte – er konnte es anscheinend doch –, aber Azar war sich nicht sicher, ob seine Visage dadurch schöner wurde. »Mehran, hier ist schon wieder eine deiner Schwestern.«

Es klapperte in der Küche, und dann schob sich Mehran durch die Tür und drängte dabei den Mann zur Seite. »Nicht doch, wir haben uns gerade erst kennengelernt.«

»Wer ist das?«, fragte Azar ihn auf Farsi. »Und warum hält er mich für deine Schwester? Ich bin nicht seine Schwester«, sagte Azar dann auf Englisch zu dem Unbekannten.

»Er weiß das«, erwiderte Mehran. »Komm, es ist noch Tee im Samowar.«

In Mehrans Zimmer befanden sich nur wenige Möbelstücke, aber umso mehr Teppiche, dunkelrot und weich. Azar wusste nicht, woher diese echten Perser stammten. Mehran hatte sie sich wohl kaum selbst gekauft, denn die Wohnung schien für ihn keine große Bedeutung zu haben.

»Ich sag das jetzt nur ein Mal.« Mehran sah Azar direkt in die Augen. »Halt dich von Tomppa fern.«

»Wohnt er auch hier?«

»Vorläufig.«

Azar hatte noch weitere Fragen, aber sie hatte die Falte zwischen Mehrans Augenbrauen bemerkt und nahm lieber stumm einen Schluck Tee. Die Tassen waren von ihr. Irgendwann hatte sie es sattgehabt, aus Mehrans einzigem Becher zu trinken, und auf dem Flohmarkt ein bisschen Geschirr gekauft. Vermutlich versuchte sie auf ihre Weise, ein Zuhause für den Mann einzurichten, der niemals sagen konnte, wo er schon in der nächsten Woche sein würde. Vermutlich wollte sie ihn so an sich binden, damit es ihm schwerer fiel wegzugehen. Azar hatte sich für die Stunden mit Mehran eine regelrechte Karte angelegt, um die Falltüren zu umgehen. Sprich nie über die Zukunft, sonst wird er böse. Erwähne die Schule nicht, denn Mehran wird nie studieren dürfen. Sei nicht zu finnisch, sei nicht zu iranisch, lache nicht zu viel – und vor allem: Stelle ihm keine Fragen. Frag nicht, wo er gewesen ist und woher die Geldscheinbündel stammen.

Azar wünschte sich mehr als alles andere, dass Mehran bei Laune blieb. Noch war die Zeit nicht reif, ihm ihr großes Geheimnis anzuvertrauen. Obwohl er sich freuen würde. Azar wusste, dass Mehran sich ein Kind wünschte. Aber gerade war nicht der richtige Moment dafür.

Azar war nicht dumm, sie hatte gewusst, dass sie schwanger werden konnte. Sie hatte gewusst, was das Ausbleiben ihrer Regel bedeutete. Und sie wusste auch: Je länger sie die Entscheidung über das Kind und den Zeitpunkt, wann sie es ihm erzählen würde, hinausschob, umso schwieriger würde es werden. Aber so stand es eben jetzt um sie: Sie war ein Mädchen mit einem Geheimnis, das anständige iranische Mädchen für gewöhnlich nicht hatten.

Azar fragte nicht direkt, woher Mehran Tomppa kannte oder was der Mann mit seiner Bemerkung über Mehrans Schwestern gemeint hatte, aber an Mehrans Empfehlung hielt sie sich. Wenn sie sich einmal mit Tomppa im selben Zimmer aufhalten musste, holte sie stets schnell ihr Handy hervor und konzentrierte sich darauf. Vermutlich hätte sie das ohnehin getan. Denn irgendetwas an dem Mann machte sie nervös. Vielleicht lag es daran, wie er sie anstarrte, wenn er annahm, dass sie es nicht bemerkte: mit einem vagen Grinsen im Gesicht, als amüsierte er sich im Stillen über einen Witz. Vielleicht war Azar es aber auch einfach nicht gewohnt, dass ein Mann Hemden ohne Ärmel trug.

Tomppa hatte in seinem Zimmer eine Hantel und einen Stapel türkisfarbener Gewichte. Wenn er trainierte, machte er eine Riesennummer daraus. Wann immer Azar in der Wohnung war, hörte man aus Tomppas Zimmer ein gleichmäßiges Ächzen und das Klappern der Gewichtsscheiben.

»Immer noch besser als dieser Kerl, der ständig Céline Dion auf voller Lautstärke hörte«, meinte Azar, aber Mehran antwortete nicht.

Die Stille wurde von einem erneuten Poltern und Krachen unterbrochen. »Der furzt beim Gewichtheben«, murmelte Mehran. »Pausenlos. Das macht mich noch verrückt.«

»Du kannst doch jederzeit umziehen.«

»Ich halte das hier nicht mehr aus. Komm, wir holen uns was zu essen.«

An der Haustür bemerkte Azar, dass sie ihr Tuch vergessen hatte, und kehrte um. Mehran blieb unten und rauchte eine Zigarette. Tomppa hatte inzwischen sein Training beendet und betrachtete vor dem Spiegel seine verschwitzten Muskeln. Azar drückte sich an ihm vorbei und murmelte, sie wolle nur ihr Tuch holen.

»Du hast auch noch was anderes vergessen.« Mit diesen Worten drückte Tomppa ihr etwas Blaues, Hartes in die Hand. Einen Haarclip. Azar roch das Testosteron des Mannes, sie stand viel zu nahe bei ihm, doch der Flur war zu eng, als dass sie hätte zurückweichen können. Tomppa fasste sie mit sanftem Griff am Kinn und sah ihr in die Augen. »In meiner Klasse gab es mal, als wir noch Knirpse waren, ein Mädchen, das genauso aussah wie du. Hübsch wie eine Bollywoodprinzessin. Ich hab mich nie getraut, sie anzusprechen.«

»Ich hab es eilig, wirklich …«

»Eins versteh ich nicht: wie dieser Kerl zu so einem Mädchen kommt.«

Erst draußen dachte Azar darüber nach, was Tomppa wohl mit »dieser Kerl« gemeint haben mochte. In der Hand hielt sie den blauen Haarclip.

Sie hatte nicht die Absicht gehabt zu spionieren. Für einen kleinen blauen Haarclip konnte es zahlreiche Erklärungen geben. Vielleicht war Johanna auf einen Sprung vorbeigekommen, um sich nach Azar zu erkundigen. Vielleicht war der blaue Clip irgendwie mit Azars Sachen hier gelandet. Vielleicht war es gar nicht *der* blaue Haarclip. Es gab viele von der Sorte, da war es idiotisch, sich etwas einzureden.

Johanna und Mehran konnten einander nicht ausstehen. Aber irgendetwas sagte ihr, dass sie mit ihrer Vermutung recht hatte. Sie hatte auch damals mit ihrer Vorahnung richtiggelegen, als Mutter ausgezogen war. Sie konnte riechen, dass die Milch sauer war, ohne den Karton öffnen zu müssen.

An der Ecke vor dem Kino blieb sie abrupt stehen. Sie erkannte die zwei Gestalten schon von Weitem. Sie hätte sie selbst dann noch erkannt, wenn Johanna ihren blöden Afghanenpelz nicht angehabt hätte. Sie konnte sich ihr Lachen vorstellen, sogar ohne es zu hören, und die Augen des Jungen, ihren grünlichen Schimmer. Und sie wusste, dass der Kuss kommen würde, noch bevor es tatsächlich passierte.

Sie holte ihr Telefon heraus.

»Polizei? Ich möchte eine Anzeige erstatten. Es geht um einen Migranten ohne Papiere.«

Am Morgen traf die Wahrheit Azar wie ein Faustschlag. Sie lag zu Hause in ihrem Bett, war allein in der Wohnung. Vater und Riitta waren in irgendeinem Wellnesstempel oder machten einen Ausflug, bei dem es um Kunst ging, Azar wusste es nicht mehr. Sie bewegte die Hand über ihrem Bauch. Er fühlte sich schon deutlich runder an. Es würde nicht mehr lange dauern, dann fiele es auf, und sie müsste es Mehran erzählen. Mehran, diesem Verräter, der sein Kind nie würde zu sehen bekommen.

In Azars Zimmer hing eine Discokugel an der Decke. Als kleines Kind hatte sie ihre Mutter ewig darum angebettelt, und zum letzten Weihnachtsfest hatte sie ihr endlich eine geschickt. Eine Discokugel für eine Siebzehnjährige. Mutter konnte nicht ganz bei Trost sein.

»Was habe ich bloß getan?«, flüsterte Azar. Die Discokugel reflektierte das Frühlingslicht in Spektren an die Wände. Das Muster kreiste langsam durchs Zimmer, zeichnete Flecken auf das Bücherregal und Azars John-Lennon-Poster.

Sie musste Mehran warnen. Jetzt sofort.

Azar rannte so schnell, dass sie Seitenstechen bekam, noch schneller, immer schneller. Die Stiefelabsätze rutschten über den vereisten Asphalt, aber Azar drosselte ihr Tempo nicht. Erneut öffnete Tomppa die Tür, noch bevor Azar überhaupt klingeln konnte. Vielleicht hatte er einfach nichts anderes zu tun, als auf das Geräusch des Fahrstuhls zu lauschen.

Er trug eine schwarze Unterhose mit einem Flammenmotiv an den Seiten und war oben ohne, sodass man seine Tätowierung auf der Brust sehen konnte. Sein Schweißgeruch vom Hanteltraining waberte ins Treppenhaus. Er trat zurück, und Azar folgte ihm in die Wohnung.

Mehrans Zimmer war in großer Eile verlassen worden. Seine Sachen waren alle noch da, nicht einmal die Zahnbürste hatte er mitgenommen.

»Er ist weg.«

»Wurde er abgeholt … Was …«

»Zwei riesige Kerle. Die wussten genau, nach wem sie suchten. Sie haben sich nicht mal die Mühe gemacht, sich mir vorzustellen.«

»Wir müssen ihm helfen! Ich wollte nicht …«

»Dort, wo er jetzt ist, wird es ziemlich schwierig sein, ihm zu helfen.«

»Bitte!«

Tomppa betrachtete sie prüfend. Azar hoffte, er würde sich etwas überziehen, aber seine Nacktheit schien ihn nicht zu stören. »Als Erstes brauchst du Geld. Dann suchen wir uns einen Juristen. Ich hab von zweien gehört, die Wunder zuwege gebracht haben sollen. Seine Abschiebung könnte vielleicht aufgeschoben werden – ihr habt schließlich ja dieses kleine Projekt ...« Tomppa warf einen Blick auf Azars Bauch. »Jetzt erschrick nicht gleich! Das könnte Mehran möglicherweise vor der Abschiebung bewahren. Da kann er es sich kaum leisten, wütend zu werden. Du hast einen reichen Papa, der wird dem Schatz seines kleinen Mädchens sicher gern behilflich sein. Ach, nicht? Weiß er überhaupt, wo du gerade steckst?«

Azar öffnete den Mund, schloss ihn dann wieder und starrte Tomppa einen Moment lang stumm an. »Sag mir, was ich tun muss.«

»Mehran sollte mir bei einer Sache helfen. Du könntest ihn vertreten.«

TURKU

In dem Transporter war es kühl. Azar setzte sich auf, sodass die Blase nicht mehr ganz so stark drückte. Sie musste mal. Wie lange saßen sie schon in diesem Auto? Dann dachte sie an Jasmin und Johanna und daran, was für ein Tamtam die beiden um ihre Ballkleider für die »Vanhojentanssit« gemacht hatten – eine Art Tanzstundenball. Sie hatten unbedingt ihre Kleider farblich aufeinander abstimmen wollen: für Johanna Türkis mit goldenem Dekor, für Jasmin Violett mit silbernen Strasssteinen. Violett stand Jasmin zwar nicht sonderlich, aber sie habe jetzt eben ihre violette Phase, hatte Johanna verkündet, als wäre es um einen Kunstmaler gegangen.

Für Azar hatte Johanna Orange ausgewählt. Azar hatte eingewandt, dass sie darin aussähe wie ein Wal in einer Warnweste, doch Johanna hatte ihr versichert, Orange sei das neue Schwarz. »Und ich dachte, das wäre Grau«, hatte Azar widersprochen, aber da schon gewusst, dass sie schließlich unter dem Druck der Freundin nachgeben würde.

Das war damals gewesen, als man ihr noch nicht angesehen hatte, dass sie schwanger war, und Azar hatte sich größte Mühe gegeben, so zu tun, als wäre alles wie immer. Wenn sie so weiterleben würde, als wäre nichts passiert, dann würde binnen Kurzem alles wieder so wie früher. Wie in der Zeit vor Mehran, in der Zeit, bevor Mutter weggegangen war.

Draußen startete ein Automotor. Karen hämmerte gegen die Tür des Transporters. Niemand antwortete.

»Anscheinend lassen sie uns hier sitzen.«

»Die kommen wieder«, sagte Azar. »Wenn viel Geld im Spiel ist, gibt Tomppa nicht so leicht auf.« Sie stand auf und versuchte, die Hecktür zu öffnen. Dann die Schiebetür an der Seite. Schließlich nahm sie die Decke, die im vorderen Teil des Wagens lag, wühlte darin herum und zog allen möglichen Plunder darunter hervor.

»Nichts. Alles Werkzeug haben sie mit rausgenommen. Übrig ist nur dieses Klebeband, mit dem sie mich gefesselt haben. Ein Wunder, dass sie es bei dir nicht auch gemacht haben.«

»Alte Frauen werden in der Regel nicht ernst genommen. Man muss sie nicht fesseln.«

»Ich glaube nicht, dass sie alle weggefahren sind. So vertrauensselig ist Tomppa nicht. Zeig mal deine Handtasche.« Sie wühlte in der Tasche herum und wurde schließlich fündig. »Ich persönlich finde ja, dass ›Opium‹ riecht wie Mückengift, aber dafür müsste es reichen«, sagte Azar und hämmerte mit beiden Fäusten an die Tür.

»Ruhe da drinnen!«, rief jemand. Azar hatte recht gehabt. Einer der Männer war als Wache zurückgeblieben.

Sie schlug weiter auf die Tür ein. »Die Alte ist schon ganz blau!«, schrie sie. »Soll ich vielleicht zusehen, wie sie stirbt? Dazu hab ich echt keine Lust!«

Irgendwann krachte die Tür auf, und einer von Tomppas Kumpanen schaute herein. Azar zielte genau auf sein Gesicht und verpasste ihm eine Parfümdusche. Der Mann heulte auf und schlug die Hände vor die Augen. Das Mädchen gab ihm erst einen Tritt gegen den Brustkorb und dann auf die Nase, sodass es knackte. Karen schloss die Augen.

»Schnell, spring auf ihn drauf! Ich halt ihn an den Beinen fest. Los, wir fesseln ihn!«

Kurz danach lag der Mann wie ein Klotz auf dem Boden. Seine Nase blutete, und er murmelte unverständlich vor sich hin. Vermutlich hätte er gebrüllt, wenn das Klebeband nachgegeben hätte.

»Die Leute verlassen sich zu sehr auf ihre vermeintliche körperliche Überlegenheit«, stellte Azar zufrieden fest, während sie die Taschen des Mannes durchsuchte. »Vor allem Männer. Das lernen sie schon in der Kindheit. Als ich noch in der Unterstufe war, gab es in meiner Klasse einen großen blonden Jungen. Wenn ich so darüber nachdenke, sah er sogar ein bisschen aus wie Tomppa. Dieser Junge suchte sich wie all diese Schulhofrüpel seine Opfer nach ganz bestimmten Kriterien aus und kam dabei auf mich: das einzige Kind der Klasse mit schwarzem Haar und einem merkwürdigen Namen obendrein. Zwei Wochen lang lauerte er mir jeden Tag nach der Schule auf. Ich traute mich nicht, Vater davon zu erzählen. Der wollte so sehr, dass ich genauso wäre wie die anderen Kinder aus meiner Klasse, dass ich zu einer richtigen Musterschülerin würde und mich integrierte und gleichzeitig ein Paradebeispiel für die überlegene persische Kultur und Tradition abgäbe. Mutter wiederum hielt sämtliche finnischen Kinder für Ungeheuer, für Monster in Kindergestalt, die immerzu laut stritten und den Erwachsenen ständig ins Wort fielen. Mutter hätte mich sofort aus der Schule genommen, oder sie wäre im Morgenrock ins Lehrerzimmer marschiert und hätte in ihrem schlechten Finnisch herumgebrüllt, was doppelt peinlich gewesen wäre und dazu geführt hätte, dass Vater und Mutter wieder eine ihrer endlosen Streitereien ausgetragen hätten, bei denen es immer und immer wieder darum ging, dass Mutter nicht in Finnland leben wollte und von Umzug redete.

Eines Tages lauerte ich diesem Jungen auf. Ich war auf den Baum geklettert, an dem er immer gestanden und auf mich gewartet hatte. Als er endlich kam, ließ ich einen Wasserballon fallen. Patsch, genau auf seine Jacke. Der Gestank breitete sich in Windeseile aus. Ich hatte den Ballon mit Pferdemist gefüllt. Damals nahm ich noch Reitunterricht, und das Pferd hatte Durchfall gehabt... Dann warf ich ihm einen zweiten Ballon genau auf den Kopf. Und während die Scheiße ihm die Sicht nahm und er hin und her taumelte, sprang ich hinunter und trat ihn erst gegen den linken Knöchel, dann gegen den rechten. Und zwar mit aller Kraft. Er ging noch lange an Krücken, aber er hat nie jemandem verraten, dass ich es gewesen war, die ihn derart verprügelt hatte. Denn da hätte er auch die Geschichte mit dem Pferdemist erzählen müssen, und das hätte ihm niemand geglaubt. Ich war schließlich die Kleinste in der Klasse. Sogar in der ersten Reihe auf unserem Klassenbild musste ich auf einem Hocker stehen.« Azar lächelte den gefesselten Mann liebenswürdig an. »Es ist also wirklich besser, uns gleich zu sagen, wo die Autoschlüssel sind.«

Karen schaltete und biss sich auf die Lippen. Ihr war ein wenig schwindlig, aber sie durfte jetzt nicht in Ohnmacht fallen. Ihr Blick musste auf der Fahrbahn bleiben. Das ist nur die Anspannung, die sich jetzt entlädt, redete sie sich ein. Kein Grund zur Panik. Sie kramte in ihrer Handtasche und zog ein Taschentuch heraus. Rote Tropfen landeten in dem weißen Musselin, als sie sich schnäuzte.

Azar sah sie aus dem Augenwinkel heraus an. »Geht es dir gut?«

Karen nickte und schüttelte ein paar Tabletten in ihre Handfläche. Sie hoffte, dass Azar nicht sah, wie ihre Hand zitterte.

»Du siehst nicht gut aus. Du bist ganz blass.«

»Du siehst auch nicht gerade aus wie das blühende Leben.«

»Ich bin ja auch schwanger. Das rote Gesicht hebe ich mir für die letzten Monate auf.«

Karen lachte. »Und ich bin einfach nur alt. Kein Grund zur Sorge. Wir müssen uns trotzdem beeilen. Bestimmt sind Tomppas Kumpanen uns auf den Fersen.«

Den gefesselten Mann hatten sie in der Müllverbrennungsanlage zurückgelassen. Karen hatte er so leidgetan, dass sie ihm eine Decke untergelegt (»Damit du dich auf dem feuchten Boden nicht erkältest, mein Lieber«) und zur Unterhaltung ein Kofferradio aus dem Transporter neben ihn gestellt hatte. (»Dann wird dir die Zeit nicht so lang. Donnerstagnacht kommt immer die Wiederholung eines Hörspiels. Heute ist ›Schuld und Sühne‹ dran.«)

»Soll ich fahren?«, fragte Azar.

»Du bist minderjährig.«

»Ist das jetzt der richtige Augenblick, die strenge Großmutter zu spielen? Ich bin schließlich schon Auto gefahren. Auch einen Transporter wie diesen hier.«

Schließlich gab Karen nach, und Azar übernahm das Steuer.

»Pass auf das Getriebe auf!«, konnte Karen gerade noch sagen, dann knirschte es auch schon, und der Wagen machte einen Satz vorwärts und bretterte los.

»Keine Sorge«, sagte Azar. »Ich weiß, wie wir den Plymouth wieder zurückbekommen.«

TAMPERE

Zu Weihnachten hatte sich Karens Familie zu Hause bei Erik versammelt, mit Cousinen und allem Drum und Dran, Hunden, Kindern, Engeln mit goldenen Flügeln und Unmengen von Essen, das nach nichts schmeckte und das sie alle trotzdem mit Begeisterung in sich hineinstopften. Karen hatte ihre Familie betrachtet und das Gefühl gehabt, ganz woanders zu sein, sie wie durch einen Spiegel hindurch zu sehen wie in einer Krimiserie oder hinter Glas wie in einem Zoo. Wie gesund sie alle aussahen, wie ausgeglichen. Als nähmen sie artig jeden Morgen ihre Eisentabletten und machten regelmäßig Dehnübungen. Karen war es schier unglaublich erschienen, dass diese Menschen mit ihren gesunden Gliedmaßen aus ihr hervorgegangen waren – von ihrem Fleisch und Blut, das einst so voller Träume gewesen war, voller Chaos und Tänze auf Düsseldorfer Tischen. Sie hatte gespürt, wie irgendwo tief aus ihr heraus eine Zärtlichkeit hervorsprudelte, und hatte schwer geschluckt.

»Ist die Sülze nicht in Ordnung, Mutter?«, hatte die Schwiegertochter besorgt gefragt, und Karen hätte sie am liebsten angefahren, sie sei nicht ihre Mutter. Da müsse sie schon zu Hause anrufen, in Forssa oder wo immer das war. Doch dann hatte sie die wässrige Liebenswürdigkeit gesehen und ihren Gedanken sofort bereut, genickt und gelächelt. »Sie ist ausgezeichnet, wie immer.«

Die Schwiegertochter hatte gestrahlt. Die Arme freute sich maßlos, wenn ihr ein Lob zuteilwurde. Fehlte nur noch, dass sie mit dem Schwanz wedelte.

Nachts war es dann passiert. Karen war aufgewacht, weil sie

einen fürchterlichen Durst hatte. (Der Hering – warum lernt der Mensch es nie, in Maßen zu essen?) Sie war aufgestanden und die Treppe hinunter ins Erdgeschoss gegangen. Als sie in der Küche die Hand nach einem Wasserglas ausstrecken wollte, versagten ihre Beine. Wie ein Kartoffelsack sank sie zu Boden, und vor ihren Augen schwebte ein weißer Dunst.

Als sie wieder zu sich kam, lag sie auf dem harten Klinkerfußboden und starrte zur Decke. Und ich habe diesen schrecklichen Morgenmantel an, dachte sie. In diesem geschmacklosen Ding muss ich sterben.

Die Stunden krochen dahin. Anfangs kam es ihr nicht einmal in den Sinn, um Hilfe zu rufen. Ihre Beine bewegten sich nicht mehr, sosehr sie sich auch anstrengte. Ganz ruhig, dachte Karen. Es ist sinnlos, in Panik zu verfallen und das ganze Haus zu wecken. Es kommt alles wieder in Ordnung, redete sie sich laut ein und spürte gleichzeitig, wie ihr etwas Nasses den Hals hinunterlief. Sie weinte. Karen Valter lag nur mit einem Morgenmantel in grellen Farben bekleidet auf dem beigefarbenen Klinkerfußboden eines Vorstadthauses und weinte.

Später wollte Erik wissen, wie lange sie dort gelegen hatte – alle viere von sich gestreckt –, aber Karen konnte es nicht sagen.

»Uroma, hast du dein Leben wie einen Film an dir vorüberziehen sehen?«, fragte eine von Eriks Enkelinnen. »Im Fernsehen ist das immer so.«

»Uroma liegt doch nicht im Sterben«, ermahnte Erik sie. »Sei nicht albern.«

»Sag nicht Uroma zu mir«, entgegnete Karen. »Da fühle ich mich dick. Es ist schon schlimm genug, alt zu sein.«

»Aber hast du es gesehen?«, fragte das Mädchen beharrlich. Karen lächelte. Sie hatte ihre Enkel und Urenkel immer gemocht, mehr womöglich als ihr eigenes Kind. Mit dem eigenen Kind musste man ständig auf der Hut sein, es hatte schließlich hohe Erwartungen. Mit den kleineren Kindern hingegen konnte man tun, was Spaß machte. Und Karen war inzwischen so alt, dass alle schon allein dafür dankbar waren, dass sie ihr nicht die Windeln wechseln mussten.

Vorsichtig warf Karen aus dem Augenwinkel einen Blick auf Erik. Dachte der Junge womöglich, dass sie für all das schon zu alt war? Bisher hatte sie immer tun dürfen, was sie wollte, und sich nicht um die wissenden Blicke des Sohnes und der Enkel gekümmert.

»Großmutter wird allmählich ein bisschen eigenartig«, sagten sie immer häufiger, wenn sie glaubten, dass sie es nicht hörte. (Wie kamen diese jungen Leute überhaupt darauf, dass alle alten Menschen schlecht hörten? Schönen Dank auch. Karen hörte noch immer ganz ausgezeichnet.) »Großmutter wird alt, deswegen kann man von ihr nicht mehr das Gleiche erwarten wie von uns anderen.«

Doch bisher hatte Karen sie ignorieren können. Der Fehler dieser jungen Leute war doch, dass sie es zumeist gut meinten und sich dabei selbst für unfehlbar hielten, nur weil ihre eigene Verdauung noch rundlief.

»Du ziehst fürs Erste zu uns«, erklärte Erik, als die Untersuchungsergebnisse vom Arzt gekommen waren. Karen lief es eiskalt über den Rücken. Genau das hatte sie befürchtet. Man würde anfangen, sie zu behandeln wie einen Greis. »Keine Diskussion«, sagte Erik und hörte sich für einen Augenblick genauso an wie sein Vater. Wie gut war es doch gewesen, dass sie sich damals dazu durchgerungen hatte, sich von ihrem ersten Mann zu trennen, dachte Karen. »Es ist wirklich nur vorübergehend«, milderte Erik seinen Entschluss ab, als er Karens Gesichtsausdruck sah. »Du bist bald wieder gesund, Mutter.«

Das Wort zischte in Karens Ohren. Mutter. Genau darin war sie immer schlecht gewesen. Nett war sie gewesen, und sie hatte dafür gesorgt, dass es Erik an nichts gefehlt hatte. Nicht an einer guten Ausbildung, nicht an ordentlicher Kleidung, nicht an einer inspirierenden Umgebung. Karen hatte ihre Kindheit in der engstirnigen Atmosphäre einer winzigen Insel verbracht, weitab von allem Spannenden. Deshalb hatte sie ihrem Sohn eine Welt voller Schönheit und Spaß bieten wollen. Aber manchmal schien es Karen, als hätte das nicht gereicht. Erik war so ... Karen konnte es nicht benennen. »Vernünftig« war das Wort, das ihr als Erstes einfiel, aber darum konnte es doch nicht gehen? Erik war erfolgreich, Erik war einer, der Verantwortung trug, aber Erik war eben auch furchtbar ... langweilig.

Also packte Karen ihr Silber in einen Koffer (sie war schließlich keine senile Alte, die es in einer leer stehenden Wohnung zurücklassen würde) und die Kleidung in einen anderen. Den Schmuck brachte sie zur Bank, mit Ausnahme von Schwiegermutters Perlenkette. Wenn der Mensch schon einen faltigen Hals hatte, dann gab es an dieser Stelle zumindest was zu sehen. Sie räumte die Koffer in Eriks Gästezimmer eigenhändig wieder aus (das Silber versteckte sie unterm Bett). Sie wollte nicht, dass irgendjemand ihre Unterwäsche anfasste. »Nur wenn ich sie anhabe«, sagte Karen laut, um ihre Schwiegertochter zu ärgern, und bereute es sogleich. Schwache Menschen aufzuziehen war nicht sonderlich schwer. Ein leicht errungener Sieg grämte einen im Nachhinein nur.

Hatte sie damals über ihr Leben nachgedacht? Hätte sie es tun sollen? Hätte sie zum Glauben finden oder sich für Kristalle begeistern, eine neue Gesinnung für sich entdecken, auf Berge klettern oder Kontakt zu ihren Vorfahren aufnehmen sollen? Karen war krank, hatte aber nicht das Gefühl, sich verändert zu haben. Sie konnte lediglich keine schweren Dinge mehr hochheben. Und doch hatte sie einen Augenblick lang etwas vor sich gesehen, als sie dort auf dem geschmacklosen Klinkerfußboden ihrer Mittelschichtfamilie gelegen hatte: den Bootssteg, wie er einmal gewesen war, vor langer Zeit. Im Jahr 1947, im vorigen Jahrtausend. Das lag mittlerweile schon ein ganzes Lebensalter zurück, es war so lange her, dass selbst diejenigen bereits graue Haare hatten, die in jenem Jahr geboren worden waren.

Sie hatten auf dem Bootssteg gesessen, Karen und Sebastian. »Weißt du, Karen«, sagte Sebastian in ihrer Erinnerung. »Ich will hier nicht versauern. Bald bekomme ich Geld für eine Sache, und dann ...« Ein einsamer Gänsesäger glitt durch das Schilf. Vielleicht hatte er irgendwo in der Nähe sein Nest. Die junge Karen spürte, wie sich eine unsichtbare Hand auf ihre Brust drückte, und ihr Mund schmeckte nach Blut. Das ging ihr manchmal so. Eisenmangel, hatte der Arzt gesagt.

»Und ich?«

Sebastian lächelte. »Du kommst natürlich mit, Ferkelchen.«

»Sag nicht Ferkelchen zu mir«, entgegnete Karen, aber ihre Stimme hatte bei Weitem nicht mehr so viel Nachdruck wie früher. Sie griff nach Sebastians nacktem Bein und zog es über ihren Schoß. »Du lässt mich doch nicht hier zurück? Oder?«

»Nein.«

Sebastian zog sein Bein wieder weg. Sein Gesicht blieb ausdruckslos.

War es damals wirklich so geschehen? Karen war sich nicht mehr sicher. Sie erinnerte sich noch an den Wind in Sebastians Haar, an die Sandkörner, die an ihren eigenen Schienbeinen gehaftet hatten. An einen Vogel, der sich im Schilf bewegt hatte. Sebastian, dachte sie, mein Sebastian! Ich finde heraus, was damals geschehen ist. Das verspreche ich dir. Ich muss es endlich wissen.

TURKU

Die Uhr auf dem Armaturenbrett des fremden Transporters zeigte sechs Uhr morgens an. Sie waren die ganze Nacht unterwegs gewesen. Azar sah zu Karen hinüber. Deren Gesicht hatte wieder Farbe bekommen, es schien ihr jetzt besser zu gehen. Sie hatte sich den Wollschal fester umgebunden, saß mit geradem Rücken auf dem Beifahrersitz und starrte hinaus auf die Fahrbahn.

»Die Kumpels wollten am Morgen zurückkehren, um uns die Daumenschrauben anzulegen. Sie sind also nicht weit«, sagte Azar. »So wie ich Tomppas Tagesablauf kenne, geht er früh ins Fitnessstudio, um seine Kniebeugen zu machen. Sonst läuft in seinem Gehirn gar nichts. Aber auch dann geht's in seinem Kopf nicht annähernd so lebhaft zu wie auf dem Times Square.«

»In einer Stadt wie Turku gibt es doch sicher nicht allzu viele Fitnessstudios?«

»Das finden wir heraus. Zumindest nicht viele, die für Tomppa gut genug sind. Wir warten ab, trinken einen Kaffee an der Tankstelle, und ich sehe mich dabei ein bisschen auf Google um.«

Karen hatte recht. Studios der größeren Fitnessketten gab es in Turku nur fünf, und gleich beim zweiten landeten sie einen Volltreffer. Der hellblaue Plymouth Fury stand vor dem Technologiezentrum in der Nähe des Bahnhofs von Kuppis. Das Fitnessstudio befand sich im Erdgeschoss des Glasgebäudes, das Anfang des Jahrtausends errichtet worden war.

Der weiße Kittel der jungen Frau am Empfang sah so aus, als hätte sie ihn gerade erst ausgepackt. Neben ihr stand auf dem kunststoffverkleideten Tresen ein halb leerer grüner Smoothie. Die junge Frau musterte Karen und Azar vom Scheitel bis zur Sohle und ordnete sie beide als Nichtkunden ein. Ihr Lächeln reichte lediglich zum einen Mundwinkel. Dann wandte sie sich wieder ihrem Computer in Metallicgrau zu und tippte weiter vor sich hin.

»Komm«, flüsterte Azar Karen zu. »Sieh zur Decke und misch dich nicht in das Gespräch ein, egal, was passiert.« Sie zupfte ihr Haar zurecht und marschierte auf den Tresen zu. Oma Farima hatte immer behauptet, dass Azar, wenn sie nur wollte, süß sein konnte wie der Duft eines Blumengartens. Doch die junge Frau vom Empfang schien immun dagegen zu sein.

»Entschuldigung, ich hab diese Frau dort draußen auf dem Parkplatz gefunden.« Azar nickte in Karens Richtung, die wiederum versuchte, möglichst senil auszusehen. »Sie irrte dort herum, und ich hätte sie fast überfahren. Bloß gut, dass nichts Schlimmeres passiert ist. Ich hab versucht, aus ihr herauszubekommen, wo sie wohnt, aber sie scheint mich nicht zu verstehen. Ihr Sohn soll angeblich hier im Studio sein. Das ist das Einzige, was sie sagen kann.«

»Ich darf keine Informationen über unsere Kunden herausgeben«, sagte die junge Frau am Empfang und sah zu Karen hinüber, die ihre Augen verdrehte und zuckende Handbewegungen machte.

Azar biss sich auf die Lippen. Hoffentlich plante Karen auf ihre alten Tage nicht noch den Durchbruch auf der Bühne.

»Meinetwegen. Dann lasse ich sie hier. In zwanzig Minuten muss ich bei der Schwangerenberatung sein.« Azar zeigte auf ihren Bauch. Und plötzlich kam Leben in die junge Frau.

»Hat sie gesagt, wie ihr Sohn aussieht?«

»Tom Ritavuori. Groß, Pferdeschwanz, Tattoos.«

»Das trifft auf den größten Teil unserer Stammkunden zu«, sagte die junge Frau, »aber ich glaube, ich kenne ihn. Er ist gerade ins Solarium gegangen. Durch diese Tür dort ... Aber ich weiß von nichts.«

Azar zwinkerte ihr zu. »Alles klar.«

Das Solarium befand sich hinter einer Trennwand. Azar vergewisserte sich, dass in dem Raum sonst niemand war, und ging dann auf die Sonnenbank zu, auf der Tomppa mit einer Brille lag. Azar nahm ihr Tuch ab, schnürte damit die Griffe zusammen und schaltete das Gerät auf Anschlag. Tomppa fuhr zusammen. »Verdammt, was zum Teuf…«

»Hallo, Tomppa«, sagte Azar mit gurrender Stimme. »Hattest du nicht Sehnsucht?«

Tomppa rüttelte am Deckel des Geräts, doch Azars Tuch bestand aus reißfester Kunstfaser. Man hätte es als Abschleppseil benutzen können. Der Mann saß in der Falle.

Azar zog einen Stuhl heran und setzte sich. Sie nickte Karen zu, die einen weiteren Stuhl nahm und unter die Klinke der Eingangstür klemmte.

»Lasst mich sofort raus, oder ich…« Tomppa stieß eine ganze Salve von Flüchen aus.

»Solarium ist ungesund«, erklärte Azar. »Jetzt sag ich dir mal, wo's langgeht. Her mit den Autoschlüsseln und dem Revolver. Und mit Karens Geld. Du verrätst mir jetzt netterweise, wo all das ist, oder sie finden dich hier irgendwann später geröstet und ausgetrocknet wie ein Knäckebrot.«

»In der Garderobe, Schranknummer 47. Der Schlüssel liegt dort auf dem Stuhl. Verdammt, Azar, wenn ich dich in die Finger kriege…«

Azar nickte Karen erneut zu. Die nahm Tomppas Schlüsselkarte und verschwand durch die Tür in Richtung Garderobe.

»Ich lass auf dem Tisch ein Kuvert mit fünfhundert Euro liegen. Damit sind wir quitt.«

»Fünfhundert? Die Rede war von dreitausend…«

Azar stand auf. »Tschüss, Knäckebrot. Ich bin dann mal weg.«

»Warte! Fünfhundert sind in Ordnung.«

»So viel hat der Jurist berechnet. Der Mann, der dabei helfen sollte, Mehran rauszuholen, wie du mir eingeredet hast. Ich hab ihn angerufen, er wartet immer noch darauf, von dir zu hören. Er meinte, du hättest dich nie wieder gemeldet. Ich bin dir überhaupt nichts mehr schuldig.«

Im selben Augenblick kam Karen wieder, zog aus ihrer Handtasche die Pistole, wickelte sie in ihre Strickjacke ein und zielte auf Tomppa.

Azar löste den Knoten in ihrem Tuch, und die Sonnenbank ließ sich wieder öffnen.

Tomppa richtete sich auf und rieb sich die Handgelenke. »Das Geld war mir von Anfang an egal. Ich wollte doch nur, dass du nicht weggehst. Ich wollte Zeit gewinnen, damit du endlich mich ansiehst anstelle von diesem schleimigen Kameltreiber.«

»Du solltest deine Anmachtaktik überdenken.«

»Gehen wir«, sagte Karen. »Bevor die Tussi die Polizei ruft, damit die eine demente Alte einfangen, die irgendwo ausgebüxt ist.«

»Du fragst ja nicht mal«, rief Tomppa ihnen nach, »wie es Mehran geht. Du hast dich für keinen von uns beiden je interessiert. Jedenfalls nicht wirklich.«

Azars Schultern zuckten, aber ihr Gesichtsausdruck änderte sich nicht. Sie band sich das Tuch um den Hals und schlug den Kragen ihres neuen Mantels hoch.

»Woher wusstest du, was zu tun war?«, fragte Karen, als sie zum Plymouth Fury gingen.

»Ich hab einfach improvisiert.«

Am Hang oberhalb des Parkplatzes wuchs Huflattich.

Sie schafften die Mittagsfähre zurück nach Fetknoppen. Das Auto war vollgepackt mit Lebensmitteln. Reispiroggen, Käse, Schärenbrot, Putenbrust in dünnen Scheiben (für Azar) und geräucherter Schinken (für Karen), Frühlingsgemüse und Spargel – nichts Tiefgekühltes. Gefrorene Lebensmittel wären unterwegs bloß aufgetaut. Karen hatte zwar erzählt, dass es im Sommer auf der Fähre eine Gefriertruhe gebe, die die Passagiere nutzen konnten, aber jetzt im Frühjahr war ein schwereres Schiff in Betrieb, das dem Eis standhalten musste.

Wieder eine jener Besonderheiten, wenn man auf einer Insel lebte. Man konnte nicht einfach eben schnell zum Supermarkt gehen. Nirgendshin konnte man eben schnell gehen – alles war viel zu weit weg, alles musste man planen. Vor der Zeit auf der Insel hatte Azar kaum je irgendetwas geplant, sondern hatte das Leben so genommen, wie es gekommen war. Sie war einkaufen gegangen, wenn sie Hunger verspürt hatte, sie hatte den Kühlschrank ihrer Stiefmutter aufgemacht und die Nase gerümpft, wenn der Joghurt die falsche Marke gehabt hatte. Sie hatte Mehran in ihr Leben gelassen, sie war verblüfft gewesen, als sie schwanger geworden war, hatte aber auch das als etwas akzeptiert, das eben passierte. Sie war einfach nicht der Typ, der sich auf die Brust schlug.

Im Iran, in Mehrans Iran, gehörte es zum Schulunterricht, sich für die Märtyrer auf die Brust zu schlagen. In Azars Iran hatten sie stattdessen wehmütige Kinderlieder gesungen und die Dinge als gegeben hingenommen. Vielleicht sollte sie anfangen, ihre Angelegenheiten zu ordnen und Wohnungsanzeigen zu sichten. Sie und das Baby würden ein Zuhause brauchen. Sie konnten schließlich nicht für den Rest ihres Lebens auf der Insel bleiben.

Azar verscheuchte den Gedanken wieder. Sie wollte nicht an ein Leben jenseits der Insel denken, nicht an den Herbst in der Stadt, mit dem Baby. Ihr kamen Vater und Riitta in den Sinn, Vaters Tränensäcke und die Falten, die die Müdigkeit in seine Mundwinkel eingegraben hatte. Riitta würde sich freuen, da war sie sich sicher. Riitta war immer eifersüchtig gewesen – auf das gemeinsame Blut und auf die Erinnerungen, die Azar und Vater teilten, auf das alte Persien, das unter ihren Lidern schlummerte. Riitta mochte Türen nicht, die sie nicht öffnen konnte, um dahinter sauber zu machen. Sie wollte in Vater und Azar nichts anderes sehen als schwarzhaarige Finnen.

»Unfassbar gut integriert.« Azar hatte einmal gehört, wie sie das am Telefon zu einer Freundin gesagt hatte. »Sie reden ganz normal. Keine Spur von irgendwelchen Arabergeschichten. Das Mädchen? Na, nein, die trägt keine Burka. Aber das würde ihr manchmal gar nicht schaden – bei den Röcken, die sie anhat!«

Einen Augenblick lang hatte Azar sich gewünscht, sie hätte das Telefonat aufgezeichnet und dann ihrem Vater vorgespielt. Sie beide – Araber? Sie und ihr Vater? Sosehr er auch als Finne gelten wollte – darüber hätte selbst Vater nicht einfach hinweggehen können. Wie konnte sie das stolze persische Blut nicht erkennen und sie mit Arabern in einen Topf werfen?

Riitta wollte nur zu gern, dass Azar Pech hätte. Dass sie ein ganz normales, ungewollt schwanger gewordenes Teenagermädchen wäre und nicht die persische Prinzessin des Vaters. Riitta hatte immer darauf gehofft, dass Azar von zu Hause weggänge und sie endlich nicht mehr an eine Welt erinnerte, zu der die neue Ehefrau keinen Zugang fand. Doch erst Mehran hatte dafür gesorgt, dass sie sich entfernt hatte. Mehran hatte ihr die Sprache zurückgegeben und einen Weg aufgezeigt, eine echte Iranerin zu sein. Mehran hatte für Azar ihr persisches Gesicht gemalt, aber ein illegaler Einwanderer gehörte nun mal zu einer Welt, mit der ihr Vater – von Riitta ganz zu schweigen – nichts zu tun haben wollte. Doch was über allem stand: Mehran hatte sie betrogen.

Azar nahm so viele Plastiktüten, wie sie konnte. Sie versuchte auszumachen, ob Karen immer noch blass aussah. Sie fühlte einen leichten Druck auf der Brust. Es fiel ihr schwer, sich einzugestehen, dass sie sich Sorgen machte. Bisher hatte sie gedacht, dass diese alte Frau alles aushalten könne. Karen hatte wie eine Dame aus Stahl gewirkt – genau wie ihre eigene Großmutter, Oma Farima, immer den Eindruck erweckt hatte, dass es nicht einmal allen Truppen des Schahs zusammen gelungen wäre, sie von den Beinen zu holen. Aber andererseits … Eine ganze Nacht gefangen in einem Transporter zu kauern, eine ganze Nacht ohne Schlaf –

das wäre niemandem gut bekommen. Vor allem keinem, der über achtzig war.

An der Tür blieb Azar stehen. Jemand war im Haus. Tomppa!, dachte sie. Er hatte es also doch geschafft, ihnen zu folgen.

Sie schwitzte. Sie schob Karen zurück, legte den Finger an die Lippen und schüttelte den Kopf. Es war keine andere Waffe in Reichweite als ein Besen. Azar legte ihn sich über die Schulter wie einen Baseballschläger und trat durch die Verandatür ein. Dort würde man sie nicht erwarten. Die Tür selbst lag hinter einem Vorhang versteckt und wurde nicht benutzt, aber Azar hatte es für sinnvoll gehalten, die Scharniere zu ölen. Man konnte nie wissen, wann ein gut erreichbarer Ausgang nützlich sein würde.

Die Tür glitt lautlos auf. Im Haus herrschte Ruhe. Die Stehlampe im Wohnzimmer war eingeschaltet. Der Eindringling saß mit dem Rücken zu ihr im Sessel und blätterte in Karens Fotoalben.

Vorsichtig sah Azar sich um. Die Leute von Tomppas Truppe waren nie allein unterwegs. Wo also steckten die anderen? Azars Herz schlug schneller, als sie sich von hinten an den Mann heranschlich. Dann holte sie aus und schlug ihm mit dem Besenstiel gegen die Schläfe. Durch den Adrenalinnebel hörte sie noch, wie Karen etwas schrie, konnte den Schlag aber nicht mehr abfangen.

Der Mann stürzte zu Boden. Erst jetzt sah sie ihn an, und ein leiser Zweifel regte sich. Irgendetwas stimmte da nicht. Der Mann lag auf dem Teppich und hielt sich den Kopf. Die Fotos, die er in der Hand gehalten hatte, waren wie ein Fächer um ihn herum ausgebreitet.

»Erik!«, rief Karen und fiel auf dem Teppich auf die Knie. Im Notfall konnte die alte Frau sich bewegen wie eine Eidechse.

Erik? Bei dem Namen schrillte eine Glocke in Azars Kopf. Jetzt erst registrierte sie die Kleidung des Fremden: eine blaue Anzughose, ein Strickpullover mit V-Ausschnitt und ein Schlips im selben

Farbton. Der Bekleidungsstil eines Onkels. Keiner von Tomppas Bekannten würde sich je so anziehen. Nicht einmal ihre Unterstufenlehrer hatten so etwas getragen. Außerdem war der Mann uralt, mit grauen Strähnen im Haar, die Augen umgab ein Netz aus Falten. Azar ließ den Besen fallen. Irgendetwas war hier faul.

»Wer ist das?«

Ihre Schläfen schmerzten, und sie sehnte sich nach ihrem Bett. Sie hatte in der vergangenen Nacht keine Sekunde geschlafen, und jetzt übermannte die Müdigkeit sie so stark wie noch nie zuvor in ihrem Leben. Das Baby drückte, und ihr war übel.

»Das ist Erik, mein Sohn.«

»Was macht der hier?«

»Das müssen wir ihn schon selbst fragen.« Karen bewegte ihre Finger vor den Augen des Mannes hin und her. »Wie viele Finger sind das?«

Der Mann hob den Kopf, doch Karen drückte ihn sofort zurück zu Boden und verbot ihm, sich zu bewegen.

»Vier. Was soll …«

»Meine Assistentin hat dich für einen Einbrecher gehalten. Zwei Frauen allein in einem Ferienhaus, das verstehst du doch? Warum musstest du auch ungebeten hierherkommen?« Karen kniete hinter Erik und signalisierte Azar mit dem Blick zu schweigen. Doch das war gänzlich überflüssig. Azar hatte nicht die geringste Ahnung, was sie hätte sagen sollen.

Stattdessen ging sie in die Küche und setzte Wasser auf. Ihre Mutter und Oma Farima hätten gewiss das Gleiche getan. Die Iraner tranken immer Tee, wenn die Zeiten schwierig waren. In ihrer Familie wurde literweise Tee getrunken.

Als Azar ins Wohnzimmer zurückkehrte, war Erik mittlerweile aufgestanden und hatte sich hingesetzt. Er warf Azar einen bösen Blick zu, als sie an ihm vorbeiging, und sie kam nicht umhin zu denken, dass dies mit Sicherheit nicht der Beginn einer lebenslangen Freundschaft war. Zumindest aber blieben ihr weitere Feindseligkeiten erspart, da Erik seine ganze Aufmerksamkeit auf seine Mutter richtete. »Wir haben dir die Polizei hinterhergeschickt! Du bist einfach mitten in der Nacht verschwunden.«

»Du solltest da ein Pflaster draufkleben. Zum Glück muss das nicht genäht werden.«

»Wir haben sogar eine Zeitungsannonce geschaltet!«

»Ich habe doch einen Zettel hingelegt?«

»Einen Zettel! Einen Zettel!« Aus irgendeinem Grund schien das Erik erst recht in Rage zu versetzen. »Du hättest mit dem Auto im Hafenbecken versinken oder ausgeraubt werden können! Weißt du eigentlich, was für Typen dort draußen unterwegs sind? Ausländer, Kriminelle …«

An dem Punkt sah er erneut Azar böse an und musterte sie von Kopf bis Fuß. Als sein Blick auf ihren riesigen Schwangerschaftsbauch fiel, klappte ihm der Unterkiefer herunter.

Azar lächelte ihn breit an. »Karen ist nicht ausgeraubt worden, ganz im Gegenteil. Sie hat beinahe selbst eine Tankstelle ausgeraubt.«

Erik starrte sie mit großen Augen an, kam dann zu dem Ergebnis, dass sie nur einen Scherz hatte machen wollen, und fuhr an Karen gewandt fort, als wäre Azar überhaupt nicht da: »Wer ist diese Frau?«

»Azar. Sie ist meine Freundin.«

»Was weißt du über ihren Hintergrund? Du bist ja so naiv! Du vertraust wirklich jedem!«

Karen seufzte theatralisch. »Azar stammt aus dem Iran, ihr Vater ist Kulturattaché. Im Ministerium. Ihre Großmutter war eine Freundin von mir. Azar hilft mir, das Familienarchiv zu ordnen. Sie verfügt über glänzende Referenzen und einen Bachelorabschluss der Universität Teheran.«

Das ließ Erik verstummen. »Teheran?«

»Was denkst du denn? Dass ich das Mädchen an einer Tankstelle unter Kriminellen aufgelesen habe?«

»Natürlich nicht. Sie ist sicher ganz hervorragend ... Aber du verstehst doch, Mutter ... Einfach so weggehen ... Ich hatte ja keine Ahnung, wo du bist! Warum hast du mir nie von diesem Haus erzählt?«

»Wie hast du überhaupt hierhergefunden?«

»Über das Auto. Dieser uralte Schlitten. Eines Tages wird er dich im Stich lassen. Das Auto hat mich hergeführt. Ich hab einen Anruf seinetwegen bekommen. Ein Mann fragte mich, wer Karen Valter-Mandel sei. Auf die sei ein bestimmter Wagen angemeldet. Ob ich mit ihr verwandt sei. Er wollte wissen, wo du steckst. Und wirkte überrascht, als ich ihm sagte, dass du mitsamt dem Auto verschwunden warst. Als ich genauer nachfragte, wo er das Auto denn gesehen habe, brach er das Gespräch ab.«

»Tomppa! Ach, hat er dich angerufen.«

»Kennst du ihn? Na ja, da machte ich mir doch gleich noch mehr Sorgen. Ich ging deine Unterlagen durch und fand darunter eine Stromrechnung für dieses Haus. Die Frau aus dem Nachbarhaus hat mich eingelassen, als ich ihr meinen Führerschein gezeigt und erklärt habe, dass ich dein Sohn sei. Sie hat irgendwas Komisches gesagt: dass ich genau wie mein Onkel aussehe. Sie könne in meinem Gesicht die typischen Valter-Züge erkennen. Dabei habe ich doch gar keinen Onkel?«

Karen legte die Hand auf den Arm ihres Sohnes. »Du hast eine lange Fahrt hinter dir. Wie wäre es, wenn du ein kleines Nickerchen machtest? Heute kommst du ohnehin nicht mehr von der Insel runter. Am besten, du rufst deine Frau an und sagst ihr, dass du erst morgen wiederkommst. Azar kann dir einen Tee kochen. Ich beziehe dir das Bett im Südzimmer. Mit drei Jahren hast du dort schon einmal geschlafen. Sicher erinnerst du dich nicht mehr daran, damals warst du noch zu jung.«

Erik schien jetzt immer mehr in sich zusammenzufallen. Er ließ sich von seiner Mutter ins Obergeschoss führen. Azar hörte nicht mehr, worüber sie sich unterhielten.

Am nächsten Morgen lief Azar auf der Veranda Erik über den Weg. Er trug ein weißes Hemd und einen Schlips. Das teure Wollstoffjackett hing über seinem Arm. An der Schläfe, wo ihn der Besen getroffen hatte, leuchtete ein violetter Bluterguss.

»Ich muss mit dir reden, bevor ich losfahre ...«, sagte Erik.

»Entschuldigung dafür ...«, erwiderte Azar und berührte ihre Schläfe.

Erik schüttelte den Kopf und verzog das Gesicht. »Ich verstehe schon. Du hast Karen verteidigen wollen. Sie hat mir erzählt, dass in dieser Gegend jüngst irgendwo eingebrochen wurde.«

Davon hatte Azar nichts gehört, aber sie nickte.

»Wie du sicherlich weißt, ist Karen nicht gesund«, fuhr Erik fort und sah Azar forschend an. »Sie hat es dir also nicht erzählt? Typisch ...« Erik verlagerte das Gewicht auf das andere Bein. Es war ihm anzusehen, dass er in der Regel eine Krankenschwester vorschickte, wenn es schlechte Nachrichten gab, und selbst stattdessen lieber Tennis spielen ging. »Man kann es nicht länger schönreden. Mutter hat Krebs. In der Bauchspeicheldrüse. Und er ist aggressiv. Sie hat noch etwa zwei Wochen bis einen Monat Zeit zu leben. Ich weiß nicht, was sie hier tut, aber offensichtlich ist es ihr sehr wichtig. Ich hoffe, es ist bald erledigt, und sie kann wieder nach Hause zurückkehren. Karen – also, Mutter – hatte immer schon ein enges Verhältnis zu ihren Enkeln ... Ich würde mir wünschen ...« Statt zu sagen, was er sich wünschte, setzte Erik sich auf die Verandatreppe. »Ich bin schon einmal hier gewesen. Das hatte ich völlig vergessen. Wir wohnten damals in der Dachkammer, und Mutter erzählte, wir seien hier wie Robinson Crusoe und Freitag auf einer einsamen Insel. Auf der Flucht vor anderen Menschen. Die Ehe meiner Eltern war nicht sehr glücklich.« Erik sah auf. »Du kümmerst dich doch um sie? Ich weiß nicht, wer du bist. Karen lügt, wenn sie den Mund aufmacht. Vermutlich bemerkt sie es selbst nicht einmal mehr. Doch zumeist versteht sie es, die Menschen um sich herum gut auszuwählen. Das Wichtigste aber ist, dass sie dich mag. Meine Frau ... Also, Karens Welt und die meiner Frau passen nicht gut zusammen. Nicht dass meine Frau es nicht versucht hätte. Vielmehr ... Na ja, auf jeden Fall ... Ich hab nur eine Mutter.«

Erik wirkte nach diesem plötzlichen Ausbruch verwirrt. Er zog das Jackett über, band seinen Schal zu dem gleichen Knoten, wie ihn finnlandschwedische Studentinnen gern trugen, und ging.

Als Eriks Auto in einem weiten Bogen das Ufer verlassen hatte, legte Azar die Hände an ihre Wangen. Sie waren nass. Sie wischte ihr Gesicht mit dem Pyjamaärmel ab und schnäuzte sich sicherheitshalber.

1960
TURKU

Ein Plymouth Fury, Baujahr 1956, der und kein anderer. Sie hatte es sofort gewusst, sowie sie ihn gesehen hatte. Es war gerade so, als würde man sich auf den ersten Blick verlieben. Man schlug bei einer langweiligen Feier die Zeit tot und dachte darüber nach, ob es sich wirklich gelohnt hatte, dafür ein neues Kleid anzuziehen und sich die Augenbrauen zu zupfen, man unterhielt sich mit einem Zahnarzt, der ein fliehendes Kinn hatte, und sah nur kurz hinüber zum Getränketisch, ob man sich schon trauen konnte, das Glas wieder zu füllen. Aber dann. Dann sah man ihn, und es schien so, als wäre auf einmal der ganze Raum von strahlendem Licht durchflutet. Plötzlich war alles hell und klar, die Welt hatte genau die richtigen Farbtöne, und selbst die blödsinnigsten Liebeslieder wirkten auf einmal völlig vernünftig. Selbst Beatles-Texte handelten genau davon – auch wenn darin immer nur wiederholt wurde, dass dich zu lieben alles war, was ich je wollte.

Jeder vernünftige Mensch wusste, dass all das Blödsinn war. Karen hatte in ihrem Leben so viel gewollt: einen Mann und einen Sohn, Freiheit und deutsche Hotelzimmer, Morgenstunden, die mit dem Duft frisch aufgekochten Kaffees begannen, und Nächte auf dem Teppich, in denen man immer noch Sekt trank, während der Briefträger seine Arbeit längst getan hatte.

Karen war nach ihrer ersten Scheidung geradewegs zu einem Autohändler gegangen. Sie hatte ein weißes Kleid angezogen, um

ihre neue Unabhängigkeit zu demonstrieren. Das nussbraun ge-
tönte Haar hatte sie sich aus dem Gesicht gekämmt. Sie war damals einunddreißig gewesen und hatte sich eingebildet, ihr Leben wäre vorbei. Das war 1960, und eine geschiedene Frau war
zu jener Zeit lediglich Gegenstand obszöner Witze. Karen hatte
nicht die geringste Absicht, in ihrer Westküstenkleinstadt zu bleiben. Sie wollte woandershin.

Der Autohändler fragte als Allererstes, wo denn ihr Mann sei.

»Woher soll ich das wissen«, antwortete Karen. »Als ich ihn zuletzt gesehen habe, hüpfte er auf einem Bein und versuchte, sich
die Hose hochzuziehen. Er war mit mir und seiner Mutter zum
Mittagessen verabredet, hatte das aber offenbar vergessen und
sich stattdessen zur verabredeten Zeit mit dem Botenmädchen
im Archiv vergnügt. Schlechtes Timing, gewissermaßen. Die Termine lagen gewissermaßen übereinander, und die Papierstapel in
jenem Archiv mussten gewiss einiges aushalten.«

Der Autoverkäufer nannte sie daraufhin zunächst »Kleines
Fräulein«, schließlich sah er jedoch ein, dass er seine Finger besser auf einen halben Meter Abstand hielt. Allerdings bedurfte es
dazu erst einer resoluten Ermahnung mit einer Autotür.

Er führte Karen altersschwache Blechkisten vor, frisch aus
Deutschland eingetroffene Modellneuheiten – und dann schließlich sah sie es: das hellblaue Auto, groß wie ein Schiff, wie eine riesige Gefriertruhe, an die man Räder montiert hatte.

»Das ist gewiss nicht gerade, wonach Sie suchen, gnädige
Frau ... Aber ein komfortabler Schlitten ist es wohl. Ein Jazzmusi-
ker hat es mit dem Schiff aus Amerika bringen lassen und musste
es dann verkaufen, um seine Schulden zu begleichen. Dieser soge-
nannte *lifestyle* funktioniert hier in Finnland einfach nicht. Wäre
er doch zu Hause geblieben.«

Der Autohändler trug einen gestreiften Anzug und eine Krawatte in gewagtem Violett. Der Anzugstoff glänzte abgetragen.
Unter den Achseln hatten sich Schweißflecken gebildet.

Karen strich über den Lack des Wagens, öffnete die Tür und setzte sich auf den Fahrersitz. Das Leder knarrte. Der Verkäufer redete draußen einfach weiter, und Karen schnappte eine Summe auf, von der ihr ein wenig schwindlig wurde. Inflation. Es war noch vor der Währungsreform, bei der zwei Nullen gestrichen wurden.

»In Ordnung. Ich zahle in bar.«

»Wollen Sie denn gar nicht verhandeln, gnädige Frau?«, fragte der Verkäufer verdutzt. Es schien für einen Augenblick so, als wollte er gar nicht verkaufen. Der Mann sollte ein wenig zunehmen, dachte Karen. Ein Autohändler muss dick sein und erfolgreich aussehen. Dieser junge Mann hingegen hatte eine ausgedehnte Kupferrose im Genick.

»Meinetwegen. Dann zahle ich nur fünf Millionen.«

»Gnädige Frau, das ist viel zu wenig!«

»Sie wollten doch, dass ich feilsche.«

»Gnädige Frau, Sie verstehen nicht. Ich hole den Direktor.«

»Gut, neuneinhalb, mehr hab ich nicht mit.« Karen öffnete ihre Handtasche. »Sie können ja selbst nachsehen.« Der Verkäufer starrte auf die Tasche, die von Geldscheinen überquoll.

»Ich rufe den Direktor an.« Er sah Karen kurz an. »Ich würde gern mit Ihrem Vater sprechen, wenn Ihr Mann nicht erreichbar ist.«

Karen ließ die Tasche zuschnappen. »Dann gehe ich eben woandershin.«

Der Verkäufer starrte sie an und schluckte. In ihm kämpfte die Gier gegen seine Auffassung von einer richtigen Weltordnung. Es gehörte sich nicht, dass eine Frau so ein Auto besaß. Es gehörte sich einfach nicht. Wenn eine Frau Auto fuhr, dann musste der Wagen ... irgendein anderer sein. Jedenfalls bescheidener als dieses Prachtstück aus Detroit. Andererseits hatte die Frau genug Geld, und noch dazu in bar. Und er versuchte schon seit einem halben Jahr, den Wagen zu verkaufen. Er war einfach zu protzig für einen finnischen Käufer.

Schließlich traf Karen die Entscheidung für ihn. »Ich rede mit Ihrem Direktor.«

Karen schlug die Beine übereinander und nahm ihre Handtasche auf den Schoß. Die drei Männer im Raum starrten die Tasche an, und Karen musste lachen. Das Ganze war noch lustiger, als sie sich ausgemalt hatte. Sie hätte sich schon lange scheiden lassen sollen.

»Ich habe ein Gemälde verkauft«, sagte Karen. »Das Hochzeitsgeschenk meiner Schwiegermutter – ein schrecklicher Schinken. Es stellte die keusche Rebekka dar und war der einzig erkennbare Beweis dafür, dass die Frau – also, meine Schwiegermutter – einen Hauch von Humor besaß. Ich hätte sie deswegen fast gernhaben können, wenn ich nicht gezwungen gewesen wäre, die ganze Zeit dieses Gemälde vor Augen zu haben. Es war auf jeden Fall wertvoll. Italienischer Manierismus, wurde mir gesagt. Hier ist die Quittung. Ich habe wirklich keine Bank ausgeraubt.«

»Gnädige Frau, Sie verstehen doch: eine so große Summe, und Sie ...«

»Und ich bin eine *Frau*? Natürlich, aber Sie verstehen doch ebenfalls: Wenn ich *keine* Frau wäre, hätte ich überhaupt nicht das Bedürfnis, mir einen großen amerikanischen Schlitten zu kaufen und irgendwohin zu fahren, möglichst weit weg von meinem Exmann, der sich lieber auf irgendwelchen Papierstapeln seiner Firma herumwälzt?«

Der Direktor musste grinsen. Sein Anzug saß deutlich besser als der seines Angestellten. Man sah ihm an, dass er in Gedanken längst woanders war und sich ausmalte, wie er als Pensionär in seinem Jagdverein mit dem Whiskyglas in der Hand diese Geschichte zum Besten geben würde.

»Ich hoffe, gnädige Frau«, sagte er, »dass meine Söhne nie Frauen wie Sie heiraten. Obwohl ihnen das sicher guttäte.«

»In diesem Fall«, erwiderte Karen, »hoffe ich, dass ich nie wieder Männer wie Ihre Söhne treffen werde. Wenn ich mir irgendwann noch einmal einen Ehemann nehmen sollte, dann will ich einen, der *mir* guttut.«

»Ein interessanter Standpunkt«, sagte der Direktor und kaute auf dem Ende seiner nicht angezündeten Zigarette. »Sie werden viel Spaß an Ihrem Auto haben.«

»Natürlich. Und ich weiß auch schon, wo.«

Erik war an dem Tag nicht in der Schule, er hatte eine Magen-Darm-Grippe. Zu jener Zeit nannte man das aber vermutlich noch anders. Er lag in einem blau gestreiften Nachthemd im Bett. In Eriks Kindheit trugen Kinder noch keine Pyjamas wie in amerikanischen Filmen.

Karen saß auf der Bettkante ihres Sohnes und betrachtete ihn. Die langen Wimpern, das über der Wange liegende Haar, die Augenbrauen, die sich im Schlaf runzelten. Erik hatte in dem Alter ständig Albträume. Noch ein Jahr zuvor hatte er regelmäßig ins Bett gemacht, inzwischen war das zum Glück vorbei. Erik war ein besorgtes Kind gewesen – eines, das sich die ganze Zeit in seine eigene Welt vertiefte und in Probleme, die es in der realeren Welt auszumachen glaubte. Manchmal wunderte sich Karen, wie ein Kind, das so völlig schutzlos war, von ihr und Eriks Vater abstammen konnte. Sie waren beides Menschen, die alles meisterten, die wie Dampfwalzen mit der Entschlossenheit eines Nashorns über Hindernisse hinwegrollten.

Karen drückte ihre Nase an Eriks Wange und pustete sanft. Er war verschwitzt, vermutlich hatte er immer noch Fieber. Sie würde ihn warm anziehen müssen. Es würde eine lange Reise werden.

Erik blinzelte.

»Hallo, mein Kleiner, ich bin gekommen, um dich zu holen.«

»Wo ist Vater?«

»Vater kommt nicht mit.«

»Darf Bruder Grün mitkommen?«

Bruder Grün war Eriks Spielzeugfrosch, genäht aus einer alten Seidenkrawatte mit Reis als Füllung. Erik nahm den Frosch überallhin mit, selbst an den Esstisch, und während die anderen aßen, flüsterte er ihm Geheimnisse ins Ohr.

»Ja, aber er muss sich schön warm anziehen. Draußen ist es bitterkalt. Wir wickeln euch beide in Filzdecken. Du brauchst dich nicht umzuziehen. Du kannst dein Nachthemd anbehalten und zusammen mit Bruder Grün im Auto auf dem Rücksitz weiterschlafen.«

»Haben wir ein Auto?« Mit einem Schlag war Erik hellwach.

»Ja. Hier ist eine Tasse Kakao. Trink, Mutter packt inzwischen die Koffer. Wir machen einen Ausflug. Nur wir zwei.«

»Ist das ein Spiel, genau wie damals, als wir in Lahtinens Sommervilla Verstecken gespielt haben und niemand uns gefunden hat?«

»Ein bisschen so wie damals, ja. Nur fahren wir diesmal weiter weg. Viel weiter weg.«

Karen lenkte den neuen Plymouth Fury auf den Hof des weißen Hauses, und im selben Moment wurde ihr klar, warum es genau dieses Auto, das prächtigste im ganzen Geschäft, hatte sein müssen. Sie hatte nicht als sitzen gelassene geschiedene Frau auf die Insel zurückkehren wollen, sondern als Karen, als Mutter eines hübschen kleinen Jungen, als Städterin mit glänzenden Diamantohrringen, in einem Pelz, der für diese Jahreszeit viel zu warm war. Sie hatte gewollt, dass die Leute in Fetknoppen sagten: Dort geht die kleine Karen vom Tierarzt, seht mal, wie schön sie geworden ist. Und vor allem hatte Karen ihnen allen zeigen wollen, dass sie sich nicht schämte, sondern dass sie erhobenen Hauptes an der Kirche und an Kerstis Grab vorbeigehen – nein: mit dem Auto daran vorbeifahren konnte. Sie kehrte als Siegerin zurück, nicht als die Schwester eines Mörders.

Der Garten hatte sich verändert, die Beete mit den Pfingstrosen waren nicht gejätet worden, und der Persische Bärenklau hatte die komplette Südecke erobert. Das Haus sah gealtert aus und gebeugter, als würde es frieren. Der Rasen war allerdings gemäht worden, und auch die Treppe zur Veranda schien erneuert worden zu sein. Karen nahm den schlafenden Erik auf den Arm und wunderte sich einmal mehr, wie jemand, der so klein war, so schwer sein konnte.

Sie klopfte nicht an. Seit das Haus ihrer Eltern stand, hatte so gut wie nie jemand angeklopft. Auf der Insel trat man einfach ein. In einem anständigen Haushalt war man immer bereit, einen Gast zu empfangen. Wenn die Gardinen zugezogen waren, dann hatte die Familie etwas zu verbergen.

Karen kam nicht weiter als bis zur Diele, wo sie auf eine krumme Gestalt stieß. Vater hatte auch den Rest seines Haupthaars verloren. Einzig die weißen Augenbrauen schienen immer weiterzuwuchern.

»Du«, sagte Vater. Er schien nicht sonderlich überrascht zu sein. »Du bist also zurückgekommen. Gut so. Aunes Rücken ist schlimmer geworden, ihre Tochter kommt manchmal rüber und hilft mit, aber Wäschewaschen kann sie nicht. Die ganze Zeit schwärmt sie davon, nach Stockholm zu gehen und in irgendeinem Café zu arbeiten. Als Kellnerin sei das Leben angeblich spannender. Diesen Mädchen von heute ist nichts mehr heilig. Sie bilden sich ein, dass ihnen die Romantik in den Schoß fällt, sobald sie das Schiff nach Stockholm betreten.«

»Schön, dass es dir gut geht«, sagte Karen, und im selben Augenblick erwachte Erik, rieb sich die Augen und gähnte, dass man die Milchzähne sah.

»Wer ist das?«, fragte das Kind und zeigte auf den alten Mann.

»Das ist dein Großvater.«

»Warum hat er solche Augenbrauen?«

Vater betrachtete Eriks von langen Wimpern umsäumte Augen,

in deren dunklem Spiegel man sich selbst sehen konnte, und verstummte.

»Er sieht wie Sebastian aus, nicht wahr?«, sagte Karen.

»Am besten, ihr kommt in die Küche. Dort ist es am wärmsten.«

Am Fenster hingen immer noch dieselben Gardinen wie vor über zehn Jahren. Karen schien es so, als würde sie sogar noch den alten Rostfleck ausmachen können, der vom Bügeln mit einem zu heißen Eisen zurückgeblieben war. Der Teppich war schmutzig. Aune ging es anscheinend wirklich schlecht, denn der August war normalerweise ein guter Monat für die Teppichwäsche, wenn das Wasser kühler wurde.

»In Raivola sind neue Leute eingezogen«, sagte Vater und nickte zum Fenster. »Ein junges Ehepaar. Sie wollen Schafe züchten. Das ist jetzt wohl in Mode. Als würden die Finnen je lernen, Hammel zu essen. Sie haben unweit von Källskär sechzig Tiere gekauft und dort ein paar Inseln gepachtet. Unter anderem Pikkukiho, wo ihr oft Pilze sammeln wart. Die Franzéns sind in die Nähe von Stockholm gezogen, der Mann hat dort Arbeit in einer Autofabrik gefunden, und seine Frau braucht angeblich endlich kein Holz mehr zu hacken. Sie hat in ihrer Küche einen richtigen Kühlschrank und einen Elektroherd. Wie man hört, schreibt sie regelmäßig Briefe an Frau Johansson, obwohl die beiden meines Wissens früher nicht gerade Busenfreundinnen gewesen sind. Abstand scheint manchmal wirklich Wunder bei den Menschen zu bewirken.«

»Ich habe meinen Mann verlassen«, verkündete Karen. »Und ich gehe auch nicht mehr zu ihm zurück.«

»Tja«, sagte Vater. »Die Familie deiner Mutter war in ihren Entschlüssen immer schnell. Du kommst nach ihnen. Sei's drum. Ich hab diesen Kerl ohnehin nie sonderlich gemocht. Typen, die derart spitze Schuhe tragen, kann man nicht vertrauen.«

»Du bist also nicht wütend?«

»Ach. Vor allem brauche ich erst mal einen Kaffee. Aunes Tochter ist noch ein Mädchen. Der Kaffee, den sie kocht, ist so schwach, dass man durch ihn hindurchsehen kann bis zur Nachbarinsel. Der Gästekaffee ist in der blauen Büchse auf dem Regal am Fenster. In der Grießbüchse. Aune hat zwar nie irgendetwas mitgehen lassen, aber man muss es diesen jungen Leuten ja nicht auch noch leicht machen.«

Karen spülte die Tassen in einem Eimer voll Brunnenwasser aus und goss Kaffee hinein. Der Topflappen war in der Mitte so dünn, dass sie aufpassen musste, um sich nicht die Finger zu verbrennen. Der Geruch von frisch aufgebrühtem Kaffee breitete sich in der Küche aus, und Karen schaltete das Radio ein. Die Stille wollte sie keinen Augenblick länger ertragen. Sie sah gar nicht erst nach, ob Milch da war. Wie sie vermutet hatte, bückte sich Vater nach einer Flasche Weinbrandverschnitt, die neben dem Tischbein gestanden hatte, und goss, ohne zu fragen, in beide Tassen etwas ein. Karen nahm die graue Schafwolldecke vom Stuhl, legte sie sich um und lauschte, ob Erik schlief.

Im Wohnzimmer, wo Karen für ihren Sohn das Bett gemacht hatte, war es still. Den Alten wiederum schien der Kaffee zu beleben. Sein Knie wippte im Rhythmus des Schlagers, der aus dem Radio erklang. Der Apparat war neu. Das schrottreife Gerät aus der Kriegszeit stand vermutlich jetzt im Wohnzimmer; Karen hatte nicht darauf geachtet. Sie dachte daran, wie Vater damals ausgesehen hatte, in den Kriegsjahren, als er vor dem Radio gesessen und gewartet hatte. Wer weiß, worauf. In jenen Jahren hatte man nicht wirklich etwas erwarten können, erwarten wollen. Alles Mögliche mochte passieren. Und passierte dann auch. Als dann auch noch Sebastian wegging, veränderte sich Vater. Er wurde alt.

Plötzlich schmerzte das Mitleid wie Messerstiche in ihrer Brust. Vater musste wirklich einsam sein.

»Denkst du manchmal noch an Sebastian?«

Es war einfach nur merkwürdig. Hier saß sie nun, erfüllt von ihrer eigenen Trauer. Mit dem einzigen anderen lebendigen Menschen, der Sebastian ebenfalls geliebt hatte. Vielleicht bin ich zu lange weg gewesen, dachte Karen und beugte sich vor, um Vaters Hand zu berühren.

»Er hat bekommen, was er verdiente.«

»Sebastian?«

»Ihr habt geglaubt, dass es niemand erfahren würde. Es war richtig, dass der Junge sterben musste.«

»Sebastian war unschuldig.«

»Das Gleiche gibt es auch bei Tieren. In jungen Jahren sehen sie gesund aus, aber wenn sie erwachsen werden, haben sie auf einmal etwas Sonderbares an sich. Man weiß nicht sofort, was es ist, aber eines Tages fällt ein Hund aus einem guten Wurf, ein gutes Zuchttier, mit Schaum vor dem Maul über ein Schaf her und muss getötet werden.«

»Sebastian hat Kersti nicht umgebracht.«

»Ich weiß nicht … Ich sage nicht, dass der Junge vollkommen verstanden hätte, was er tat. Es war der Krieg. Der Krieg hat mir den Sohn genommen, einen talentierten jungen Mann, der ein guter Arzt hätte werden sollen.«

»Sebastian wollte nicht Arzt werden.«

»Er wusste selbst noch nicht, was er werden wollte. Er war zweiundzwanzig – in dem Alter lernt man gerade erst, auf eigenen Beinen zu stehen. In dem Alter sollte man nicht an Grenzen stehen und auf Menschen schießen. Auch das ist Mord. Du lügst, wenn du behauptest, Sebastian hätte nie jemanden umgebracht. Er war etwa zwei Jahre dort, und seine Hauptbeschäftigung bestand darin, mit dem Gewehr in Deckung zu liegen und auf andere zu schießen.«

»Das war der Krieg. Das ist etwas anderes.«

»Nicht für alle Männer. Die Gewalt endet nicht mit den letzten

Schüssen, die den Frieden bringen. Erinnerst du dich noch, wo Sebastian damals gefunden wurde, als die Armee ihn schon für vermisst erklärt hatte? In einer Leichengrube. Es herrschte strenger Frost, aber die Körperwärme dieser toten jungen Männer hat ihn am Leben erhalten. Hast du jemals gefragt, warum Sebastian der Einzige war, der überlebte? Warum gerade er?«

»Das war Glück...«

»So etwas wie Glück gibt es nicht. Hast du dich je gefragt, ob einem seiner Kameraden vielleicht ein Stück Hand fehlte, ob jemand anders als eine Ratte sein Bein angenagt hatte? Hast du dich je gefragt, wie er diese Wochen überleben konnte? Nein, hast du nicht. Das habe ich mir gedacht. Für dich war Sebastian einfach nur ein Wunder. Ein Künstler, ein Träumer. Mörder – das Wort passte nicht zu ihm.«

»Du liegst vollkommen falsch. Sebastian hat niemals...«

»Mach aus deinem Bruder keinen Heiligen, Karen. Sebastian war gerade so wie alle anderen: In einer Extremsituation wäre er zu allem imstande gewesen. Du hast ihn nicht gesehen, damals, als sie ihn nach Nuivaniemi schickten. Nicht seine Augen. Ich wollte dich damals nicht mehr zu ihm lassen, nicht einmal mehr in seine Nähe. Du hast ihn als Helden vergöttert. Ich wollte nicht, dass du das zitternde Tier sahst, das er damals war. Im Nachhinein habe ich mir gesagt, man hätte dich doch zu ihm lassen sollen. Du hast ihn niemals losgelassen, nie.«

Karen hielt sich die Ohren zu. »Ich will das nicht hören.«

»Nein, ganz sicher nicht. Deine Mutter war genauso. Weich. Als sie einmal einen Hund mit einem gebrochenen Bein sah, weinte sie sich die Augen aus und weigerte sich, mich anzusehen an dem Tag, als ich ihn erschossen habe. So etwas gehört sich einfach nicht für die Frau eines Tierarztes. Das eine sage ich dir: Eine willensstärkere Frau hätte nicht einfach so aufgehört zu leben. Sie wäre nicht während eines einzigen Kriegswinters einfach in sich zusammengeschrumpft und gestorben.«

»Es hätte geholfen, wenn du weniger getrunken hättest.«

»Wie ich trinke, das geht euch Weiber gar nichts an. Deine Mutter weigerte sich anzuerkennen, dass sie krank war. Nicht einmal das Wort hat sie je laut ausgesprochen: Krebs. Sie hoffte wohl, dass er verschwinden würde, wenn nur alle so täten, als hätte sie lediglich Verdauungsprobleme.«

»Ich war damals ein Kind. Ich hab das nicht verstanden.«

»Na ja, wie dem auch sei. Wie lange willst du hierbleiben? Trag die Koffer in die Kammer. Mit meinem Rücken kann ich nicht die Magd für dich spielen.«

»Wir sind nur die eine Nacht hier.«

»Bleibt, so lange ihr wollt. Dieses Haus wird euch niemand nehmen. Es gehört dir. Dir und dem Jungen.« Mit diesen Worten nahm Vater die Flasche und stand auf. Karen schloss die Augen, um seinem starren Blick nicht begegnen zu müssen. »Der Junge kann ruhig dort schlafen, wo er jetzt liegt. Es ist nicht nötig, das Kind zu wecken«, sagte Vater, und dann verließ er die Küche.

Karen erhob sich, immer noch in die Decke gewickelt, löschte in der Küche das Licht und ging hinüber ins Wohnzimmer. Erik schlief. Seine Wange lag auf einem Kissen, das Karens Mutter einst bestickt hatte. Bruder Grün war heruntergefallen, und Karen hob ihn wieder auf und nahm ihn in den Arm. Sebastians Wimpern, Sebastian, wie er auf dem grünen Plüsch schlief, im Wohnzimmer, das in Karens Kindheit niemand Wohnzimmer genannt hatte. In einem Raum, den jahrelang niemand benutzt hatte – vermutlich kein einziges Mal, seit Karen weggegangen war, denn in ein solches Zimmer bat man seine Gäste. So hatte der Chintz der Gardinen ungestört vergilben können, und die Junggesellenkakteen mit ihren Ablegern waren vom Fensterbrett in Richtung Fußboden gewachsen und hatten ihre fruchtlosen Blüten auf Mutters Teppich gestreut.

Aus Eriks Mundwinkel rann ein wenig Speichel. Karen wischte

ihn weg und legte sich neben ihren Sohn. Zum Glück war das alte Biedermeiersofa breit genug oder keiner von ihnen beiden sehr groß.

Nicht heute, nicht in dieser Nacht, dachte Karen und legte die Hand auf Eriks Stirn. Das Fieber war gesunken, und der Junge atmete wieder normal.

»Dies ist kein Zuhause. Nicht mehr. Noch nicht«, flüsterte Karen und zog die Decke über sie beide. »Aber morgen. Das verspreche ich dir. Morgen suche ich ein Zuhause für uns zwei.« Dann küsste sie Erik auf die Wange. Das Kind seufzte im Traum und rieb sich die Nase.

FETKNOPPEN

»Karen liegt im Sterben«, sagte Azar laut vor sich hin. Sie musste wissen, wie es sich anfühlte. Sie lief am Straßengraben entlang und fuhr mit der Hand über die Rispen des Riedgrases, das in dem Graben stand. Auf der anderen Seite der Straße duftete der Wald nach Frühling, Morast und Hundekot. Nach Leben, das jedes Frühjahr wieder durch die Laubschicht drang, die der Winter zersetzt hatte. Irgendwo klopfte ein Specht. Er hatte die anderen Vögel mit seiner Vorherrschaft zum Schweigen gebracht und hämmerte, besessen von seiner Fortpflanzungswut.

Azar versuchte, an die zweieinhalb Tausender zu denken, an eine Wohnung, die sie finden müsste, und an die neuen Stiefel, die sie sich kaufen würde, sobald ihre Füße nicht mehr nur angeschwollene Ballons wären, die in nichts anderes mehr passten als in Turnschuhe. Aber sobald sie damit anfing (sie bemühte sich, zuerst an den Geruch von frischem Ziegenleder zu denken, daran, wie es sich unter den Fingern anfühlte, wie es sich Millimeter für Millimeter an ihre Beine schmiegte, wie man beim Futter mit den Fingernägeln aufpassen musste, weil die Seide so dünn war), sah sie Karen vor sich. Karen, die Frau mit den schmalen Handgelenken, die einen Verstand wie ein japanisches Küchenmesser hatte, den Willen eines Eisbären und einen Kaschmirmantel mit Seehundfellkragen. Ihr war nicht einmal bewusst gewesen, dass sie die alte Frau mochte. Karen war einfach nur da gewesen, und Azar hatte sie gebraucht. Zuerst, um von der Tankstelle wegzukommen, bevor die Polizei eintraf, dann, um sich vor Tomppas Leuten zu verstecken, und schließlich, um Geld zu verdienen. Doch die ganze Zeit hindurch hatte sie das bestimmte Gefühl gehabt, Karen vertrauen zu können. Dass sie da wäre, so wie Großmutter da gewesen war. Mit weißen Haaren, schwach nach Urin riechend, in einen riesigen Massagesessel versunken, den Vater ihr zum Geburtstag geschenkt hatte. Eine Sonderserie. Qualitätsgarantie. Nur zwei Wochen Lieferzeit und Null-Prozent-Finanzierung über ein halbes Jahr. Oma Farima hatte den Shoppingkanal geliebt. Sie hatte sich den Sessel ausdrücklich gewünscht. Vater, der für alles Skandinavische Bewunderung aufbrachte, hätte ihr lieber etwas Klares, Helles gekauft – etwas, das aus dem Ikea-Katalog bestellt wurde und Engnar oder Klippan hieß. Azar hatte Oma zugedeckt, wenn sie in dem Sessel in ihrer Wohnung im Obergeschoss eingeschlafen war, obwohl im Fernsehen gerade lauthals zwischenmenschliche Probleme diskutiert wurden. Für Vater war Oma eine fast schon peinliche Angelegenheit gewesen. Moderne finnische Familien wohnten nicht mit der Großmutter zusammen, wie Riitta oft betonte. Außerdem sprach Oma nur Farsi. Sie weigerte sich, irgendetwas zu verstehen, was die neue Ehefrau ihres Sohnes zu ihr sagte, und schimpfte wie ein Rohrspatz, wenn sie es wagte, Omas Küche zu betreten. Für Oma Farima war Riitta lediglich ein hellhäutiges Dienstmädchen, das nicht einmal ein Spiegelei von beiden Seiten braten konnte, so wie es sich gehörte. In den Jahren vor Omas Tod diente Azar immer wieder als Dolmetscherin: zwischen Oma und Riitta, zwischen Oma und der Fernsehserie, eigentlich zwischen Oma und der ganzen, nicht Farsi-sprechenden Welt, die merkwürdige Blüten hervorbrachte wie beispielsweise Instantkaffee.

Azar, die früher Omas Liebling gewesen war und ihr geholfen hatte, indem sie den großen Spiegel mit dem Plastikrahmen vors Fenster hielt, damit Oma diese widerwärtigen Haare am Kinn sehen und sie auszupfen konnte, wurde älter. Und sie pflegte Oma, als die sich entfernte in eine Welt, in die ihr nicht einmal mehr die Erkennungsmelodie von *Reich und schön* folgen konnte.

Bei der Trauerfeier für Oma stand Azar an der Tür und gab allen die Hand. Sie und Vater hatten versucht, Riitta zu erklären, dass es bei Iranern üblich war, zu einem Begräbnis zu erscheinen, auch wenn man den Toten und die Angehörigen überhaupt nicht kannte. Es würden also eine Menge Leute kommen. Riitta hatte das nicht verstanden und nur den Mund verzogen. Sie dachte, sie hätte einen Ingenieur geheiratet, einen Mann mit dichtem Haar, der Tennis spielte, Saunabier ablehnte und am Wochenende gern Ausflüge in ein Wellnessbad nach Tallinn unternahm. Eigentlich hätte alles in Ordnung sein müssen. Selbst die Tochter im Teenageralter würde bald flügge werden und ausziehen. Dann wäre endlich mehr Geld da für Hobbys, dann könnte man zum Beispiel im Herbst, wenn das Laub sich färbte, mal nach Lappland reisen. Sie hatte nicht darüber nachgedacht, dass sie gleich eine ganze Horde Ausländer heiraten würde. In ethnischen Fragen beschränkten sich Riittas Vorstellungen auf die Afrotanzstunden in der Volkshochschule und tiefgekühlte Fertig-Thai-Gerichte. (So praktisch, nur sechs Minuten in der Mikrowelle. Warum hatte überhaupt noch jemand Lust, sich in der Küche die Nagelhaut zu ruinieren?) Die Verwandten der Mutter ihres Mannes waren ihr schnell zu viel. Und offensichtlich waren es nicht einmal Verwandte, sondern irgendwelche Menschen, die niemand zuvor je gesehen hatte. Unbekannte, die durch die Tür hereindrängelten und sich aufgebackene Zimtschnecken in den Mund stopften. »Kann man ihnen nicht sagen, dass sie gehen sollen? Dass wir in Trauer sind?«, hatte sie sich beklagt, als die Unbekannten schließlich auch noch anfingen zu singen.

Azar kannte Mehran damals noch nicht. Sie betrachtete die Gäste mit wachsender Verwunderung und dachte: Das sind Iraner. Das ist mein Volk. Ich habe genau so eine Nase wie diese Frau, über deren Oberlippe helle Härchen wachsen. Und sofort musste sie ihren eigenen Mund abtasten, als befürchtete sie, dass dort in den letzten fünf Minuten ein Schnurrbart gewachsen sei.

»Du hast eine schöne Nase«, hatte Mehran gesagt und Azar sanft mit dem Handrücken gestreichelt. »Viele Mädchen in Teheran haben keine richtig persische Nase mehr.«

»Ach«, war Azars Antwort gewesen. Hatten sie damals in Azars Zimmer gelegen? Vater und Riitta waren vermutlich auf einem Wochenendausflug gewesen. Die kühlen Laken unterm Rücken. Vom Bücherregal aus hatte Azars alter einäugiger Teddy Pontus auf sie herabgeblickt. Hätte ich ihn bloß in den Schrank geräumt, hatte Azar damals gedacht.

»Sie lassen sich die Nase operieren und laufen dann mit einem Pflaster im Gesicht herum, diese eitlen Hühner. Du hingegen bist ein vernünftiges Mädchen. Du bettelst nicht andauernd um Geschenke und läufst nicht ständig nur aufgedonnert herum.«

Aus irgendeinem Grund war Azar dabei nicht gerade stolz auf sich gewesen. Mehran hält mich für eine Hinterwäldlerin, hatte sie gedacht. Im Vergleich zu den eleganten Teheraner Mädchen mit ihren liebevollen Augen. Sie hatte sich vorgestellt, wie er Parfüm für Mädchen kaufte, deren Haar ein perfekt gebundenes Tuch verdeckte. Sie selbst hatte das Tuch nur ein paarmal in der Moschee getragen, und dabei hatte sie eher so ausgesehen, als wollte sie Beeren sammeln gehen. Eine Teheraner Schönheit würde sich garantiert nicht die Fingernägel im Blaubeerwald schmutzig machen.

Nein, Azar wollte nicht mehr an Mehran denken. Sie würde den Mann vergessen. Und Karen? Azar verzog das Gesicht. Woher sollte sie das wissen? Menschen überstanden doch viel seltsamere Krankheiten. War im Fernsehen nicht einmal eine Dokumentation über einen Mann gelaufen, der ganze drei Kilo Eisennägel verschlungen und es überlebt hatte? Später hatte er eine Tankstelle in Joroinen aufgemacht.

Ohne es zu merken, war Azar zum Friedhof spaziert. Sie musste grinsen. Es war fast schon bizarr: Da dachte man an den Tod und landete auf dem Friedhof. Azar versuchte, die Tür zur Kirche zu öffnen, doch sie war verschlossen. »Gottesdienste an jedem ersten Sonntag im Monat«, las sie auf der Anzeigetafel an der Tür, und »Byarådet samlas på tisdagarna hos Märtta. Egna moottorisahat med.« In ihrem Schulschwedisch deutete Azar dies als Aufforderung, eigene Motorsägen zum Treffen des Dorfrats bei einer gewissen Märtta mitzubringen.

Die Bäume auf dem Friedhof waren kahl, die Steinmauer war an zwei Stellen eingestürzt, auf einigen Gräbern brannten Grablichter aus Plastik, solche, von denen man drei für einen Zehner bekam. Es gab nur wenige neuere Grabsteine. Die erkannte man auf einen Blick an der hellen Vergoldung. Überall die gleichen Zweige als Verzierungen, winzige Urnen auf den Granitsteinen, fromme Sätze. Dieselben Namen von Generation zu Generation: Johansson, Franzén, ein paar Mattsons und Stjärnbergs und Salmis. Viele Sjökaptene, Fischer, ein paar Bergleute. Was hatte Karen gesagt – wann war der Bergbau auf der Insel eingestellt worden? Wohl in den Fünfzigerjahren.

Dann erblickte sie das, was sie, ohne es zu wissen, gesucht hatte. »Sebastian Valter«, las sie auf dem Stein, »geboren 2. August 1925, gestorben 4. Juli 1947.« Sebastian – er war also doch hier begraben worden. Auf der Insel, von der er unbedingt, mit aller Leidenschaft, weggewollt hatte. Ob er das lustig fand? Konnten Christen von dort aus (wohin kamen sie gleich nach ihrem Tod?) die Ironie an der ganzen Sache erkennen?

Plötzlich hatte Azar eine Idee. Systematisch ging sie an den Grabsteinen vorüber, bis sie schließlich fand, wonach sie suchte: »Kersti Franzén, geboren 4. Mai 1930, gestorben 24. Juni 1947.« Irgendjemand hatte vor Kurzem erst die vergoldete Gravur geputzt und das Moos entfernt, sodass man die Schrift deutlich erkennen konnte. Auf das Grab waren weiße Tulpen gepflanzt worden. Es wurde also nach wie vor gepflegt. Karen hatte erwähnt, dass Kerstis Familie fortgezogen war. Vielleicht sollte sie noch einmal nachfragen.

Es waren viele Reihen Franzéns – Großväter, Cousins, weibliche Vorfahren. Azar überlegte, wie es sich so leben würde, von Verwandten umgeben. Vielleicht war auch sie für ein solches Leben bestimmt. Im Iran hielt die Familie zusammen, in Finnland indes hatte sie nur mehr den Vater, der sich in seine eigene Welt zurückgezogen hatte. Im Iran die Mutter, die lebhafte Telefongespräche über Skype führte und wieder einen Schleier und lange Röcke trug. Sie hatte den Westen abgestreift und damit auch ihre Familie abgeschüttelt, ihre Tochter, die eine Mutter so dringend gebraucht hätte.

Um das Grab herum lagen Muschelschalen. Etwas Ähnliches hatte Azar schon einmal irgendwo gesehen, doch ihr fiel nicht mehr ein, wo das gewesen war. Aber auf dieser Insel gab es jemanden, der sich immer noch an das vor fünfundsechzig Jahren gestorbene Mädchen erinnerte, und Azar wollte nur zu gerne wissen, wer das wohl war. Vielleicht würde derjenige zur Abwechslung endlich die Wahrheit sagen.

Hinter ihr knackte es, und Azar fuhr herum. Fast kam es ihr so vor, als hätte sie etwas gesehen, das sich jedoch sofort wieder zurückgezogen hatte. Eine Katze oder ein Kaninchen. (Gab es die hier auf der Insel überhaupt?) Allmählich wurde sie wohl schreckhaft. Beim nächsten Mal würde Tomppa sie mit einer Seifenblase k. o. schlagen können.

Als Azar ins weiße Haus zurückkehrte, stand Karen in der Küche und winkte mit einem Blatt Papier. »Aune hat das eben gebracht. Es enthält eine Nachricht, auch für dich.«

»Warte«, entgegnete Azar. »Erst will ich dich was fragen.« Aber Karen hörte nicht hin, sondern drückte Azar stattdessen die Nachricht in die Hand.

»Liebe Karen«, las das Mädchen. Es war eine männliche Handschrift – steil und zackig, als hätte der Verfasser beim Schreiben Marschmusik gehört. Auf diese Art Papier malte man mit Wasserfarben, und im Gegenlicht war ein Wasserzeichen zu erkennen. »Ich habe von Aune gehört, dass du derzeit im weißen Haus wohnst. Hoffentlich geht es dir gut. Oder zumindest einigermaßen. In diesem Alter hat man so seine Wehwehchen – wenn nicht mit der Vorsteherdrüse, dann andere, jedenfalls muss man für seine Medikamente statt einer kleinen Pillendose inzwischen eine ganze Lunchbox hernehmen. So viel zu mir. (Ich wünschte, ich hätte hier nicht Vorsteherdrüse geschrieben. Das verdirbt den Stil.) Ich möchte, dass du mir heute zum Abendessen Gesellschaft leistest, sofern du es einrichten kannst. Ich gehe davon aus, dass Aune auch bei dir kocht, du weißt also, dass es ganz anständig schmecken wird. Ich lege auf das Angebot noch einen Napoleon-Cognac aus dem Jahr 85 obendrauf. Der ist jedenfalls immer noch besser als das Brausepulver, das wir hier während des Krieges bekamen. Weißt du noch? Du hast es direkt aus der Tüte gegessen und gesagt, dass dir der Schaum gleich aus der Nase quillt. Und zusätzlich biete ich dir natürlich meine charmante Gesellschaft an. Aber ich empfehle vielmehr den Cognac. Nils.«

»Da ist noch ein PS«, sagte Karen, und Azar drehte das Blatt um.

»Ich habe kürzlich deine junge Freundin getroffen. Ich glaube, es gab da zwischen uns ein kleines Missverständnis.«

»Was für ein Missverständnis?«, fragte Karen.

»Er hat mit der Schrotflinte auf mich gezielt.«

»Aha. Das kann vorkommen.«

»Wer ist dieser Mann? Es klingt so, als würde er dich besser kennen.«

Karen strich ihren Rock glatt. Er war aus blauer Wolle und mindestens fünf Jahre alt. Gekauft für das Begräbnis einer Freundin so wie heutzutage die meisten ihrer Sachen. Aber er hatte einen guten Schnitt, sie sah darin jünger aus, fast wie siebzig bei gutem Licht.

»Das ist Humpel-Nisse.«

»Ein komischer Name. Aber ich habe bemerkt, dass er hinkte.«

»Und das ist kein Altersleiden. Er wurde schon als Kind Humpel-Nisse genannt, aber das haben wir ihm nie ins Gesicht gesagt.«

»Ich wollte dich etwas fragen«, sagte Azar. »Ich war auf dem Friedhof…«

»Ach«, fiel Karen ihr ins Wort. »Hast du nach Sebastian gesehen? Ich gehe immer an seinem Geburtstag hin. Er liebte Geburtstage.«

»Auf Kerstis Grab sind Blumen.«

Karen lächelte. »Aune. Ich bezahle sie dafür, dass sie sowohl auf Sebastians als auch auf Kerstis Grab Blumen pflanzt.«

»Legt Aune auch Muscheln dorthin?«, fragte Azar und berichtete von den Muschelschalen.

Karen schüttelte den Kopf. »Aune fehlt dafür die Fantasie.«

»Versuch, dich an den Abend zu erinnern. Denk an Kersti bei der Tanzveranstaltung zurück. Wie sah sie aus? Mit wem hat sie geredet?«

Karen schloss die Augen, als wollte sie die Gegenwart ausschließen, und schwieg. Lange.

»Kersti trug an dem Abend neue Nylonstrümpfe. Und das, obwohl sie alle ihre Bezugsscheine schon für den Hut eingetauscht hatte. Selbst den hätte sie sich normalerweise niemals leisten können. Kersti hatte einen Verehrer, jemand anders als Sebastian – Sebastian besaß schließlich keine müde Mark. Er musste sich für den Tanzabend sogar Vaters Schuhe leihen. Sie waren zweifarbig und passten nicht zu seinem Anzug. So etwas war Sebastian zutiefst verhasst. Er achtete sehr auf sein Äußeres.«

»Woher willst du wissen, dass es ein Verehrer war? Es könnte doch auch sein, dass Kersti jemanden erpresste?«

»Kersti konnte ganz furchtbar schlecht Geheimnisse für sich behalten. Auch damals, als …« Sie brach jäh ab.

»Was wolltest du sagen?«

»Ach, nichts.«

FETKNOPPEN

Nils goss sich einen Cognac ein. Er trank kaum noch. Da musste er ständig zur Toilette, und in seinem Büro oben in der ersten Etage gab es kein Bad. Vielleicht sollte er endlich eines einbauen lassen. Es war schließlich sein Haus, das Spritschloss, auch wenn ihm der Gedanke sogar heute noch seltsam vorkam. Es war der Stolz seines Vaters gewesen, eine geradezu lächerliche Macht-demonstration. Ganz Fetknoppen sollte neidisch auf ihn sein und seufzen. Vater hatte dramatische Gesten geliebt. Die Gegenwart – die Castingshows im Fernsehen, Stadionkonzerte, Countrysänger mit einer Frisur so hoch wie ein Fußball – hätte ihm gefallen.

Seiner Mutter war das Haus trotz aller Bemühungen fremd geblieben. Gehorsam hatte sie die Wände und die Fenster im Schlafzimmer mit rotem Satin verkleidet, nachdem sie irgendwo gelesen hatte, dass Mae West so wohnte. Mutter, die Arme. Die Tochter eines Schäfers, die beinahe sogar ihr eigenes Dienst-mädchen gesiezt und ihr selbst ausgewähltes Mobiliar gefürch-tet hatte: die schweren Barockmöbel im Speisezimmer und im Boudoir die schwarze Rokoko-Chaiselongue. Ein Wort, das nie-mand auf der Insel, am allerwenigsten Schaf-Maija selbst, je ge-hört hatte – bis das Sofa mit dem Schiff aus Lübeck eingetroffen war. Aber obwohl die Möbel unbestreitbar hässlich waren, hatte es Nils in so gut wie keinem Fall übers Herz gebracht, in dem Haus irgendetwas zu verändern. Vielleicht wäre das geschehen, wenn sich seine Frau oder die Kinder hier wohlgefühlt hätten. Viel-leicht, wenn Karen und er am Ende doch geheiratet hätten, wie es eigentlich beschlossen gewesen war.

Nils schnupperte an seinem Cognac. Der Gedanke an Karen machte ihn nervös. Nichts war so schrecklich wie der Anblick einer gealterten Jugendliebe – die Furchen am Hals, das runzlig gewordene Dekolleté, in dem die vor Jahrzehnten aus der Mode gekommenen billigen Perlen einsanken wie in warmer Butter. All jene seinerzeit so tiefen Gefühle – die Enttäuschungen, bei denen sich die Brust verengt hatte und zusammengeschrumpft war wie ein auf dem Fensterbrett vergessener Kaktus – lagen nun in weiter Ferne.

Als Nils hinter sich ein Geräusch hörte, sagte er: »Karen«, ohne sich dabei umzudrehen. Es war keine Frage. Dann erst wandte er sich um, ging auf die Frau zu und reichte ihr die Hand. Es dauerte eine Weile, bis Karen sie nahm, doch dann war der Griff sanft.

Karens Haar fiel ihr auf die Schultern. Ihre Haltung war aufrecht, und von ihren Augenwinkeln erstreckten sich unzählige Fältchen, als hätte sie soeben erst gelacht. Schön, dachte Nils. Wie kann sie nur immer noch so schön aussehen.

Er reichte Karen sein Glas, und die Frau nahm ein Schlückchen, die Hand immer noch in seiner. Sie setzten sich im Speisezimmer nebeneinander, und Karen ließ die Schuhe von den Füßen fallen und zog die Füße auf den Stuhl wie ein kleines Mädchen. Staubpartikel schwebten zwischen den Gardinen umher. Das Frühlingslicht flutete herein.

Nils fühlte sich alt. Noch älter als vor dem Treffen mit Karen. Die Frau hatte immer eine solche Macht über ihn gehabt. Sie hatte bewirkt, dass er sich unzulänglich und wie ein kleiner Junge fühlte.

Lange saßen sie da, ohne ein Wort zu sagen. Schließlich öffnete Nils den Mund, schloss ihn aber wieder, als ihm auffiel, dass Karen auf ein Foto an der Wand starrte.

»Kersti und ich«, sagte sie. »Dass du dieses Foto noch hast. Nur ich bin noch übrig. Und du. Alle anderen sind von uns gegangen. Sebastian als Letzter.«

»Du musst das verstehen. Das alles war ein Versehen.«

»Dass du mit Kersti geschlafen hast? Oder dass du sie umgebracht hast?«

»Beides. Herrgott noch mal, Karen, du musst das verstehen! Es war ein Unfall! Und außerdem ist es eine Ewigkeit her.«

»Für mich nicht.«

»Karen, ich konnte doch nicht zulassen, dass dieses Mädchen meine Zukunft zerstörte! Es war ein dummer Fehler. Ich war schwach gewesen, und sie hatte sich mir die ganze Zeit regelrecht aufgedrängt. Aber dich habe ich geliebt. Das musst du mir glauben.«

»Kersti, diese kleine Närrin. Du warst wirklich nie besonders kreativ.«

»Aber was zwischen dir und Sebastian war – das war widerlich! Du hast dich immer mehr für deinen schwulen Bruder interessiert als für mich. Überleg doch mal, wie ich mich da fühlen musste! Kersti, dieser Dummkopf, bewunderte mich immerhin. Nur mich.«

»Musste sie deswegen sterben?«

»Ich war bereit, das alles zu vergessen und zu verzeihen. Sogar das mit Sebastian. In der wahren Liebe macht man das so.«

»Vielleicht war es doch nicht die richtig wahre Liebe.«

»Jetzt bist du scheinheilig. Kersti interessiert dich nicht im Geringsten. Du hast nie an jemand anders gedacht außer an dich selbst.«

»Falsch. Ich habe sehr wohl an jemand anders gedacht. Aber derjenige, an den ich denke und den ich geliebt habe, warst nicht du.«

1947
FETKNOPPEN

Die schlimmsten und die schönsten Dinge im Leben können geschehen, während die Wäsche trocknet. Es ist Mittsommer, und Karen trägt ein grünes Tanzkleid. Ihr blondes Haar sieht im Dämmerlicht fast nussbraun aus. Die Chiffonborte vorn auf ihrem Kleid wogt im Rhythmus ihres Atems auf und nieder. Sebastian hat am Ufer nach ihrem Arm gegriffen und sie ins Gewächshaus gezogen. Die Nacht ist still. Vater schläft im Erdgeschoss des weißen Hauses den Schlaf des Betrunkenen. Hier hört niemand, was Sebastian ihr sagen will. Hier kann er endlich das loswerden, was er schon seit Wochen vor sich hergeschoben hat.

Sebastian steht in der Tür und lehnt sich an den Rahmen. Seine Augenlider hängen ein wenig herab. Daran erkennt Karen, dass er getrunken hat. Nicht viel. Karen hat Sebastian nie wirklich betrunken erlebt. Sebastian besäuft sich nicht im Vereinshaus, bis er nicht mehr stehen kann, so wie der größte Teil der Männer von der Insel – dieser Spritinsel. Warum soll man den Schnaps verschmähen, wenn er doch die Geldbörsen füllt?, heißt es hier. Doch Sebastian sieht man nicht im Kreis der jungen Leute, die am Rand der Tanzfläche heimlich die Flaschen kreisen lassen. Nicht einmal, wenn er von der Armee auf Heimaturlaub kam, hörte Karen ihn betrunken lallen. Als würde der Bruder nichts so sehr fürchten, wie die Kontrolle über sich zu verlieren. Sebastian gehört nicht zu denen, die ihre Geheimnisse anderen ins Ohr brüllen.

»Es ist ein Fluch«, sagt Sebastian. »Es muss ein Fluch sein. Die Strafe dafür, dass ich der Einzige war, der damals in der Grube überlebt hat. Der den Krieg überlebt hat.«

»Es hat nicht damals angefangen. Es ist schon immer da. Es gibt niemand anders. Nur dich.«

Und dann spürt Karen Sebastians Lippen, schmeckt das Salz auf ihnen und begreift, dass sie beide weinen. Der Kuss dauert lange, und für einen Augenblick fühlt Karen sich so, als wäre sie unter Wasser getaucht, ohne dabei ihr Gewicht zu spüren.

Plötzlich knallt etwas, und beide weichen voneinander zurück.

»Das war ein Vogel. Ein Vogel ist gegen das Fenster geflogen.«

»Und wenn ...«

»Man kann nichts sehen, wenn man hereinschaut. Hier stehen zu viele Pflanzen. Und selbst wenn jemand etwas sehen würde – es wären nur Schatten.«

»Gehen wir trotzdem. Mir ist kalt.«

Und auf einmal ist jemand vor der Treibhaustür, klopft und sagt: »Sebastian, ich muss mit dir reden.« Die Tür wird aufgestoßen, und Kersti steht da. Sie hat eine Taschenlampe in der Hand. Karen wird geblendet und erkennt zunächst das Gesicht der Freundin nicht. Sie sieht das Haar, das ihren Kopf umrahmt, dünne Strähnen, elektrisch aufgeladen, wie ein Heiligenschein.

Kersti trägt ein Tanzkleid, das vorn zerknittert ist, und sie ringt die Hände. An ihren Ohren hängt Schmuck aus Glasperlen, die glitzern. Kersti hat sich die Löcher bestimmt heimlich stechen lassen, ohne dass ihre Mutter es mitbekommen hat. Wieso sind sie Karen nicht schon früher aufgefallen?

Es dauert eine Weile, bis Kersti Karen überhaupt bemerkt. Doch dann werden ihre Augen ganz dunkel. »Wie lange geht das schon? Das ist krank, deine eigene Schwester ... und ich dachte ... Ich dachte, dass ... Warum musst du, Karen, immer alles bekommen?«

»Kersti…«

»Hure! Genau das bist du. Nichts weiter als eine selbstsüchtige Hure!«

Kersti dreht sich um und rennt weg. Sie hören ihre Schritte, das Geräusch der Absätze auf dem Rasen. Etwas fliegt auf das Pflaster, dass es kracht. Vermutlich die blaue Vase neben der Küchentür. Die hätte Karen jedenfalls zerschmettert. Erst am Vortag hatte sie Birkenzweige und Sumpfdotterblumen hineingestellt.

Karen steht wie erstarrt da, und Sebastian zieht sie an sich. »Ich bringe das in Ordnung. Das verspreche ich dir.« Und dann ist er weg. Karen hört nur noch das Knirschen seiner Schritte auf dem Sandweg.

Als er nachts zurückkehrt, schläft Karen schon in ihrem Zimmer. Von den Geräuschen auf dem Flur wird sie wach. Sie ist sich nicht sicher, woher sie so genau weiß, dass es Sebastian ist. Er klopft an ihre Tür, und Karen schließt die Augen, stellt sich schlafend, als wäre der Bruder imstande, sie durch die Tür hindurch zu sehen.

»Karen?«

Doch sie antwortet nicht. Sie atmet den Duft der Bettwäsche ein. Sie riecht nach ihrer Seife, nach reiner Haut. Unter ihr prangt ein kleiner Fleck von ihrer letzten Regel. Sie wollte die Bettwäsche eigentlich noch vor dem Tanzabend wechseln, hatte dann aber anderes zu tun, sie hatte die Schuhe reparieren, das Kleid bügeln und auf dem Bootssteg in der Sonne liegen müssen. Die gewaschenen Laken hängen immer noch draußen. Am Morgen wird sie sich dafür von Aune einiges anhören müssen. Bisher, denkt Karen, habe ich meine Pflichten nie vernachlässigt. Ich werde ein anständiger, ein guter Mensch. Wenn nichts Schlimmes dazwischenkommt.

Sie listet im Kopf ihre Pflichten auf, verspricht, keinen Lippenstift mehr zu benutzen, dem Vater gegenüber nachsichtiger zu sein. So zu leben, wie Aune es sich von jungen Fräuleins wünscht.

Sie öffnet die Augen und sieht zu der Kreuzsticharbeit an der Wand empor. Die hat Mutter in ihrer Jugend gestickt, sie ist ihr nur mäßig gelungen, wurde aber trotzdem hier in ihrem Zimmer aufgehängt, wo Gäste sie nicht sehen können. Es ist ein ovales Silhouettenbild, auf dem sich ein junges Paar in Schwarzweiß über den Zaun hinweg küsst. Das Mädchen trägt einen altmodischen Rock und hält einen Regenschirm in der Hand.

Und dann ist Sebastian plötzlich nicht mehr da, und Karen wünscht sich, er wäre doch hereingekommen, hätte sie in den Arm genommen und beruhigt. Aber der Bruder ist weg.

Kersti steht im dunklen Garten. Nils hat sie an sich gezogen und hält ihr den Mund zu. Sie hört Sebastians Schritte auf dem Weg und seine Stimme, als er nach ihr ruft. Der berauschende Duft des Flieders liegt in der Luft. Am Ufer platscht es – eine Bisamratte vermutlich.

»Kersti? Kersti, komm zurück! Du hast das falsch verstanden!«

Einen Augenblick lang möchte sie Sebastian hinterherrennen, damit er alles richtigstellen kann und alles wieder gut wird. Doch dann schluckt sie und begreift, dass das nicht geht. Es gibt Dinge, die man nicht erklären und dann verzeihen kann. Verrat beispielsweise, der ganz einfach zu schlimm ist.

Schließlich hört Kersti, wie Sebastian »Dummes Ding!« vor sich hin murmelt und hinter dem Haus verschwindet.

Kersti atmet aus und sieht Nils an. Seine Haut wirkt in jener Sommernacht blass. Nils ist so blond, dass er fast überhaupt nicht braun wird. Seine Augenbrauen sind so farblos, dass sie in der Dämmerung regelrecht leuchten. Aber nett sieht er trotzdem aus. Und vor allem haben sie jetzt einen gemeinsamen Feind.

Nils nimmt die Hand von ihrem Mund und tritt einen Schritt zurück. Er zuckt mit den Schultern, als täte es ihm leid, und Kersti spürt an ihrem Körper immer noch seine Nähe. Sie lächelt vorsichtig. »Hast du mich gesucht?«

Der Mann nickt, und Kersti nimmt seine Hand. Ihre ist so klein, dass sie in der des Mannes verschwindet und nur noch das schmale Handgelenk herausschaut. Karen hat schon kleine Hände, aber die von Kersti sind noch zierlicher. Sollen doch ruhig alle Karen hinterherrennen. Der ach so wunderbaren Karen, die so lange Beine hat und eine scharfe Zunge, wie es sich für eine Frau nicht gehört. Wartet nur, wenn Kersti erst mal der ganzen Insel erzählt hat, was Karen und ihr Bruder, dieser Verräter, miteinander machen.

»Haben dir die Nylonstrümpfe gefallen?«, fragt der Mann, und Kersti nickt.

»Zum Glück hat Mutter sie nicht bemerkt. Ich hätte nicht gewusst, wie ich ihr das hätte erklären sollen.«

Nils lacht. »Du bist ein ungewöhnliches Mädchen. Gerade deshalb mag ich dich. Die meisten hätten es sich nicht verkneifen können, damit anzugeben.«

»Du hättest mal Karens Gesicht sehen sollen! Die Arme zerbricht sich jetzt bestimmt den Kopf, woher die kleine Kersti bloß solche Strümpfe bekommen konnte.«

»Sprich nicht über Karen«, sagt Nils, und Kersti verstummt. Sie will Nils nicht verärgern. Er regt sich schnell auf und könnte wütend werden. Natürlich schlägt er sie nicht absichtlich, das weiß sie. Und immerhin will er ja jetzt mit ihr zusammen sein und nicht mit Karen. Außerdem hat Kersti immer noch ein Geheimnis in der Hinterhand. Eine Sache, die noch niemand weiß. Ihre Trumpfkarte.

Vorsichtig berührt sie ihren Bauch unter dem Chiffonkleid. Ohne Schuhe läuft es sich leichter auf dem nachtfeuchten Gras.

»Wohin gehen wir?«

»Das ist eine Überraschung.«

»Warte einen Augenblick.« Kersti bückt sich und rollt vorsichtig die Strümpfe von den Beinen. »Ich will nicht, dass sie kaputtgehen.«

»Ist es wirklich so passiert? Hast du keine bessere Version zu erzählen?«, fragt Karen.

»Am Tod ist kaum etwas erzählenswert. Der Tod ist nur auf der Bühne interessant. Wenn der Mensch in der Realität stirbt, ist er auf einmal ganz unbedeutend. Ein um den Hals gewickelter Nylonstrumpf und ein Ruck, die Zunge kommt heraus, die Hände zucken, und sie nässt sich ein. Chaotisch ist es und hässlich, aber nicht sonderlich interessant. Kerstis Körper war plötzlich überraschend schwer. Zuvor hatte sie so klein und leicht gewirkt. Ich mochte sie wirklich sehr.«

»Nils!«

»Aber dich habe ich geliebt.« Nils nimmt Karen das Cognacglas aus der Hand und trinkt es in einem Zug leer.

Karen steht auf, streicht ihren Rock glatt und schlüpft in ihre Schuhe. »Leb wohl, Nisse«, sagt sie und küsst den Mann. Ein Zittern überkommt ihn, aber er antwortet nicht.

An der Tür zieht Karen ihre Handschuhe glatt und hebt ihre Tasche hoch. Sie ist klein. Eine vornehme Frau braucht keine große Handtasche, hat ihre Mutter stets gesagt. Nur einen Kamm und einen Lippenstift, etwas Geld und einen Spiegel. Und eine Morphiumampulle, fügt Karen in Gedanken hinzu. Eine kleine Ampulle, so klein, dass es ganz und gar erstaunlich ist, wie der Mensch von so einer geringen Menge sterben kann.

Sie hat die Ampulle aus Eriks Tasche für die Hausbesuche gestohlen für den Fall, dass der Krebs sie irgendwann hilflos macht. Eine kleine Morphiumampulle, deren Inhalt sich leicht in ein Cognacglas schütten lässt. Man kann das alles für ein Versehen halten. Nils hat das Glas selbst ausgetrunken. Karens Glas. Das war nicht zu erwarten.

Im weißen Haus war es dunkel. Aus Sebastians Zimmer drangen Azars tiefe Atemzüge zu Karen herüber. Es war ein gutes Gefühl, dass jemand im Haus war.

Sie setzte sich an den Küchentisch und schrieb Azars Namen mit einem feinen schwarzen Filzstift auf ein Kuvert, ließ den Schlüssel hineinfallen, leckte das Kuvert an und klebte es zu. Dann lehnte sie den Brief gegen das Küchenfenster. Dort würde das Mädchen ihn finden.

Sie wusch ihr Glas ab – aus alter Gewohnheit. Eingetrockneter Schmutz ließ sich schlechter entfernen. Die Tür zum Garten öffnete sich lautlos.

Im Morgenmantel trat Karen hinaus, und der Frühlingswind hob den Saum, fuhr unter ihr Nachthemd, doch merkwürdigerweise fror sie nicht. In der Bucht schlief ein Schwarm von weit über hundert Wildgänsen. Ihre Silhouetten durchbrachen das Grau des Wassers. Sie waren früh dran in diesem Jahr.

Karen ging zum Bootssteg und dachte einmal mehr darüber nach, dass die Schilfhalme Noten wirklich ähnlich sahen. Hatte je irgendwer versucht, nach ihnen zu spielen?

Es stank nach Schwefel wie immer im Frühjahr. Neben dem Pfad blühten Blausternchen. Sebastian saß auf dem Steg, die Füße im Wasser. Er trug den dunkelblauen Anzug, den er von Mutter zur Abiturfeier bekommen hatte. Er hatte die Hosenbeine hochgekrempelt, und man konnte die Adern an seinen Fußgelenken sehen.

»Grüß dich, Ferkelchen«, sagte Sebastian.

Karen setzte sich neben ihn und zündete sich eine Zigarette an. Erstaunlich, dass ganz unten in ihrer Tasche immer noch welche lagen. Sie schüttelte sich die Pantoffeln von den Füßen und streckte die Zehen. Der fuchsienrote Lack blätterte an den Rändern bereits ab.

»Ich hinterlasse dem Mädchen das Auto.«

Sebastian nickte.

»Es ist vorbei, Ferkelchen«, sagte Sebastian, und Karen drückte die Zigarette aus und sah über die Schulter zum Haus zurück. Es war, als würde sie den Flieder und die sauberen Laken riechen können. Sie schlüpfte aus dem Morgenmantel, stieß sich vom Steg ab und sprang.

Das kalte Wasser traf ihren Körper wie eine Explosion. Sie sank tiefer und tiefer. Das Nachthemd klebte an ihrer Haut, und die Bänder flatterten um sie herum. Ihr Haar wallte hinauf zur Wasseroberfläche, eine Weile ruderte sie mit den Armen durch das eiskalte Wasser, bis ihre Füße schließlich den Grund berührten. Dann sah Karen sie.

Kersti trug das grüne Kleid. Dass sie es nach fünfundsechzig Jahren nicht langsam satthatte! Aber sie lächelte. Genau wie an jenem Tag, an dem sie Karen erzählt hatte, sie habe sich verliebt. Und die junge Karen, die kindische Karen, hatte gedacht, dass Kersti dabei dreinschaue wie ein Hündchen.

»Entschuldige«, sagte Karen. »Ich hab das damals wirklich nicht so gemeint.«

Hier unten auf dem Sandboden lagen weit verstreut die Muscheln vom vergangenen Jahr. Plötzlich drang das kalte Wasser in ihre Lunge ein. Der Schmerz ließ sie husten. Es war, als würden tausend Nadeln in ihren Körper dringen und dann noch einmal tausend.

Karen stieg wieder auf zur Wasseroberfläche und atmete so tief ein, dass es ihr fast die Brust zerriss. Aber sie lebte – und wie intensiv sie lebte!

»Komm«, sagte Sebastian und reichte ihr die Hand. »Es ist an der Zeit, diese Insel endlich zu verlassen.«

Danksagung

Die Autorin dankt der Alfred-Kordelin-Stiftung, der Jenny-und-Antti-Wihuri-Stiftung, dem Bibliotheksstipendienausschuss, Varsinais-Suomen taidetoimikunta sowie dem Kulturfonds von Varsinais-Suomi und der Kone-Stiftung für den Aufenthalt in der Künstlerresidenz Saaren kartano.